LAS TRES HIJAS DEL REY MUERTO

MARINA
TENA TENA

LAS TRES HIJAS DEL REY MUERTO

salamandra

Papel certificado por el Forest Stewardship Council®

MIXTO
Papel | Apoyando la silvicultura responsable
FSC® C117695

Penguin Random House Grupo Editorial

Primera edición: octubre de 2024

Travessera de Gràcia, 47-49. 08021 Barcelona

Printed in Spain – Impreso en España

ISBN: 978-84-19275-79-0
Depósito legal: B-11.415.2024

Impreso en Liberdúplex, S.L.
Sant Llorenç d'Hortons, Barcelona

SI75790

Para todas esas niñas que no soñaban
con ser la princesa a la que había que rescatar

Guerra ha de haber mientras tengamos que defendernos de la maldad de un poder destructor que nos devoraría a todos; pero yo no amo la espada porque tiene filo, ni la flecha porque vuela, ni el guerrero porque ha ganado la gloria. Solo amo lo que ellos defienden.

J.R.R. TOLKIEN

Prólogo

No había luna. Las estrellas titilaban, con luz fría, apuntalando la noche más oscura que los monjes recordaban. Ni siquiera la brisa se atrevía a arrancar ruidos al arrastrar las hojas muertas. El mundo entero contenía el aliento, como si supiera que aquella noche el trono se cubriría de sangre.

El rey iba a morir.

Aquellos que lo sabían no iban a hacer nada para evitarlo.

Tampoco los tres monjes que habían logrado adentrarse en el castillo con ayuda de planos antiguos, disfraces y algo de magia. No demasiada, la justa para que, al quedarse quietos, ninguno de los guardias les prestara atención. El encantamiento sutil que usaban no modificaba sus rasgos, solo hacía que los criados no repararan en que eran caras nuevas.

Habían tenido que hacer pruebas y trabajos para el espíritu del silencio, hasta que este había accedido a darles a cada uno de ellos una pluma que los ayudaría a pasar desapercibidos. No era un regalo inocente: les picaba la piel entera y notaban erupciones que se abrían camino por la espalda y los hombros. Ningún dios hace regalos inofensivos, pero sí necesarios. Sin ayuda divina, los monjes no podrían secuestrar a la princesa.

La puerta de la estancia donde dormía la heredera al trono estaba custodiada por dos guardas. Ni siquiera la pluma del espíritu bastaría para que les dejasen cruzarla. Los tres monjes pasaron de largo y esperaron, entre las sombras, a oír los primeros ruidos de las revueltas. El monje más joven tenía complexión fuerte. Era moreno, de hombros anchos y mirada nerviosa. No pudo evitar llevarse la mano izquierda al hombro contrario y comenzar a rascarse con un suspiro. Su compañero más alto, que tenía la tez de un tono tan pálido que parecía gris y unos huesos que se le marcaban bajo la piel apergaminada, le lanzó una mirada de advertencia. La tercera del grupo tenía los ojos grises y los miró con rostro impasible.

—No llevo bien la espera —dijo Tres, el primero de los monjes, conteniendo las ganas de rascarse de nuevo.

Era el único que cambiaba el peso de su cuerpo de un lado a otro. El castillo era una ofensa para los dioses. Cuando los últimos reinos se unieron en el Reino Único, el nuevo monarca no se había contentado con prohibir los cultos, el contacto con los dioses y los viajes a su mundo: había levantado su castillo en el punto más emblemático. Se había erigido a propósito sobre el portal por el que antaño cruzaban de un mundo a otro.

Pero todas las puertas cerradas pueden abrirse. Tres se recordó lo necesario en un murmullo inaudible, esperando que la profecía por la que había decidido entregar su vida pudiera calmarlo.

—El alma de un mártir, los huesos de un dios, la sangre de un rey...

Hablaba para sí mismo. Aun así, se ganó una mirada fulminante de Hielo, el monje más alto.

—Aguarda en silencio. Queda poco.

—¿Cuánto es poco? —preguntó Tres.

—Quince latidos —susurró su compañera.

Hora nunca se equivocaba con el paso del tiempo. De su viaje al mundo de los espíritus había regresado con la bendición y la maldición de saber con exactitud cuánto tiempo quedaba para ciertos eventos. Algunos eran cosas nimias: el parto de la cabra blanca o la primera flor que iba a florecer en primavera. Otras eran importantes, como qué día y a qué hora iba a ser asesinado el rey. Y luego estaban las cosas que hubiera preferido no saber nunca, como qué día y en qué momento exacto ella iba a perder la cabeza.

Tres no estaba seguro de cómo contar los latidos de su corazón sin llevarse la mano al pecho, pero le parecían poco tiempo. Y, efectivamente, en muy poco tiempo recibieron ecos de una pelea lejana: gritos ahogados, forcejeos y el estallido del metal contra el metal de las armas. Los dos soldados se pusieron en guardia y, tras un intercambio rápido de palabras, uno de ellos se alejó hacia los ecos de la pelea.

Hielo se acercó al que quedaba con pasos de felino, lo que contrastaba con su cuerpo excesivamente alto y anguloso. El guardia se había distraído al mirar en la dirección en la que se había ido su compañero y, para cuando fue consciente de la presencia de Hielo, el monje ya tenía los dedos alrededor de su cuello. El hombre no tuvo tiempo de gritar: el tacto de los dedos esqueléticos del monje no solo recordaba al hielo, también tenían la fuerza lenta e implacable de los glaciares. Presionaron la carne cálida del soldado. Tres apartó la mirada y torció el gesto cuando la tráquea del hombre se hundió con un chasquido húmedo. Cayó de rodillas. Hielo podría haberlo dejado morir, pero el monje nunca dejaba nada al azar, así que le sujetó la cabeza para girársela con un movimiento brusco que le partió el cuello.

Hora ni siquiera se detuvo a mirarlo. Pasó por encima del cadáver y abrió la puerta. Tres fue quien lo cogió por las botas y, junto con Hielo, introdujeron el cuerpo del guardia en el cuarto de la princesa dormida.

La niña parecía diminuta en una cama tan grande. Dormía en uno de los bordes, con el pelo oscuro y revuelto esparcido por la almohada y sobre la cara. Respiraba tranquila y, de no haber tenido el corazón en un puño, Tres se hubiera sentido terriblemente mal por permitir que Hielo se acercase a la niña y posara las manos sobre su garganta.

No apretó, no hacía falta. El hielo le arañó el cuello y la niña se despertó sobresaltada. Tenía unos ojos enormes en los que no cabía tanto pánico, que aumentó más si cabe cuando abrió la boca y soltó solo aire, sin poder gritar como intentaba.

—No puedes hacer ruido —murmuró Hora, a la vez que cogía a la niña de la muñeca sin miramientos y la empujaba hacia la puerta—. Más te vale seguirnos y no ponérnoslo difícil, o acabarás como tu amigo.

Señaló al guardia muerto. La niña intentó gritar, de nuevo sin ningún resultado. Le faltaban varios dientes, y Tres se preguntó por qué le sorprendía. La heredera al trono siempre le había parecido una figura lejana y estoica. Los reyes le habían parecido tan intangibles como los dioses. Esa pequeña que se restregaba la nariz con la manga del camisón no era lo que había esperado encontrar al imaginarse a la princesa.

No hizo falta que Hora la zarandease de nuevo, ni que Hielo la mirase con ojos vacíos: la niña eligió la mano de Tres para agarrarse a ella. Asintió, con todo el cuerpo temblando. No había apartado los ojos del cadáver del suelo. El miedo se derramó en lagrimones cálidos y lentos.

Hora tenía el rostro serio. Cuando llegó el momento que aguardaba, hizo un gesto con la cabeza. Tres la siguió, sin soltar la mano de la niña, seguidos de cerca por Hielo. No le gustaba nada sentir aquella mirada fría en la nuca, y estaba seguro de que tampoco ayudaba a calmar a la niña.

—No queremos hacerte daño —susurró con ese tono con el que su padre lo calmaba cuando él era niño, cuando el mundo era sencillo y creía que crecería, se casaría y tendría hijos en la misma ladera en la que vivía.

La niña le lanzó una mirada inquisitiva que hizo que la culpa le clavara las patitas en la nuca y el pecho. Le recordaba a los ojos inocentes de los cabritillos que ellos mismos criaban cuando los llevaban al altar para sacrificarlos. Trató de sacudirse aquella idea. No, ellos no iban a matar a la niña. Iban a salvarla.

Aunque esa no fuera toda la verdad.

Nunca se cuenta toda la verdad.

No habían llegado aún al pasadizo por el que habían entrado cuando los ruidos de la batalla se intensificaron: gritos, llantos, golpes contra las puertas... La niña hundía la cabeza entre los hombros y temblaba con tanta fuerza que parecía un pajarillo caído fuera del nido. Lanzó una mirada suplicante al hombre.

—Vamos a ponerte a salvo.

—Tu padre morirá esta noche —susurró Hielo. Tres se sobresaltó casi tanto como la pequeña. No esperaba que su compañero interviniese en la conversación—. Y, si te dejamos aquí, tú también lo harás.

La niña tironeó de su mano. Los ojos le brillaban como heridas abiertas. Movía los labios pronunciando palabras que Tres intentó descifrar. Notó el corazón más pesado cuando distinguió los nombres de sus dos hermanas pequeñas.

—¿Destrel y Cyra? —intervino el monje, intentando que su voz sonara tranquilizadora—. No, ellas se quedan. A ellas no van a hacerles daño. Tú eres la peligrosa, la que han preparado para ser la heredera.

—Y tus hermanas intentarán matarte cuando tengan la oportunidad —sentenció Hora.

La princesa la miró como si hubiera dicho que el mundo se había puesto del revés y de pronto caminaran sobre las nubes. Lo que acababa de decir era absurdo y cruel, y frunció el ceño antes de negar con fuerza.

Tres se sintió la peor persona del mundo mientras la arrastraba al pasadizo y la obligaba a huir con ellos. No se le ocurría qué decir para borrar la huella de las palabras de Hora. No dudaba de las visiones que les enviaban los dioses, pero Astra era aún demasiado pequeña para imaginar un futuro en el que sus hermanas, que todavía dormían con sus muñecas y no sabían escribir su nombre, quisieran hacerle algún daño.

Se sintió anciano. Recordó de nuevo a su padre, y a ese niño que él había sido, y se le antojó un extraño. Había desaparecido. No solo había cambiado de familia, de hogar y de nombre. Era una persona distinta y allí, en la oscuridad de los pasillos subterráneos, se odió por ello. Quizá por eso suavizó el agarre de la mano de la niña. Y puede que también por eso, cuando las piernas de la pequeña empezaron a tropezar y tambalearse, se la subió a los hombros con gesto tranquilizador.

Porque reconoció en el rostro asustado de la princesa al niño que hacía demasiado tiempo que ya no era.

LA DAMA DE MIEL

1

El sol aún no había extendido su luz por el horizonte y la voz de su hermana le llegaba desde el patio de armas, tan escandalosa como todo en ella. Cyra era un estallido de hierro, un golpe en la mesa o ese comentario inapropiado en una cena en la que se pacta la paz o se tienta a los dioses de la guerra. Destrel se preguntaba si de verdad compartían sangre, o si la noche que su hermana mayor había desaparecido, sus captores también se habrían llevado a la pequeña, dejando un monstruito con los mismos rasgos. Humedeció la toalla y se la pasó por el rostro, tratando de ignorar los gritos y aquellas carcajadas tan potentes que parecía que trataban de despertar al castillo entero. Con el ceño fruncido, se alejó del tocador para asomarse con discreción por la ventana.

Cyra tenía una maraña de trenzas y enredos donde se suponía que debería estar su cabello. Llevaba una armadura ligera e, incluso desde aquella altura, Destrel podía distinguir el rubor de sus mejillas y el sudor que le perlaba la piel. Estaba sentada en el suelo, «como los animales», pensó Destrel con un mohín en los labios. Su hermana formaba parte de los galgos, un grupo reducido dentro del ejército cuyos miembros habían sido forjados desde niños para ser resistentes, temerarios y dominar el arte de las armas como si fuera su lengua materna. Cada generación tenía su propia manada dentro del ejército, con nombres igual de ridículos que siempre hacían referencia a los perros porque, como ellos, todos sus miembros dedicaban su vida a la corona.

La generación anterior, de la que solo quedaba la capitana Zheera, habían sido los mastines. Las camadas tenían un punto peligroso, pues, aunque dedicaban su vida a la corona, no respondían directamente ante el rey. En una ocasión detuvieron el intento de una reina de matar a su propio heredero.

A Destrel le encantaría deshacerse de las manadas, pero había cosas que ni siquiera un monarca podía controlar. El ejército podría volverse en su contra si lo intentaba. Tendría que aprender a vivir con ellos o librarse de los galgos de forma más astuta.

Todos los galgos habían nacido el mismo año. Su hermana también había cumplido los quince, aunque no abultara más que un chico de diez. Se llevaban trece meses, pero Destrel sentía que, en cuanto a madurez, podría ser su madre. Si no fuera porque ninguna madre querría tener una hija como Cyra.

«A lo mejor por eso la mataste al nacer, lo único bueno que has hecho por nadie».

Como si hubiera oído su pensamiento, Cyra alzó la vista y la descubrió mirando por la ventana. Antes de que pudiera apartarse, le dedicó una sonrisa tan amplia que se convirtió en una mueca o en un gesto de amenaza. Casi dejaba a la vista las muelas. La sonrisa no llegaba a iluminarle los ojos, del color del acero gastado.

Las carcajadas persiguieron a Destrel cuando volvió a su tocador, lejos de la mirada de su hermana pequeña. A su risa se unieron las de sus compañeros, algo más discretas. Ni siquiera ellos podían permitirse faltarle al respeto a la heredera al trono. Técnicamente, aún no la habían proclamado heredera. Un detalle sin importancia: quedaba poco para que pasaran los doce años que se habían dado de plazo para aguardar el regreso de la princesa. Hacía mucho que nadie esperaba encontrar viva a Astra. El tiempo de espera que quedaba era simbólico. O una forma de evitar que Destrel reinara siendo aún una niña. Pero ya iba camino de cumplir diecisiete años y había tenido tiempo para madurar y formarse, como mujer y como reina. Estaba tan sumida en sus pensamientos que, cuando algo suave acarició sus tobillos, dio un respingo antes de sonreír al gato gris que parecía reprocharle que se hubiera sobresaltado. Destrel hizo sitio a su lado y el animal se lo pensó antes de subir junto a ella de un salto y dejarse acariciar.

—Hoy, que no he tenido sueños raros, has tenido que despertarme varias veces. Eres un ser maligno, Niebla.

El animal parecía complacido. Con razón, nadie más que él y Cyra tenían el privilegio de molestar a Destrel y salir impunes. Antes, cuando el mundo sacó los dientes y el castillo se convirtió en una trampa de vestidos de seda y amables palabras envenenadas, fantaseaba con que encontraban a Astra. Se imaginaba que su hermana regresaba de donde hubiera estado, la abrazaba y le prometía que nunca más volvería a dejarla sola. Pero había aprendido a dejar de soñar. No, su hermana no iba a volver. Durante más tiempo que nadie, Destrel guardó esperanzas de que llegaran noticias de ella. Los años pasaron y, poco a poco, el dolor se volvió costumbre y luego dejó de sentirlo. La esperanza se transformó en inquietud: ¿y si regresaba transformada en una demente, como Cyra, para reclamar su trono y arrebatarle todo por lo que llevaba años esforzándose?

El recuerdo de Astra era una mancha difuminada, pero suave y cálida. Había sido ella quien le había enseñado a colarse en la biblioteca sin ser vista, y le dejaba jugar en su cuarto cuando se suponía que debía echarse la siesta. Le hablaba mucho de su madre y se inventaba cuentos cada vez más fantasiosos, hasta rozar el ridículo. Entre la madre muerta, el padre ausente y las caras siempre cambiantes de aquellos que se encargaban de cuidarlas, sus hermanas habían sido su única familia y Destrel las había querido con toda su alma.

Pero, si Astra siguiera viva, podría haber cambiado tanto como Cyra, que había dejado de ser aquella niña de mejillas regordetas y rojas que robaba papeles usados para dibujarlas a las tres cogidas de la mano. No reconocía a esa chiquilla en la salvaje y sin modales que disfrutaba haciendo daño a los demás. Astra no iba a volver, y Destrel lo prefería así.

Es mejor querer a los muertos: no mienten ni traicionan.

«Ni vuelven a morir».

Se examinó en el espejo del tocador. Sin el maquillaje ni el vestido, parecía aún muy joven, casi una niña. Por eso siempre empezaba a arreglarse sola antes de que sus doncellas llegaran para ayudarla. Quedaba menos de un año para la coronación, y era importante dar la imagen de la reina en la que se iba a convertir: nadie confiaría en una gobernante con cara de niña con granos en la frente y el pelo fino y despeinado. Se limpió bien la cara antes de aplicarse las primeras cremas, que dieron un tono uniforme a su piel. Luego se cepilló el cabello para ordenarse los rizos con la rapidez que le otorgaba la práctica. Niebla se alzó para jugar con los largos mechones de pelo que le caían por la espalda. Destrel sonrió y lo acarició de nuevo antes de levantarse.

En el vestidor, repasó las prendas de ropa que ya había elegido el día anterior y cambió el fino camisón blanco por un vestido más regio, de color marrón claro. La luz del amanecer al fin bañaba de ámbar su dormitorio. Dejó que los rayos de sol le rozaran las manos y cerró los ojos para olvidar durante unos segundos todas sus responsabilidades. No había mundo, no había castillos, ni gente a la que agradar o a la que amedrentar, no existían Cyra ni su risa maníaca, no tenía que elegir cada palabra que pronunciaba y el aspecto de su pelo, de su rostro, ni siquiera ella misma importaban. En ese instante solo estaban el sol que le besaba la piel y la suave brisa que traía olor a bosque. Y el mundo dejó de apoyar todo su peso sobre los hombros de Destrel. Se permitió una sonrisa pequeña, una de verdad, para sí misma. Algún día, todo estaría en orden y podría descansar en el trono que le pertenecía. A lo mejor, aquel día, podría rodearse de personas a las que querer de verdad. Inspiró lentamente y abrió los ojos para volver a la realidad. A lo mejor ese día nunca llegaba, y no importaba tanto. Bastaba con las fuerzas que la idea de su mera existencia le daba para enfrentarse al presente.

Atesoró la sensación en la parte más oculta de su pecho. Justo bajo el corazón: allí donde nadie podía verla y nada podía hacerle daño. Estiró los brazos y los dejó caer despacio, al tiempo que inspiraba.

Estaba lista.

Solo entonces hizo sonar la campanilla y permitió la entrada a sus dos doncellas.

Se llamaban Lyanna y Vera. Destrel había aprendido la importancia de conocer los nombres de quienes la rodeaban. No para dirigirse a ellos en tareas cotidianas, sino para utilizarlos como armas. Como el resto de los sirvientes, las dos chicas la temían a pesar de sus modales siempre correctos, su sonrisa tranquila y su voz dulce y suave. Y así debía ser. Cyra sería una bárbara y, según le informaban, tan letal con las dagas como un rayo que atraviesa el pecho, pero era a ella a quien miraban con un respeto que se mezclaba con el miedo. «Un auténtico rey no necesita afilar su espada —le había dicho uno de sus mentores—, y una auténtica reina no necesita casarse con ningún rey».

Vera le ajustó el vestido con firmeza, pero con movimientos delicados. Luego colocó en el cabello de la princesa los adornos que había elegido. Tocaba su pelo con tanto mimo que Destrel sentía la tentación de cerrar los ojos y disfrutar del cosquilleo en el cuero cabelludo. En su lugar, miraba con expresión serena su reflejo. Esperaba de corazón no desconfiar nunca de la chica y verse obligada a sustituirla por otra: tenía una habilidad sorprendente para acomodarle el pelo en tirabuzones de un color castaño claro. Lyanna le cerró el vestido por la espalda y le ajustó los lazos de las mangas. A veces se quedaba mirándola muy fijamente solo para ver cómo la chica palidecía y comenzaban a temblarle las manos. Ni siquiera le hacía falta arquear una ceja o perder la sonrisa para acelerar el pulso de la doncella. «Así debían de sentirse los dioses cuando paseaban por nuestro mundo», pensó, y ladeó la cabeza para contemplarse de nuevo en el espejo, satisfecha. Tenía unos rasgos dulces y equilibrados. Parecía que la hubieran pintado de la cabeza a los pies con los tonos del otoño y guardaba el frío del invierno más cruel tras las pupilas.

—Gracias —murmuró, y le dedicó una sonrisa a cada una antes de dirigirse hacia la puerta. Pudo oler el alivio en la respiración de ambas chicas cuando salió de la estancia.

Los días tranquilos de final de verano, en los que nadie esperaba grandes avances ni soluciones inmediatas de la heredera al trono, se permitía desayunar a solas, en su cuarto. El resto del año se dirigía al comedor real, como si rodearse de nobles, familiares y privilegiados le aportase algún tipo de dicha. Era más seguro comer allí, donde le habían enseñado a comprobar que alguien probaba el alimento que estaba a punto de consumir y esperar un tiempo prudente con discreción, mientras fingía que estaba demasiado caliente, o que su estómago era demasiado delicado, o que la conversación que mantenían era fascinante. No recordaba intentos de envenenamiento hacia su persona, aunque con su padre lo habían intentado varias veces antes de decidir que el método más seguro de acabar con alguien era atravesarle el cuello con una espada y arrancarle la cabeza después. Los que habían asesinado a su padre habían terminado de la misma forma que él: la justicia no es más que un símbolo, una herramienta para guardar el equilibrio. Gobernar se parecía a caminar sobre una fina capa de hielo. Y, aunque todavía no se sentara en el trono, Destrel había aprendido a ser alguien cuyas decisiones tuvieran peso.

Aún estaba removiendo las gachas con miel cuando el eco de las botas y los gritos y las carcajadas le llegó desde las escaleras. Se le encogió el estómago y quiso fruncir el ceño, pero se mantuvo impasible cuando Cyra y sus cinco inseparables compañeros entraron en la sala. El nerviosismo, sutil como una vibración procedente del suelo o un cambio de la temperatura, era palpable. Los sirvientes se movían de forma ligeramente apresurada, intercambiaban miradas fugaces y Destrel casi alcanzaba a oír cómo tragaban saliva. Por supuesto, su hermana fue la primera en entrar. Lo que le faltaba de altura le sobraba de ego. Estiró la sonrisa y los brazos, y tomó un aire que soltó entre los dientes, haciendo imposible su presencia pasara desapercibida. Destrel continuó removiendo su plato, sin acelerarse ni dedicarle una mirada. Hacía años que no se quejaba de la suciedad de su pelo, ni del olor a sudor, ni de sus modales porque, lejos de molestarla, parecía alentarla a comportarse como un animal.

—¿No me saludas, hermana del alma?

Destrel alzó la cabeza con calma, como si no tuviera el pulso acelerado y ganas de estrangularla. Destrel no se manchaba las manos, pero ¡cómo le gustaría ordenarles a los guardas que la sujetaran para poder abofetearla ella misma! No convenía ni perder los nervios ni causar tensiones entre sus hombres de armas, porque estos últimos le tenían aprecio a su hermana salvaje. Sentían por ella un orgullo que le ponía los pelos de punta. Igual que Destrel se había educado entre sabios y nobles, de Cyra se habían encargado los soldados. La simpatía que sentían por ella le parecía peligrosa, pero no sabía cómo controlarla.

Así que guardaba el equilibrio sobre el hielo con la espalda recta y la frente alta.

—Me tienes poco acostumbrada ya al honor de tu compañía.

—Sacar un reino adelante es más que dejar que te peinen y te pongan las uñas bonitas —respondió, antes de entrar y dejarse caer en la silla libre a su lado.

Destrel acercó la cuchara a su boca y sopló, concentrada en que su respiración recuperara el ritmo anterior a la aparición de su hermana. No le gustaba el tono de Cyra, pero lo que de verdad le preocupaban eran sus palabras. Los cinco perros que tenía por compañeros se sentaron con ella. Tensó la espalda y dejó de nuevo el cubierto sobre el mantel.

—Tienes razón, Cyra. Es importante recordar las normas o todo por lo que luchamos podría derrumbarse.

—No hablo de normas...

—Yo sí. Y tal vez deberías recordarles a tus compañeros que ellos no pueden tomar asiento.

Ninguno de ellos se movió. Sin embargo, Destrel notaba la tensión en sus músculos y cómo toda la atención se condensaba en ellas.

—¿Por qué no lo haces tú, dado que tan bien se te da?

—¿Quieres que sea yo quien dé órdenes a tus hombres?

La sonrisa se borró del rostro de Cyra. No sabía si en la voz de su hermana había una ofrenda o una amenaza. Al contrario que ella, no controlaba su rostro y mostraba todas sus emociones. Destrel sabía que aquello era como pasearse desnuda delante de la corte. Por mucho que a Cyra le llenaran la cabecita con fantasías de poder, había demasiadas cosas que ella no entendía y nunca sería rival por el trono.

Lo que de verdad le preocupaba era que Cyra llegara a creer que sí lo era.

—Vámonos —gruñó, y, al levantarse, golpeó la mesa.

—No te estoy echando. Sabes que aquí tienes tu sitio.

—Lo sé muy bien. —Y se inclinó sobre ella.

Destrel notó todos los músculos del cuerpo tan tensos que ni siquiera podía respirar. Su hermana le dio en la mejilla un beso que terminó en mordisco. Fue un gesto fugaz e inofensivo. Con la fuerza justa para hacerle daño y no dejar marca. Volvía a sonreír cuando se alejaba y le hacía una reverencia burlona.

—Que aproveche, majestad. Nos vamos antes de que nuestra presencia se os haga incómoda.

—Ten un buen día, Cyra —respondió Destrel sin dejar que su voz se alterase.

Se obligó a comer, con el estómago revuelto, mientras los oía alejarse hacia las escaleras. Un criado entrado en años dejó un cuenco de leche caliente junto a su plato. Ivhan trabajaba en el castillo desde antes de que asesinaran a su padre, y era una de las pocas personas en las que le gustaría poder confiar. Destrel había sido testigo de cómo el pelo se le iba volviendo cada vez más escaso y blanco, y de cómo se le encorvaba la espalda, sin dejar nunca de dedicarle una sonrisa más amable que servicial. Había perdido a dos hijas en un incendio y suponía que ese era el motivo de su amabilidad. Destrel sonrió y se llevó el tazón de leche a los labios.

Sí, hubiera sido agradable confiar en él y poder beber sin que le martillease en la cabeza la idea de que podía estar envenenada.

2

Si Destrel hiciera una lista de las personas más despreciables que había conocido, el marqués de Rance ocuparía los primeros puestos. Le dedicó una sonrisa cuando le ofreció el brazo para guiarla al concilio.

—Es verdaderamente admirable que una damita tan joven se esfuerce en estar siempre presente en actos importantes —dijo el marqués en un tono tan alegre que realmente parecía un elogio.

«Damita». Destrel pestañeó varias veces con una sonrisa dulce. Nada le gustaría más que mandar que le arrancaran la lengua y hacérsela comer.

—Intento estar preparada. Cuando sea reina, toda responsabilidad será mía.

—Es un peso enorme sobre los hombros de cualquier mortal. Vuestro padre pagó muy caro ese precio —murmuró con aparente pesar y un brillo burlón en los ojos.

—Así es. No puedo dejar que su sacrificio sea en vano. Además, querido marqués, yo no estoy sola —su voz se volvió un susurro que terminó en una sonrisa más amplia.

Dorothean de Rance era despreciable, pero también sabía jugar sus cartas, así que le devolvió la sonrisa como si la frase de Destrel hubiera sido de agradecimiento.

Entraron juntos y el marqués la llevó hasta su asiento con gestos paternales. Había sido uno de los cinco encargados de gestionar el reino desde la muerte de su padre, y le gustaba demostrar lo cercano que era a la familia real. Destrel sabía lo mucho que le inquietaba el avance del tiempo y la noción de que sería ella quien tomaría el mando. Por eso había tanta tensión escondida entre frases amables. A él le gustaba recordarle que seguiría necesitándolo. Lo complicado era encontrar el equilibrio: no tenía que sentirse amenazado ni subestimarla. Para Cyra era fácil ridiculizarla, como si Destrel solo se preocupara de cuidar su pelo y elegir el vestido adecuado. No entendía de treguas, pactos, bailes y amenazas veladas. Para gobernar no bastaban una espada y un grupo de bravucones que se hacían llamar sus amigos. Hacía falta saber de culturas y leyes, y de ceder para ganar, y ser consciente de que a veces había que soportar algo desagradable por un bien futuro.

La reunión comenzó con la rutina habitual. Presentaciones, saludos, halagos vacíos y un protocolo que giraba con engranajes oxidados. Destrel fingía interés, aunque deseara seguir en su cuarto junto a Niebla, animándolo a cazar las palomas que se atrevían a asomarse a la ventana. Pero nada en sus gestos delataba apatía: arqueaba las cejas, se inclinaba ligeramente hacia delante y se concentraba como si hubiera necesidad de hacerlo. Al menos aquella mañana tenían de visita una emisaria del sur: Sazhare era la quinta hija del regente y se encargaba de hacer de mensajera entre sus tierras y el corazón del reino. Tenía los ojos claros y el pelo, tan oscuro como las plumas de un cuervo, recogido en una trenza ancha que le caía sobre el hombro derecho. Era pálida, como solía ser habitual en los sureños, y aunque se mantuviera quieta, la impaciencia hacía que los músculos se le tensaran en silencio. Estaban acostumbrados a las quejas del sur: después de todo, su soberano había decidido entregar el reino a su padre a cambio de mantener una particular independencia que no era bien vista en los demás territorios. Destrel temía que volvieran a pedir aún más libertades y que sus reclamos crispasen las relaciones con los demás nobles, que también miraban a la sureña con una desconfianza palpable. Cuando por fin le llegó el turno de palabra, parecía a punto de echar a volar de impaciencia.

Se inclinó ante el trono vacío para hacer una reverencia y después se dirigió al consejo y a Destrel. Solo cuando se alzó de nuevo, se dio cuenta de que la joven apretaba con tanta fuerza los puños que tenía los nudillos blancos.

—Me gustaría hablar de algo que nos inquieta —comenzó sin mucho preámbulo—. Mi familia lleva años acatando órdenes y siendo tolerante incluso con aquellos que desterramos, pero debemos insistir de nuevo en que los monjes tienen demasiada libertad en las montañas, y tenemos motivos para pensar que, mientras se los deje libres, estaremos en peligro.

Destrel se mordió la parte interna del labio. No era lo que había esperado, aunque fuera una de sus quejas más recurrentes y un tema en el que la diferencia de opiniones entre los miembros del consejo hacía que el tono se elevara más de lo que gustaba. Los dioses y su magia estaban prohibidos, y aquellos que se entregaban a aquellas fuerzas habían sido desterrados. Por supuesto, quienes vivían en los terrenos colindantes a las montañas en las que se los había exiliado estaban incómodos, aunque los monjes llevaban décadas sin dar problemas. Destrel percibía labios tensos y expresiones contenidas en el consejo y en el resto de la sala.

—Creo que, por el bien de nuestra tierra, deberíamos eliminar o encerrar a todo aquel que adore a los dioses.

—No han incumplido la ley —contestó la más anciana del consejo.

—O eso elegimos creer. Por todos es sabido que construyeron templos en la cima de la montaña. Seríamos unos ilusos si pensáramos que no siguen hablando con los dioses y rogando por sus favores.

Destrel se dio cuenta de que se estaba mordiendo la parte interna del labio con demasiada fuerza y se pasó la lengua sobre la piel irritada. Claro que Sazhare tenía razón; los monjes se habían exiliado sin hacer ruido en las montañas del sur, la tierra más fría e inhóspita, pero nadie creía de verdad que hubieran renunciado a sus rituales. Mientras estuvieran allí, seguirían siendo una amenaza. Un peligro latente, como un volcán que en cualquier momento puede entrar en erupción. Pero ¿quién se atrevía a luchar contra los dioses? Todos preferían mirar hacia otro lado e ignorar lo que pasaba en los templos.

—Creo que es un tema muy delicado —dijo finalmente Bethan— que requiere una respuesta meditada.

—Mi familia quiere que vuelva con alguna respuesta —Sazhare ladeó la cabeza con gesto de ave de presa. Cruzó los brazos. Puede que le fallaran las formas, pero desde luego era capaz de hacerse oír.

—En unos días volveremos a hablar de esto —respondió Bethan sin alterarse—. Os doy mi palabra de que se tratará de nuestra prioridad.

Sazhare ladeó la cabeza y sostuvo la mirada del consejero. No era un gesto arrogante, pero sí severo. El tiempo pesaba tanto como el silencio, pero finalmente hizo un asentimiento casi imperceptible antes de inclinarse de nuevo y regresar a su sitio.

El resto de la reunión pareció pálido y aburrido en comparación. No había forma de satisfacer a todos; Destrel escuchaba murmullos de aquellos a quienes molestaba la preferencia que se le daba al reino del sur. La emisaria tampoco estaba satisfecha del todo, y todos sabían que iba a insistir hasta lograr una respuesta favorable. Y esa respuesta repercutiría en todo el reino, con unas consecuencias difíciles de imaginar.

Destrel pensó en lo fáciles que habían sido los tiempos en los que el mundo de los dioses era ajeno y los hombres se bastaban para matarse unos a otros. Pero algunos encontraron la forma de abrir el umbral. De las generaciones en las que dioses y mortales convivieron apenas quedaban historias terribles y construcciones imposibles, como la montaña vacía o el río subterráneo de oro. Porque no todo lo que hacían los dioses era maligno, pero eran demasiado poderosos y caprichosos. Separar los dos mundos había sido la mayor proeza de la que se tenía constancia. Había templos y puertas donde se podía caminar de un plano a otro, pero nadie sabía cómo reaccionarían los dioses si intentaran cerrarlos del todo.

La inquietud en la sala impidió que se concentrase en el resto de los temas que trataron.

3

—¿Dónde se queda Sazhare? —preguntó a una de las amas de llaves del castillo.

Era una mujer de aspecto seco y regio, como un roble centenario. Destrel la conocía desde que tenía memoria, y siempre le había parecido una anciana, como si el tiempo hubiera pasado por ella hacía años y no encontrara necesidad de volver a tocar su rostro.

—En la sala este.

—¿Una de las habitaciones grandes?

—Así es, una de los antiguos reyes.

—Que no le falte de nada. Quiero que cada día se le sirva fruta fresca y pasteles. Que se le cambien las sábanas cada mañana, aunque no estén sucias, y que cada noche tenga un baño de agua caliente preparado.

—Así se hará.

La inexpresividad en su respuesta parecía recriminarle lo inútil que iba a ser el esfuerzo. Unas sábanas limpias y unas piezas de fruta no iban a compensar una negativa que parecía inevitable. No se podía arriesgar la seguridad del reino de esa forma, por más que la comarca del sur tuviera razón.

Caminó por los pasillos de piedra, consciente de la vigilancia constante de los guardias. Era por su propia protección, pero la ambición ciega y absurda de Cyra conseguía que algo que debería ser reconfortante se volviera un motivo de inquietud.

Le quedaba un rato antes de las clases de la tarde. Destrel se esforzaba en seguir formándose: idiomas, historia, bailes de salón... Lo que le ocurría con el conocimiento era que, cuanto más sabía, más creía que le quedaba por saber. ¿Alguna vez se dejaba de aprender y se sabía todo lo que pasaba en el mundo? Su padre no llegó a ver su propia muerte. O sí, pero poco pudo hacer para evitarla. Ni siquiera ahora, once años después, habían logrado averiguar qué le sucedió a Astra.

«¿Dónde te mataron? ¿Qué hicieron con tu cuerpo?».

Hubo una época, en los años en los que se precipitaba hacia la adolescencia pero aún no había dejado la infancia atrás, en que estuvo convencida de que el fantasma de su hermana le hablaba desde alguno de los muros de piedra. Estaba segura de que aquella noche había ido a buscarlas (¿qué otra cosa si no hubiera hecho Astra?) y, en el camino, alguien había acabado con ella y la había escondido en alguna parte de ese laberinto. La buscaba a escondidas en el corazón del castillo, que tenía tantos pasadizos y cuartos cerrados que era imposible trazar un mapa fidedigno. Las leyendas decían que eran los dioses quienes habían ayudado a construir el castillo, y Destrel no tenía motivos para pensar lo contrario.

Muchas veces había susurrado el nombre de su hermana y acariciado las frías rocas en busca de alguna pista. Había abierto todas las puertas y se había adentrado en cada pasillo. Pero Astra nunca respondió: los muertos no hablan, aunque Destrel se había empeñado en creer que escuchan.

Cyra nunca había malgastado el aliento hablándoles a sus padres o a su hermana. Destrel sí, pero solo cuando estaba segura de que nadie podía verla. Había susurrado sus nombres en las noches más largas en las que se sentía sola, completamente sola, sin nadie que le dedicara un gesto amable, carente de un interés oculto. El nombre de Astra se convertía en un bisbiseo apenas audible, atrapado bajo sus sábanas, con el que Destrel llenaba la mente hasta que el sueño se la llevaba.

Había dejado de recurrir a ese impulso, igual que se había ido olvidando de sus muñecas hasta que un día se habían convertido en simples objetos que ocupaban espacio y se había deshecho de ellas. Le preocupaba que el modo en que cuidaba a Niebla pareciera infantil, pero se veía incapaz de deshacerse del gato. Era su compañero, y le importaba más que la mayoría de la gente que la rodeaba.

Sintió el movimiento entre los guardias antes de oír los pasos y la voz que la llamó:

—¿Alteza?

Sazhare tenía el rostro serio y la mirada muy firme. Hizo una inclinación que evidenció que el protocolo le estorbaba tanto como la falda que arrastraba sobre las baldosas. Destrel respondió al gesto sin recrearse.

—¿Puedo ayudaros en algo?

—Me gustaría hablar con vos en privado.

No había un solo guarda que se atreviese a posar los ojos en ellas, pero Destrel sabía que estaban atentos. Casi podía notar cómo agudizaban el oído, pendientes de cada palabra y de cada respiración.

Destrel asintió y ladeó la cabeza en un gesto para que la siguiera. Caminaron en silencio hasta llegar a una de las salas que no tenían uso. Se giró hacia la guardia más cercana: una pelirroja que venía de las islas.

—Que nadie nos moleste.

Era un código para que estuvieran atentos por si oían algún ruido raro, como el de un forcejeo o el roce del metal contra el hueso. La emisaria del sur no parecía portar ningún arma, y matar a la heredera sería un movimiento estúpido de la región más privilegiada, pero más estúpido aún sería correr riesgos evitables. Cerró la puerta tras ellas. El cuarto era pequeño, con un único sillón forrado junto a la ventana que daba a uno de los patios. Destrel invitó con un gesto a su acompañante a que se sentase, pero ella negó con la cabeza y las dos se quedaron en pie, mirándose.

—Me gustaría asegurarme de que el asunto de los monjes se trata con la seriedad que merece.

—Por supuesto. Ya habéis escuchado al consejo...

—Lo he escuchado muchas veces —interrumpió ella de una forma que sería insultante si hablaran frente a más gente—. Pero esta vez es más serio. Creemos que están preparando algo.

Destrel guardó silencio más segundos de los necesarios, como castigo por haberla interrumpido.

—¿Qué es lo que os hace pensar así?

—Hay cambios en el cielo, cambios en el clima, cambios en los pájaros. Los monjes nos pierden el miedo y se acercan a nuestros pueblos. ¡Incluso han profanado tumbas! Este pasado verano, las montañas se cubrieron de nieve. ¡A los pueblos más cercanos se les llegaron a helar los campos!

—¿Habéis hablado con ellos?

—Por supuesto que sí —respondió de forma brusca—. Lo niegan. Dicen que el tiempo siempre ha traído sorpresas, y que a lo mejor las aves encuentran más comida en las montañas. No van a reconocer que están detrás de lo que sucede, porque saben que eso nos daría una excusa para atacar. Pero no estamos ciegos.

—Hablaré con los sabios.

—¿Para que den la misma respuesta que otras veces?

—La política es un tema complicado. Los monjes podrían... reaccionar mal.

—Lo que creo que no queréis entender aquí, en vuestro castillo de oro, es que van a hacer algo, y mirar hacia otro lado no soluciona nada. Claro que se defenderán si les atacamos ahora, pero si no lo hacemos seguirán haciéndose fuertes y serán ellos quienes den el primer golpe. Y creo que en algo estamos de acuerdo: ninguna de las dos quiere que los dioses vuelvan a cruzar el umbral.

Puede que fuera la brisa fría y húmeda que le acarició la nuca, o la solemnidad del tono de Sazhare, pero Destrel sintió cómo se le erizaba la piel y reprimió un estremecimiento. A la emisaria no le servían los juegos de etiqueta ni de burocracia. Destrel no sabía qué podía hacer, pero asintió de nuevo, con el gesto más serio.

—Voy a transmitir vuestros miedos. Aún no tengo el poder suficiente para tomar todas las decisiones.

—Pero sí tenéis una voz que escucharán. Sería muy triste heredar un reino del que solo queden cenizas.

Destrel se mordió la parte interna del labio. Pareció que Sazhare iba a añadir algo más, pero la enviada sacudió la cabeza y, acto seguido, abrió la puerta y salió. Sus pasos se perdieron por el pasillo de roca y la guardia pelirroja se asomó para asegurarse de que Destrel estaba bien. La princesa asintió con un suspiro y le hizo un gesto con la mano para que volviera a su puesto. Se sentó en el asiento y apoyó la mano en el alféizar de la ventana, como si el viento pudiera darle respuestas o soluciones. El bosque arañaba el cielo, con garras que perdían las hojas para mostrar sus huesos raquíticos y marrones. Los ruidos de la ciudad, entremezclados, formaban un tranquilizador tapiz compuesto por voces y ruidos de forjas o animales. Unos ladridos llamaron la atención de Destrel, que se inclinó más para distinguir, cerca de la muralla, a Lobo, rodeado de los perros que entrenaba.

Lobo formaba parte del ejército, sin serlo del todo. Destrel ladeó la cabeza para verlo mejor. Lobo hizo un gesto rápido con la mano y la veintena de perros que lo rodeaban se alzó al instante, con todo el cuerpo alerta y las orejas apuntando al cielo. Él pronunció un nombre y un perro blanco salió disparado, corrió hasta un muñeco de paja que hacía las veces de diana y se lanzó sobre él con tanta fuerza que lo derribó. No dejó de morder: desgarró la tela y deshizo parte del torso hasta que Lobo silbó y el perro corrió de vuelta a ocupar su lugar.

Destrel se dio cuenta de que estaba sonriendo y se apartó de la ventana con un respingo, como si estuviera espiándolo mientras se bañaba o durante un encuentro con alguna dama. ¿Estaría Lobo enamorado de alguna chica? Los dos eran pequeños cuando había aparecido en palacio. Por aquel entonces aún estaban buscando a Astra, pero en una casa perdida en el campo encontraron a un niño esquelético que apenas podía hablar, que apestaba a suciedad y a los chuchos con los que había estado viviendo. Debía de rondar la misma edad que Cyra, y aunque sus modales eran peores que los de ella, tenía una mirada muy profunda y una inteligencia callada. Destrel había insistido en darle un hogar en el castillo. También le habían dado un nombre, pero su apodo le iba mejor. Los años lo habían convertido en un chico alto de ojos llenos de sombras. Aún caminaba encorvado y tenía una voz rasposa que recordaba a los ladridos de sus perros. Tampoco se relacionaba demasiado con el resto del servicio, pero a Destrel la reconfortaba tenerlo cerca. Puede que cualquiera de sus perros le importase más que ella, pero podía estar segura de que no iba a tramar nada a sus espaldas.

Se alejó de la ventana sin volver a lanzar ninguna otra mirada. No, Lobo nunca diría una palabra que pudiera hacerle daño, pero todo el castillo tenía ojos hambrientos y oídos siempre alerta. Solo en su cuarto, con la puerta bien cerrada, podía permitirse mirar, sonreír o suspirar como quisiera, sin sentirse vigilada.

4

El consejo de los cinco sabios se reunía en una sala cubierta de tapices dorados, con incienso y una mesa con pan, frutas y el vino más dulce. Nadie podía interrumpirlos salvo Destrel, que se había ido ganando el derecho a estar presente en la toma de decisiones, ya que, algún día, sería la autoridad. El marqués de Rance había amontonado en una servilleta las pepitas de uva que iba escupiendo. Tenía los labios húmedos, y se le había quedado un trozo de piel de uva en la barba que bordeaba el labio inferior. No parecía haberse dado cuenta, o no le importaba. Se había sentado con gesto seguro en un sillón tapizado, como si el debate no tuviera ninguna relevancia.

—Hay que tomar una decisión sobre el asunto del sur —comenzó Somo.

Somo parecía la antítesis de Dorothean. Ambos hombres eran altos y fuertes, y no diferían mucho en edad. Pero, mientras que el marqués de Rance era rubio y de ojos claros, su compañero tenía un abundante pelo oscuro y la piel tostada por sus frecuentes paseos a caballo. Su voz era más grave, y hablaba más cuando se reunían solo los cinco miembros del consejo. Cuando tenían audiencia evitaba hacerlo y cedía la voz cantante a alguno de sus cuatro compañeros.

—La decisión está tomada. No podemos interferir en los asuntos de los monjes.

—Pero esa respuesta no satisfará a Sazhare —comentó Leone, una mujer algo más joven que los dos hombres, de cejas anchas y la cara salpicada de lunares.

—Tenemos que ser cautos con nuestras palabras —intervino Ágeda, la más anciana—. Necesitamos el apoyo del sur. Si quisieran rebelarse...

—No pueden rebelarse contra todo el reino. Ni siquiera ellos tienen tanta fuerza —interrumpió el marqués antes de meterse otras dos uvas en la boca.

—Eso si actúan solos —respondió Leone—. Pero hay comarcas descontentas. Todos sabemos que las regiones de Brie y Santierre no están muy satisfechas con algunas de nuestras políticas. Podrían verlo como una oportunidad para alzarse.

—No tienen fuerza.

—Nuestra fuerza es la suya.

—¿Qué proponéis? ¿Que nos enfrentemos de nuevo a los aliados de los dioses?

—Tenemos que mediar. Es nuestra misión. Hay que encontrar una forma de contentar al sur.

La voz de Ágeda tenía la capacidad de calar muy hondo, a pesar de que la edad la hubiera deformado. Cuando se imponía, Destrel podía ver a la gran capitana que había sido, capaz de alentar a sus tropas para hacer lo imposible y unificar todos esos reinos, siempre en guerra, en uno. Todas las partes habían cedido y todas las partes habían ganado. Se insistía mucho en transmitir ese mensaje a todos los pueblos, y no dejaba de ser cierto. Lo que no se decía es que unos habían cedido más que otros, igual que unos habían ganado más que otros.

La paz no era justa. En muchas ocasiones, ni siquiera era buena. Pero era importante, aunque el precio a pagar fuese alto. Y se había conseguido acabar con los conflictos, lo complicado era mantener esa tregua.

Batizze y Destrel eran los únicos que no habían intervenido. El hombre estaba en su rincón habitual, lo más lejos posible del resto, y aunque escuchaba con atención no tenía por costumbre intervenir. Cuando lo hacía, con una voz aguda y temblorosa, solía ser un consejo muy sensato, o para señalar algo que el resto no había tenido en cuenta. Todos en la sala lo respetaban, y el hecho de que fuera tan poco ambicioso hacía que ni siquiera Dorothean se mostrase hostil con él.

Destrel jugueteaba con las palabras sobre su lengua. El encuentro con Sazhare la había hecho sentirse inquieta y buscaba la forma de decírselo al grupo sin sonar intimidada.

—Creo que la amenaza esta vez es seria.

No se amedrentó cuando todas las miradas se clavaron en ella. Al menos, no dejó que se notase que se le quedaba la boca seca y que el corazón golpeaba con más fuerza, subiendo hacia el pecho.

—He hablado con la emisaria. Me ha contado cosas preocupantes: el clima cambia, animales poco habituales se agrupan en la montaña... Puede que los monjes estén preparando algo y, si es así, darles más tiempo para que se organicen sería un error.

—¿Ella te ha contado eso? Ni siquiera sabemos si es verdad —respondió el marqués con un resoplido que se parecía a una carcajada. Destrel mantuvo el rostro serio. Le hubiera gustado encontrar algún apoyo en las miradas, pero estaba sola.

—No tiene motivos para exagerar.

—Podría tenerlos —intervino Leone—. Nunca les ha gustado que los monjes estén tan cerca de su reino. Llevan quejándose desde los tiempos de su padre.

—Creo que es otra pataleta para ver si hacemos lo que ellos quieren, como siempre —continuó Dorothean, y clavó sus ojos en ella con una sonrisa que podría ser paternal o de desdén—. O puede que estén probando cómo de manejable es la futura reina.

Aunque sintió cómo la rabia trepaba por su garganta y clavaba las uñas detrás de sus mejillas, Destrel se mantuvo imperturbable. No dejó que su voz se alterase y ladeó la cabeza con gesto inocente.

—Podría ser, por supuesto. Nadie está hablando de enviar legiones. Pero estamos todos de acuerdo en que nos conviene complacer a los sureños, ¿verdad? Y creo que, de ser cierto lo que cuentan, la amenaza es demasiado grave para desestimarla por un choque de egos.

—¿Y qué propones?

—Enviar a un grupo pequeño de nuestros mejores hombres —intervino Batizze en un murmullo bajo, con los ojos fijos en sus manos, que se retorcían con nerviosismo—. Lo suficientemente cualificados para que Sazhare y su familia vean que se trata de algo serio. Lo suficientemente discreto para que el resto no le dé importancia.

—No tendrían ni que enterarse —asintió Ágeda.

Solo el marqués frunció el ceño. Daba la impresión de tener motivos para oponerse. Pero, aunque fuera un hombre orgulloso, era inteligente. El resto parecía de acuerdo con la idea de Batizze, así que incluso él asintió en dirección al más joven de los sabios.

—¿Qué hombres mandamos?

—A los galgos —susurró Destrel en un tono demasiado dulce para que sonara casual.

No era algo que hubiera planeado, pero, al decirlo, todas las piezas encajaron. ¿Qué mejor para que vieran que se tomaban en serio su petición que enviar a la hermana de la princesa? Cyra era una salvaje. Era por todos conocido lo letal que podía ser en una pelea. Llevaba años dedicada en cuerpo y alma al combate, junto con los siete compañeros con los que vivía como si de verdad se trataran de crías de una misma camada.

¿Y qué mejor para Destrel que enviar a Cyra lejos? No, no esperaba que le hicieran daño ni que muriese. Por supuesto que no. Pero, a lo mejor, la distancia la ayudaba a madurar. Y, si semejante milagro no era posible, al menos Destrel disfrutaría de esos meses de calma, un respiro para poder recuperar la confianza del ejército y concentrarse en las reuniones y los pactos. Para terminar de formarse y ser la mejor reina que nadie pudiera recordar.

Los miró uno tras otro, tan expectante que sintió el impulso de apretar los puños y alzarse, amenazante, por si alguno tenía algo que objetar. Nadie se opuso, y no fue ninguna sorpresa. Destrel no era la única que encontraba insufrible a su hermana pequeña. El repentino interés de Cyra por desafiarla también ponía nervioso al consejo. Ágeda asintió en silencio y el resto también dio su aprobación.

Enviarían a Cyra y los galgos al sur, a las montañas. Que ellos les dijeran si los sureños contaban la verdad o estaban exagerando. Cuando regresaran, momento que quedaba muy lejos, tomarían una decisión.

5

El té se le enfriaba en las manos. Destrel aspiró su aroma. Disfrutaba atrapando los distintos matices: bayas del bosque de Santierre, peladura de limón de Resega, hojas de té oscuro de Brie... El reino entero estaba contenido en esa delicada taza de porcelana.

No tenía prisa alguna por llevárselo a los labios. Le gustaba disfrutar del silencio, del contraste del frío con el calor de las palmas de sus manos, del hambre que empezaba a mordisquear sus tripas al ver las pastas que había elegido... El olor dulce del azúcar se entrelazaba con el de los cítricos de la taza y el de las hojas secas que morían con calma sobre el lecho de barro.

Se sentía tranquila. Habían tomado una decisión que se le antojaba perfecta; sin cabos sueltos.

La quietud duró poco: se oyó un sonido ante el que Destrel hizo un mohín. Sin embargo, no fueron las voces graves ni el ruido de la revuelta lo que le tensó el estómago: fue el gañido de un perro. Se acercó más a la ventana, pero no tenía buen ángulo para ver lo que pasaba. Le pareció que aquellos gritos estridentes provenían de una miembro de los galgos, ¿quizá la pelirroja? ¿O aquella con las manos siempre inquietas y los brazos cubiertos de quemaduras? El perro ladró de nuevo y Destrel se llevó la taza a los labios para evitar mordisquearse la piel hinchada del interior de la mejilla. El alboroto fue breve, y todos los sonidos se calmaron. Sus nervios, en cambio, seguían agitados.

Soltó un suspiro antes de hacer sonar la campanilla. Un criado de rizos oscuros apareció al momento y le dedicó una mirada interrogante al ver el plato sin empezar.

—Quiero que averigües qué ha sido ese griterío y me lo hagas saber enseguida.

—Sí, mi señora —respondió el hombre, al tiempo que bajaba la cabeza, y desapareció con pasos rápidos.

Destrel mordisqueó el hojaldre cubierto de caramelo con más

ansiedad que apetito. El azúcar glaseado se convertía en una diminuta nube dulce a cada mordisco. Solía gustarle ver esas nubecitas dulces, pero en aquel momento estaba demasiado irritada para disfrutarlo. Compuso una mueca al apartarse para evitar que le mancharan el vestido. Cuando volvió el criado, el té estaba frío y los pasteles, mordisqueados de forma irregular. No había tardado demasiado, pero aun así Destrel tamborileó con los dedos sobre el muslo.

—Uno de los perros de Lobo ha atacado a Pyre, mi señora. La guerrera está bien.

Pyre, la chica de las quemaduras. No se había confundido. Y claro que la guerrera estaba bien, hacía falta mucho más que el mordisco de un perro amaestrado para hacer daño a uno de los galgos. Asintió, algo más tranquila.

—Lobo ha protestado cuando vuestra hermana ha mandado sacrificar el animal, a eso se debía el alboroto. No ha hecho falta reducirlo. Se ha retirado antes de que el altercado fuera a más.

—¿Sacrificar al perro? —repitió, esforzándose para no fruncir el ceño.

—Vuestra hermana lo ha encontrado conveniente.

—Claro —murmuró.

Hizo un gesto con la mano para indicar que podía retirarse y cogió otro de los dulces, que mordisqueó con más fuerza de la necesaria. Por supuesto que Cyra tenía que demostrar quién mandaba. No sabía qué había pasado, pero apostaba a que no era tan grave. Los perros de Lobo eran tan valiosos como un soldado en combate. Y no se trataba solo de eso: el chico los quería como se quiere a una familia. Pero ¿acaso le importaba algo de todo eso a la salvaje? No, claro que no. Lo único que le importaba era ella y los siete animales que le reían las gracias.

Se limpió los labios y se alisó la falda antes de salir de la estancia con paso firme. Los tacones de sus zapatos golpeteaban el suelo con violencia. Quizá fue eso, o la firmeza de su gesto, lo que hizo que el capitán Egeo se crispara al verla.

—Mi señora —murmuró con una inclinación.

—Cyra ha mandado sacrificar uno de los perros de Lobo.

—No estoy informado...

—Te estoy informando yo —interrumpió. Los hombros del capitán se tensaron—. Y quiero que se anule esa orden. Encárgate de que le devuelvan al animal y que no sufra ninguna reprimenda.

—Por supuesto, mi señora.

—Es una orden. Si mi decisión le supone un problema a Cyra o a alguna otra persona, que me lo haga saber.

—Entendido.

Destrel se dio la vuelta para volver a sus aposentos, con la espalda recta. Quedaba menos de un año para que fuera coronada reina, y era hora de dejárselo claro a su hermana pequeña.

6

La reunión había sido breve y privada. Sazhare se había mantenido tan inexpresiva que bien podrían haberla sustituido por una estatua de cera. Destrel disimulaba la inquietud que sentía. Estaba segura de que la oferta era buena, pero esperaba alguna reacción más evidente por parte de la emisaria. Después de un silencio largo, la mujer asintió con la cabeza.

—Supongo que es justo. Siempre y cuando ese grupo de soldados se tome su trabajo en serio.

—Por supuesto —respondió Ágeda—. La propia hermana de la reina estará al mando.

Sazhare arqueó las cejas, poco impresionada. No era ningún secreto que las dos hijas del rey tenían muchos desencuentros, pero también se sabía lo buena que era Cyra en cuanto a estrategia o combate. Asintió de nuevo e hizo una inclinación.

—Os agradezco vuestra atención. ¿Cuándo partiremos?

—De inmediato. Antes de que esta semana termine.

—Entonces empezaré a preparar el viaje.

Salió de la sala y Destrel soltó despacio el aire de los pulmones. Fue entonces cuando se dio cuenta de que había estado conteniendo el aliento. Al marqués de Rance no se le escapó el gesto y le lanzó una de esas sonrisas que podían parecer paternales o burlonas, pero que en ambos casos conseguían que Destrel se sintiese inferior a él.

—No deberías dejar que una reunión así te altere —murmuró en tono de confidencia.

—Todo lo que pone en juego la estabilidad del reino me parece de mucha importancia —respondió ella en tono seco.

—Pues que no se note, si no quieres que te manejen.

Quiso replicar algo más, pero estaba demasiado alterada y sería como darle la razón, así que en lugar de eso le dedicó una sonrisa dulce.

—Ya sabes cuánto aprecio cada uno de vuestros consejos.

Dorothean torció aquella sonrisa y le ofreció la mano para caminar juntos a la salida. Disfrutaba de ser el miembro del consejo más cercano a la princesa, y ella le daba el gusto. Había aliados indeseables que una no podía permitirse tener de enemigos.

—No te martirices, nadie espera la perfección de una chiquilla de dieciséis años, por muchas horas que haya pasado estudiando.

—Deben hacerlo, si esa chiquilla va a ser su reina.

—Ningún rey gobierna solo. No tengas prisa por asumir toda esta carga. Sabes que siempre estaremos dispuestos a ayudarte.

—Lo sé —respondió con una sonrisa.

Tenía que hacer un esfuerzo para no revelar su desagrado. Claro que sabía lo que le quería decir, y lo que le importaba realmente: seguir al mando durante mucho tiempo. Toda la vida, si era posible. Destrel estaba segura de que Dorothean fantaseaba con ser el rey en la sombra, quien moviera los hilos y los ejércitos. No podía perder su apoyo, pero no estaba dispuesta a dejarse manipular.

—Tanta reunión es agobiante. ¿Te apetece que demos un paseo por los jardines para airear nuestros pensamientos?

«Tanto como una puñalada en el estómago», pensó ella, pero asintió de forma cortés.

—Los árboles están adquiriendo el color del fuego, es la época más bonita.

—Hay quien dice que se debe a los dioses.

—Si toda la magia de los dioses fuera así, nos habríamos evitado mucho sufrimiento —suspiró ella.

—¡Destrel!

El grito de Cyra la alcanzó como el primer rayo de una tormenta. De forma instintiva se agarró con más fuerza al brazo del marqués. Cyra no caminaba: golpeaba el suelo a cada paso. Sus botas resonaban con furia, avanzaba sobre su propio eco. Tenía la barbilla alzada y la espalda tan recta que parecía mucho más alta de lo que era. Destrel apretó los labios y levantó la cabeza para mirarla desde arriba.

—¿Cuántas veces te han dicho que los graznidos solo los emiten los animales? Puedes bajar la voz, Cyra.

—¿Tan pronto has perdido la cabeza?

—Cyra, no entiendo a qué os referís —intervino Dorothean con voz suave, pero la chica ni siquiera se molestó en mirarlo.

—Puede que tengas a la corte aplaudiéndote por hacer tan bien lo que te han enseñado, pero a mí no vas a manejarme así.

—¿Es por tu próxima misión? —suspiró la hermana mayor. Debería haber previsto aquella pataleta.

—Por mandarme lejos después de anular mi orden.

—Que una perra no sepa comportarse no es motivo para matar a otro perro.

—No puedes anular mis decisiones. ¿Quién te crees que eres?

—Tu futura reina —respondió acercándose más a Cyra, que temblaba de rabia.

—No pienso ir.

—Lo harás, porque así se te ha ordenado.

—¿Quieres que vaya? Mata a ese perro.

—No eres quién para obligarme a hacer nada.

Cyra enseñó todos los dientes en una sonrisa. Los tenía tan apretados que parecían a punto de saltar por los aires.

—Yo no he sido la primera en empezar este juego. ¿Qué quieres, que quede mal? ¿Demostrar que puedes cambiar mis órdenes? Pues salva a ese estúpido perro, pero si quieres que vaya a las montañas tendrás que llevarme a rastras.

Destrel notaba calor en las mejillas de rabia y tenía los dedos tensos de contener las ganas de abofetear a su hermana. Incluso el marqués de Rance guardaba silencio, aunque a Destrel no le cabía duda de que iba a aprovechar la escena para darle otro de aquellos consejos que nadie le pedía, junto con una charla sobre por qué seguía necesitando a un hombre mayor y con experiencia como él.

—¿Has perdido la cabeza? ¿Sabes todo lo que hay en juego?

—Si tan importante es, no vale la vida de un perro.

—¡Ese perro da lo mismo!

—Claro que da lo mismo, pero quedar por encima de mí sí que te importa, ¿verdad, princesa? Pues tienes que elegir.

Cyra tenía un brillo demente en esos ojos tan fríos como el metal. Destrel estaba tan enfadada que el pasillo le daba vueltas. Se le había alterado la respiración. Era consciente de las miradas de los guardias, de la tensión del brazo de Dorothean, del silencio que pesaba sobre ellos como una losa que podría quebrarle la espalda. Apenas disponía de un instante antes de que Cyra se diera la vuelta y tuviera que rogarle que volviera, momento en que el marqués tomaría la palabra y se haría cargo de la negociación. Un único instante para rendirse, o para enfrentarse a su hermana y volver ante Sazhare con las manos vacías y una disculpa vergonzosa entre los labios. Cyra alzó la barbilla e hizo ademán de girarse. Destrel no podía evitar pensar en Lobo, con sus ojos profundos y desgarradoramente sinceros. Se sintió la persona más despreciable de la tierra al decir:

—Haz lo que quieras con ese perro.

Dorothean suspiró casi inaudiblemente, y los ojos de Cyra centellearon como las brasas al soplarlas. Su sonrisa se quebró en una risa suave, entre dientes.

—No, así no vale. Quiero que busques al mismo hombre al que has ordenado liberar al perro y le des la orden contraria. Que digas que tú, Destrel, lamentas haberme contradicho y que ese chucho debe morir.

Destrel no recordaba haber sentido jamás tanto calor en las mejillas. Se preguntó si, después, su hermana le pediría que se arrodillase ante ella, o que la llevara a hombros. Lo que deseaba era ordenarle al guardia que le cortara a su hermana ese cuello en el que le encantaría hundir los dedos. Tomó aire. Por mucho que intentara mantener la espalda estirada, sabía que Cyra había cogido su dignidad y la arrastraba por el suelo con la punta sucia de las botas.

—Lo haré.

—Quiero verlo.

Por supuesto que quería. Destrel soltó el brazo del marqués, que decidió seguirlas a unos pasos de distancia. No recordaba haber visto nunca a su hermana tan feliz: caminaba casi a saltos, se le escapaba la risa de entre los labios y la miraba con deleite. Poco le importaba matar a un animal por orgullo, Destrel estaba convencida de que Cyra se embadurnaría la cara en la sangre del perro si le sirviese para humillarla aún más. Sentía los hombros rígidos y el aire enquistado entre los pulmones, pero siguió caminando. Al contrario que su hermana, sabía que el reino valía mucho más que la vida de un perro, o de cualquiera de sus hombres.

Le hubiera gustado tener una máscara cuando encontró al guardia. Por más que el hombre intentara mantener el semblante imperturbable, la sorpresa asomó a sus pupilas cuando ella le dijo lo que debía hacer.

—¿Disculpad?

—Lo que habéis oído. Cometí un error al perdonar la vida del animal y mi hermana ha tenido la amabilidad de explicármelo. —Las palabras sabían a barro y veneno y las vomitaba con el estómago revuelto.

—Entonces, ¿queréis que ese perro sea sacrificado?

—Sí. Esa es mi orden.

—Y que su dueño lo vea, ¿verdad? —canturreó Cyra con una voz ridículamente infantil—. Tiene que aprender que sus perros no pueden ir mordiendo a nuestros propios soldados.

—Sí, me gustaría que Lobo esté presente.

—Como deseéis, alteza.

Destrel era consciente de que el hombre no se burlaba de ella. No se atrevería. Pero se sentía como si hubiese echado la cabeza atrás para que las carcajadas se derramaran por el suelo. Cyra tenía una sonrisa amplia y la expresión satisfecha de quien se da un festín tras pasar días en ayunas.

—Quiero verlo. ¿No vienes, hermana mía? Luego tal vez prepare los enseres para el viaje. O tal vez no, ¿quién sabe? A lo mejor se me ocurre pedirte otra cosa.

Volvió a reírse mientras se alejaba, con la frente muy alta y esa forma de caminar que parecía querer echar abajo el castillo. Destrel notó un sabor a óxido y solo entonces se dio cuenta de lo fuerte que se estaba mordiendo la cara interior de la mejilla. Tragó saliva y sangre junto con las ganas de llorar de rabia. Cuando Dorothean apoyó la mano en su hombro quiso volverse y asestarle un puñetazo en la cara. En vez de eso se clavó las uñas en las palmas de las manos.

—Has actuado bien —dijo él, para su sorpresa—. Era necesario. Piensa que gracias a esto habrás ganado un tiempo sin tener que preocuparte por ella.

—Ojalá los dioses la hagan pezados y no regrese nunca —respondió.

El marqués no añadió nada. Destrel hizo una inclinación, con el rostro serio y la ira atrapada entre los dientes, y se dirigió con pasos firmes hacia sus aposentos. El camino se le hizo interminable, y cada mirada que le dirigían se le clavaba como alfileres en la piel. Tuvo que controlarse para no cerrar de un portazo y, cuando por fin estuvo a solas, se quedó quieta, temblando, con los dedos curvados como garras y la respiración entrecortada. Niebla, que dormía sobre la cama, alzó las orejas y se escabulló para esconderse en el rincón más oscuro del vestidor. En cualquier otro momento, Destrel hubiera intentado calmarle, pero sabía que si abría los labios lo único que saldría de ellos sería un rugido.

Se arrancó los adornos del pelo y los lanzó contra el espejo. Tiró con fuerza de los estúpidos lazos que le ajustaban el vestido y se lo quitó a patadas. Arrojó los zapatos contra la pared y descargó su rabia contra los almohadones de la cama. Mordió las mantas y golpeó el colchón, entre gruñidos ahogados. No se permitió gritar, porque se oiría desde el otro lado, y la lágrima que se le escapó, a traición, condensaba tanta ira que le sorprendió que no emponzoñara las sábanas.

7

Apenas hizo ruido.

El sonido de la espada cortando el aire, seguido de un gañido agudo y breve, antes de que el cuerpo se desplomase. Lo peor fue el grito ahogado de Lobo, alarido más animal que humano. Un sonido que derramaba angustia igual que una herida en el corazón derrama sangre. Destrel tenía el estómago revuelto. No tendría por qué haber estado presente. Era la última cosa en el mundo de la que quería ser testigo, pero sentía que se lo debía a Lobo, que la miraba con más incomprensión que enfado. Con un dolor profundo y negro.

Esperaba que Cyra tuviera esa sonrisa victoriosa y cruel, pero ella tampoco parecía haber disfrutado del momento. «Ojalá se te atragante». Su hermana apartó la vista del perro y se dio la vuelta para clavarle aquellos ojos sin alma.

—Todo esto es culpa tuya —le espetó antes de irse.

Los galgos la siguieron, mirando de reojo a la heredera al trono. Le pareció leer rencor y burla, pero no les prestó ninguna atención. Quería acercarse a Lobo. Explicarse o pedirle perdón. De haber estado solos incluso habría querido abrazarlo, dejar que llorara sobre su hombro. Pero siempre había ojos juzgando. Apretó los labios y sostuvo esa mirada desamparada.

—Lo lamento —murmuró antes de abandonar ella también el patio.

Caminó cada vez más rápido. Le parecía que el olor de la sangre del animal se le había quedado impregnado en la ropa, el cabello y la piel. Necesitaba un baño de agua caliente y jabón de flores con el que frotarse con fuerza. Deseaba echar a correr para volver a encerrarse tan pronto como fuera posible en su cuarto, para cerrar los ojos hasta que dejaran de picarle. Pero ni siquiera eso podía salirle bien, y los pasos apresurados de Vera la alcanzaron antes de que lograra refugiarse.

—Mi señora...

—Ahora no.

—Mi señora, es muy urgente.

Quiso soltar un grito y patear el suelo al detenerse. En lugar de eso, inspiró hondo para obligarse a mantener la calma y no gritar a la chica, que llegó a su lado con la respiración agitada y la frente perlada de sudor.

—Espero que se trate de algo urgente de verdad.

Ella asintió y miró a ambos lados. Parecía intimidada por la proximidad de los guardias. La paciencia se le escurría a Destrel entre los dedos mientras Vera tragaba saliva y daba forma a las palabras:

—¿Podemos ir a algún sitio un poco más privado?

—Te ruego que no me hagas perder el tiempo más de lo necesario, Vera —pronunció su nombre de forma suave y afilada, y logró que la chica se sobresaltara—. No has elegido el mejor de los días ni el mejor de los momentos.

La doncella asintió, con la cara blanca y las pupilas dilatadas. Destrel fue consciente del esfuerzo que hizo para acercarse más a ella. Tomó aire y, con un hilo de voz apenas audible, rompió el silencio:

—Es vuestra hermana Astra, mi señora. La han encontrado. Viva. La princesa perdida regresa al castillo.

LA HEREDERA ROBADA

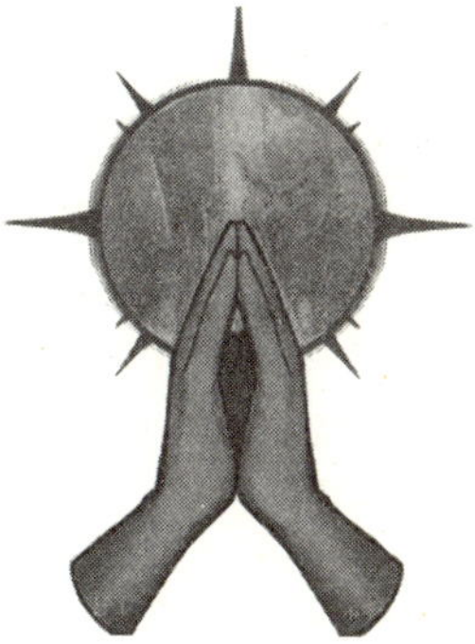

1

El frío era afilado al otro lado del umbral. Se clavaba en la piel como las uñas de un gato y buscaba puntos vulnerables para atacar a traición. «No me extraña que los dioses quisieran quedarse en nuestro mundo», pensó Astra. Se detuvo para frotar con fuerza las manos, que empezaban a entumecerse a pesar de los guantes. Y ni siquiera había llegado el invierno. Cuando lo hacía, solo se adentraban en su reino aquellos monjes bendecidos por los dioses para sobrevivir al frío. Ella lo había intentado una vez por cabezonería, soberbia o inconsciencia. Tres había logrado rescatarla arriesgando su propia vida, y la cuidó con malhumor y tantas atenciones que al final no perdió ninguno de los dedos y las uñas de los pies volvieron a crecer.

—No tienes que demostrar nada a nadie —murmuró él, enfadado.

Pero era mentira. Tenía que demostrar que podía hacer todo lo que esperaban de ella. Que era capaz de negociar con los dioses, de asumir riesgos y de valerse por sí misma. Recordaba cuando se la llevaron a las montañas, lo diminuta y perdida que se sentía. Se preguntaba si algún día estaría segura de lo que debía hacer, si sería como aquellos maestros que se enfrentaban sin miedo a la vida y a la muerte. Habían pasado ya once años y era más alta, pero seguía igual de perdida la mayor parte del tiempo. ¿No se suponía que tendría que sentirse como una reina? Alguien capaz de tomar decisiones vitales para cientos de personas con aplomo y seguridad. Una persona que inspirase confianza, no una adolescente que se frota las manos escondida tras unas piedras porque no se ha abrigado tanto como debería.

Un siseo la hizo encogerse con un respingo. Examinó las sombras a su alrededor. El sol no tenía fuerza para alumbrar el mar de sombras que ondeaba entre la vegetación suave y salvaje; el viento trazaba ondas con ese sonido silbante que recordaba a una serpiente.

Pero no lo era.

¿Verdad?

Se abrazó a sí misma. Si había algo más penetrante que el frío era el miedo que le apuñalaba la piel de dentro afuera. Había dioses amables; algunos incluso eran buenos. La diosa Sierpe no era de los primeros y, definitivamente, tampoco de los segundos. Era caprichosa y cruel, aunque la divertían bastante las visitas de los humanos. No solía matarlos o, al menos, no solía hacerlo sin darles la oportunidad de entretenerla.

Astra se frotó los brazos y dio una bocanada de aire tan frío que podría abrirle la carne de la garganta. Comprobó que llevaba el bolso con las ofrendas antes de salir de su refugio y seguir su camino. El sonido del viento, si es que era el viento, al arrastrarse entre la hierba alta y oscura le ponía la piel de gallina, pero no podía detenerse. No iba a dejar que la matase el frío antes de que pudieran hacerlo los dientes de la serpiente.

Se sentía observada a cada paso. Sabía que había alguien o algo muy pendiente de cada uno de sus movimientos, pero al mirar por encima del hombro lo único que le devolvía la mirada era la oscuridad. Había pupilas rasgadas que se fundían con las ondas de la noche y se le clavaban en la espalda, aunque no pudiera verlas.

Las piernas le pesaban tanto a causa del frío que a duras penas era capaz de doblarlas. Avanzaba con los dientes apretados. El sudor se le cristalizaba en la frente, como si su cuerpo se estuviera transformando en roca. Tres se había opuesto a que viajara sola, pero a la diosa no le gustaban los grupos de humanos, prefería los viajeros solitarios. Las veces que habían intentado suplicar un favor en grupos o parejas, ella no se había dignado a aparecer, o se había limitado a burlarse de ellos y jugar con sus vidas. Si no fuera porque los dioses querían mantener abierto el umbral con el mundo de los mortales, los habría devorado después de juguetear con ellos. Pero incluso los señores de la magia sabían que los humanos tenían cierto poder sobre ellos y eran más permisivos con los monjes, los únicos que mantenían la puerta abierta.

A ese pensamiento se aferró Astra cuando la hierba emitió un siseo en dirección contraria al viento.

Había llegado al altar de piedra grabado con runas que habían tallado los hombres, y que brillaba como si reflejase una luna que no había en el cielo. Astra se obligó a respirar con toda la calma que pudo reunir: llenó los pulmones de aire, que dejó escapar despacio. Entre la hierba asomaban cientos de iris, algunos de color ámbar y otros esmeralda, que permanecían fijos en ella sin parpadear. Astra dio gracias por aquel entumecimiento que sentía en las manos y que impedía que temblaran. La presencia de los espíritus nunca dejaría de intimidarla.

Se quitó los guantes y entregó la piel al roce despiadado del frío, tras lo cual cubrió el puño derecho con la mano izquierda. Con pose sumisa pero no tan relajada como le hubiera gustado mostrar, se inclinó hacia el altar hasta que sintió en la frente el beso de la piedra. Cerró los ojos y tragó saliva para intentar que su voz sonara clara y firme:

—Ama de las sierpes y guardiana de la sabiduría, me inclino frente a ti para rogar tus favores.

Se incorporó despacio. Solo se atrevió a abrir los ojos una vez que todo su cuerpo estuvo firme. Las miradas de todas las serpientes estaban fijas en ella, en medio de un silencio que le aplastaba el pecho y que no sabía cómo interpretar. Ni siquiera el viento se atrevía a hacer ruido alguno. Abrió el bolso y depositó sobre el altar el cadáver de un conejo blanco sin una sola marca, que había tenido que estrangular con sus propias manos. Cogió también la daga y apretó los labios de la forma más estoica de la que fue capaz antes de abrirse un corte en la palma de la mano. Apoyó la piel contra la runa que representaba la serpiente y comenzó a rodear el altar a paso lento, casi sin respirar, para no romper el silencio reverencial con el que la observaban los espíritus de la serpiente.

Describió tres veces el círculo. Cada vez que llegaba al inicio repetía el ruego a la diosa. El cielo no tenía estrellas, pero no hacían falta, pues el campo estaba sembrado de luces que aumentaban a cada paso. Cuando completó las tres vueltas, todos los ojos se apagaron.

El frío la sacudió desde dentro de cada hueso. Astra no sabía si había encontrado fuerzas para permanecer firme o era el propio miedo lo que la mantenía inmóvil, con las manos extendidas y la cabeza baja.

Algo le perforó la mano en el mismo punto en el que se había abierto la herida. Aunque contuvo un grito, su cuerpo se sacudió por el dolor y la sorpresa. Apretó los dientes. Se oyó un siseo que empezó como un suspiro y fue aumentando de tono hasta volverse ensordecedor. Quiso llevarse las manos a los oídos para no perder la razón.

«Para ser una princesa, tu sangre no sabe distinta que la de un mendigo».

Los pensamientos se retorcían dentro de su cabeza porque no había otra forma en la que pudiera entender la lengua de los dioses. Tenía que ofrecer la mente, tal y como ofrecía las manos y las heridas, dejar que la serpiente se introdujera entre sus pensamientos y moldease su propia voz interior para dar forma al mensaje que quería transmitirle. Le costó más de lo que esperaba tragar saliva, pues esta se había vuelto espesa y ponzoñosa, y se aferraba a las paredes cada vez más estrechas de su garganta.

—No soy más que otra mortal que ruega clemencia.

«Clemencia». La carcajada que le explotó dentro del cráneo le dolió como una bofetada. El silbido de la serpiente tenía tanta fuerza que Astra tuvo la certeza de que empezarían a sangrarle los oídos de un momento a otro. «Bien sabes que tengo poca clemencia, niña. No es uno de mis dones. Espero que busques otra cosa de mí».

—Lo sé. Lo lamento. No es vuestra clemencia lo que admiro.

«¿Es mi vanidad?».

Astra no sabía si la diosa estaba molesta o divertida, dado que su tono de voz variaba, juguetón. Apretó los dientes. No se podía mentir a los dioses, y negar algo que eran capaces de ver podía considerarse un insulto. Pocos dioses lograban ser tan majestuosos y sigilosos al mismo tiempo, tan hermosos como letales. Sí, la diosa serpiente era vanidosa, pero tenía motivos para serlo. Aunque no era esa la característica que Astra más valoraba.

«Sabia».

La chica asintió. La serpiente era sabia. A veces manipuladora, otras, mentirosa. Pero sabía cuándo y por dónde moverse, cómo atacar y en qué momentos era mejor no hacerlo. Astra soltó el aire de forma entrecortada. El sonido de la diosa se oía más contenido. Astra se atrevió a alzar la vista con respeto.

La serpiente tenía unos ojos enormes e hipnóticos. Una mirada tan profunda que Astra casi tuvo que aferrarse a la piedra del altar por miedo a caerse dentro. Asintió y tragó saliva de nuevo. La diosa relamió la sangre con una lengua fina y bífida antes de devorar el conejo blanco de un solo bocado, sin masticar ni dejar de mirarla.

Astra oyó el roce del animal muerto por las paredes de la garganta de la sierpe. No hubo ningún gesto, ruido o palabra de amenaza, pero era innecesario. Sabía que la serpiente podía acabar con ella con la misma facilidad con la que había engullido el conejo, y que, seguramente, sería un bocado más agradable. También era consciente de que todos esos pensamientos eran audibles para la diosa, que se irguió aún más, con las escamas de un verde oscuro brillantes bajo el manto de la noche.

«¿Qué es lo que quieres, mortal?».

—Uno de vuestros dones. Algo que me sirva para no morir envenenada.

«Es irónico acudir a un ser venenoso para eso».

Se estremeció. La sierpe estaba demasiado cerca de ella. Los ojos que relucían entre la hierba se movían, desaparecían y volvían a brillar de forma caótica. Parecían encontrarse cada vez más cerca, como un ejército de estrellas que intentase cercarla.

«¿Qué me vas a dar a cambio?».

—Decidme qué os complacería que hiciera.

Los dioses podían hacer peticiones titánicas o absurdas. El espíritu del sauce le había pedido que lo regara con sus lágrimas durante tres días y tres noches, tarea en la que había fracasado. En cambio, el mismo espíritu zorro que una vez pidió a uno de los monjes que subiera a la montaña más alta antes de que el sol recorriera el cielo, a ella simplemente le dijo que pasara una noche a su lado, y le contó cuentos y leyendas, o tal vez verdades. Desapareció al alba y dejó en el suelo la tobillera que la acompañaba desde ese momento.

«Quiero el corazón de un hombre», dijo al final la serpiente con la voz de Astra, que se estremeció para deleite de la diosa.

—¿Un corazón humano? —repitió ella con tono bajo y respetuoso, para asegurarse de que había entendido bien.

«Un humano. Hombre o mujer, me da lo mismo. Dame el corazón fresco de uno de los de tu raza, arrancado con tus propias manos, y te concederé tu deseo». Se acercó tanto a ella que, si Astra se ponía de puntillas, podría rozar con la nariz las escamas de la diosa. Parecía más grande, y quizá lo fuera. Un ente maravilloso y amenazante de ojos fríos y colmillos afilados. «Te doy tres soles».

Astra hizo otra reverencia. El siseo se volvió tan fuerte que enmudeció el mundo, para luego desvanecerse poco a poco. Cuando el campo estuvo en silencio, ella alzó la cabeza. Los hombros le temblaban con fuerza. Estaba sola. El altar estaba vacío. No quedaba ninguna de esas serpientes que antes no apartaban los ojos de ella. Intentó conservar la calma o, al menos, que no se le alterase la respiración. Se incorporó de forma torpe y se frotó con fuerza los brazos para tratar de recuperar la sensibilidad. La herida de la palma de la mano le escocía, pero en ese momento era lo último que le importaba. El corazón de un hombre. ¿Cómo iba a llevarle el corazón de un hombre?

Si las piernas le hubiesen respondido habría echado a correr, pero tuvo que contentarse con avanzar a trompicones. El frío se cristalizaba en sus pulmones y los dientes le castañeteaban con tanta fuerza que empezó a dolerle el cráneo. Apenas se fijaba por dónde avanzaba, y al llegar a la puerta que la llevaría de vuelta al mundo de los mortales la atravesó prácticamente de un salto.

Cayó de bruces sobre la hierba húmeda de rocío. Las piedras le arañaron los brazos y el vientre. Inspiró bocanadas de un aire que parecía cálido, y dejó escapar el aliento con un gemido. Ni siquiera se molestó en levantarse: formó un ovillo en el suelo y se abrazó a sí misma con fuerza, tiritando, hasta que el calor empezó a fundir la capa de hielo que parecía haberse adherido a su piel.

2

—Con mis propias manos —repitió, y se las miró con cierta sensación de vértigo.

Tenía manos pequeñas y fuertes, con algunas durezas por el constante roce de las piedras al trepar la montaña o por usar herramientas. Aun así, parecían bastante inocentes.

También parecían hábiles, y por una buena razón. Físicamente podría hacerlo. Había despellejado conejos y rajado el cuello de las cabras más viejas antes de ayudar a descuartizarlas. Sabía convertir un animal vivo en un montón de carne, piel y huesos, para cocinar o hacer herramientas. Abrir el pecho de un hombre muerto no podía ser mucho más difícil.

—Podía ser peor —respondió Tres.

—No sé cómo.

—Podía haber dicho algo que te pusiera en peligro. Y, conociéndote, sé que te lanzarías de cabeza a las fauces de cualquier monstruo antes que dar marcha atrás.

—Eso no es cierto. —Alzó la barbilla, pero se le escapó una media sonrisa que la traicionaba.

No se consideraba ni la mitad de temeraria de lo que Tres la acusaba de ser; al contrario: siempre se sentía pequeña y cobarde. Muy lejos de aquellos a los que admiraba. Muy diferente de la reina en la que, se suponía, tenía que convertirse.

Tres se dio la vuelta mientras farfullaba algo y removía el caldo. El olor de la mezcla de distintas verduras impregnaba la diminuta casa excavada en las grietas de la montaña. El estómago de Astra se sacudió.

—Pero lo que no puedo hacer es matar a alguien.

—No, pero has podido retirarte sin jugarte la vida.

—Entonces ¿qué? ¿Fracaso sin más?

—Hay batallas que no compensa ganar —murmuró el hombre en tono cálido y conciliador.

Vertió la sopa en dos cuencos de madera y la chica tuvo que

agarrarse a los bordes de su asiento para no quitársela de las manos y beber su parte con ansia. Tres le dejó el cuenco y se sentó a su lado, frente al fuego.

—Damos gracias a los dioses por esta comida.

—Y rogamos que nos velen y nos guíen —terminó ella.

Cogieron una de las bolas de patata y carne que flotaban en el caldo y la arrojaron al fuego. El estómago de Astra protestaba con fuerza, pero aguantó con los labios juntos y la cara muy seria hasta que las llamas consumieron el alimento. No sabía cómo llegaba la comida al reino de los espíritus, pero esos pequeños sacrificios aumentaban la fuerza de los dioses y ayudaban a mantener los portales abiertos. Se llevó el cuenco a los labios y lo apartó con un respingo.

—Quema.

—Acabo de quitarla del fuego —respondió Tres con tono burlón.

Ella sopló el caldo, con una mezcla de hambre e impaciencia. Se revolvió en el asiento, incapaz de encontrar una posición cómoda.

—No es el fin de mundo, ¿sabes?

—Dice muy poco de mí no poder superar una de sus pruebas.

—Dice que no eres una asesina dispuesta a acabar con un hombre inocente solo por el capricho de un dios.

—¿Quién ha dicho que tenga que ser inocente? ¿Y si fuera una mala persona?

—¿Eres juez ahora? —masculló él, con el ceño fruncido y la mirada incómoda.

—No es eso...

—Olvídalo.

Pero ella no quería olvidarlo ni sentir que había sido incapaz de complacer a la diosa. Una protección contra el veneno no era imprescindible para volver a la corte, podía andarse con el doble de atención con todo lo que ingiriese. El problema era que no estaba tan segura de ser digna si no lo hacía.

Y, si no era capaz de cumplir una simple prueba, ¿cómo iba a ser capaz de encontrar el portal sobre el que se construyó el palacio y abrirlo? Conocía las tres cosas que necesitaba: el alma de un mártir, los huesos de un dios y la sangre de un rey... o de una reina. Pero abrir un portal cerrado no sería tan sencillo como añadir los ingredientes a la cazuela y esperar a que el guiso se calentase.

Por no hablar de que primero tenía que convertirse en reina.

Se llevó el cuenco a los labios. Estaba muy caliente, pero ya no quemaba. Bebió un trago corto, despacio, con mucho cuidado, y saboreó el líquido antes de dejar que cayera en su estómago vacío. Tres había usado distintas raíces en una combinación que le recordaba a la primera vez que llegó a esa casa, después de un largo viaje en el que había dejado atrás a su familia, su vida y su identidad. Allí, sentada en ese mismo asiento, había dejado de temblar cuando el hombre puso un cuenco como ese en sus manos. Desde entonces, esa mezcla de tubérculos y especias le recordaba al calor en el estómago y la danza de la luz del fuego sobre su piel. Hacía mucho tiempo que aquel sitio había dejado de parecerle una madriguera, porque lo sentía como si fuera su casa. Tres se había convertido en alguien mucho más cercano que su propio padre. Era uno de los pocos que no le exigía nada, sino que la frenaba. La única persona que no le importaba que la viese llorar, porque también era el único que podía limpiarle las lágrimas.

Sabía que él no se sentiría decepcionado. Ni siquiera si renunciase a volver al trono y al reino, si eligiera quedarse para siempre en las montañas. Pero, solo con pensar en rendirse, las mejillas le ardían de vergüenza y rabia. No, tenía que intentarlo al menos. Pensar una forma de superar la prueba, aunque la idea de matar a alguien se le atragantara y goteara como hierro líquido hasta su estómago.

Dio un respingo. Ese era su problema: no podía matar a nadie.

—Pero ella no me ha dicho que tenga que matar a alguien —murmuró.

—Diría que es difícil arrancar un corazón sin matar a la víctima.

—No tanto si ya está muerto.

Tres frunció el ceño. Sus dedos se crisparon sobre el bol.

—¿Quieres buscar un muerto y abrirle el pecho?

—No es tan malo como matar. Sí, me veo capaz de hacerlo —respondió Astra al tiempo que se ponía en pie.

Notaba sus pensamientos acelerados y empezó a caminar por el poco hueco que había en su hogar, un hueco que se le iba quedando aún más pequeño. Los monjes incineraban sus cuerpos, pero los del reino del sur, con el que colindaban, solían enterrarlos. A una jornada de camino había una ciudad lo bastante grande para que hubiera una o dos muertes al día. La diosa le había dado tres días; si se ponía en marcha esa misma mañana...

—Basta —dijo Tres, e interrumpió el hilo de sus pensamientos.

—No, no puedo perder el tiempo. Podría llegar a Lucero, o incluso a Piedra Escrita, antes de que acabe esta noche.

—Y pedir amablemente el cuerpo de un familiar.

—¡Claro que no!

—¿Mejor saquear tumbas, pues?

—Ya están muertos. ¡Están vacíos!

—Has de pensar en las familias de los cadáveres. Por no hablar de lo que te harán si te pillan. ¿Profanar un cuerpo? Te matarán allí mismo.

—No van a atraparme.

—Astra, no es tan importante.

—¡Sí que lo es!

—¿Para ti o para ellos? No debes dejar que nadie manipule tu vida.

—Todos vosotros sois mi pueblo, mi familia. Quiero hacerlo por mí.

—Astra...

—Has dicho que no tengo que dejar que me manipulen, ¿verdad? Pues sé que lo que tengo que hacer es intentarlo, aunque trates de convencerme de lo contrario.

Tres abrió la boca y volvió a cerrarla. Astra se arrepintió de sus palabras. Pensó que una bofetada le hubiera dolido menos. Dejó el cuenco en el suelo y lo abrazó. El hombre le devolvió el abrazo y le acarició la espalda.

—Lo siento.

—Está bien. Solo quiero... protegerte.

—Lo sé.

—¿Estás segura?

—Sí. Ni siquiera será peligroso.

—Voy contigo.

—No —respondió en tono firme, y se separó de él—. Es algo que tengo que hacer sola.

—¿Puedo, al menos, ayudarte a preparar la mochila?

Astra se rio y dejó que él le diera otro abrazo, breve y cálido. El hombre se separó con gesto firme y, tragando saliva, buscó de nuevo el cuenco para ponérselo en las manos.

—Y primero hazme el favor de acabarte la sopa.

3

Se detuvo a tomar aire y aprovechó para ajustarse bien la mochila a la espalda, anudándose el cinturón enganchado a ella en torno a la cintura. Tenía sed, pero no quería parar y enfriarse. Aunque la noche en la tierra de los hombres parecía cálida comparada con la que había pasado en el santuario de las serpientes... El caldo no había bastado para evitarle el picor en la garganta y la sensación de que las articulaciones se le habían vuelto blandas y gelatinosas.

Se obligó a ponerse en marcha de nuevo. La luna iluminaba el camino, salpicado de rocas y arbustos que extendían sus bracitos para engancharsele en la ropa. Por suerte, los pantalones que llevaba, ajustados con cordones por debajo de las rodillas, estaban hechos para resistir las caídas sobre las piedras, el hielo del invierno y la lluvia de la primavera. Los árboles, que no le llegaban a la cintura, no le impedían el paso, pero le preocupaban sus raíces, que parecían jugar a hacerla caer. Desde que se alejó de las faldas de la montaña, la vegetación se había vuelto más profusa, y el paisaje cambiaba a cada trecho. Había recorrido mucha distancia desde que partió, a media tarde, y mantuvo el ritmo. Si era posible, quería estar de vuelta antes de que despuntara el alba. A fin de cuentas, los monjes no tenían permitido abandonar las montañas, el único terreno en el que podían vivir, y solo de momento.

—A los hombres les incomoda lo que no pueden controlar. Todo lo que es más grande, más listo o mejor que ellos. Por eso quisieron librarse de los dioses.

Sierra tenía una voz calmada, erosionada por los años y el viento frío y cruel de la montaña. Tenía el pelo fino y gris, y un rostro tan arrugado que a veces parecía un muñeco mal tallado en cuero cuarteado. Astra lo recordaba desde los primeros días en las montañas: un anciano más cercano a la muerte que a la vida, y que sin embargo resistía invierno tras invierno, incluso cuando el hambre les apretaba el estómago o el hielo se colaba en sus refugios.

Las historias de Sierra contradecían todo lo que Astra siempre había oído sobre los dioses: mientras que a ella le hablaban del caos y la destrucción caprichosa de esos seres superiores, Sierra contaba relatos de magia y milagros, aunque a veces también de castigos o de actos injustos.

—Pero hubo un tiempo en el que las maravillas eran cotidianas, y nos negamos a abrazarlas por miedo. Hicimos el mundo pequeño de nuevo —había dicho Sierra, y Astra se encontraba de vez en cuando reflexionando sobre sus palabras.

Astra quería detenerse y recuperar el aliento. Sacó el pañuelo del bolsillo para pasárselo por la cara. El mundo no le parecía pequeño, precisamente, pero entendía a lo que se refería Sierra. Los milagros podían volver. Los dioses eran caprichosos, pero ayudaban. El error era tratar de controlarlos en vez de rogar por sus favores y ofrecer siempre un sacrificio a cambio.

Desde que los dioses habían abandonado el mundo de los humanos, este se había vuelto gris y más duro: cuando una especie desaparecía no había otra nueva que la remplazase. Los inviernos eran más tibios y los veranos más frescos, de forma que las estaciones se diluían hasta convertirse en una sola. Las lluvias eran menos frecuentes y los ríos cada vez más estrechos, por no hablar de los bosques que perdían terreno y vida. Era lo que pasaba cuando los hombres trataban de domesticar la naturaleza, o a los dioses, o la magia: todo lo asfixiaban.

Los primeros tejados que se distinguieron en el horizonte se le antojaron un espejismo. No se permitió creer en que eran reales hasta que estuvo lo bastante cerca como para distinguir los detalles: las tejas de pizarra, las pequeñas chimeneas e incluso las enredaderas que trepaban por las fachadas de piedra. Era un alivio ver que se acercaba a su destino, pero también tenía que extremar las precauciones. Lucero era un pueblo pequeño y letal en el que abundaban los soldados por encima de cualquier otra profesión, ya que albergaba una academia donde entrenaban nuevos reclutas. Le hubiera gustado tener el don del silencio o el de la invisibilidad, aunque este último era más un mito que algo que se pudiera pedir a los inmortales. Tuvo que contentarse con salir del camino y deambular entre los árboles, que ya le sacaban varias cabezas de altura. Desde lejos distinguió el resplandor de las antorchas. A fin de cuentas, ese pueblo era el primero al que se llegaba desde el camino de las montañas, y estaba siempre despierto por si a alguno de los monjes se le ocurría incumplir la ley y adentrarse en él.

Se suponía que la pena por entrar en el pueblo era la cárcel, pero todo el mundo sabía que, una vez que se atrapaba a un monje, se aprovechaba para acusarlo de otros crímenes inventados y ponerlo frente al verdugo.

Así pues, entrar en el cementerio de Lucero era un suicidio. No, Astra tenía que seguir caminando sin atender a los quejidos de cansancio de sus piernas. Se adentró aún más en el bosque cada vez más frondoso y buscó los puntos de referencia que había memorizado para no perderse: tenía que seguir el cauce de río sin acercarse demasiado, ya que a veces colocaban vigías, y avanzar hacia el corazón del bosque. Cuando las ramas devorasen todo el cielo podría caminar en línea recta. Llegó hasta el tronco caído de un pino en el que crecía musgo y hongos tan coloridos como mortales, y allí viró para avanzar en la dirección que señalaban las raíces. Se permitió un descanso breve, lo justo para cerrar los ojos unos segundos recostada sobre el tronco húmedo de un árbol gigante. Hizo girar los tobillos antes de estirar las piernas y masajearse los muslos. Le quedaban pocas fuerzas y aún no había llegado a su destino, por no hablar del regreso. Pero, si tenía que detenerse, que fuera con el corazón del hombre en la mochila y de vuelta a las montañas. Era mejor que adentrarse en la ciudad de Piedra Escrita a plena luz del día. Así que, aunque el estómago protestó, ni siquiera se detuvo a comer. Solo se permitió unos tragos de agua antes de guardar la cantimplora de piel de cabra en la mochila y apoyarse en el árbol para ponerse en pie. El camino esperaba y parecía que todas las criaturas de la noche se reían de ella.

Astra no tendría el aplomo ni la resistencia de un héroe, pero se esforzaba en avanzar como si sus fuerzas fueran mayores. Cuando los árboles empezaron a espaciarse y las casas de Piedra Escrita se hicieron visibles, dejó escapar un suspiro. Piedra Escrita era de mayor extensión que Lucero, con casas altas en las que vivían varias familias o grupos de jóvenes que habían emigrado allí para trabajar en las minas. Era una tarea dura que desgastaba mucho en pocos años, y ni siquiera estaba tan bien pagada como las minas de oro y diamantes que estaban cerca del castillo. Por otro lado, siempre había faena, y en épocas donde esta escaseaba en otros lares, muchos jóvenes estaban dispuestos a trabajar en cualquier sitio que les asegurase el pan y el cobijo. También había guardias, por supuesto, pero no era tan arriesgado como acercarse a Lucero. Los soldados tenían bastante con mantener a raya a los ladrones de la propia ciudad. La amenaza solía estar dentro, lo cual le permitía a Astra calcular cuál era la mejor ruta desde fuera.

Sabía que había un cementerio de nobles y gente ilustre en el centro de la ciudad, en esa tierra sagrada en la que, hacía muchos años, se alzaba un templo. Por suerte, el espíritu serpiente no se había puesto especialmente exquisito y no había especificado que el corazón tuviera que estar lleno de sangre viva, ni en el cuerpo de alguien que hubiera realizado alguna proeza. Lo único que le había pedido era un corazón fresco, por lo que bastaría con el cementerio precario y desordenado que se extendía a las afueras de la ciudad, en el camino hacia las minas. Eso le facilitaría mucho la tarea. Nadie vigila a los muertos y, mientras la noche la cubriese, Astra podría acercarse sin tomar demasiadas precauciones y buscar una tumba reciente. Rodeó la ciudad, evitando alejarse del bosque hasta el último momento, y se cubrió con la capa al hacerlo. No hacía demasiado frío, pero sus ropas delataban que se trataba de una monje. Aunque la ciudad durmiera, ella no podía tentar a la suerte. Los nervios le recorrían el estómago y los brazos; centelleaban en la punta de sus dedos conforme se acercaba al cementerio.

La quietud del ambiente la crispaba. El silencio se le hacía extraño. Se adentró en el terreno en el que habían amontonado a los muertos de forma apresurada y confusa. Había una suerte de verja alrededor, pero las tumbas habían sobrepasado sus límites. Algunas tenían una inscripción en piedra o en madera, otras eran un simple montículo en el que, a veces, se apilaban piedras planas. Desde que expulsaron a los dioses se prohibieron las ceremonias a los muertos, como si, al morir, la persona se convirtiese en un montón de huesos y carne putrefacta sin ningún otro valor. Astra caminó, sin dejar de volver la vista atrás cada pocos instantes. Los enterramientos viejos se mezclaban con los nuevos, algunas tumbas estaban tan juntas que parecían una sola. Astra distinguió una que parecía bastante reciente, pero no lo suficiente. «El corazón fresco de uno de los de tu raza». En una ciudad tan grande, ¿no había muerto nadie en los últimos días?

Fueron las flores lo que llamó su atención. Tensó los hombros. Rozaban lo legal de forma bastante sospechosa, si es que no estaban directamente prohibidas. Flores rojas y naranjas sobre un montículo de tierra con la forma aún bien definida. No había piedra ni madera; sobre la arena había apenas escrita una palabra que el viento aún no había tenido oportunidad de desdibujar: «MAMÁ». Con mayúsculas y líneas redondas y cuidadas. Astra sintió que se le aceleraba el corazón. Alguien había puesto tanto cariño en cada trazo que su primer impulso fue alejarse. Recorrió el cementerio entero, de arriba abajo, buscando entre cada resquicio y cada lápida una tumba que fuera igual de reciente. Perdió más tiempo del que podía permitirse y solo consiguió llegar al mismo punto, a aquellas letras acusadoras bajo las flores del color de la sangre. Al menos había encontrado una pala corta, de hierro manchado de barro y óxido. El viento hacía palpitar de forma casi imperceptible los pétalos, que parecían un ser vivo en mitad de ese montón de tierra. Astra recorrió cada uno de los trazos; se sentía incómoda y revuelta.

Un corazón a cambio de un deseo. La mujer (la madre) allí enterrada estaba muerta y no iba a hacerle ningún daño. ¿Por qué se sentía tan mal? Era peor degollar liebres o romperles el cuello a las palomas que atrapaba en una trampa, cosas que había aprendido a hacer sin vacilación alguna. ¿Por qué abrir aquella tumba le parecía peor? ¿Por qué hubiera sido mucho más fácil sin esa palabra y sin esas flores que desafiaban la ley? Podía echarles la culpa a las flores. Si la familia encontraba la tumba profanada, sin duda pensaría que era obra de alguien que se había ofendido por aquel recordatorio de los ritos prohibidos. Incluso los soldados podrían hacer algo así. Se agarró a esos pensamientos como si fueran a ayudarla a sentirse mejor, y se inclinó sobre la tumba.

Primero quitó las letras. Con movimientos apresurados, como si se trataran de una protección que quisiera romper antes de empezar a cavar para sacar el cadáver. Agarró la pala con fuerza y la incrustó en la tierra. Una y otra vez, con el ceño fruncido y los brazos cansados. Trabajó sin descanso, sin detenerse tan siquiera para quitarse el sudor de la frente. Se encogió al oír el ulular de un búho, pero, tras un vistazo al pueblo y al bosque, volvió a acometer la tarea con más prisa y menos fuerza. Si la encontraban allí, ni siquiera se molestarían en encerrarla o juzgarla. Posiblemente le asestarían un golpe y la dejarían caer en esa misma tumba, sin siquiera rematarla antes de cubrirla con tierra. El sudor se le enfriaba y la visión le fallaba a causa del cansancio. El oído también la traicionaba, azuzado por una imaginación asustada que creía oír pasos tras ella, o murmullos al otro lado del cementerio.

La pala dio con algo blando y Astra hizo una mueca. Con todo el cuidado que podía permitirse sin perder aún más tiempo, empezó a apartar la tierra a paletadas. Sus ojos estaban acostumbrados a la luz de la luna, que le permitió ver detalles del cuerpo. Una capa que, pese a la suciedad y la tierra, parecía nueva. Una mano blanca de dedos cortos y secos. Mechones de cabello castaño claro, quizá rubio, que se escapaban de la capucha cosida para esconder el rostro. Mejor así, lo último que necesitaba era ver la cara de la mujer a la que iba a arrancar el corazón para llevárselo a una diosa que no iba a hacer nada bueno con él.

Dejó caer la pala y soltó el aire hacia el cielo, con un suspiro agotado. Habría preferido tumbarse y echarse a dormir hecha un ovillo en la tierra removida que rodeaba al cuerpo. Pero lo que debía hacer a continuación le revolvía las tripas y le quitaba las ganas de conciliar el sueño.

Abrió la mochila y enarboló el puñal. Lo giró, cambiando el agarre, como si lo que le preocupase fuera el modo de sostenerlo y no lo que iba a hacer con él. Era una hoja fuerte y gruesa, afilada por un lado y serrada por el otro. Serviría tanto para cercenar las venas del cuello como para abrir camino en el músculo y, usada como palanca, separar los huesos. Dudó un tiempo que cada vez se hacía más escaso antes de sacar las tijeras que Tres había tenido a bien meterle en la mochila, junto a los frutos secos que aún no había probado. Agarró la tela casi sin usar y cortó una abertura a través de la que llegaría mejor al pecho. A verla tan de cerca se dio cuenta de lo finas que eran las puntadas. Desde que abandonó la corte, Astra no había visto una prenda cosida con tanto cuidado. Se preguntó si quien lo había hecho era la misma persona que había escrito esa palabra solitaria sobre la arena de su tumba. Su familia debía de haberla querido mucho. Que la enterrasen en esa parte del cementerio indicaba que eran pobres y, pese a todo, le habían puesto ropa nueva y fina que podrían haber vendido a buen precio. Además, se habían arriesgado a dejar flores. Astra hubiera querido apartar todo eso de su mente mientras desgarraba la abertura que había hecho en la ropa y dejaba a la vista el pecho, blanco y pequeño, ligeramente arrugado, de la muerta.

Resopló y tuvo que limpiarse el sudor de las palmas de las manos antes de afianzar mejor el puñal. Quería mirar hacia otro lado al clavarlo. Allí, con el arma en la mano y aquella mujer muerta y mansa tendida ante sí, Astra recordó a Tres diciéndole que no tenía por qué hacerlo, que no pasaba nada por no conseguir el don de la serpiente. Que fracasar no la hacía menos digna. Entonces, ¿por qué se sentía tan mal consigo misma? Tenía que hacerlo, tenía que demostrarse que era más fuerte, más valiente, más capaz. Apretó los labios y descargó el golpe contra el pecho.

La sangre de los muertos no tiene la misma fuerza que la de los vivos. Ni su ímpetu. Ni siquiera el mismo color. Astra puso una mueca mientras abría la carne rígida y separaba las costillas para sacar un corazón que, esperaba, estaría lo bastante fresco para complacer a la diosa serpiente.

Lo metió en un saco de tela blanco, uno de los que usaban para dejar ofrendas a los dioses, y lo guardó con cuidado en la mochila. Podía irse, pero dejar la tumba abierta le parecía peor que insultar al cadáver al que le había abierto el pecho. Alzó la vista al cielo, que aún estaba oscuro, pero en el que no tardaría en dibujarse la raya del alba. Debía darse prisa si quería perder el tiempo en algo que, si bien era estúpido, también era necesario para marcharse con la conciencia algo más tranquila.

Ocultó la herida del cuerpo colocando bien la ropa antes de empezar a empujar la tierra que había quitado de la sepultura. Con los brazos agotados echó paletadas de tierra hasta que la mujer quedó oculta de nuevo. No tenía la misma forma que antes, pero al menos esa familia no iba a encontrarse la tumba abierta y el cuerpo mancillado. Allanó de forma torpe la arena para luego colocar encima la flor roja, en el mismo sitio en el que la había encontrado al llegar.

La ciudad empezaba a despertarse cuando, por fin, Astra recorrió el camino de vuelta al bosque. Tenía las piernas tan cansadas que pensaba que en cualquier momento podían fallarle y dejarla caer de bruces al suelo. Sin embargo, logró llegar hasta la primera línea de árboles antes de que la luz del sol se derramase sobre ella. Se apoyó en un tronco y volvió la vista atrás, más inquieta de lo que le hubiera gustado, con esa familia desconocida entre sus pensamientos y esa palabra, «MAMÁ», que parecía un grito arañado en la tierra, fresca en sus pupilas.

No se sentía heroica, se sentía como una miserable. A lo mejor tendría que haber hecho caso de Tres. Dejó escapar un suspiro y se giró para seguir avanzando hacia lo más profundo del bosque. La mochila se agitaba con el movimiento de sus pasos. Tuvo la sensación de que el corazón que le había arrancado a la mujer había empezado a palpitar a su espalda.

4

Algo se agitó entre los arbustos. Astra se despertó con un sobresalto contenido: los ojos muy abiertos y el cuerpo completamente inmóvil, con cada músculo tenso y listo para saltar. Contuvo la respiración hasta oírlo de nuevo. No podía ser algo muy grande, tal vez un conejo, algún pájaro o una serpiente. Algo más tranquila, bostezó y sacó los brazos de la manta con la que se cubría, del mismo tono de la maleza. Se frotó los ojos. El sol ascendía en el cielo. No debía de haber dormido mucho tiempo: dos o tres horas. Lo suficiente para darse un respiro y volver a ponerse en marcha.

Notaba todo el cuerpo agarrotado por el cansancio y la mala postura con la que se había entregado al sueño, acurrucada en el suelo. Se preguntó si había sido una buena idea o si le habría resultado más sencillo no dormir en absoluto y seguir arrastrando sus pasos hacia la montaña, pero el cansancio la había llevado al límite y se había sentido incapaz de mantenerse alerta o apresurar el ritmo. Sacudió la manta antes de doblarla y abrió la mochila para meterla. Allí, en la bolsa blanca, seguía el corazón que había arrancado del pecho de la mujer muerta. ¿Dejaría de sentirse enferma al recordarlo a medida que pasaba el tiempo? Se había lavado las manos a conciencia en el arroyo antes de dormir, pero, con la mochila ajustada en la espalda, tuvo la necesidad de acercarse de nuevo y frotarse las manos con rabia en esa agua tan fría que primero dolía y luego le entumecía los dedos. Sacudió las manos en el aire y después se las restregó en la parte interior de la capa. Se notaba sucia con la ropa que había llevado todo el viaje, rígida por el sudor seco que se mezclaba con el polvo y la mugre del camino. No sabía qué le apetecía más; dormir directamente o quitarse esa tela maloliente y asearse antes de meterse en la cama con sus sábanas limpias. Daría todo lo que llevaba encima por poder limpiarse el pelo y peinarse. Sentía la trenza sucia y el pelo, enredado, pegado al cráneo.

Caminó con desgana, haciendo un esfuerzo por mantener la cabeza alta y la vista alerta. No solo por los hombres, también había animales peligrosos en el bosque, aunque la mayoría de los depredadores prefiriera huir antes que enfrentarse a los humanos. Pero a Astra la habían educado en el respeto a los bosques y a todos los seres que vivían sobre la tierra o por debajo de ella. Cuando los dioses caminaban entre los humanos, los animales eran el doble de poderosos. Se congregaban cerca de aquellos espíritus cuya forma habían tomado (¿o era el espíritu quien tomaba su forma del animal?). Y los espíritus les concedían dones o poderes a algunos, tal y como hacían con los seres humanos. Astra había oído hablar de un valle en el que las arañas gigantes se hicieron tan fuertes y astutas que devoraron a su propio dios. Algunos monjes decían que esas arañas seguían viviendo en túneles bajo las montañas y que tenían una inteligencia mayor que la de cualquier animal, superior incluso a la de los humanos. Fuera cierto o no, los túneles eran demasiado peligrosos para que ni siquiera los monjes más temerarios quisieran internarse en ellos más allá de la entrada: oscuros, húmedos y resbaladizos. Aventurarse más era como adentrarse con una venda en los ojos en un laberinto de hielo en el que en cada esquina había fosos en los que aguardaba la muerte.

Sus pensamientos divagaban mientras ella arrastraba los pies por la maleza, pasando de una cama limpia a las monstruosas arañas que, se suponía, vivían en esas cavernas. El agotamiento la aturdía tanto que casi no oyó los ruidos que se acercaban a ella hasta que estuvieron prácticamente encima. Por suerte, la carcajada que atravesó el aire fue lo bastante clara, lo bastante fuera de lugar, como para alertarla. Con el corazón acelerado, Astra buscó refugio a su alrededor y se lanzó bajo unos arbustos. Se arrastró sobre la tierra. Se le clavaron piedras en el costado; ignoró las ramas bajas que le arañaron la cara y se engancharon en su ropa. Avanzó hasta haberse camuflado lo bastante y se hizo un ovillo mientras las voces se acercaban.

—No sé para qué te has traído el arco.

—¿Quieres atrapar animales con las manos?

—Como si fueras capaz de acertar a un árbol a cinco pasos de distancia.

Forcejeos. Risas. El estómago de Astra se encogió. ¿Cazadores? No tardó en distinguir, entre sus pisadas, el sonido de otras mucho más ligeras: las del perro que los acompañaba. Ahogó un gemido. Si captaba su rastro estaba perdida.

Se encogió un poco más y trató de recordar si llevaba algún amuleto que ocultase su olor. No tenía nada, ni siquiera tiempo para restregarse en la tierra como los animales. El trote del perro se acercó a su arbusto. Vio unas patas cortas y blancas por debajo de las ramas que la ocultaban entre un abrazo de espinas que iba a convertirse en una cárcel. El animal se inclinó. Astra abrió los ojos, llenos de una sorpresa que no se atrevía a ser alivio. No parecía ser un perro grande, ni de caza. De hecho, ni siquiera parecía un perro; tenía un tamaño más propio de un gato y dos amigables ojos de un brillante tono negro.

—Aún estoy aprendiendo. Ya verás, dentro de un año cazaré mejor que tu hermana.

—Tú sueñas.

El animal olisqueaba en su dirección con curiosidad. Astra emitió un siseo casi inaudible. Aunque, ahora que estaban más cerca, las voces le parecían más agudas, con ese tono irregular que tienen los niños que se adentran en la adolescencia. No eran dos cazadores experimentados, más bien dos críos que aspiraban a serlo.

—¡Vamos, Bai! —llamó uno de ellos.

El perro sacudió la cabeza antes de alejarse de Astra sin mostrar mayor interés. El alivio le recorrió los músculos con la sensación líquida y cálida de quien se sumerge en un baño de agua caliente. Se dio cuenta de que sonreía al notar la tierra entre los labios, y se resignó a esperar un poco antes de salir y quitársela de la cara. Después del susto, acabar un poco manchada era algo que casi agradecía.

Se quedó tendida en el suelo hasta que las pisadas y las voces de los chicos se perdieron entre los demás ruidos del bosque. Entonces salió a rastras del escondite y se sacudió la tierra de la cara y la ropa antes de volver al camino.

El susto le había disparado la adrenalina, lo cual le dio fuerzas renovadas para seguir el camino de vuelta a casa. Al menos por un tiempo. Cuando el bosque quedó atrás y los árboles se volvieron cada vez más pequeños, de ramas duras y retorcidas, dispuestas a resistir lluvia y viento, y el camino se tornó cada vez más empinado y pedregoso, Astra se sintió a punto de romper a llorar del agotamiento.

Llegó un punto en el que el aire parecía haberse condensado. Al mover las piernas, cada vez más pesadas, sentía que en realidad atravesaba algo tan denso como el lodo. Oía su propia respiración, agitada y desordenada. Conforme ascendía, el mundo se convertía en una mancha borrosa, y el sudor se le enfriaba en la frente, la espalda y las axilas. Pensó que iba a derrumbarse. Si no lo hizo fue porque sentía el bombeo del corazón que le había arrancado a la mujer muerta. Parecía burlarse, o acusarla, o quizá ambas cosas. Astra se permitió una última parada en un paso estrecho entre las rocas. Con el sol en lo más alto y la espalda contra la piedra tibia, igual que los lagartos, se quedó un tiempo con los ojos entrecerrados mientras apuraba el agua y los frutos secos que le quedaban. Allí, en esa torre de piedra y niebla, por fin estaba a salvo. Sólo debía hacer un último esfuerzo para llegar a ese lugar que había pasado de ser su cárcel a convertirse en un hogar. Un refugio en un mar de nubes al que, dentro de poco, tendría que renunciar para intentar convertirse en la líder que no se sentía.

Pero, algún día, tal vez, todo estaría en orden y Astra podría volver a ese límite difuso entre el mundo de los hombres y el de los dioses, donde la magia no había muerto y las puertas a lo imposible seguían abiertas.

5

—¿Lo de lanzarte de un sitio peligroso a otro peor es por costumbre? ¿O es que te gusta llegar a tu límite hasta destrozarte?

Astra arrugó la nariz sin perder la sonrisa, porque una mueca era la única respuesta que se le ocurrió darle a Tres. Habría jurado que el hombre envejecía visiblemente tras cada misión que llevaba a cabo, y se sentía culpable por las canas y las arrugas de preocupación que se dibujaban en torno a sus ojos.

—No me hace gracia —refunfuñó él.

Astra no perdió la sonrisa ni se molestó en replicar o justificarse. Con el sueño aún pegado a los párpados, se inclinó de lado y enterró la cara en el hombro de su mentor. Notaba la tensión en el cuerpo de Tres, y una resistencia tan fina como una capa de escarcha que se derritió a los pocos segundos. Él le pasó el brazo por los hombros para abrazarla de costado.

—Ni siquiera has dormido decentemente y ya quieres volver con los dioses.

—He dormido toda una tarde y una noche. ¿Quieres que el corazón se pudra?

—Me haría bastante feliz que lo enterrásemos para darle sepultura, aunque sea a trozos, a esa pobre mujer.

—Está muerta; creo que ya le da lo mismo.

—Tampoco lo sabemos, Astra.

—Bueno, ya está hecho —respondió a la defensiva mientras se separaba de él.

Tres hacía que se le removiese la culpa, sus palabras le dejaban un sabor amargo en la boca del estómago. La palabra («MAMÁ») trazada en la tumba que ella había destrozado se volvía más vívida. Al llegar, casi inconsciente, había caído en un sueño profundo y oscuro como un río subterráneo. Pero con la luz del alba había tenido una pesadilla en la que una familia lloraba y gritaba con rabia esa misma palabra, en voz tan alta que los oídos empezaron a sangrarle. Los miembros de la familia tenían rostros irreconocibles, como si fueran esculturas con los rasgos erosionados. Y las voces eran de niños, de adultos, de ancianos... Astra se había despertado con el corazón acelerado, y su primer impulso había sido buscar con pánico el corazón robado. No sabía exactamente de qué tenía miedo: si de que no estuviera en su bolsa o de que las voces provinieran del interior.

Se había tranquilizado con la luz del sol, el olor familiar y limpio de las sábanas y el ruido que hacía Tres al trastear en la estancia principal. Ahora, con el estómago caliente por el caldo y lleno de pan de nueces, se sentía casi feliz. O así habría sido, si la culpa hubiese dejado de removerse bajo su piel.

—Solo quiero acabar con esto.

—Astra... a veces, las peticiones de los dioses parecen absurdas o arbitrarias. Otras veces hay algo que se escapa a nuestro entendimiento. Aunque para ti un cuerpo sin vida no tenga más valor que un trozo de carne que se descompone, los muertos siempre han tenido otro valor para los espíritus.

—Ya —murmuró ella, con los brazos cruzados y cambiando el peso de un pie a otro.

—Hay un motivo por el que las ofrendas suelen requerir la muerte de un animal y, las más poderosas, la de una persona. Para los dioses, las ofrendas tienen un valor que no entendemos. Y no todos los órganos son iguales para ellos. Ni siquiera el cerebro es tan valioso como el corazón. De cualquier manera, el único sitio donde debería estar ese órgano es dentro de su propio pecho. Todo lo demás es peligroso.

«Pero el mal ya está hecho», pensó ella con el ceño fruncido. Tres soltó un suspiro pesado y la miró con esos ojos que a veces parecían tan cansados como si llevara años sin disfrutar de una buena noche de sueño.

—Vas a entregárselo de todas formas, ¿verdad?

—Sí.

—Abrígate mejor esta vez. Ya sabes que allí el frío corta y mata.

Le vino bien esperar hasta la puesta del sol para prepararse adecuadamente para el viaje. El amanecer y el ocaso eran los mejores momentos para cruzar el umbral al otro mundo, y aunque durante la noche los sentidos se desdibujaban y jugaban malas pasadas, de día el mundo de los dioses era más afilado. Con ropa tan abrigada que moverse le resultaba aparatoso, una bandolera en la que el corazón muerto se volvía más pesado a cada paso, Astra se acercó al templo.

Del mismo modo que había que quitarse las botas antes de meterse en la cama, antes de entrar en el mundo de los espíritus había que limpiar el alma. Por eso, los templos siempre se levantaban delante de una fuente, un arroyo o un lago con agua limpia. Astra se quitó los guantes y bajó la cabeza. Primero pidió perdón, y luego permiso en una lengua tan antigua que nadie entendía, pero de la que quedaban frases que pasaban de una generación a la siguiente. Con movimientos lentos metió las manos en el agua, con las palmas hacia arriba, para que se viera que estaban vacías y que no tenía intención de hacer ningún daño. Las unió bajo el agua y formó un cuenco con ellas. Se las llevó a la boca y bebió, un trago lento que también habría de limpiarla por dentro. Juntó las manos frente a los labios, cerró los ojos y se inclinó, dejando la mente en blanco.

Sabía que el cosquilleo que se extendía por los brazos era la señal para incorporarse y abrir los ojos de nuevo. Se necesitaban manos limpias, cuerpo limpio y mente limpia para cruzar el umbral, o por lo menos para asegurarse de que la puerta estaba abierta y no iba a darse de bruces con ellas o llegar al lugar equivocado. Se acercó entonces al templo, una pequeña construcción vacía hecha de madera. Constaba de tres paredes y un tejado cubierto de musgo, inclinado para aguantar la lluvia. En el interior había una tosca escultura frente a la pequeña hoguera que los monjes mantenían viva día y noche. La criatura de piedra era un ser alargado con ojos de búho y cuernos de toro, aunque de uno de ellos solo quedaran restos. Astra encendió una de las varas de incienso y repitió otra de esas frases cuyas palabras sonaban rígidas y solemnes: una petición de protección. Dejó el incienso cerca de la hoguera, se inclinó de nuevo y salió del templo para dirigirse a la puerta.

No era una puerta como la de las casas. En realidad eran dos menhires tallados en los que habían incrustado cientos de trozos diminutos de espejos. Había que mirar un reflejo y acercarse con las manos abiertas y el paso firme. Astra caminó sin acelerar el paso, las palmas hacia arriba, vacías, y la barbilla alta. Entrecerró los ojos ante el resplandor de los espejos, tuvo que emplear la fuerza de voluntad que tenía para mantenerlos abiertos. El frío se le enredó entre las piernas y le trepó por la espalda. La luz la cegó, pero siguió caminando hasta que el frío le provocó un estremecimiento y la oscuridad acudió a su encuentro como si la noche se hubiera derrumbado sobre ella. Había cruzado el umbral. Se frotó las manos al tiempo que contemplaba aquel paisaje siempre desconocido.

Solía notar un tirón en el estómago, una sensación parecida al vértigo, al pensar que podía haber hecho mal alguno de los pasos previos, haber llegado a un lugar distinto a su destino. Solía ser el caso cuando algún monje no regresaba, aunque los que lograban encontrar el camino de vuelta contaban historias aterradoras. Pero Astra reconocía aquel paraje y encontró las referencias con las que guiarse para llegar al hogar de la diosa serpiente: la montaña con forma de luna hacia la que tenía que dirigirse, las rocas afiladas como dientes que tenía que bordear por la izquierda y el sauce con hojas de metal que, si se levantaba el viento, eran capaces de cortarlo y emitir el sonido de cientos de pequeñas flautas dulces. Se ajustó bien el grueso pañuelo que le cubría la cara y se aseguró de que no quedaban expuestas las orejas ni la nariz. Prefería no arriesgarse a perderlas. No dejó de avanzar mientras se ponía los guantes. No había mucha distancia hasta llegar al altar de la diosa serpiente, pero el frío podía matarla. Quería acabar cuanto antes. El latido del corazón de la mujer muerta se había hecho más evidente, Astra podía incluso oírlo: un pálpito suave y rítmico que acompañaba los movimientos que notaba contra la cadera. No podía ser solo su imaginación. Apretó el paso. Le hubiera gustado echar a correr. Lo que de verdad le apetecía era abrir la bandolera, arrojar el órgano palpitante tan lejos como pudiese y volver a su casa para olvidar todo lo que había hecho. Pero apretó los dientes. Tenía una misión y estaba cerca de completarla.

Volvió a sentirse observada al llegar al altar de la serpiente, y, sin embargo, no vio ni un solo par de ojos brillantes y rasgados que la vigilasen. Inspiró hondo para tomar fuerzas, porque las necesitaba para quitarse los guantes de nuevo y exponer la piel aún húmeda al frío cortante.

—Ama de las sierpes y guardiana de la sabiduría, me inclino frente a ti para rogar tus favores.

Su voz sonaba más acelerada que la otra vez, quizá de impaciencia. La hierba emitió un siseo o quizá una risa mientras Astra se reabría el corte en la mano. Colocó el corazón en el mismo lugar en el que unos días antes había depositado un conejo. Palpitaba, sí, podía ver cómo se hinchaba y se sacudía sobre la piedra. Por más que quisiera mantener el rostro inexpresivo, notaba cómo se curvaban hacia abajo las comisuras de sus labios, al tiempo que la espalda se le tensaba. Completó el ritual, caminando en círculos en el mismo sentido. ¿Dónde estaban los ojos iluminados como estrellas sobre la hierba? En su lugar había una brisa fría que había encontrado los resquicios entre su ropa y le acariciaba la piel sin ningún pudor, hasta estremecerla. Astra esperó, inclinada. Aunque su instinto le gritaba que se diera la vuelta, se mantuvo muy quieta con la frente contra el pedestal, las manos extendidas y, en los oídos, el sonido de la carne del corazón que, al moverse, acariciaba la piedra. Juntó las cejas y cerró con más fuerza los ojos. Daría cualquier cosa por dejar de oírlo.

No hubo ningún dolor afilado que perforase su mano. En lugar de eso, sintió el cosquilleo de una lengua bífida. El corazón robado se agitó con más fuerza, como si intentara huir. Astra tuvo la absurda idea de acariciarlo para calmarlo, de rogar perdón al trozo de carne que había arrancado de una mujer muerta.

«Pensaba que ya no volverías», dijo su propia mente con pensamientos robados.

—No estaba segura de lograrlo.

Se levantó despacio, con gestos respetuosos y la expresión más neutra que fue capaz de poner. Astra lanzó un vistazo a su alrededor. Seguía sin haber más criaturas observándolas. Por algún motivo, la diosa no había convocado a ninguno de sus hijos. No entendía sus motivos, pero Tres tenía razón en una cosa: no podían aspirar a comprender cómo y por qué tomaban los dioses las decisiones que tomaban. Aun así, saber que había algo distinto y no entender sus motivos la tensaba más que el frío que la hacía temblar.

«Has hecho trampa», acusó la diosa.

—Os he traído un corazón fresco de uno de mi propia raza. Ese era el acuerdo.

«No era el sacrificio que tenía en mente».

La serpiente rebuscó más en los recuerdos de Astra para usar su voz de cuando era una niña. Ella sintió un escalofrío al oír el mensaje de la diosa en ese tono de queja agudo e infantil que solía poner cuando algo no le gustaba de pequeña. Bajó la cabeza, con las manos abiertas, e intentó no temblar de frío. ¿Debía suplicar perdón? ¿O se lo tomaría peor la serpiente, si sus súplicas no le parecían lo bastante sinceras? ¿Por qué no le había hecho caso a Tres? Los dedos le palpitaban de frío, empezaban a entumecerse.

El espíritu ladeó la cabeza cerca de la suya. Demasiado cerca. A Astra la asaltaron pensamientos de culebras desencajando la mandíbula para tragarse un insecto demasiado grande. El miedo no solo provenía de aquella imagen, sino de la certeza de que era la serpiente quien la había sacado de su cabeza con una intención clara.

«Espero que esta ofrenda merezca la pena. Si me dejas con hambre me apetecerá otro corazón más reciente».

Atrapó la víscera con unos colmillos afilados y más blancos que la piedra de luna. El corazón se agitaba a un ritmo enloquecido entre sus dientes, y Astra sintió una presión en el pecho que no sabía si era angustia o culpa. La diosa lo devoró en un instante, sin que sus ojos se apartasen de ella. El sonido que hizo al tragarlo le encogió el estómago a Astra. La diosa guardó silencio y, cuando este se volvió insoportable, fue Astra quien tuvo que inclinarse una vez más y romperlo:

—¿Mi señora?

«Aceptable. No es bueno, no te haré inmune al veneno, pero es aceptable».

¿Qué significaba eso? ¿Podía irse? ¿Eso era todo? Vaciló, con la boca entreabierta, pero sin atreverse a preguntar. La risa de la diosa le reverberó dentro de la cabeza, y tuvo que contenerse para no llevarse las manos a las sienes y cerrar los ojos.

«Una piedra roja, para matar a una persona. Una piedra verde, para salvar a alguien que ya ha sido envenenado. Una piedra azul, para hacer que alguien caiga en un sueño tan parecido a la muerte que ni el mejor médico verá la diferencia, pero del que despertará al tercer día. Es más de lo que mereces, princesa».

La voz salió de su cabeza al instante, y la sierpe desapareció al mismo tiempo. La silueta quedó suspendida en el aire, como si fuera una luz brillante que se le había quedado en las retinas pero bastase con fijar la vista para comprobar que no era real. Astra pestañeó. El campo emitía un susurro sibilante más vivo que el del viento, pero no había más que sombras entre la hierba, nada que se dejara ver. Sobre el pedestal en el que había estado la serpiente descansaban tres piedras pequeñas que brillaban como gemas pulidas. Una roja, una verde, una azul. Astra se echó el aliento sobre los dedos y los frotó con fuerza para desentumecerlos. Acto seguido sacó un paño fino de uno de sus bolsillos. Se puso los guantes, y no solo por el frío: no le parecía buena idea tocar directamente las piedras; en especial la roja, que tenía el tono oscuro de la sangre que mana de una herida profunda. Las cogió con el paño y lo dobló con cuidado para, a continuación, meterlo en el bolsillo.

Le pareció oír una risa (su propia risa) y no supo si provenía de fuera o de su cabeza, o si solo había sido su imaginación azuzada por el miedo. Se abrazó a sí misma, encogiéndose, y echó a andar con paso firme y rápido para volver cuanto antes al mundo de los hombres. Tenía lo que había ido a buscar, o al menos lo más cercano a lo que quería. Se moría de ganas de llegar a casa para aprovechar los pocos días que le quedaban antes de regresar al reino que, se suponía, debía gobernar. Sin embargo, prefería no pensar en todo aquello mientras fuera posible. Solo quería llegar al hogar que Tres le había dado y sostener en las manos alguna bebida caliente que, si fuera posible, la ayudase a olvidar la sensación de que había hecho algo terrible. Algo que le había calado bajo la piel.

LA NIÑA DE ACERO

1

El primer rayo de sol atravesó la estancia e incidió sobre sus párpados. Cyra giró la cara hacia el colchón y ahogó un gemido contra la almohada. Se habían acostado tarde y quería aprovechar cada instante de sueño que fuera posible. León roncaba suavemente. Era un sonido grave y rítmico que casi se le antojaba tranquilizador, y que no le impedía recuperar el sueño, a diferencia de los movimientos inquietos que hacía Pyre en la cama superior, que sacudían la litera entera.

Las primeras veces que Cyra se había escabullido para dormir con los galgos, tanto Destrel como las institutrices habían reaccionado con auténtico horror. Como si le hubiera dado por comer vómito o por hacer de vientre en mitad de una cena de gala. Como si a alguien le hubiera importado la soledad de su habitación, o las noches en que susurraba el nombre de su hermana y nadie respondía. Pero eso no importaba, lo que resultaba inadecuado era que la hija del rey compartiera cuarto con esa camada de huérfanos que se entrenaban para matar o morir en la guerra. Pero Cyra se enfrentó a ellos como había aprendido a hacerlo, y peleó hasta que tuvieron que ceder ante sus deseos o, más exactamente, optaron por mirar hacia otro lado.

Allí había encontrado su sitio: ella también era huérfana, y también la habían abandonado, aunque era más difícil verlo, porque tenía todos los caprichos superficiales que pudiera querer antes siquiera de abrir la boca para pedirlos. Hacía mucho tiempo que a Cyra no le importaba lo más mínimo la opinión de mentores, nobles o hermanas mayores, demasiado ocupadas con ganarse el favor de otras gentes como para recordar que ella seguía viva. La única opinión que respetaba era la de los galgos, que se habían mostrado recelosos ante ella antes de que demostrase que su presencia no se debía al capricho de una niñata mimada, que quería luchar y ser digna de ese sitio.

También respetaba a aquellos guerreros que tenían experiencia en batalla, y que no solo habían traído cicatrices de las guerras, sino también sabiduría y, a veces, incluso un respeto extraño por los vencidos. Cyra quería ver el mundo, pero quería hacerlo con sus hermanos. Y no se refería a los de sangre, si no a los del corazón. Quería recorrerlo con ellos y golpearlo hasta dejar marca.

Pyre volvió a girarse y ella lanzó una patada hacia arriba. Su compañera soltó una exclamación y al momento asomó la cabeza por uno de los lados, con los rizos oscuros y cortos convertidos en una corona desmarañada.

—Me has despertado.

—Y tú a mí.

—Tú ya estabas despierta. Cuando duermes de verdad no te enteras, aunque me ponga a bailar en la cama.

—¿Queréis callaros las dos? —gimió Loran.

Hablaba en tono rasposo y afilado, de hierro oxidado. Cyra sintió que aquella voz se le colaba por dentro de las vértebras y le hacía vibrar. Se incorporó sobre los hombros y notó cómo se le dibujaba en el rostro una sonrisa tan fina como la luna cuando rasgaba el cielo.

—Para una vez que te dignas a dormir con nosotros, queremos deleitarte con nuestra presencia.

Loran la fulminó con la mirada y Cyra le sacó la lengua. Sin embargo, al recordar por qué se habían acostado tan tarde, se le torció la sonrisa. No le hacía especial ilusión el viaje hacia el sur ahora que la situación se estaba poniendo tan interesante. Y detestaba con toda su alma tener que obedecer las órdenes de su hermana. Por eso, en lugar de tener una conversación cualquiera, lo bastante irrelevante como para que no les importase perder el hilo al dormirse, todos se habían quedado despiertos, debatiendo cuándo salir, cómo prepararse y qué rutas tomar. No estaban preocupados, pero sí había una seriedad que sonaba extraña en ese cuarto largo y estrecho que compartían.

Siempre obligaban a los galgos a dormir juntos cuando eran niños, pero, una vez que llegaban a la adolescencia, les permitían algo más de intimidad cuando la necesitaban. No iban a ser soldados normales que, tras quitarse el casco y dejar las armas, volvieran con su familia y su gente. Ellos nunca tendrían otra vida que la del ejército, ni otra familia que la que habían formado.

No era el primer grupo de niños entrenados para ser guerreros de élite. La primera camada había sido un grupo de huérfanos que pasaron de robar por las calles a unirse a la guerra para intentar salir de una situación desesperada. Contaban que esos cinco guerreros ayudaron a conseguir lo imposible: se infiltraron en el castillo enemigo y degollaron a la reina en su propia cama. Desde entonces, el ejército tenía camadas: grupos de niños a los que se entrenaba y educaba para servir al ejército. No solo les enseñaban a combatir, sino también a trepar, a mentir, a robar y a apuñalar por la espalda incluso a quien no se separa de sus guardias ni para ir al baño. Los galgos, como el resto de las camadas, tenían que ser sigilosos como sombras y fuertes como robles. Estaban hechos para matar, pero no solo en el campo de batalla.

Cyra sabía que, si las figuras de las camadas no hubieran ido ganando respeto, ni siquiera ella habría logrado unirse a ese grupo. Pero el ejército reconocía el valor que tenían, y las clases más humildes del pueblo los veía con algo parecido a la esperanza. Los niños más pobres podían convertirse en héroes. La princesa vestía con gusto los mismos harapos que aquellos que habían nacido en las calles más sucias.

Y ella tenía algo que nadie le había dado nunca: un grupo, una familia en la que podía confiar a ciegas porque ella tampoco dudaría un instante en dar su vida por cada uno de ellos. Todos formaban parte de algo más grande. Estaban unidos. Incluso Loran, el más independiente, que en aquel momento soltó un bufido indignado y apartó las mantas para bajarse del catre y ponerse en marcha.

Pyre saltó desde la cama de arriba, y se dejó caer sobre la de Cyra solo para molestarla. Ella la empujó con las piernas y la chica morena se rio al apoyar todo su peso sobre ella. La piel quemada, que le deformaba la ceja y le daba siempre una expresión interrogante, vibraba con las carcajadas.

—Prepara mi equipaje cuando hagas el tuyo. Ya sabes que a mí siempre se me olvida lo más importante.

—No pienso hacerlo —respondió Cyra, y su compañera le dio un golpe en las costillas.

—No seas tan desagradable.

—¿Yo? Pues tú eres es una pesada.

—Tú más.

—Las dos —interrumpió Thevi, ¿o era Iveht?

A oscuras no distinguía a los mellizos, que parecían disfrutar con las confusiones que provocaban. Compartían ropa, tenían gestos parecidos y los mismos ojos verdes. También llevaban el pelo cortado de forma idéntica, con los bucles a la altura de la barbilla. Cyra creía que era Thevi porque su voz era algo más grave que la de su hermana, aunque podía ser que el sueño aún paralizase sus cuerdas vocales. Fuera quien fuera, se puso en pie y saltó en la cama del otro, que lo empujó entre risas.

Pyre se había acurrucado al lado de Cyra. Ella le mordió el hombro y dejó escapar la risa contra su piel. Sabía a sal y a fuego. El resto se despertaba, aunque algunos de peor humor, como Loran. León se quedó sentado en la cama, con los ojos negros medio ocultos tras unos rizos del mismo tono. Elama se levantó sin hacer ruido. Era tan discreta que, si no fuera por su brillante pelo anaranjado, podría pasar desapercibida como una sombra. Estiró los brazos, bostezó de forma elegante, como los gatos, y cogió su ropa para a continuación salir a asearse. Petra tampoco llamaba mucho la atención, y para cuando Cyra posó la vista sobre ella, la chica ya se había cambiado y se estaba poniendo las botas.

—¿Qué prisa tienes siempre? Aún no vamos a partir, el sol está despertando —murmuró desde la cama.

—Zheera ha dicho que esta mañana seguimos con la misma rutina, como si nada hubiera cambiado —respondió Petra con su eterno gesto calmado.

Cyra se revolvió con algo de culpabilidad. Ella también había oído a la capitana indicarles eso mismo, con su voz rasgada y aquella eterna expresión melancólica en la cara. Si había una persona a la que los galgos respetaban era a su capitana, que había estado a cargo de su instrucción desde que eran niños.

Cuando Cyra llegó al grupo se esforzó el triple de lo que era necesario para que nadie pudiera pensar que no era digna de estar entre los galgos. Lo que más le preocupaba era que ellos no la aceptasen. Y al principio así fue. La capitana protestó, seria, pero sin perder las formas. La única respuesta que recibió de los nobles fue que ignorase a la princesa hasta que se cansase de jugar a ser soldado. Tal vez para asegurarse de que se cansaba, o tal vez porque la enojaba que no la tomaran en serio, lo que hizo Zheera fue tratar a la chica igual que al resto y ser igual de exigente con ella.

Cyra empezó a entrenar con ellos día tras día, a pesar de que al principio siempre la dejaban atrás en todo. A pesar de las caras largas y de que nunca le dirigieran la palabra. Todos odiaban su presencia, pero ella se tragó las lágrimas y soportó cada castigo por no aguantar el entrenamiento como los demás. Se esforzó cada día hasta el límite de sus fuerzas. Despertaba tan cansada que el cuerpo le dolía y le parecía imposible levantarse de la cama, pero aun así lo hacía. Y, poco a poco, empezó a ser capaz de completar las mismas tareas que el resto.

Fue Zheera quien toleró su presencia, y también fue la primera en aceptarla. Cyra sabía que, si la capitana no la hubiese aceptado, nadie del grupo le habría dado la oportunidad. Después de meses esforzándose, de acudir a entrenamientos a los que no estaba invitada, empezó a ser capaz de aguantar el ritmo de sus carreras, de levantar el mismo peso que ellos y de entrenar las mismas horas con armas tan pesadas que los brazos le temblaban al empuñarlas.

Recordaba esa tarde. La lluvia le calaba la ropa y las botas le resbalaban sobre el suelo de piedra. El frío le endurecía la piel, pero los brazos le ardían de dolor. No dejó caer la espada, esta se le cayó de la mano cuando ya no le quedaban fuerzas para sujetarla. La capitana se acercó con paso lento. El sudor y la lluvia le pegaban el pelo, rubio y corto, al cráneo. Se inclinó y le tendió el arma. No había burla: el gesto era respetuoso, casi solemne. La recordaba muy alta, muy fuerte. No era una persona, era una torre que encerraba a uno de los dioses que no se habían marchado.

—¿Por qué no te vas a casa?

—Esta es mi casa.

—Aquí no queremos princesas.

—En ningún sitio me quieren. —Sus palabras le dolieron porque eran ciertas. Aun así, esbozó una sonrisa al decirlas—. Al menos quiero elegir el sitio en el que sobro.

Las gotas le repiqueteaban en la frente y se le acumulaban en las cejas, para luego derramarse por sus mejillas como si fueran lágrimas ajenas. Zheera no parecía impresionada ni ella esperaba que lo estuviera. Cada uno de los galgos tenía una historia de abandono, o de maltrato, o de algo tan terrible que ni siquiera querían nombrarlo. Puede que Cyra sintiese un agujero en el pecho allí donde debería haber estado el amor de una familia, pero no dejaba de ser una niñata mimada, una privilegiada que lo tenía todo.

La capitana le devolvió la espada.

—Dobla más las piernas o acabarás haciéndote daño en la espalda —murmuró antes de darse la vuelta y seguir con su rutina.

Aquella época se le antojaba lejana. Se sentía otra persona después de esa larga metamorfosis. La princesa había muerto y ella ahora ocupaba un lugar en la manada con la que compartía sus días. Recogió su ropa, que se enredaba con la de sus compañeros, con una sonrisa divertida en el rostro al recordar los rígidos vestidos de azul y oro que nunca fue capaz de aprender a ponerse sola. Y lo divertido que era que sintiera más ligera la armadura que las faldas de seda o terciopelo.

2

Corrían casi todos los días. Algunos solo daban dos o tres vueltas al castillo, pero cada cierto tiempo pasaban horas trotando por los caminos. Elama había preguntado si debían seguir con la rutina, y Lorien había respondido que, que él supiera, el mundo seguía girando. Así pues, habían cambiado las botas por un calzado más cómodo: de cuero y tela recia, que les permitiese correr largas distancias.

Normalmente Pyre y ella se adaptaban una al ritmo de la otra para hacerse compañía e intercambiar comentarios ahogados en las cuestas abajo o cuando recuperaban el aliento, pero en aquel momento su compañera se quedó atrás, en su lucha contra el dolor de la menstruación, y Cyra intentó ajustar el ritmo al de los mellizos.

—Ayer vimos a tu hermana —dijo Iveht en un jadeo cuando ella llegó a su altura—. Poco después de que mandase matar al perro.

Cyra gruñó y se encogió de hombros, a la defensiva. No le gustaba que le recordaran el vínculo de sangre que tenía con la princesa, ni el tono del comentario, que sabía que preludiaba algo más desagradable. Tampoco quería hablar de ese maldito perro que ni siquiera había tenido tiempo de ladrar, con esos ojos estúpidos y brillantes que miraban de forma inocente. No se sentía orgullosa de lo que había conseguido. Al contrario: el estómago le pesaba, pero no había sido ella quien había dado la orden. Quien tenía que sentirse mal era Destrel. Esperaba que no hubiera podido dormir, aunque también sabía que era mucho más fría de lo que le gustaba aparentar.

—Estaba pálida como los muertos.

—No deja que le dé mucho el sol —respondió sin darle más importancia—. Diría que pudieron ser los remordimientos, pero no creo que mi hermana tenga de eso.

—Pasa algo. —Thevi bajó un poco el ritmo de la carrera para poder hablar sin ahogarse—. Ayer por la tarde pasó algo. Lo notamos, es como si hubiera una tormenta encerrada en el castillo y en cualquier momento fuera a estallar.

—No he notado nada —murmuró Cyra después de repasar sus últimos recuerdos.

—Ha sido desde ayer por la tarde. Tu hermana se encerró en su cuarto. Algunos de los sabios se reunieron en secreto.

—Tenéis ojos en todas partes, ¿eh? —bromeó Cyra, con una sensación de inquietud que aumentaba cada vez más.

—Casi.

—Hay salas que se nos escapan y personas que saben alejarse de nosotros —añadió Thevi con una sonrisa dulce y torcida.

—De momento —completó su hermana.

—Pues a ver si lográis enteraros de qué es lo que le preocupa tanto a Destrel.

—Lo haremos —respondieron ambos al mismo tiempo, y compartieron una risa muda antes de estirar más las zancadas para dejarla atrás.

Cyra no era mala corredora. Por supuesto, corría más que la gran mayoría de los soldados, e incluso entre los galgos era de las que mejor aguantaban el ritmo durante mucho tiempo, pero los mellizos podían rebasarla, y ni siquiera ellos eran capaces de alcanzar a Loran, a quien hacía mucho tiempo que habían perdido de vista. Cyra podía acelerar, pero prefería disfrutar de su propio ritmo, del sonido de la tierra que arañaba la suela de su calzado y del paisaje que se deslizaba a su alrededor. Era más fácil mantener los pensamientos, las dudas y la culpa controlados cuando tenía que concentrarse en avanzar. Las preocupaciones se difuminaban con aquel paisaje siempre cambiante. Correr la ayudaba a concentrarse en el presente y nada más.

Cuando llegó de nuevo al castillo, los mellizos estaban bebiendo agua, con las mejillas muy rojas y los rizos de color castaño claro pegados a la frente por el sudor. Los dos tenían aún un aspecto más infantil del que les correspondía, y aún eran bastante bajitos, aunque Cyra no superase a ninguno en altura.

—Hoy nos toca espada —dijo Loran.

—Hoy nos toca descansar —farfulló Iveht.

Cyra quiso darle la razón, pero Loran frunció el ceño.

—Danos al menos un respiro mientras llega el resto.

El chico respondió encogiéndose de hombros y, a continuación, cogió una de las espadas de madera y empezó a practicar movimientos en el aire. Se había quedado con una camisa sin mangas y los hombros se le marcaban con cada movimiento. Al mirarlo, Cyra no supo si sentía admiración o envidia. Loran tenía facilidad con las armas y era bonito verlo moverse. Parecía bailar, si los bailarines pudieran ser tan letales. Loran tenía una soltura especial con la espada corta, pues, en última instancia, todos tenían predilección por alguna técnica en concreto: León era el mejor cuerpo a cuerpo, Elama con el arco, Petra con la espada larga, los mellizos con las dagas y Pyre con los explosivos. Cyra también se sentía más cómoda con la espada corta, pero, comparada con Loran, sus movimientos parecían torpes y lentos.

—Eh, Cyra, límpiate la baba antes de que se dé cuenta.

Iveht rompió a reír con el comentario de su hermano. La aludida alzó la barbilla a pesar del calor que sentía en las mejillas. Como si estuviera haciendo algo malo. Sabía que no era así; era solo que la malicia del tono la había pillado con la guardia baja. Se levantó, con la espalda tan recta que parecía más alta de lo que era, y cogió otra de las espadas de madera.

—Podéis quedaros aquí murmurando tonterías o podemos empezar a entrenar de verdad, si es que os queda aliento.

3

No siempre contaban con tiempo para calentarse el agua para el baño. Tampoco era buena idea acostumbrarse a los lujos o a lo fácil. Cyra cargó con el cubo hasta el diminuto cuarto de piedra que usaban para asearse. Se alegró de entrar después de Ilama, que lo dejaba bastante presentable, sin pelos sobre el suelo mojado, como solía hacer León; o jabón y ropa interior sucia, más típico de Pyre.

Se sentó en el asiento de piedra y se quitó la ropa sudada y sucia. Aprovechó para estirar los músculos, a pesar de que el frío del cuarto le ponía la piel de gallina. Se permitió un estremecimiento al empapar una de las toallas en el agua y frotar sobre ella la pastilla de jabón para pasársela después por la piel. Se le escapó un siseo terminado en una maldición. Si hubiera sido un bloque de hielo no habría notado mucha diferencia. Apretó los dientes al pasárserla por las axilas. Luego volvió a empaparla para seguir con su aseo.

Cuando terminó y se envolvió con una tela seca fue más reconfortante que el abrazo de una madre. Se permitió tiritar unos instantes, con los músculos tensos y un castañeteo de dientes que, de alguna forma, le resultaba tranquilizador. Entonces oyó un barullo al otro lado de la puerta: pasos, susurros, la voz de Pyre rota de nerviosismo y los siseos de Petra para recordarles que mantuvieran el silencio. Cyra se puso la ropa interior antes de ajustarse la toalla al torso y volver a abrir la puerta, con un escalofrío de nervios por la columna.

—¿Qué pasa?

Los siete galgos estaban en el cuarto contiguo. Todos la miraron con una mezcla de inquietud y preocupación mal contenida que crisparon el estómago de Cyra. Ilama alzó la mano para pedir calma y se aproximó a la puerta.

—Vigilaré que nadie pueda oírnos.

Incluso a una maestra de las mentiras como ella se le notó el alivio al salir de escena. Cerró la puerta, y el resto intercambió miradas tan rápidas como el vuelo de un enjambre asustado. Cyra se cruzó de brazos y golpeteó el suelo con los pies descalzos, un gesto que consiguió menos efecto del que hubiera deseado.

—¿Qué es lo que pasa? ¿Nos envían a una misión suicida?

—No nos van a enviar a ninguna parte —masculló León, con los ojos negros ocultos entre el pelo largo del flequillo.

—¿Entonces?

—Es tu hermana —empezó Thevi.

—La mayor —completó su melliza.

Cyra frunció aún más el ceño. Astra era un recuerdo cálido y borroso que alguien le había arrancado cuando era demasiado pequeña para encontrarle los fallos que seguramente tendría, como Destrel, o como cualquiera de los nobles estirados. No le gustaba remover el nombre de su hermana muerta por miedo a descubrir fallos que ensuciaran su memoria. De todas formas, Cyra era demasiado pequeña cuando desapareció para haber hecho nada por lo que odiarla.

«Aunque yo era más pequeña aún el día que maté a mi madre», pensó, con la nariz arrugada y la impaciencia recorriendo sus brazos con patitas de insecto.

—¿Qué pasa con ella?

—Que está viva.

—No.

Sacudió la cabeza y arqueó las cejas. Era imposible, y sintió una calma que aplacó los nervios e incluso se permitió sonreír. Petra arqueó una de sus cejas rubias y los dedos de Pyre revolotearon de un lado a otro hasta entretenerse con el borde de su camisa.

—Parece que la han encontrado. Ha vivido este tiempo con los monjes. Puede que prisionera —explicó León, pronunciando con cuidado las palabras, como si de pronto Cyra se hubiera vuelto torpe y necesitara tiempo para entender su propio idioma.

—O puede ser cualquiera que se parezca a ella —bufó, con los puños apretados y los hombros tensos—. Han pasado muchos años y los dioses... Los dioses pueden hacer lo imposible.

—Puede que tenga razón —murmuró Iveht.

—Claro que tengo razón. Y no puedo creer que la primera chica que finja ser mi hermana siembre tantas dudas. Lo raro es que no haya pasado antes.

—Cualquiera que desee usurpar su puesto sabe que le cortarán la cabeza —intervino León.

—Pues que se la corten. ¿Dónde está? ¿Quién la acompaña?

—Aún no nos hemos enterado de gran cosa. Hay mucho secretismo. —Iveht miró a su hermano, que añadió:

—Si alguien conoce toda la información es Destrel.

—Bien —mascullό Cyra—. Hablaré con ella.

Les dio la espalda para buscar su ropa. Las manos le temblaban. No hubo murmullos, solo pasos, el ruido de la puerta y el roce de la tela cuando Petra se preparó para entrar en el baño. El silencio le pesaba y le crispaba los nervios como un pitido casi inaudible pero agudo. Cyra se puso el pantalón con movimientos bruscos y se lo ajustó demasiado a la cintura, antes de coger una camisa que le quedaba ancha. No le importaba. Metió los pies en las botas y se ajustó las prendas mientras echaba a andar, con pasos llenos de rabia. Cyra había entrenado para ser tan sigilosa como un gato, pero también podía desencadenar una tormenta bajo las suelas de sus zapatos.

Subió las escaleras, alejándose del ala de la planta baja que utilizaban la seguridad y el servicio. El castillo se vestía a medida que avanzaba: la piedra se cubría de tapices y las alfombras se estiraban por el suelo para suavizar sus pasos. Resopló. Estaba claro que no todos los ciudadanos eran igual de dignos y que no merecían el mismo trato. Era tan evidente, tan insultante, que se preguntó cómo lo aguantaban sin querer escupir a los mandamases a la cara. El orden, la paz... ¿Merecían la pena? Solo se detuvo ante el cuadro de su familia, el único adorno de una de las salas que no tenía más utilidad que rememorar al rey que unió todo antes de perder la cabeza. Notó que estaba poniendo una mueca. Esa imagen nunca fue real, nunca estuvieron los cinco con esa mirada tan sabia, tan digna. Para empezar, nunca coincidieron en una misma sala, al menos, vivos. Ella segó la vida de su madre al llegar al mundo, aunque el artista la hubiera dibujado en sus brazos. Sus hermanas eran niñas: Destrel tenía los rasgos de su madre, con una dulzura imposible y ridícula. Astra se parecía más a su padre y a ella misma, aunque con unos ojos oscuros llenos de secretos que se llevó a la tumba, si es que fueron reales y no solo imaginados por el pintor. Y su padre en el centro, vestido de gala y con el rostro serio, pero amable. Como si fuera invencible.

Tenía gracia que hubieran elegido inmortalizarlo así después de que le hubieran cortado la cabeza.

Cyra aparto la cara con un gesto y volvió a encaminarse hacia los dormitorios reales. Le resultaba extraño recorrer ahora ese camino que antes hacía cada noche para dormir en un cuarto grande y solitario. Era otra vida y ella era otra chica. Llegó al cuarto de su hermana y la guardia tragó saliva antes de interponerse entre ella y la puerta con una mirada que suplicaba que no le diera problemas.

—Destrel no está en sus aposentos.

—Bien. La espero aquí dentro.

La guardia no se apartó de su camino, por lo que tuvo que empujarla con el hombro. Le dedicó una sonrisa a pesar de todo. Apreciaba el valor en los demás, incluso cuando estaba en su contra.

Dejó la puerta abierta ignorando los pasos de la guardia por el pasillo. Sabía que avisaría a su hermana y que esta vendría hecha una furia. Puede que incluso la acompañaran un par de matones, pero en realidad le gustaba bastante poco montar espectáculos. Se sentó en la cama, tan mullida que dio un respingo al pensar que se iba a hundir en ella. Pasó la mano por una manta más suave que el pelaje de un animal vivo, y dejó volar la mirada por el resto de la estancia. Olía a madera y perfume, con toques de jazmín. Exceptuando algún adorno dorado, no era ostentoso. Era un cuarto elegante y cálido en el que cada detalle tenía una función.

Se levantó de nuevo. Recorrió el dormitorio. Sentía cierto placer al hurgar en la intimidad de su hermana, al tocar sus peines o abrir sus cajones. Invadir su espacio se convertía en una sensación burbujeante y cálida que se parecía a la venganza. Por eso, cuando captó sus pasos por el pasillo, no apartó la mano del joyero de madera oscura tallada y dejó que su hermana la encontrase con un puñado de anillos en la mano.

Destrel venía acompañada, pero hizo un gesto a su guardia y cerró la puerta tras de sí. El hombre obedeció, a pesar de que clavó la mirada en el cinto de Cyra, en el bulto en el que se adivinaba un cuchillo corto. Destrel también lo había visto, pero insistió en entrar sola, en un intento de mantener la calma que traicionaba el temblor de rabia que tensaba la comisura de sus labios. También se notaba lo tenso que tenía el cuello, los tendones que le palpitaban por debajo de la piel.

—No vuelvas a entrar en mi dormitorio —ordenó, después de respirar dos veces para que la voz no le temblase.

—La verdad es que esperaba que mandases que me echaran a la fuerza.

—La próxima vez lo haré, pero quiero hablar de algo contigo.

—Lo sé.

—No tienes ni idea de...

—¿La chica que se hace pasar por Astra? No soy estúpida, hermanita. Ponerte lazos en el pelo y sonreír a cualquier imbécil tampoco hace que seas la única que se entera de las cosas.

Destrel se cruzó de brazos y se detuvo frente a ella. Cyra podía ver la maraña desordenada de pensamientos que le pasaba por la cabeza: insultos, preguntas u órdenes que se moría de ganas por soltar. Pero logró mantener el control y no explotar, por mucho que ella le dedicara una sonrisa burlona.

—Farsante o no, tendremos que encargarnos de la situación.

—Claro que es una farsante —bufó Cyra.

—No me escupas al hablar. Y sí, es lo más probable, pero nunca se encontró el cuerpo de Astra.

—No se pueden drenar todos los pozos ni remover toda la tierra. ¿Qué ha hecho tanto tiempo, si de verdad es ella?

—Pudo estar presa. No lo sé. Solo me ha llegado el primer emisario y tengo poco tiempo para decidir cómo voy a llevar esto antes de que la noticia se extienda y nos explote en la cara.

—Vaya. Pobrecita Destrel —se burló Cyra, y le enseñó los dientes en una sonrisa—. Y su hermana perdida muy lejos, en las montañas del sur.

—Supongo que lo aplazaremos —murmuró ella con desgana.

—Lo que vuestra alteza disponga. Yo solo cumplo vuestra voluntad.

Su hermana soltó una carcajada seca que no encajaba con esa apariencia tan dulce y elegante que tenía. A Cyra le gustaba ver que podía romperla de esa forma: apedrear esa imagen y ver cómo saltaba por los aires convertida en una lluvia de esquirlas afiladas.

—Has ganado; espero que estés contenta. Ojalá la próxima vez no te dé por matar a otro perro para salirte con la tuya, aunque igual será un hombre o un niño... ¿Te gustaría que lo matase yo con mis propias manos?

—Me encantaría verlo —respondió con una sonrisa aún más amplia.

La dulce Destrel cubierta de sangre, dejando ver el monstruo que las dos sabían que llevaba dentro. Claro que le agradaría. No le había hecho feliz que mataran a ese estúpido perro, pero lo que su hermana no quería ver es que era ella quien había ordenado sacrificarlo. Sus intereses, su necesidad de quedar por encima, le habían importado más. Cyra dejó caer los anillos en el joyero con desprecio. No pensaba cargar con una culpa que no era suya.

—Nos quedamos, entonces. Me muero de ganas por ver a esa lista que se hace pasar por Astra. Me gustaría quitarle la careta delante de todo el pueblo. O la piel de la cara. Se la arrancaría a tiras hasta que se viera el hueso. No tendría que haber jugado con el nombre de Astra.

—¿Y si fuera ella?

El tono suave de su hermana le hizo fruncir el ceño. Sintió que la golpeaba, como una bofetada, y alzó la barbilla, colocando los pies en posición de defensa de forma inconsciente.

—Astra está muerta.

—Ojalá sea cierto.

Las palabras de su hermana dejaron un regusto amargo en el aire. Cyra desvió la mirada por la ventana. Hasta ese momento había esperado que el asunto fuera menos serio, que Destrel estuviera tan convencida como ella de que no había ninguna posibilidad de que su hermana pudiera volver, aunque se hubiera convertido en una desconocida. Pero las dudas de Destrel avivaron las suyas. ¿Era posible? Apretó los puños. ¿Podían haber tenido durante tantos años a una princesa prisionera? Y si era así, ¿se había escapado? ¿O bien las abandonó en su día por voluntad propia y ahora regresaba?

El odio palpitó y llameó dentro del pecho de Cyra. Más le valía que fuera una impostora. Ya tenía suficiente con odiar a una persona con la que compartía sangre.

—Tiene sentido que aparezca ahora. En un año me nombrarán reina, y aunque la mismísima Astra regresase, no podría aspirar a nada más que a mi hospitalidad.

«Eso si dejamos que te pongas la corona sobre la cabeza», pensó Cyra, que no quiso interrumpirla. Había descontento y una buena parte del ejército tenía serias reservas en contra de Destrel; temían que se volviera una reina injusta o una muñequita que complacía a los nobles y sacrificaba a los hombres que entregaban la vida por defender el reino.

—Ha pasado tanto tiempo que ni siquiera los que la conocían pueden estar seguros de que sea ella —murmuró Cyra.

—He mandado llamar a todas las nodrizas que tuvo. Quiero interrogarlas. Que recuerden cada marca, cada cicatriz y cada anécdota que nuestra hermana debería también recordar.

—Si cuenta con la ayuda de los dioses, puede ocultar la verdad.

—Si cuenta con la ayuda de los dioses, los usaremos en su contra —sentenció Destrel.

—¿Cómo? —Cyra frunció el ceño y abrió la boca, pillada por sorpresa. Cualquier contacto con los dioses estaba prohibido.

Destrel disfrutó el momento de desconcierto de su hermana menor y esbozó una sonrisa de superioridad, alzando la cara.

—No pienso quebrantar la ley, pero deberías saber lo extraño que es este castillo.

—Ya sé que los dioses ayudaron a levantarlo.

—O a convertirlo en un laberinto. Quién sabe. —Destrel se encogió de hombros—. Pero hay una sala donde los trucos de los dioses no funcionan. Si la han alterado con magia, allí veremos su verdadero rostro.

—¿Dónde está esa sala?

Destrel volvió a sonreír. No estaba dispuesta a revelar nada más, y Cyra le enseñó los dientes por respuesta. Era extraño. No recordaba la última vez que había pasado tanto tiempo a solas con su hermana, y mucho menos manteniendo algo que parecía una conversación civilizada. No le había resultado incómodo hasta que fue consciente de ello, pero, al pensarlo, la irritación se volvió tan fuerte que podía sentirla, igual que se sentía el frío o el calor. La rabia se removía bajo su piel y se transformaba en una picazón en las palmas de las manos.

—Bueno. —Se encogió de hombros al tiempo que cambiaba el peso del cuerpo de un pie a otro—. Ya sabes que me encantaría hacerle saber cuál es el precio de intentar engañarnos. Me gustaría estar presente. Aunque sea para asegurarme de que no te manipulan y dejas que cambien a la impostora por uno de tus propios soldados.

—Pues pórtate como una persona y controla a esos perros que te acompañan para que no ladren.

—No te estaba pidiendo permiso. No tienes más derechos que yo a nada, hermanita. Ninguna de las dos estábamos destinadas a sentarnos en ese trono y todo lo que crees que has avanzado puede no servir de nada si alguien te arrastra de vuelta al suelo.

—Seguro que el pueblo está deseando tener un perro rabioso por soberano —respondió Destrel con voz burlona—. Tienes razón, ninguna de las dos estaba destinada a ese trono, pero no he sido yo la que se ha alejado de él para corretear por el campo como las bestias y ahora lloriquea porque empieza a ser consciente de todo lo que hay en juego.

Cyra quiso escupirle. O golpearla. O lanzarse sobre ella y aporrear esa estúpida cabeza contra el suelo. Pero solo imitó su sonrisa, con tanta burla que le costaba curvar los labios.

—Tranquila. A lo mejor no tenemos que preocuparnos por nada de esto cuando la falsa Astra mande que nos corten la cabeza para hacerse con el reino. A ver si tus modales y tus leyes te sirven para salir corriendo.

—Me agotas, Cyra.

Le respondió con una reverencia burlona y una sonrisa tan amplia que le dolían las comisuras de los labios.

—El placer es mío. Nos veremos muy pronto.

Salió de su cuarto con las piernas firmes y la barbilla tan alta que pareció menos bajita de lo que era. Tanto la soldado a la que había empujado al entrar como el guardaespaldas que había acompañado a su hermana hasta la puerta parecieron aliviados al verla salir sin que se hubieran derramado gritos o sangre. ¿De verdad la veían capaz de acuchillarla en un arrebato? Podría ser. Después de todo, si lo hiciera, no sería la primera reina a la que mataba.

Siempre había querido dejar a los muertos al margen de su odio. A lo mejor su madre era hasta una buena persona. A lo mejor, Astra era cariñosa y noble. Si no estaban vivos, no podían desengañarla, pero ahora Astra, o una chica que usaba su nombre, se dirigía hacia el castillo, y Cyra no sabía qué opción le parecía peor. ¿Por qué al destino le gustaba tanto jugar con su paciencia? No le hacía ninguna gracia irse, pero prefería estar lejos en vez de tener que enfrentarse a una posible impostora de su hermana muerta, o lo que era peor, a descubrir que a su hermana no la habían asesinado, sino que había decidido marcharse. ¿Se habría transformado en una arpía como Destrel? Era posible. Solo alguien así aparecería ahora, de la nada, a tiempo de revolucionar el mundo con tal de subirse al trono.

Se detuvo de nuevo al pasar frente al cuadro de una familia que nunca estuvo así de unida. La que nunca posó para ningún pintor. No eran ellos, eran unos extraños que se habían vestido con sus rasgos. Una imagen, una ilusión, una gente que no envejecería ni traicionaría a los suyos porque nunca habían sido reales. Frunció el ceño. ¿Cuánto de lo que le habían contado de su padre era verdad? ¿Cómo creerlo, si no dejaban de mentir para adornar una historia hasta convertirla en un mito? Todo el reino se había cimentado sobre mentiras y aun así se sorprendían de que las paredes se tambaleasen. Era cuestión de tiempo que ese gobierno, esa paz por la que tanto sacrificaban, se derrumbase. Más les valía a todos estar preparados para no acabar sepultados entre engaños y torres de oro.

Sacó el cuchillo del cinto y, con un gesto lo suficientemente rápido como para rasgar el aire, sin pensar en lo que hacía, cortó el cuello del rey del cuadro. Se alejó un paso. Los ojos del lienzo parecían guardar un reproche que no salía de sus labios. Ya podía escuchar las quejas y los lamentos porque Cyra, la incorregible, había vuelto a destrozar algo en un ataque de furia.

No pensaba arrepentirse. Al menos ahora se reflejaba una verdad en el cuadro.

4

La carrera de la mañana se le había quedado corta. No había bastado para desgastarse, para fundir todas sus energías hasta que no pudiera mantenerse en pie sin que le temblaran las piernas ni fuese capaz de articular dos pensamientos juntos que tuvieran sentido. Y eso era justo lo que necesitaba: llegar hasta el límite, agotarse hasta que no pudiera preocuparse de nada más. Así parecería que nada importaba.

Por eso había vuelto a la sala de entrenamiento. Por eso cargaba en los hombros con ese trozo de tronco forrado de tela de arpillera. Avanzaba una zancada y bajaba con la espalda recta hasta que la rodilla de la pierna que quedaba atrás rozaba el suelo. Controlar la bajada era difícil. Empezar la subida para dar el siguiente paso era lo que la hacía rechinar los dientes y entrecerrar los ojos. Pero lo consiguió de nuevo, aunque las piernas le temblasen y el sudor le corriese por la frente con dedos torpes e irrespetuosos.

«¿Y si fuera ella?», había preguntado Destrel.

Gruñó y avanzó un paso más. Sabía que el esfuerzo físico no podría borrarle la conversación de la cabeza, pero al menos la apartaría de su mente. O eso intentaba. Lo peor no era la estúpida pregunta que había desencadenado un alud de dudas para el que no estaba preparada. Lo peor era que Destrel, su hermana, su enemiga, no había querido hacerle daño esa vez. Ella también estaba preocupada. Todo a lo que Cyra aspiraba era a que los muertos siguieran muertos: quietos, descomponiéndose con el paso de las estaciones, con familiares que los llorasen o que dejaran que se desvanecieran, poco a poco, en el olvido. Que cada cual hiciera lo que quisiera, pero que los muertos siguieran bajo tierra. ¿Era mucho pedir?

Avanzó otro paso, aunque esa vez sus rodillas se doblaron y casi cayó de espaldas al suelo. Podría haberlo soltado y haberse evitado el golpe de forma segura, pero prefirió arriesgarse y clavar con fuerza las uñas en la tela, apretar cada músculo y afianzarse en el suelo para mantenerse firme. El sudor llegó hasta su ojo derecho; pestañeó y bufó. Uno más. Quería dar un paso más.

Ignoró los pasos que se detuvieron en la puerta, al igual que ignoró el temblor de sus piernas, incapaces de seguir sosteniéndola durante más tiempo. Notó un latigazo de dolor en la espalda y corrigió la postura, aunque estuviera a punto de perder el equilibrio. Bajó la rodilla derecha hasta el suelo y dejó escapar un grito para ayudarse a levantarse. Tan pronto como lo consiguió, arqueó la espalda y dejó caer el tronco, sacudiendo los brazos.

Ilama estaba en la puerta. No sabía qué decirle, así que la ignoró y se desplomó en el suelo. Juntó las plantas de los pies y se inclinó hacia ellos para sentir los agradables pinchazos del músculo al relajarse. Su respiración parecía la de un animal que hubiera estado a punto de reventar al correr detrás de una presa que se le había escapado: ruidosa y patética. Ilama no se movió de la puerta y Cyra cerró los ojos porque era más fácil hablar si no la veía.

—¿Te imaginas que fuera ella de verdad? La maldita heredera muerta. —La frase terminó con una carcajada vacía. Apretó un poco más para rozar los tobillos con la frente—. Es capaz de decir que huyó por miedo a su hermana pequeña y desequilibrada.

Los pasos de la pelirroja se acercaron. Algo envolvió sus hombros y Cyra se sobresaltó: era una de las capas cortas y ligeras que se ponían sobre la ropa cuando les sorprendía el mal tiempo. Abrió al fin los ojos y quiso sonreír, pero solo lo consiguió con un lado de la cara.

—¿Te traigo agua? —se ofreció Ilama.

—No, ya iré en cuanto me respondan las piernas.

—Me daba miedo que te lesionaras.

—Soy más fuerte que ese tronco.

—También tu cabeza es más dura.

Logró que sonriera de verdad, y que dejara escapar el aire de la nariz con un resoplido que casi parecía una carcajada muda.

—Si es ella de verdad puede decir cuanto le venga en gana. No basta con aparecer para borrar años de abandono a su pueblo. Eso si es ella —repitió.

La desconfianza de Ilama la reconfortaba, conseguía que sintiese más seguridad en la suya propia. Destrel podía estar alimentando sus miedos, pero que no lo hiciera con los de ella. Lo primero era descartar que se tratase de una chica cualquiera que afirmaba ser heredera al trono. Si lo pensaba bien, lo extraño es que nadie lo hubiera intentado antes. El premio era muy tentador, así que el castigo debería de ser lo bastante cruel como para que nadie más se atreviera a probar suerte.

—Quiero ir a verla —dijo Ilama.

Cyra frunció el ceño y se incorporó de forma torpe sobre unas piernas que ya no tenían fuerzas para sostenerla.

—¿Qué? ¿Dónde?

—La tienen en el sur de Brie. Va a traerla un grupo de soldados para asegurarse de que no le pasa nada... O que no intenta escapar de repente. Quiero ir allí y acompañarla en el camino de vuelta.

—¿Para qué?

Ilama arqueó las cejas, como si la respuesta fuera obvia. Era bonito el contraste de su pelo del color del fuego con unos ojos del tono de la madera.

—Para conocer más de ella. Intentar averiguar qué es lo que quiere y sacar tanta información como pueda. Necesitamos toda la ventaja que podamos conseguir.

—Supongo que sí.

—Tendríamos que proponerlo. Los capitanes y tu hermana deben dar el visto bueno, pero no veo por qué iba a negarse.

—A lo mejor a Destrel le da miedo que la apuñales antes de poder juzgarla.

—Creo que eso la aliviaría —respondió con esa voz tan dulce que sabía poner a veces.

Cyra aceptó la mano que le tendía su compañera para ponerse en pie. La suavidad en los rasgos y en los movimientos de la pelirroja contrastaba con la firmeza de sus manos, endurecidas gracias al entrenamiento. Especialmente la piel entre los dedos índice y corazón con la que sujetaba las flechas. No siempre se ponía protección y alguna vez Cyra la había visto seguir disparando, aunque la sangre se le escurriese entre los dedos y manchara las plumas.

Ilama parecía delicada y en cierta forma lo era, pero había aprendido a utilizar esa fragilidad como arma o como defensa. Sabía que a la chica no le temblaba el pulso cuando tenía que hundir un puñal en la carne blanda de una presa confiada, ni perdía esa aura inocente después de decir la mayor de las mentiras. Pero a ellos no los traicionaría. Ningún miembro de una camada se volvería contra sus compañeros y esa fidelidad asustaba más que lo fieros que pudieran ser en el combate.

—¿Vas tú sola?

—Destrel mandará guardias, estoy segura.

—Me refiero a si no prefieres que te acompañe alguno de nosotros.

—No lo había pensado —respondió ella, y ladeó la cabeza—. Contigo no puedo contar.

—Sería complicar mucho las cosas. No creo que quieran que una hija del rey vaya al encuentro de la otra. ¿Qué tal si van los mellizos?

—No sé si habrá soldado o persona que los aguante en un viaje largo —respondió con una sonrisa—. Ni siquiera si se aguantarán ellos. Puedo decírselo a Loran.

—Es más discreto, sí. Seguro que el resto de los guardias pone pocas pegas.

—Y seguro que prefieren tenerlo de su lado por si el viaje se complica. Hablaré con él y lo propondremos.

Cyra esbozó una sonrisa. Si era Ilama la que hablaba, no tenía ninguna duda de que lograría que pareciese tan buena idea que se les antojaría un error no haberlo pensado ellos mismos antes. Puede que no fuera la más fuerte, ni aguantase tanto como el resto en los combates, pero Ilama había encontrado una forma de ser igual de imprescindible. Igual, porque los galgos iban todos a una, sin pensar en sí mismos antes que en el grupo.

Cyra sintió que se quitaba un peso de encima al comprender una cosa: aunque el reino entero cayese, ellos resistirían ayudándose unos a otros. Aunque Astra regresase transformada en una tirana, ella tenía una familia que nunca iba a abandonarla.

Todo lo demás se le hacía soportable si podía confiar a corazón abierto en quienes la rodeaban.

5

No le sorprendió demasiado que León quisiera acompañarlos. Cyra sabía que los demás iban a llevar mal la impaciencia de no saber qué pasaba, ni cómo sería esa chica que se hacía llamar Astra. Iveht y Thevi arañaban información de cualquier conversación que, de alguna forma, llegaba a sus oídos, pero las conjeturas les hacían más mal que bien. Había pocas cosas ciertas y muchos rumores que engrandecían lo que empezaba a convertirse en un secreto a voces.

Petra sí que se quedaba. A lo mejor porque al grupo le venía bien algo de sensatez y que al menos uno de ellos supiera mantener la cabeza fría. Los galgos comieron juntos, compartiendo el mismo pan y la misma carne. Tras el almuerzo, Ilama, Loran y León se despidieran sin mucha ceremonia.

—Serán solo unos días —dijo la pelirroja, y sonó como si se lo repitiese a sí misma.

—Haced que sean interesantes —respondió Iveht al tiempo que le guiñaba un ojo a León, que se echó la mochila al hombro.

—Lo importante es que, cuando volvamos, tengamos una opinión que merezca la pena; no teorías basadas en susurros y exageraciones.

—Anda que no te gusta escuchar los cotilleos, no te hagas el digno ahora —dijo Iveht, y dejó escapar una risita aguda entre dientes—. No nos echéis mucho de menos, que volveremos a vernos pronto.

Incluso León tuvo que sonreír mientras sacudía la cabeza. Cyra se despidió con un asentimiento y se quedó frente al plato vacío, con una inquietud que le recorría las tripas y las piernas, que no dejaba de rascarse. No era supersticiosa, pero esa sensación la estaba poniendo de los nervios. Era como si notara que se acercaba una tormenta, por más que el cielo se empeñara en seguir azul y soleado.

Pyre se dejó caer sobre ella y le sopló en la frente, así que ella le devolvió un empujón.

—¿Qué te pasa? ¿Te has atragantado al engullir tu plato? —le preguntó su amiga.

—Los ruidos que haces al masticar me han revuelto el estómago.

—Oh, lo lamento, su altísima majestad. A mí nunca me enseñaron a comer con quince tenedores.

Cyra resopló y volvió a empujarla. Como respuesta, la chica se rio.

—Va a ir bien. Enseguida estarán de regreso y seguro que hasta te dejan cortarle la cabeza a la impostora, que algo de ilusión te hace.

Cyra se quedó apoyada en ella sin volver a empujarla. ¿Le haría ilusión? No era la palabra adecuada, pero sí que sentía la necesidad de hacerlo, de sentenciar a cualquiera que tuviera la capacidad de alterarla hasta ese punto. Pyre se acomodó y jugueteó con el pelo de Cyra, deshaciéndole alguna de las trenzas más descompuestas.

—Esta noche podríamos escabullirnos. Con estos tres fuera no va a pasar nada si mañana nos tomamos el entrenamiento algo más relajados.

—¿Qué sugieres?

Ni siquiera se sorprendieron al oír a Thevi, que había aparecido en la conversación, dispuesto a unirse a cualquier cosa que implicara salir de la rutina y, si era posible, disfrutar del caos.

—No hablaba contigo.

—Oh, vamos ¿qué tienes en mi contra? ¿Es porque aguanto más que tú bebiendo?

—Cualquiera aguanta más que yo bebiendo —reconoció Pyre, para deleite del chico—. Una noche tranquila: ropa de campesinos, escaparnos un poco a la zona pobre, buscar algún tugurio lo bastante malo como para que nadie nos recuerde...

—Suena bien.

—La verdad es que sí —reconoció Cyra.

Salían a divertirse muy poco para la fama que se habían ganado. Técnicamente no podían, pero era verdad que, siempre que rindiesen, ningún supervisor les decía nada. Zheera, la capitana ante la que respondían los galgos directamente, prefería una convivencia más fácil para todos. Sí, a veces era inflexible en aquello que consideraba importante, pero a cambio hacía la vista gorda otras ocasiones, como las noches en que los aldeanos festejaban la cosecha o el fin del invierno.

Los mellizos, aprovechando el talante de su capitana, habían empezado a salir en más ocasiones. Zheera no perdió el tiempo con charlas o castigos. En cambio, cada noche que salían los obligaba a madrugar al día siguiente y era especialmente dura en el entrenamiento.

Pero hacía mucho tiempo desde la última vez que se habían permitido divertirse y mezclarse con la gente, que no los reconocía o bien fingía no hacerlo. Los galgos despertaban respeto... y también simpatía entre las clases más bajas. Eran despiadados y letales, pero venían de las mismas calles que ellos. También eran hijos de la pobreza y del hambre cuando el tiempo era inclemente. El pueblo no los veía tan lejanos como a los soldados de rango alto o a los nobles, que eran intocables. Incluso Cyra se sentía aceptada, ya fuera porque el pueblo no sabía cuál de ellas era la que tenía sangre real o porque no le importaba saberlo.

—Esta noche —insitió Pyre, y logró arrancarle una sonrisa.

—Que sí, pesada. Esta noche.

Su amiga sonrió, satisfecha, antes de levantarse y empezar a recoger la mesa.

6

Se había puesto ropa de aldeana. Después de llevar años vistiendo pantalones o mallas, los vestidos se le hacían raros. Y no quería pensar en los que llevaba su hermana o las mujeres nobles, con varias capas y apretados bajo el pecho, como para demostrar que podían permitirse estar incómodas, porque no les hacía falta agacharse ni sudar para no pasar hambre.

Se sentía extraña con aquella cinta roja en la cabeza que le apartaba de la cara el pelo sin trenzas. Al menos notaba el reconfortante peso de la daga cerca de la cadera. Llevaba el calzado cómodo y ligero que se ponía para correr. Los mellizos se habían adelantado y, para su sorpresa, Petra se había animado a salir con ellos. Puede que quisiera vigilarlos, o que incluso ella también necesitara cambiar de aires y liberarse de la presión que, desde que se habían enterado del regreso de la supuesta Astra, a cada momento se notaba más tangible. Cyra esperaba a Pyre, que había insistido en maquillarse, aunque para eso hubieran tenido que colarse en una habitación ajena para perpetrar un robo.

—Un hurto —se había justificado ella—. Mañana lo devuelvo todo.

—Te queda rarísimo. —Cyra esbozó una sonrisa de burla cuando ella se giró—. Parece que te hayas hecho un corte en los labios.

—¿Qué vas a decir tú, con el mal gusto que tienes?

—La verdad duele.

—¿Estás celosa? Puedo pintarte en un momento. Seguro que unos labios rojos te hacen parecer más adulta.

—Nada me sienta mejor que bañarme en la sangre de mis enemigos —respondió Cyra, y le enseñó una amplia sonrisa—. Venga, ¿estás lista ya?

—¿Ni siquiera quieres perfume?

—Me basta con no sudar.

Pyre se encogió de hombros y se atusó el pelo por última vez.

—¿Estoy guapa?

—No. —Cyra le sacó la lengua y esquivó la patada de Pyre con una risa.

Lo que no dijo fue que Pyre no estaba más guapa que otras veces. Cuando se levantaba del suelo con la frente perlada de sudor y los ojos llameando de furia estaba impresionante. Y cuando derramaba carcajadas impregnadas de cansancio, con la ropa vieja con la que dormían y el pelo revuelto sobre la frente, le parecía preciosa. Aquellas veces en que contemplaba el fuego, y las luces naranjas dibujaban sombras y magia que le desfiguraban el rostro, Pyre resultaba tan magnética como las llamas. No, no estaba guapa: era guapa. Lo que pasaba era que su belleza no tenía nada que ver con los cuidados de las nobles o la armonía en los rasgos de Ilama. Era guapa de forma caótica, desordenada y salvaje.

A lo mejor era guapa porque Cyra la quería con toda su alma, y lo demás no importaba. Sonrió para sí al abrir la puerta y dejar que la adelantase por el pasillo.

—¿Crees que habrá gente? No es que sea un día especial, pero aún hace un tiempo agradable.

—A alguien encontraremos.

Recorrieron el pasillo con pasos rápidos y risas mal contenidas hasta llegar a una puerta que daba a unas antiguas escaleras interiores y oscuras. Eran tan empinadas y estrechas que nadie las usaba nunca: resultaban poco prácticas para el servicio, ya que era difícil recorrerlas con algo en la mano. Que Astra supiera, solo ellos y algún guardia pasaba por allí muy de vez en cuando.

Daban a un pasillo que llevaba a las cocinas, pero torcieron antes para llegar a la despensa. Un par de chicos, no mucho mayores que ellas, hacían guardia. En un primer momento se plantaron en mitad del pasillo, dispuestos a impedir el paso o pedir identificación, pero al reconocerlas bajaron la vista al suelo y fingieron no verlas. Mejor para todos. Cyra sonrió cuando el aire de la noche salió a su encuentro: fresco, pero aún agradable, con restos de sol, de bosque y de fuego. Pyre también dejó escapar un suspiro y estiró los brazos para dar un par de pasos ligeros como los de una bailarina.

—No quiero volver antes de que salga el sol.

Por un momento, Cyra se quedó mirando a su amiga y se preguntó cómo hubiera sido su vida de haber tenido más suerte y no haber quedado huérfana de pequeña. Pyre tenía demasiada energía para imaginársela en un trabajo convencional, pero podía verla contando cuentos y domesticando el fuego de pueblo en pueblo. ¿O quizá habría sido ladrona? De esas a las que en realidad no les importa el dinero, solo sentir que el corazón casi se les escapa del pecho al cometer otro golpe. Caminaba ensimismada y no vio a las fieras hasta que casi se les echaron encima.

Ninguna de las dos dejó escapar un grito. En un parpadeo, ambas habían sacado las armas y tenían el cuerpo en tensión. Frente a ellas, entre las sombras, varios pares de ojos las miraban acompañados de suaves gruñidos. Cyra reconoció a los perros de Lobo, aunque no recordaba que tuvieran una mirada tan salvaje. Pensó que se abalanzarían sobre ellas. Sabía lo rápidos que eran los animales y se preguntó si aguantarían la embestida. Pero esperaron, con un gruñido tan bajo que apenas podía oírlo por encima del sonido de su propio pulso.

Se oyó otro ruido y desviaron la mirada, sin dejar de prestar atención a lo que tenían enfrente. Una voz humana, aunque no lo parecía. Lobo salió a su encuentro. Cyra sintió el latigazo de la furia antes de entender los gestos del hombre, su expresión preocupada y sus brazos abiertos. Lobo no había mandado a sus perros que la atacasen. Al contrario, los contenía.

Frunció el ceño, sin mover más músculos que los del rostro. Pyre seguía tan quieta como las estatuas. Lobo se interpuso entre ellas y los perros. Murmuró una orden ininteligible que sonó tan severa como un puñetazo en una mesa de madera desvencijada. Los perros gañeron y se retiraron a regañadientes, sin apartar la vista de ellas. Solo cuando estuvieron lo bastante lejos, Cyra se irguió para enfrentarse a la mirada negra del domador.

—Si no puedes controlar a tus alimañas, a lo mejor tienen que seguir el mismo camino que la otra.

Lobo apretó los dientes, con los ojos brillantes. Se encogió, con el rostro contraído en una mueca que podía ser de odio.

—No os harán nada... —su voz sonaba tan antinatural como si fuese uno de sus perros quien hablaba—. Pero no olvidan.

—No sé qué es lo que tienen que olvidar. Son chuchos. Contrólalos.

Lobo no la miraba a ella. Sus ojos estaban fijos en Pyre, que desvió la mirada y negó con la cabeza.

—Vámonos, Cyra.

Empezó a alejarse antes de que ella pudiera preguntar algo más o amenazar a Lobo. Ella se encogió por dentro, como si sus entrañas tuvieran frío. No tenía nada que ver con la brisa que se había levantado, sino con el silencio que, de pronto, pesaba entre ellas dos. Lobo había querido decir algo que Cyra no entendía, algo que había puesto a Pyre en marcha. Cyra no recordaba que un secreto se hubiera interpuesto nunca entre ellas. Pensó que, tras dar un par de pasos, su compañera se acercaría a ella para murmurar con voz aguda e indignada, o tal vez soltaría una risotada, alguna anécdota tonta que le permitiese entender lo que había pasado. Se sentía como los aventureros que llegaban del otro lado del mar, incapaces de entender el idioma, siempre con miradas desorbitadas, en un intento de descifrar las conversaciones más banales. Sí, Cyra entendía las palabras, pero no lo que significaban.

Se acercó más a Pyre, pero ella aceleró el paso y evitó mirarla. Cyra sintió un nudo en el estómago y apretó los puños.

—Bueno, ¿qué?

—Yo qué sé —farfulló ella encogiéndose de hombros.

—¿A qué se refería?

—A ese estúpido perro que me atacó. Estará resentido. Ya sabes que, para él, los perros son más importantes que las personas.

—¿Ha pasado algo más?

Pyre abrió la boca, para cerrarla de nuevo y apretar los labios, como si contuviese el aliento o un montón de palabras tan afiladas que Cyra estaba segura de que le harían daño. Pero no tanto como no saber qué pasaba. No tanto como sentir que le estaba ocultando algo importante, que había una separación entre ellas y estaba demasiado oscuro para saber si era muy profunda. Le hubiera gustado zarandearla y hasta obligarla a escupir todas esas frases que se le retorcían tras los labios, pero se obligó a contenerse y a seguir caminando junto a ella, con los brazos muy rígidos y los puños muy apretados. Su amiga soltó el aire y negó con la cabeza. Cyra se sintió como si hubiera perdido una batalla.

—No es nada importante, ni para el reino ni para los galgos. Es algo que me importa a mí.

—Si te importa a ti, a mí también. Pyre, mataría por ti. Mataría a cualquier persona, y sin que tengas que explicarme el motivo. Confío en ti al máximo.

—Lo sé.

Sus ojos parecían brillantes. A lo mejor era el fuego de las antorchas que iluminaban las calles en las que se adentraban. Les llegó una música alegre que hizo que Cyra sintiera aún más frío. Como si un grupo de gente bailara y riera alrededor de la tumba abierta de un niño. Abrió los dedos de la mano para entrelazarlos con los de Pyre. Por mucho daño que le hiciera no saber cómo ayudarla, estaba a su lado. Pasase lo que pasase.

La chica forzó una sonrisa.

—Cuando esté preparada, te lo contaré y te reirás de mí porque es una tontería. De momento, olvídalo. Vamos a bailar y a beber. Y, sobre todo, a divertirnos mucho esta noche.

Cyra esbozó un gesto que era más mueca que sonrisa, pero dejó el tema. Las dos sabían que su última frase era una mentira, pero ninguna de las dos quería decirlo en voz alta. Cyra se estremeció de nuevo. El invierno tenía la mirada fija en ellas y avanzaba lento pero implacable, dispuesto a devorar el mundo.

EL REGRESO

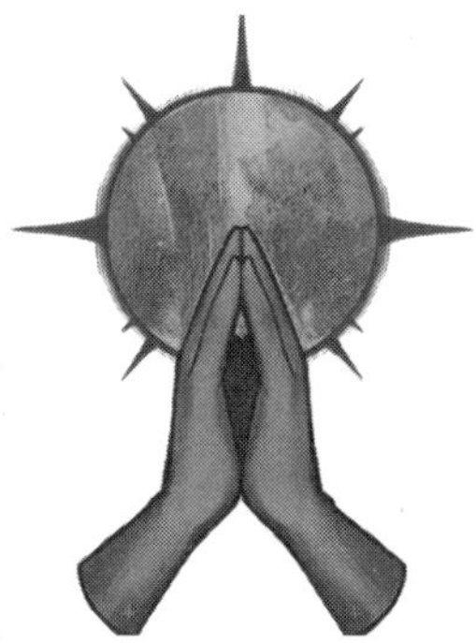

1

La melodía de Brisa apenas se oía por encima del silbido del viento. La monje no se esforzó en hacerla más audible, ni mucho menos hizo ademán de protestar. Entrelazaba su canción con la del viento y el resto tornaba la conversación en un murmullo casi inaudible. Astra agradeció con una sonrisa el pan que compartían, partió un trozo y se lo pasó al siguiente. Quedaban pocas noches lo bastante amables para poder despedirse del sol juntos, descansar y compartir los víveres. Cuando llegara el frío, Astra echaría de menos esos momentos de compartir palabras y alimento, de disfrutar de la música y las últimas luces del día que teñían el horizonte del color de la magia y la sangre.

«O tal vez no, si me he marchado antes».

El pensamiento coleteó en su cráneo como el rabo arrancado de una lagartija. Se removió en el asiento, incapaz de encontrar una postura cómoda, y dio un mordisco demasiado grande al trozo de pan, como si pudiera trocear también los pensamientos con los dientes y tragarlos. Brisa deslizó las últimas notas sobre el aire y se dio la vuelta para aceptar los halagos con una humildad rígida y esmerada. Astra estaba segura de que, si hubiera estado en cualquier reino, le habría encantado esbozar una sonrisa orgullosa y hablar de lo bien que se le daba la música. Pero los monjes eran humildes. Los halagos venían de fuera, si es que los había. Los monjes debían bajar la cabeza y quitar importancia al cumplido con voz apocada, aunque no siempre lograse sonar sincera. Había tantos ritos, costumbres y manías que se le hacían extrañas al llegar y que ahora le eran propias... Tantas que, al pensarlo, sintió un vértigo que la obligó a bajar las manos para sujetarse en la roca. Intentó evitar la sensación de estar a punto de caer en el pozo infinito que se le abría en las entrañas.

—¿Te has servido puré? —preguntó Encina, sentada detrás de ella.

—Cuando se sirvan los demás. No tengo mucho apetito.

—Ve. Tienes que estar fuerte.

Claro que tenía que estarlo para el viaje cada vez más inminente. Forzó una sonrisa y se levantó para acercarse al caldero, porque no se le ocurría nada que responder y porque tenía miedo de que le fallara la voz si lo intentaba.

Tres la seguía con la mirada. Se había sentado al lado de Hora y otros monjes con los que tenía cierta afinidad. Incluso a esa distancia, Astra sentía que la protegía, aunque tal vez «proteger» no era la palabra adecuada. Sentía que la acompañaba. Que la comprendía. Tres se había convertido en un pilar de su rutina, y al pensar que también debía separarse de él, Astra se sentía como si estuviese a punto de caer a un pozo cada vez más negro.

Mantuvo la sonrisa e intentó que no quedara muy tensa. Siguió caminando, pero pasó de largo y se alejó del grupo. No era la primera que se alejaba esa noche, pues aquella comida no era como las rígidas ceremonias de la corte, en las que siempre había ojos vigilando a cada uno de los presentes, y donde se esperaba que los invitados permanecieran en la sala el tiempo indicado. Las cenas de los monjes eran más relajadas; no importaba quién estaba presente ni quién se retiraba pronto. No hacían falta excusas. Astra podía irse.

También iba a perder esa libertad.

Se alejó de la meseta y trepó por una de las rocas más escarpadas. Llegó hasta el borde avanzando con cuidado: había aprendido a respetar a la naturaleza y a no confiarse nunca. El paisaje por el que se arrastraban las sombras era sobrecogedor, y la caída despiadada, pero no le asustaba tanto como el abismo de su estómago. Meció las piernas sobre el vacío y cerró los ojos para llenar los pulmones del aire fresco de la noche. ¿Podría algún dios postergar aquel momento toda la eternidad?

Reconoció los pasos incluso de espaldas y con la cabeza llena de viento. Esbozó una sonrisa antes de ladear el cuerpo, un gesto que señalaba que había notado su presencia.

—Este sitio es peligroso cuando cae la noche —advirtió Tres—. Cuando todo está oscuro y la piedra se hiela...

—Tampoco es que piense acampar aquí —respondió ella.

Le hubiera gustado sonar más animada. O incluso exasperada, como cuando él se empeñaba de protegerla de peligros imaginarios. En cambio, su voz sonó apagada y serena. Tres se sentó a su lado. Astra supo lo que iba a decir antes de que abriera la boca, pero esperó a que hablase. A lo mejor le gustaba escucharlo, aunque nunca iba a reconocerlo.

—No hace falta que regreses. Puedes quedarte aquí.

—Y dejar que sigan eliminando los puentes al reino de los dioses —suspiró—. No me refiero solo a los templos o las puertas. Nos matarán a todos.

—No tienen por qué. Nos han dejado en las montañas. No les molestamos.

—Nuestro mundo no puede sobrevivir sin el otro.

—Cuando se den cuenta, vendrán a arreglar el error que están cometiendo —dijo Tres con convencimiento—. A lo mejor es tu propia hermana la que se da cuenta, cuando la realidad les haya golpeado en la cara con la fuerza suficiente. Tendrán que pedir que volvamos. Y no hará falta que te vayas ahora, ni que te enfrentes a los nobles, ni...

—¿Ni a mis hermanas? —terminó ella.

Dolía pensar en ellas. Se había negado a creer que se hubieran convertido en desconocidas. Había pasado casi todos los días de antaño jugando con Destrel, y cuidando a Cyra, ya que su madre no había podido hacerlo. Los monjes insistían en que estar en la corte las había transformado a las dos, que el tiempo las había convertido en enemigas y que, cuando Astra volviera, la verían como una amenaza. Pero ella se resistía con todo su ser a creerlo. ¿No quedaba nada de esas niñas a las que había visto crecer y con las que había compartido todo? Ella no se sentía tan diferente, seguro que sus hermanas también eran las mismas, aunque por fuera se hubieran transformado.

¿Cómo serían ahora? Su madre insistía en que era Destrel quien más se parecía a ella. ¿La recordaría a ella, ahora que había crecido? ¿Y Cyra? Tenía el mismo pelo oscuro que ella había heredado de su padre, pero sus ojos eran de un color azul intenso. ¿Se habría convertido en una chica grácil y guapa? Recordaba la energía que tenía desde que daba sus primeros pasos. Siempre había pensado que podría haber sido una bailarina de gran talento.

¿También la echarían de menos?

—No tienes que hacer nada que no quieras hacer. No tienes que volver.

Ella bajó la vista al precipicio. No quería volver. No quería abandonar esa vida a la que tanto se había acostumbrado, ni la comunidad de monjes, ni esas montañas en las que había dejado el corazón. Por encima de todo, no quería alejarse de Tres ni descubrir que sus peores temores se habían confirmado y que sus hermanas eran dos desconocidas que sentían desprecio por su ropa, sus modales oxidados o por defender a unos dioses a los que casi todo el mundo quería expulsar para siempre. Quiso ceder. Podía apoyar la mejilla en el hombro de Tres y confesar en voz alta lo que él ya sabía: que no estaba lista, que a lo mejor nunca lo estaría, que quería olvidar esa misión y quedarse allí hasta que fueran los hombres quienes fueran en búsqueda de los dioses.

Como si adivinase lo que pasaba por su cabeza, Tres le pasó el brazo por los hombros. Se conformó con el silencio mientras que Astra intentaba ordenar sus pensamientos, que se habían enredado con sus miedos. No, no tenía valor para rendirse, pero aún no había prisa. Quedaban meses para que se cumpliese el paso, y todo lo que quería era alargar los días que venían, disfrutar de cada uno de los instantes de vida conocida que le quedaban.

Y, como si los dioses se burlaran de ella, la paz se rompió con gritos y alboroto proveniente de la meseta que habían dejado.

Notó el brazo de Tres tan tenso como sus propios hombros. Cruzaron una mirada de alerta y desconcierto. Ambos se pusieron en pie para volver, sin necesidad de intercambiar palabra. Algo pasaba. Los gritos habían parado, pero el viento arrastraba voces llenas de tensión. Volvieron a toda prisa y encontraron a los monjes revolucionados. En medio de todos ellos, Hora y Encina atendían a Rocío.

Era una de las más jóvenes, de la edad Astra. Había llegado hacía cuatro inviernos. Astra recordaba su rito de iniciación, el cambio de nombre y el pánico atrapado en sus ojos antes de emprender el primer viaje. Era pálida, de rasgos redondos y pequeños que ahora estaban manchados de sangre. También tenía las manos rojas y empapadas. El mismo miedo de antaño volvía a humedecer sus ojos castaños.

—Río —balbuceaba—. Es de Río. ¡De Río!

Astra tenía miedo de acercarse, como si el pánico, o el dolor, pudiera contagiársele si daba más pasos en dirección de la chica. Hora le sujetó la cara a Rocío con firmeza y le susurró algo ininteligible, al tiempo que la obligaba a mirarla a los ojos. Los monjes más ancianos se acercaron para tranquilizarla. Astra tardó en comprender que Rocío se refería a la sangre que manchaba sus manos y sus ropas. No era suya; Rocío no estaba herida.

—¿Dónde está Río?

—Intenté ayudarle. Intenté...

—No lo dudamos. No es eso lo que preguntamos. ¿Dónde está?

—Cerca del arroyo del este. Nos persiguieron. Pensaba... pensábamos que solo querían ahuyentarnos.

—¿Quiénes?

—Soldados de Brie. —Por primera vez, los ojos colmados de pánico de Rocío quedaron prendidos en la misma persona más de unos segundos—. Como si hubiéramos matado a alguien. Decían que saqueamos tumbas, que robamos, ¡que matamos niños! No pensé que fuera tan serio hasta que oí la flecha. Río gritó y cayó al suelo. Creía que estaba herido y quise ayudarle a ponerse en pie. La flecha le atravesaba el cuerpo. No pude... Cuando quise ayudar, ya era tarde.

Rompió a llorar. Las lágrimas se mezclaban con la sangre seca que le manchaba las mejillas. La sangre de su compañero. A Astra le temblaban las piernas. Sentía que no quedaba en las montañas suficiente aire para respirar.

Dejó de escuchar a Rocío, que seguía moviendo los labios y cuya voz crepitaba con el fuego. A su tono se unió el de los demás monjes en una amalgama de viento y frío que no llegaba a tener sentido. Solo una frase se le quedó grabada a fuego en la mente: «saqueamos tumbas». Empezó a retirarse con pasos torpes y la sensación de que en cualquier momento iba a desplomarse. La sangre de Río no manchaba solo la piel de Rocío; también Astra notaba las manos pegajosas y la cara manchada de un líquido espeso que se volvía rígido sobre sus mejillas. Habían matado a Río por lo que ella había hecho.

Quería ponerse a gritar.

¿Por qué se había empeñado en creer que abrir una tumba no era tan malo? «MAMÁ». El cariño con el que habían escrito esa palabra era una advertencia que no había querido ver. No debía haber molestado a los muertos. No había querido pensar en las consecuencias, pero estas acababan de alcanzarlos a todos, y la golpearon con tanta fuerza que no fue capaz de respirar. ¿Por qué Río? Era ella quien se había equivocado. Era terrible segar una vida para castigar a otra persona. Odió al destino, pero no tan fuerte como que se odiaba a sí misma. Se dejó caer en la arena del camino, con una presión tan grande en el corazón que temió que reventase en cualquier momento... Todo era culpa suya.

Se llevó las manos a la cara para esconder las lágrimas de un llanto silencioso.

Tres tardó en aparecer. Astra lo agradeció; no quería la compasión de nadie. No se merecía ningún consuelo. El monje parecía mayor que unas horas antes, cuando la noche estaba tan tranquila como un mar en calma y no habían visto la tormenta que se cernía sobre ellos.

—Vamos a tener que ponernos en movimiento dentro de poco. Por lo que cuenta Rocío, los soldados se están preparando para buscarnos por las montañas.

Una parte de ella quiso dejar escapar la carcajada más hiriente que pudiera emitir por la garganta. Podría preguntarle a Tres qué había sido de sus fantasías sobre los hombres que vendrían en son de paz para pedir ayuda y volver a abrir las puertas a los dioses. Pero no quería hacerle daño. Ella misma había estado a punto de aferrarse a aquel sueño. Hacía frío, un frío pesado y húmedo que le había calado la ropa y la piel, tan pegajoso como la sangre de Río.

—Me lo advertiste.

Su voz sonaba seca, un chasquido de ramas secas al partirse. Ni siquiera había tristeza en ella. Tres negó con la cabeza y se acercó más a ella.

—No es culpa tuya.

—Saqueamos tumbas. Nos han acusado de eso.

—No solo de eso, Astra. El reino del sur tiene ganas de librarse de nosotros desde hace mucho tiempo. Si no hubiera sido la tumba, habría sido por merodear por las faldas de la montaña, o por cualquier ofensa real o imaginaria.

—Pero ha sido esta y Río está muerto.

Tres se quedó callado y alargó los brazos hacia ella. Astra quiso resistirse al abrazo porque no se lo merecía, pero se encontró aferrada a él y volviendo a derramar lágrimas sobre su hombro. Río no había sido alguien especialmente cercano, pero eso no evitaba que su muerte pesara sobre la conciencia de Astra, así como el duelo de Rocío, que estaba tan unida a él como si fueran hermanos.

—Tengo que irme.

—Astra, ahora es más peligroso que nunca. —El miedo agudizaba el tono de Tres.

—Tengo que volver al reino tarde o temprano. Si me encuentran ahora, los soldados tendrán cosas más urgentes por las que preocuparse que por daros caza.

—Tienes que pensarlo bien.

—Estoy segura.

Se apartó despacio. Sabía que su mirada era tan firme como esas rocas que habían sido su refugio durante años. Su hogar. Tres abrió la boca, pero volvió a cerrarla sin llegar a decir nada. La conocía demasiado bien, se daba cuenta de lo convencida que estaba.

—Hablaremos con el resto y prepararemos el viaje.

—No tienes que venir conmigo.

—No voy a dejarte sola.

Conocía esa firmeza inamovible de su voz. La había aprendido de él, a fin de cuentas. Era absurdo discutir, estaba tan seguro como ella de lo que iba a hacer. Tampoco cedió con un asentimiento. Ambos se miraron; tenían demasiadas cosas que decirse como para escoger ninguna. Al cabo, el alboroto de los monjes los obligó a moverse.

—Vamos —murmuró Tres, y Astra caminó detrás de él.

No era el mejor momento para reunir a los ancianos. No había nada apropiado que hacer ante la muerte de uno de ellos, pero, aun así, los ancianos los escucharon. La decisión que habían tomado era lo bastante trascendental como para llamar su atención. Astra no sabía qué esperaba, quizá algo de resistencia, pero lo que recibió fue alivio. Era como si los ancianos hubieran estado preocupados de que les terminase fallando. Que fuera lo bastante cobarde como para rogarles que le permitiesen quedarse allí con ellos. No podía echárselo en cara, no estaba muy alejado de la verdad.

—¿Cuándo queréis partir? —preguntó Sierra con esa voz que sonaba como un glaciar que erosiona la roca a su paso.

—Pronto —respondió ella—. Cuanto antes mejor. No quiero darles tiempo para que lleguen hasta aquí.

—Tenemos que estar preparados —intervino Tres en un tono de advertencia.

—No necesitareis mucho. Ropa cómoda. Podéis llevar provisiones, pero os quitarán todo en cuanto os entreguéis. Y si os encuentran armados, la situación podría complicarse —dijo otro de los ancianos mientras se limpiaba restos de la sangre de Río, que le había manchado la ropa al ayudar a Rocío.

—Las joyas que llevabas cuando viniste —intervino Sierra—. Las he guardado todo este tiempo, servirán para que te escuchen. El anillo que llevabas entonces es demasiado pequeño, pero al menos lo reconocerán. Enséñales el collar y el broche.

—Pueden pensar que lo ha robado —protestó Tres.

—Querrán pensarlo, pero bastará con sembrar la duda. Cuando la interroguen se darán cuenta de que no miente y que tienen frente a ellos a la auténtica heredera.

—Eso no nos garantiza que vayan a protegerla.

—No. El camino está lleno de peligros —concedió Sierra. Clavó en Astra unos ojos llenos de niebla. Ella notaba la saliva espesa y el corazón acelerado, pero se esforzó por asentir.

—Los afrontaré. Me he entrenado toda mi vida para hacerlo.

La anciana sonrió con cierto orgullo.

—Partiremos mañana entonces —suspiró Tres.

—Al alba —murmuró Astra. Y todos los monjes asintieron, excepto Hora, que frunció el ceño y ladeó la cabeza sin fijar la vista en la princesa. Sierra hizo un gesto con la mano.

—Acompáñame. Hace tiempo que tengo preparado todo lo que debes llevarte.

2

La cueva de Sierra era pequeña y redonda. No tenía compartimentos ni nada que la separase en distintas estancias, ni espacio que lo permitiese. La cama ocupaba una gran parte de la habitación y, frente a ella, descansaba una mesa llena de cuencos, alimento, pergaminos y rocas que brillaban en la penumbra. Las paredes tenían baldas talladas en la roca, como era común, y estaban abarrotadas de todo tipo de objetos en un desorden que, por algún motivo, le parecía acogedor. Astra se dio cuenta de que se le había escapado una media sonrisa. Tres ponía el grito en el cielo si dejaba la ropa cerca de la comida o si se olvidaba el cuchillo cerca de la cama. Seguro que Tres se marearía si entraba allí.

Sierra no se dejaba intimidar por el caos. Se movía sin dudas. Conocía ese desorden y sabía dónde estaba cada cosa. Se estiró para llegar a una de las baldas más altas y dejó escapar un quejido.

—Si no me matan las rodillas lo hará la espalda. ¿Me alcanzas el cofre, niña?

—Claro. ¿Qué cofre?

—Está ahí, detrás de las mantas.

Astra era más ágil que la anciana, pero no la superaba en altura. Tuvo que agarrarse a la pared y mantener el equilibrio de puntillas para apartar las mantas y tantear ese resquicio entre la roca. Su mano dio con un objeto de madera y consiguió empujarlo y dejarlo caer. Lo atrapó contra el pecho con el otro brazo antes de que estampara en el suelo, para evitarse una mirada reprobadora por parte de Sierra.

—¿Esto?

—Eso es —asintió, y lo agarró—. Ven, siéntate en la cama.

Ella obedeció. Sierra tenía manos pequeñas de dedos hinchados. Apretó el cierre con el pulgar y abrió la cajita para enseñarle a Astra el interior.

—Guardamos también la ropa con la que llegaste. El camisón, claro. La capa la seguiste usando hasta que se te desgastó con el roce de la piedra. Pero creo que esto será suficiente para que tengan que escucharte.

Astra recordaba el medallón con el escudo de palacio, pero no lo delicado que era cada detalle ni las piedras preciosas que lo adornaban. Había pertenecido a su madre, lo llevaba siempre. Astra lo recordaba como una parte más de ella, igual que sus bucles, el lunar en el cuello o esa sonrisa con la que se dirigía a ellas. Nunca las había regañado, cuando se portaban mal eran las institutrices las que se encargaban de imponerles un castigo. Su madre venía después, con abrazos y palabras suaves, para levantárselo. En aquel momento se convertía en un ser de luz y de bondad, pero una Astra adulta reconocía que no había llegado nunca a querer tanto a su madre como debiera.

Tres había sido estricto cuando tenía que serlo. Se enfadaba y la obligaba a pedir perdón siempre que molestaba a otra persona. Astra se enfadaba con él en muchas ocasiones, al menos al principio. Era extraño que la misma persona que la castigaba fuera también quien le contaba cuentos y se mostraba cariñoso con ella. Era complicado, pero Astra se dio cuenta de que, aparte de su amor, Tres se había ganado otro sentimiento que ella jamás profesó hacia su madre: respeto. El monje no necesitaba recurrir al servicio para aplicarle correctivos, y sabía qué tono de voz usar para que Astra se tomase en serio lo que le decía. Su madre era un recuerdo cálido y luminoso, pero vacío. De seguir viva, su opinión no habría tenido más importancia que la de sus hermanas, o la de cualquiera de las doncellas que les abrochaban los vestidos.

Sostuvo el collar con cuidado. Recordaba el momento en el que se lo entregaron. La muerte de su madre dejó de ser una frase que flotaba en el aire para hacerse tangible. Era como si le hubieran entregado una mano o un puñado de dientes: una parte de ella que ya no necesitaba porque nunca iba a volver. Mamá se había ido. La reina dormía bajo tierra. Sus vestidos, su corona y ese mismo collar ya no le pertenecían, se habían desprendido de su cuerpo como si fueran pétalos arrancados de una flor marchita. Había dejado un trono vacío, un hueco en el pecho, un collar frío y una hermana pequeña que nunca iba a conocerla. Astra sintió de nuevo todo aquello con la misma intensidad que antaño. Acarició el collar antes de ponérselo. El peso se le hacía extraño y, a la vez, todo estaba en su sitio.

Sierra tenía razón: el anillo que descansaba en un rincón de la caja era demasiado pequeño para ponérselo, así que Astra lo introdujo en un saco de tela que guardó con cuidado en el bolsillo. Había también un broche que no recordaba haber llevado en el pelo aquella noche. Supuso que lo habrían cogido de su mesita de noche. Lo guardó junto al anillo y cerró la caja.

—Gracias.

—Estás lista.

Era una afirmación que tal vez no fuera cierta, pero que Astra necesitaba oír. Esbozó una sonrisa tímida y estrechó la mano de la anciana antes de levantarse.

Cerró la puerta al salir al abrazo de la noche. El peso del collar le recordaba a una correa que iba a arrastrarla lejos. Los murmullos habían bajado de tono, pero los nervios electrificaban el ambiente. Había una silueta cerca. Se recortaba contra el cielo, con la elegancia de una estatua. Astra supo que la estaba esperando. Vaciló antes de acercarse a Hora.

—Antes has mentido.

—¿Lo he hecho? —preguntó ella con el ceño fruncido y la voz confusa.

—A lo mejor no lo sabías, pero lo has hecho. No vas a esperar al alba para irte.

La chica pestañeó y abrió la boca, dispuesta a negarlo o a seguir indagando, pero las palabras de Hora caían, como nieve, en el sitio adecuado: señalaban un camino que se abría frente a ella, aunque no lo hubiera pensado.

Todos sabían que su misión era peligrosa y nadie le había asegurado que pudiera sobrevivir. Pero era posible. Por eso lo intentaba, y por eso le permitían hacerlo. Si tan solo conseguía que los soldados dudasen de que no era una impostora, se lo pensarían antes de ejecutarla y lanzar su cuerpo en cualquier fosa abierta.

Sin embargo, ni siquiera convencerlos de que era la legítima heredera aseguraría que perdonasen la vida a los monjes que la acompañaran, pues no les estaba permitido abandonar las montañas. En el mejor de los casos los acusarían de secuestro para cortarles la cabeza. Era posible, e incluso probable, que ni siquiera malgastaran palabras antes de atravesarlos con una espada o con una flecha, como habían hecho con Río. Astra, helada, era incapaz de moverse. Hora tenía razón, no podía permitir que nadie la acompañara. Tres no debía ir con ella.

—Te vas a poner en marcha poco después de que acabe esta conversación —sentenció Hora.

No era una amenaza, era un hecho formulado con voz fría y sin ninguna emoción. El corazón le dio un vuelco doloroso.

—¿Ni siquiera puedo despedirme de Tres?

Hora no respondió. No hacía falta. Claro que no podían despedirse. Sabía que Tres no consentiría que se fuera sin él. Desvió la mirada y pestañeó con fuerza para no echarse a llorar como una niña pequeña.

Hora se sentó en el suelo con calma y, para desconcierto de Astra, se empezó a quitar las botas.

—Creo que te irán bien. Son mejores que las que llevas. Las tuyas sirven para trepar, pero no creo que te haga tanta falta trepar como aguantar un viaje largo. Puedo darte también mi capa, si la prefieres.

—La mía me va bien, gracias —acertó a decir antes de sentarse junto a ella para imitarla y descalzarse.

Las manos le temblaban y tuvo que sorber un par de veces con fuerza por la nariz. Era mejor mantener los dedos ocupados que quedarse quieta y sentir cómo su vida se desmoronaba, golpeada con rabia por todo lo que había pasado esa noche: la muerte de Río, que había manchado sus manos de sangre, la decisión de marcharse de ese sitio en el que había crecido, la desgarradora idea de no volver a ver a Tres sin intercambiar siquiera unas últimas palabras.

—¿Te despedirás de él de mi parte?

—Claro.

Le sorprendió la suavidad en la voz de Hora, que solía ser brusca y breve. Sonrió, y tuvo ganas de llorar con más fuerza. También a ella la echaría de menos.

—Dile...

La brisa arrastró la última letra sin que Astra fuera capaz de formular una frase. ¿Qué podía decirle? ¿Cómo podía atrapar en un puñado de palabras todo lo que sentía? La gratitud, el dolor, la pena... La esperanza de que fuera feliz y el egoísmo visceral de que nunca la olvidara. Quería prometerle que volverían a verse, pero le parecía inapropiado que el último mensaje que le dejara fuese una mentira. Hora esperaba con la paciencia de quien sabía, exactamente, cuánto iba a durar esa pausa. Astra soltó el aire y negó con la cabeza.

—Dile que es mi padre, y que a un padre nunca se le olvida.

Las palabras repiquetearon como lluvia suave. Se anudó con firmeza las botas de Hora, que asintió con solemnidad y le apoyó una mano en el hombro. Sorbió de nuevo por la nariz y se obligó a mirarla con rostro firme.

—¿Cuánto tardaré en encontrarles?

—Un tercio de noche. Cuando la constelación de la madre se alinee con la estrella del norte.

A Astra no se le daba demasiado bien calcular el paso del tiempo durante la noche, pero tener una idea aproximada le bastaba. La siguiente pregunta la hizo en voz más baja, con el corazón oprimido y el pelo de la nuca erizado.

—¿Me harán daño al verme?

—Eso no puedo saberlo —respondió Hora.

Astra asintió de nuevo y se puso en pie. Las botas eran cómodas y flexibles. Llevaba las joyas de su infancia, pero tendría que pasar por su casa para coger los regalos de los dioses que había buscado durante tanto tiempo. Confiaba con no encontrarse con Tres, que seguramente estaría debatiendo con los sabios el camino a seguir al día siguiente, sin sospechar que Astra iba a escaparse sin él. La traición, incluso en ese caso, sabía amarga y era difícil de tragar.

—¿Volveré a verte? —preguntó Astra, que sabía que alargaba esa despedida como si quitase lentamente la costra de una herida.

Hora perdió la mirada en el horizonte. Luego sonrió.

—Sí. No queda demasiado para nuestro próximo encuentro. Es curioso...

Pero cerró los labios y no dijo qué era lo que le parecía extraño. Astra sabía que no serviría de nada presionarla, así que suspiró.

—No te olvides de decírselo.

—No lo haré.

—Espero que todo esto sirva para algo.

—Que tengas un buen viaje, y que los dioses te protejan.

Sonrió de nuevo, demasiado preocupada para que la mueca fuera burlona. Los dioses no podían acompañarla allá donde iba, y eso Hora lo sabía demasiado bien. Viajaba sola.

3

La suerte le concedió una tregua. La casa estaba quieta y vacía. Astra metió en una mochila pequeña una cantimplora con agua, una camisa limpia, mudas de ropa y un par de calcetines largos. Se anudó la tobillera del zorro, que le daba el poder de ser tan liviana como una niña de cinco años. También tenía una piedra con forma de huevo que le había entregado el dios búho con la promesa de que, al romperlo, la noche llevaría su voz a quien quisiera, sin importar lo lejos que se encontrara. La colocó en una bolsita de tela, junto a los regalos de la diosa serpiente y un puñado de semillas y frutos secos para esconderlos a plena vista. Eran reliquias inofensivas, no tan valiosas como las dagas eternamente envenenadas o los arcos que no podían errar el tiro, pero tendrían que bastar, pues no contaba con nada más.

Se quedó quieta en la puerta antes de abandonar para siempre el hogar que Tres le había dado. Recorrió cada rincón con la mirada. Quería memorizarlo y guardar cada resquicio en sus retinas para poder regresar cuando cerrara los ojos. Una parte de ella se quedaría allí para siempre.

Tuvo que reunir toda su voluntad para cruzar la puerta y cerrarla, dejando encerrada una parte de su vida. Empezaba una etapa nueva en la que debía concentrarse en el deber, no en sus deseos. Tenían que volver a abrir la puerta a los dioses y solo una reina podría lograr algo así. Era hora de volver a palacio.

El primer paso fue el más complicado. Luego pudo dejar de pensar y concentrarse en cada movimiento. Conocía los caminos más rápidos, pero al principio los evitó; optó por un sendero que la ocultaba de la vista, para que nadie la descubrise y advirtiese a los demás. Cuando estuvo a más distancia aceleró el paso y pasó del sendero entre las piedras a un camino más rápido. Solía evitar en lo posible hacer excursiones de noche, pero conocía los quiebros y las zonas más traicioneras en las que debía andarse con cuidado, zonas en las que las raíces de los árboles intentaban alcanzar sus tobillos para que tropezase, o en las que podía resbalar con la arena suelta. Mantuvo la mente ocupada y el cuerpo en movimiento avanzando sin descanso. Ni siquiera alzó la vista al firmamento para buscar la constelación de la que había hablado Hora. Saber cuánto tiempo quedaba no serviría para que este pasase más rápido. Si se detenía, los sentimientos de los que intentaba huir la alcanzarían y, seguramente, la derrumbarían.

Supo que había llegado el momento cuando distinguió, a lo lejos, la luz de un fuego que bailaba entre los troncos de los árboles. Tomó aire y avanzó hacia allá con cuidado. No quería que le atravesaran el pecho con una flecha antes de que le diera tiempo a decir su nombre. Sería una forma muy triste y patética de perder la vida. Al menos quería que dudasen.

Al acercarse más oyó una voz femenina que sonaba como un engranaje de metal oxidado. La luz se acercaba. El ritmo era lento y la conversación sonaba demasiado distendida para ser una misión seria. No iban a la caza de los monjes. Aún no. Le temblaban las manos y las rodillas, pero siguió avanzando hacia ellos. Tragó saliva en un intento de preparar la voz.

—¿Hola?

Las voces callaron y las llamas detuvieron su avance, aunque la luz no dejó de revolotear tiñendo el camino de magia y fuego. El corazón de Astra palpitaba con rabia en su pecho. Los pasos sonaron con firmeza y ella alzó las manos vacías. Le hubiera gustado no temblar, pero cuando se acercaron lo bastante como para verles las caras, se estremeció de pies a cabeza. Eran cuatro: tres mujeres y un hombre. En cuanto reconocieron sus ropas, la expresión de todos ellos cambió; la curiosidad dio paso al odio. La primera de ellos desenvainó una espada que se bañó de la luz de las llamas.

—Abandonar las montañas está castigado con pena de muerte.

—Mi nombre es Astra —balbució sin fuerza en la voz. Las palabras se habían pegado unas a otras y no se distinguían. Los soldados no habían cambiado de expresión. La que había desenvainado la espada tomó impulso y Astra alzó más las manos—. ¡Mi nombre es Astra! ¡Soy la primera hija del rey!

Esta vez sí que se detuvieron e intercambiaron una mirada como para cerciorarse de que habían oído bien. A Astra le costaba contenerse para no echar a correr. Pero, si lo hacía, irían tras ella.

—¿Ha perdido la cabeza?

—O quiere engañarnos —dijo la que había desenvainado la espada, que la miraba con el mismo fuego en los ojos que en el filo del arma.

—Puedo demostrároslo. ¿Me permitís?

Su voz sonaba tan ridícula como la de una niña que se hubiese perdido en el mercado y rogara ayuda a unos desconocidos. Intentó sonreír, pero lo que se encontró fue un muro de expresiones de piedra. Se llevó la mano al cuello y ellos aprestaron las armas.

—¡No voy a hacer nada! No estoy armada. Quería enseñaros mi collar, el collar de mi madre. Lo heredé cuando murió en el parto de mi hermana Cyra. Sé que suena a locura, pero puedo demostrar que soy quien digo ser.

—Mantén las manos donde podamos verlas y quédate quieta —ordenó la rubia, que hablaba con voz de metal—. Un movimiento en falso y te atravesaremos hasta regar este claro con todos los fluidos de tu estómago. ¿Queda claro?

Astra no tenía ánimo para hablar, así que asintió y se concentró en mantener las manos quietas e intentar que no temblaran demasiado. Tras asegurarse con una mirada de que sus compañeros le cubrían las espaldas, la mujer se acercó a ella. Agarró el colgante que había intentado enseñarles Astra y dio un tirón tan brusco que la chica se tambaleó. Astra se temió que eso bastara para que se lanzaran sobre ella. La soldado examinó la joya con el mismo ceño fruncido que le había dedicado a ella, antes de dárselo a la que parecía de mayor rango. El rostro de la mujer era igual de serio.

—Parece auténtico.

—Puede haberlo robado.

—¿Es así como lo has conseguido? ¿Se lo has robado a algún viajero?

Astra negó.

—Es mío. Me lo dieron cuando murió mi madre...

—Eso ya lo has dicho. Quiero saber la verdad.

—Es la verdad, mi señora.

—¿Sabes que si te llevamos al pueblo el castigo será mayor? Hacerse pasar por una princesa es un delito muy grave. ¿De verdad quieres que tu ejecución se convierta en un espectáculo?

Astra alzó la barbilla. Notaba calor en las mejillas y un temblor en las piernas, pero recuperó de sus recuerdos esa postura con la espalda recta y la frente alta con la que recordaba a su padre.

Los dioses debían estar cerca porque esa vez su voz sonó firme:

—Soy Astra, la heredera a vuestro trono, y en vuestra mano está si queréis que os recuerde como aquellos que me ayudaron en mi regreso al castillo o los que me amenazaron.

El silencio de los soldados contrastó con el crepitar del fuego de las antorchas y el sonido, lejano, de una lechuza. Volvieron a mirarse y, sin intercambiar palabras, se acercaron a ella para agarrarla del brazo y arrastrarla por el camino de vuelta.

Amenazar a unos soldados que querían ver muertos a los monjes no había sido la mejor de las ideas, pero al menos Astra seguía viva y había ganado algo de tiempo. Y, por la forma en la que la capitana se cercioraba cada poco tiempo de que el colgante siguiera en su bolsillo, comprendió que había logrado sembrar una duda. Solo quedaba rezar para que sus palabras se convirtieran en lluvia que hiciera brotar la verdad hasta que nadie pudiera negarla.

4

La metieron a empujones en un cuarto estrecho y cerraron la puerta de barras metálicas. Astra no supo si le fallaron las piernas y cayó al suelo por puro cansancio, o si se trató del miedo, que volvía con fuerzas redobladas una vez que se quedó sola. Los brazos también le temblaban tanto que solo esperaba que se fueran antes de caer de cara contra las baldosas del suelo; sería muy difícil ganarse el respeto después de perder la dignidad así.

Los pasos se alejaron, y no terminó tendida contra el suelo. Logró mantenerse sentada. Se echó atrás lo suficiente para poder apoyar la espalda contra una pared. En la celda no había nada: cuatro paredes desnudas, una de las cuales, en la que estaba la puerta, estaba hecha de barras de metal. No merecía la pena tantearlas ni intentar colarse entre las rejas. De todas formas, no tenía sentido escapar: se había entregado porque era la forma de volver al castillo. Aun así, le habría gustado sentir que tenía una vía de escape.

Pensó que iba a derrumbarse allí sola con sus pensamientos. Su mundo había cambiado tanto en las últimas horas que no estaba segura de reconocerlo. Pero no le dieron tiempo para compadecerse de sí misma: los guardias volvieron con un señor ataviado con ropas más elegantes. Tenía la cabeza rapada, así como una barba corta y blanca que contrastaba con unas cejas muy negras. La examinó despacio, deteniéndose en cada rasgo. Al terminar frunció el ceño.

—Podría ser. Ha pasado mucho tiempo y los niños cambian mucho al crecer. Pero sí, podría parecerse a ella. O puede que alguno de los dioses le haya cambiado el rostro. Su ropa es de los monjes.

No se había dignado a hablar con ella, se había limitado a hablar sobre ella. Como si Astra estuviera muy lejos o fuera demasiado estúpida para entenderlo.

Sabía que era un enfado infantil. Quizá había llegado a su límite y no era capaz de afrontar nada más ese día. Tenía que razonar con ese hombre que parecía estar al cargo, o haberla visto de pequeña. Pero, aunque forzó la memoria, su cara no le sonaba familiar. Habían pasado muchos años y había conocido a demasiada gente en banquetes y bailes en los que solo tenía que hacer acto de presencia y aguardar a que las llevaran de nuevo al cuarto donde jugar con Destrel. ¡Su hermana! Estaba cerca de reencontrarse con ella y sentía una mezcla de emoción y miedo. Recordó a la niña que la miraba como si fuera perfecta y giró la cabeza hacia el desconocido.

—No os recuerdo, si es que alguna vez nos conocimos. Sí, he crecido y cambiado, pero soy la misma. Y si vos tenéis dudas, llevadme ante mi hermana Destrel. A ella ninguna impostora con un rostro falso podría engañarla.

—¿Insistes, entonces, en que eres la heredera al trono?

—Lo soy.

—¿Y dónde estabas? ¿Qué ha sido de ti todo este tiempo?

—La noche en la que mataron a mi padre yo también estaba destinada a morir. Unos monjes evitaron ese destino y me han tenido protegida hasta ahora.

Había hablado mucho con los ancianos y habían acordado que eso era lo mejor que podía decir, aunque sabía que no les iba a agradar que hablase en favor de los monjes. Les darían la vuelta a cualquier cosa que dijera a su favor e intentarían convertirlos en villanos. La habrían mirado con menos sospecha si hubiera dicho que, durante todos aquellos años, había sido prisionera de aquellos que se empeñaban en venerar a los dioses. Sin embargo, Astra no pensaba azuzar a los soldados contra los suyos, como tampoco quería llegar al palacio a base de mentiras.

—Si todo eso fuera cierto ¿por qué no habéis hecho acto de presencia antes? Habéis dejado que el reino llore vuestra muerte. Y ni siquiera habéis enviado un mensaje haciendo saber que estabais viva y que vuestra intención era... aparecer mágicamente.

Astra ignoró la sorna del comentario. No había vuelto antes porque estaba formándose, porque había pasado años aprendiendo a caminar entre dioses, ganándose sus favores. Pero una cosa era mentir y otra decir una verdad que avivara las llamas de sus sospechas, de su ira.

—No era seguro. Tampoco es seguro ahora. Sé que podéis cortarme la cabeza y lanzar mi cuerpo a cualquier agujero en el bosque. La verdad acabará sabiéndose, tengo de mi parte a quienes no guardarán silencio, pero eso no implica que me agrade la idea de morir.

Le hubiera gustado leer la expresión del hombre, que se mantenía rígida, con los ojos brillantes fijos en ella. Parecían lagos de agua profunda y negra, cuya superficie se agitaba con cientos de pensamientos que se removían como pececillos inquietos.

—Avisaremos a la corte. Que ellos decidan lo que hacer contigo.

Astra tuvo que esforzarse para no sonreír. Nada indicaba que ese hombre se la tomase en serio, pero al parecer no le gustaba la idea de que empezara a rumorearse que había matado a la heredera sin consultarlo con nadie. Aunque esas habladurías fueran falsas, eran peligrosas y podían usarse en su contra si, en algún momento, alguien quería quitárselo del medio. Si delegaba la responsabilidad en la corte se limpiaba las manos. Y a ella le convenía, porque o bien la llevaban a palacio o alguien de allí vendría para comprobar si era ella. Cuanto más cercano a la corona fuese el enviado, más probable sería que la reconociera.

—¿La habéis registrado?

—Aún no, mi señor.

—No sé a qué esperáis. Aseguraos de que no esconde ningún arma.

Sus pasos sonaron indignados al alejarse. Astra soltó el aire y trató de seguir conteniendo la expresión. La soldado rubia también tenía la firmeza del acero en la mirada. Si le hubieran dicho que, en vez de nacer, había sido moldeada con hierro y oro, se lo habría creído.

—Manos quietas; no hagas ni un solo movimiento en falso si no quieres ponerme a prueba.

Asintió. No se le escapó que, esta vez, la amenaza no había sido abrirle las tripas ni acabar con ella. No podía confiarse, pero sí que se sentía algo más aliviada. La rubia y el otro soldado entraron en la jaula, bajo la atenta mirada de la capitana, que apoyaba, de forma aparentemente despreocupada, la mano en el mango de la daga.

La empujaron contra la pared y la registraron. Le quitaron la capa y la mochila, rebuscaron en cada bolsillo. Astra se concentró en mirar la pared de piedra para que su expresión no revelara nada. Pasaron por alto el brazalete, que no dejaba de parecer una pulsera común de cuero viejo, y abrieron el saco de semillas donde guardaba los amuletos de los dioses. El pulso se le aceleró. Siguió con la vista fija en los adoquines de piedra, como si no hubiera nada en el mundo tan fascinante. Tampoco cambió la expresión cuando lo arrojaron sobre su capa, sin haber encontrado nada.

—Las botas.

—¿Qué? —Astra alzó la cabeza y le respondieron con un empujón contra la pared.

—Quítate las botas.

Se agachó. Se sentía completamente vulnerable ante la mirada de los dos soldados armados. Se desabrochó las botas de Hora y se las tendió. La chica rubia se aseguró que no escondiera nada entre los calcetines largos, que le llegaban a la rodilla. El otro buscó dentro del calzado y lo dejó, fuera de la celda, junto a la capa, la mochila y el saco.

Salieron y la encerraron de nuevo. Desde el otro lado de las rejas examinaron todo el contenido de su mochila. Le quitaron la navaja que, sí, podría usarse como arma. Sin embargo, era lo único peligroso que llevaba encima y se trataba de un utensilio tan habitual que tampoco llamaba la atención. Colocaron sus pertenencias lejos de su alcance, en un banco de piedra que había en el pasillo, y la capitana le dio una orden a cada soldado. Astra esperó a que se fueran para volver a un rincón y abrazarse las rodillas. Una vez tomada una decisión, sabía que no tenía por qué temer (en principio) una muerte inminente. Se abría ante ella un abismo de horas vacías y minutos muertos en los que esperaba ser capaz de mantener la cordura. Apoyó la frente en las rodillas. Se encontraba tan agotada que nada le habría gustado más que lanzarse al sueño más oscuro y dejarse llevar por él hasta que vinieran a interrogarla. Uno en el que no fuera consciente de la muerte de Río, ni de que se había alejado de las montañas, ni, por supuesto, que se había ido sin despedirse de Tres. Pero no era capaz de entregarse a la inconsciencia y los recuerdos fragmentados de esa última noche le cortaban la piel de forma desordenada.

Ya había perdido una vez todo lo que tenía en la vida para empezar de cero en un sitio nuevo, pero eso no hacía más fácil volver a enfrentarse a esa sensación.

5

Los días se mezclaban. El tiempo había perdido sentido. Los minutos parecían horas y las horas eran interminables. Al mismo tiempo, la monotonía lo fusionaba todo, era fácil confundirse y perder la cuenta de los días que llevaba encerrada. Creía que eran siete, pero a lo mejor eran seis.

Recorría la celda de un lado a otro. A veces en círculos; cuando llegaba a la vuelta número diecinueve cambiaba el sentido. La comida no tenía mucho sabor, pero la masticaba despacio, agradecida de tener algo que hacer. Lo peor era el momento de «aliviarse», como lo llamaban con burla los guardias. Dos veces al día traían un orinal y le daban unos minutos antes de volver para recogerlo. Al menos no se quedaban a mirar, quería consolarse Astra. Se racionaba el agua para no tener que aguantar con la vejiga llena a que llegara la hora. Sus pertenencias seguían a la vista. No había intentado alcanzarlas, pero no descartaba hacerlo, aunque sabía que era imposible, si su cautiverio se alargaba. Había pedido que le dieran la capa para abrigarse de noche, pero en su lugar le habían ofrecido una manta rígida que olía a sudor de desconocidos. Les dio las gracias y se acurrucó con ella para intentar conciliar el sueño.

A veces se aseaba con el agua que le daban para beber. No servía de mucho, dado que no podía cambiarse de ropa y contaba con poca agua, pero quería creer que ese pequeño ritual le ayudaba a sentirse un poco mejor. Prefería contentarse con eso en vez de no hacer nada para luchar con la suciedad.

Le hubiera gustado dejar de pensar en Tres, pero sabía que era ella y nadie más la culpable de volver una y otra vez a buscarlo en sus recuerdos. Parecía que habían pasado años desde la última noche, cuando se había sentado junto a ella en esa roca y casi la había convencido para que no se fuera, para que esperasen juntos a que el destino encontrase otra forma de traer de vuelta a los dioses. No se enorgullecía de ello, pero tenía que reconocer que había estado a punto de convencerla... de no haber sido por Río.

Río. También pensaba mucho en él. La martirizaba pensar que no habían podido recuperar su cuerpo. No hubiera sido seguro, con los soldados dispuestos a matar. Y menos ahora que ella se había ido y que la situación debía de estar aún más tensa. Tampoco esperaba ninguna caridad por parte de quienes lo habían matado. Le parecía terrible que dejaran que su cuerpo se pudriera en el bosque sin una tumba en la que depositarlo con respeto y sobre la que llorar. Las almas cruzaban del mundo de los mortales al de los dioses aunque no hubiera puerta, pero era una despedida tan triste... En la soledad de su celda, Astra le lloró y le pidió perdón, aunque supiera que no podía escuchar. A lo mejor ella sí que necesitaba disculparse una y otra vez. Río, como la mayoría de ellos, no hablaba mucho de su vida antes de haber peregrinado a las montañas. Por su acento, Astra habían intuido que provenía de Alto Veere, y por sus modales, que su familia era de clase alta. Astra no podía dejar de preguntarse si su familia sabía dónde o por qué se había ido. Si estarían esperándolo y si alguna vez llegarían a enterarse de cómo había muerto.

Dormitaba con esos pensamientos en la penumbra del alba cuando oyó unos pasos y se levantó del catre improvisado con la manta sucia. Era temprano para que le trajeran comida, tal vez habían adelantado el humillante momento del orinal. No tenía demasiadas ganas de usarlo, pero sabía que no le convenía desperdiciar la oportunidad si no quería alargar aún más el tiempo que pasaría luego con pinchazos en la tripa. Sin embargo, quienes entraron venían con las manos vacías.

Dos de los guardias eran los de siempre. El otro visitante, un hombre alto y delgado, con apariencia cuidada, pero cansancio evidente, llevaba ropas propias de la guardia real de Core. Astra sintió cómo el estómago le daba un vuelco, y se incorporó con las piernas entumecidas por la mala postura en la que había dormido. Era consciente del mal aspecto que ofrecía su trenza deshecha y sucia y sus ropas arrugadas. Al menos se había lavado la cara, pensó, aunque no logró animarse.

Otra chica entró a su lado. Alta y esbelta, de rostro dulce y unos ojos castaños que parecían amables hasta que Astra se percató que se detenían en cada detalle y tomaban nota de todo. Tenía el pelo rojo como el fuego, recogido en una modesta coleta baja, y su ropa era más informal que la de sus compañeros. A Astra le hizo pensar en la de los mastines, ese grupo de jóvenes que formaba parte del ejército, aunque formaran un grupo reducido y propio. Los mastines debían ser ya mucho mayores, pero apostaba a que esa chica pertenecía a la siguiente camada.

—Dicen que insistís en que sois Astra —dijo el soldado de Core, a lo que ella asintió muy consciente de la patética imagen que daba: bajita, sucia y arrastrando días de mal dormir y de encierro—. Es una afirmación muy grave. ¿Estáis segura de que queréis mantenerla hasta las últimas consecuencias?

—Decir otra cosa sería mentir —respondió ella, intentando sonar tranquila.

—Como deseéis. Tengo órdenes de la princesa Destrel de llevaros ante ella. Quiere estar presente mientras os juzgan. Como comprenderéis, este hecho le afecta. Yo no querría ser blanco de su furia si descubre que se trata de una mentira.

—Estoy segura de que mi hermana se alegrará al verme.

Al menos estaba convencida de eso último, aunque no se le escapó la forma en la que el hombre arqueó la ceja. Parecía encontrar divertida su afirmación.

—Como deseéis. Partiremos pronto. No hay motivo para alargar esto. —Arrugó el gesto al terminar la frase y se volvió a los otros soldados—. ¿Sería posible que se asee antes del viaje?

—Por supuesto.

Los guardias hicieron una reverencia y abandonaron la sala. Astra permaneció de pie, inquieta. La chica pelirroja ralentizó sus pasos para tener unos momentos a solas con ella. Las miradas de ambas se cruzaron a través de las rejas. Tenía una expresión dulce y vacía, como el reflejo de un lago que no permite ver lo que se oculta en el fondo.

Astra se sintió más intimidada que cuando eran los cuatro quien la observaban.

—¿Ilama?

La joven continuó caminando como si se hubiera despistado y Astra se abrazó a sí misma con una inquietud que no llegaba a ser miedo, pero que repiqueteaba en cada uno de sus huesos.

Dos doncellas trajeron un balde de agua y, por turnos, varios cubos de agua. Tres guardias, incluyendo a la rubia, se cercioraban de que Astra no intentaba nada extraño. No es que la princesa tuviera intención de fugarse, pero tampoco se atrevía a protestar.

—Quítate esta ropa.

Ella les dio la espalda, con las mejillas calientes, para quitarse la camisa y los pantalones. Intentó dejar la mente en blanco al quitarse la ropa interior. Hubiera jurado que oía una risita metálica, pero pudo haberse tratado de su propia imaginación.

Se dejó meter con malos modos en la tina. El agua estaba fría, así que se puso a temblar en cuanto le derramaron el primer cubo por los hombros. Toda la piel se le erizó y se quedó sin aliento.

—Separa los brazos —ordenó con tono seco la doncella de más edad.

Le hubiera gustado pedirles que la dejasen lavarse sola. No estaba herida ni atada, y habría podido frotar ella misma esa pastilla de jabón y los paños húmedos por su piel, pero antes de que pudiera decidirse a hablar le volcaron encima la mitad de otro de los cubos, esta vez por la cabeza. Intentar que sus dientes no castañetearan era tarea suficiente.

Frotaron con brusquedad, incluso en las zonas más delicadas. Astra desvió la vista al techo y trató de visualizar sus senderos favoritos de la montaña: ese que apenas era visible entre los troncos de los árboles y llevaba a un claro de hierba alta donde podía encontrar ciervos si se acercaba con sigilo. O el que parecía acompañar al arroyo que se ensanchaba hasta convertirse un río, como si la tierra y el agua pudieran ser hermanas. Logró distraerse hasta que terminaron y le tiraron encima una toalla grande y áspera.

—Tengo ropa limpia en la mochila —se aventuró a decir con un tono humilde—. Si os parece bien que me la ponga...

La chica rubia volvió a revisar todas sus pertenencias mientras Astra se envolvía en la toalla, aliviada de tener algo con lo que cubrirse y tratando de ignorar el hecho de que todos los presentes la habían visto desnuda. Dos de ellas incluso habían tocado rincones de su cuerpo que siempre estaban ocultos. Deseó con todas sus fuerzas poder olvidarlo. La soldado le lanzó su mochila y ella le dio la espalda para ponerse una muda y la camisa limpia. Los pantalones tendrían que ser los mismos.

Se sintió entera de nuevo al calzarse las botas, como si el hecho de ir descalza la hiciera vulnerable. Volvió a erguirse, sintiéndose a la misma altura que las mujeres armadas. Se moría de ganas de buscar en su mochila la bolsita de semillas, pero sería sospechoso hacerlo delante de todos, así que se colocó la capa y se pasó los dedos por el pelo, tratando de desenredarlo.

—¿Estás lista?

Asintió por respuesta, al tiempo que terminaba de meter la ropa sucia en su mochila. No sabría si podía lavarla durante el viaje y sospechaba que, una vez llegara al castillo, para bien o para mal no iba a necesitarla. Pero era parte de su vida, aunque fuera una vida que dejaba atrás. No quería olvidarla. Puede que fuera una princesa robada, y que sus verdaderos orígenes estuvieran en ese palacio, pero su hogar se quedaba en las montañas y no quería cambiar ni uno solo de los días que había vivido allí.

Se ajustó la mochila a la espalda y la cubrió con la capa antes de mirar a los guardias.

—¿Puedo salir o se consideraría un intento de huida?

—No sería asunto mío; ya no eres problema nuestro —respondió la soldado de la voz de hierro con una sonrisa burlona—. Yo tampoco me tomaría demasiadas confianzas con los que van a escoltarte hasta la capital. Se dice que los perros muerden.

Eso confirmaba sus sospechas sobre Ilama, la chica pelirroja. La inquietaba pensar que habían enviado a una chica de la camada actual, aunque era lo lógico si se lo estaban tomando en serio. Recordaba a los mastines con cierto miedo: eran protectores en los que podría confiar su vida, pero prefería no encontrarse con ellos. No sabía dónde habían estado la noche en la que mataron a su padre, si los asesinos burlaron su vigilancia o los derrotaron... «O formaban parte del complot que te dejó huérfana», susurró una vocecita en su cabeza. Frunció el ceño. No le había gustado la mirada de la pelirroja, y le parecía aún más siniestra si pensaba que tenía alguna motivación para librarse de ella.

Siguió a los guardias por el pasillo de la prisión y tuvo que pestañear, deslumbrada, cuando salió. Hacía demasiado tiempo que no le daba el sol. Una comitiva esperaba: cinco miembros de la guardia real y tres personas más que no llevaban uniforme, pero estaban igual de armados y serios. La chica pelirroja no era la única de la camada que había hecho el viaje para encontrarse con ella. A su lado había un gigante de pelo rizado y oscuro, y un chico menudo de gesto serio.

—Buena suerte, princesa —murmuró la soldado rubia. La mezcla de burla y compasión en su voz resultaba curiosa. Astra se giró para despedirse con una sonrisa de medio lado.

—Os deseo lo mismo. Nuestro próximo encuentro será muy distinto, si es que volvemos a vernos.

—De eso no tengo dudas —respondió la chica con una risa queda.

Astra no supo por qué esa respuesta le hizo sentir satisfecha. Tomó aire y avanzó hasta el grupo.

No sabía si iba a poder acostumbrarse a las miradas que la seguían a cada instante, pero hacía todo lo que podía por ignorarlas. Se dirigieron a las afueras. En cada calle había aldeanos que fingían no prestar atención, aunque no se perdían detalle de lo que pasaba. Las noticias volaban, sobre todo las inverosímiles, como el regreso de una princesa desaparecida. Se alegró de haber podido asearse; no era especialmente vanidosa, pero no quería ser recordada como una mocosa maloliente cubierta con prendas sucias.

Llegaron a unos establos donde unos criados terminaban de preparar los caballos para el viaje. Cinco blancos, para los guardias. Uno más pequeño y negro, que Astra intuyó que era el suyo. Otros tres de colores mezclados. Sonrió sin darse cuenta. Incluso aunque hubieran pasado tantos años imaginó que era cosa de Destrel. Su hermana siempre les había dado mucha importancia a las apariencias, incluso desde pequeña. Recordaba haberla hecho llorar con auténtica pena en cierta ocasión en que derramó un plato de crema sobre su falda. ¿Dónde había estado ese recuerdo todos esos años?

Los dos oficiales intercambiaron unas últimas palabras. Ella se acercó al caballo negro, intentando olvidar que siempre estaba vigilada. ¿Así iba a ser así a partir de ese momento? Le gustaban los animales, especialmente las cabras, pero hacía demasiado tiempo que no cabalgaba, y no estaba segura de ser capaz. ¿Se lo echarían en cara? ¿Y si decidían que eso demostraba que no era quien decía ser?

—¿Necesitáis ayuda?

Tragó saliva. Era otro miembro de la camada, el que tenía aspecto de oso. Pese a lo correcto de su ofrecimiento, el tono era frío. Astra no le quedó más remedio que asentir. El chico juntó las manos para que ella pudiera tomar impulso y subir a lomo del caballo, que movió las orejas y sacudió la cabeza. Astra se aferró a las riendas tal vez con demasiada fuerza, con miedo a que el animal pudiera encabritarse.

—¿Habéis montado alguna vez? —preguntó Ilama.

—Hace mucho tiempo —reconoció Astra, como si no se diera cuenta de que esa pregunta tan suave era una trampa. La chica ladeó la cabeza.

—Entonces os acostumbraréis pronto. Una vez que se aprende, nunca se olvida del todo. Los recuerdos duermen, pero no se desvanecen.

—Ya, gracias.

El tono de voz de la chica era cándido, pero no disimulaba cierta irritación. Astra se preguntó qué podía haber hecho para merecérsela. Por supuesto, era por la posibilidad de que fingiera ser quien no era, pero le daba la impresión de que la chica tenía otros motivos. Se enfrentó a su mirada e Ilama le respondió con una sonrisa tan dulce como cargada de veneno.

—Sé que todo esto es difícil de creer, pero estoy dispuesta a colaborar en cualquier prueba que me permita demostrar mi identidad —dijo en voz baja—. Estoy segura de que, cuando pueda hablar con mi hermana, ella me reconocerá.

La sonrisa de la pelirroja se volvió un poco más amplia. Tenía un rostro proporcionado, rasgos suaves y armónicos, pero Astra sintió miedo.

—¿He dicho algo mal?

—En absoluto, mi señora, habéis sido muy clara. Vuestra hermana os preocupa mucho. Y, no os preocupéis, nos encargaremos de llevaros hasta ella.

Hizo una inclinación delicada antes de alejarse para montar en su caballo con un movimiento grácil. El chico alto que la había ayudado a subir miró a Astra de una forma abiertamente hosca antes de montar a su vez. Astra tenía los nudillos blancos de aferrarse a las riendas con todas sus fuerzas. No entendía qué había dicho la chica, ni por qué tenía la sensación de estar cometiendo una terrible equivocación.

CORTE DE CRISTAL

1

No estaba bien visto que una jovencita educada y de clase alta se emborrachara a solas en su cuarto. Mucho menos si dicha joven era la futura reina. O se suponía que iba a serlo, pensó Destrel al tiempo que se llevaba la copa a los labios y daba otro trago largo, muy despacio. La dejó sobre la mesita de mármol y soltó todo el aire de los pulmones. Estiró las piernas para sacarlas del agua de la tina, tan caliente que le había dejado la piel roja. Notaba la cabeza aturdida por el vaho, los sudores y el vino.

Estúpida Astra. Estuviera viva o muerta.

Deseó una vez más que todo lo que había pasado en los últimos días fuera un sueño. Que aquella noche hubieran encontrado el cuerpo desmadejado y sangrante de su hermana en la cama. O que la hubieran arrastrado a la sala en la que decapitaron a su padre y allí le hubieran cortado la cabeza con la misma espada. Viva o muerta, real o impostora, su nombre seguía teniendo fuerza y le traía más dolores de cabeza que la resaca del día siguiente.

Era imposible controlar los rumores, igual que la lluvia. Ni siquiera una reina podía ordenar que parase. Fantaseó con la idea de poder envenenar las palabras: que todos aquellos que cuchichearan con los ojos brillantes y la espalda encorvada como la de los buitres murieran con la ponzoña de sus propias palabras. ¿No sería un mundo mejor?

Buscó la copa de nuevo. Notaba sus movimientos más torpes y se alegró de haber dejado muy claro que nadie debía atreverse a molestarla. Una chica inteligente tenía que tomar precauciones. Especialmente cuando esa chica parecía atraer la mala suerte. Se introdujo de nuevo en el agua con la copa en la mano. Había vertido demasiada esencia de flores y el aroma empezaba a ser abrumador. Ojalá fuera lo bastante fuerte para llevarse el resto de los pensamientos. Nada le salía bien. Había hecho daño a Lobo permitiendo que mataran injustamente a uno de sus perros para poder librarse de su hermana, y no solo le había salido mal la jugada, sino que ahora tenía otra hermana por la que preocuparse. Una hermana mucho más peligrosa que Cyra, que, si bien podía ladrar y arañar las paredes, nunca sabría hablar en público y ganarse el apoyo de los nobles. Apretó con fuerza la copa en la mano. Si resultaba ser una farsante, le haría sufrir mucho y durante mucho tiempo. No le bastaría una muerte rápida, no. Le haría enloquecer de dolor antes de dejar que muriera de hambre, o de sed, o bien matarla por su propia mano.

Y si se trataba de la auténtica Astra...

La copa estalló en la bañera. Destrel soltó una maldición muy poco propia de ella. Destrel podía ser todo lo desagradable que quisiera en sus pensamientos, pero cuidaba cada una de sus palabras. El vino y su propia sangre se difuminaron en el agua perfumada del baño. No sabía si era la rabia o el alcohol lo que la entumecía, pero aún no sentía dolor. Se examinó la mano, con el ceño fruncido, para quitarse con cuidado los fragmentos de cristal que se le habían clavado en la carne. La sangre florecía en goterones rebosantes y de un tono oscuro. Sintió el extraño deseo de pasar la lengua por ellos, saborearlos. Por suerte, tuvo la lucidez suficiente como para fruncir el ceño ante la idea y limpiarse la mano en esa misma agua.

Se puso de pie la bañera sintiendo que el destino la odiaba tanto que ni siquiera quería permitirle ese baño que tanto necesitaba. La herida seguía sangrando, así que salió con cuidado de no resbalar con la porcelana. Agarró una de las toallas pequeñas y la apretó contra el corte. Ahora sí que dolía, pero eso no le preocupaba tanto como que le quedase una cicatriz. No quería parecer una salvaje como su hermana. Aunque, si lo pensaba bien, ¿qué importaba? Si Astra era la verdadera, la hermana desaparecida, el milagro que el reino llevaba tantos años esperando, su papel sería hacerse a un lado con una sonrisa estúpida y no parecer muy imbécil mientras ella se sentaba en ese trono por el que Destrel tanto había trabajado. La tela, del color de la nieve, se había manchado de rojo. La giró para buscar una parte limpia con la que presionar la herida y se agachó para coger la botella y caminar, descalza, hasta dejarse caer en la cama.

Temblaba. Quería temblar. Quería sangrar. Quería romperse. Se llevó la botella a los labios y bebió un trago largo, como bebían los hombres sin modales en una taberna sórdida. Notó el movimiento en el colchón cuando Niebla saltó a su lado y jugueteó con los mechones de pelo que se esparcían por la colcha. Ni siquiera había llegado a lavarse el pelo. ¿Tenía reuniones por la mañana? Por supuesto que sí. ¿Y qué importaba? Dentro de poco, ese sería el papel de su hermana.

—Estabas mejor muerta —mascullό a esa Astra que se acercaba para destrozarla.

Esa Astra desconocida se pavoneó y soltó una risa cargada de soberbia, pero el vino que le palpitaba por la sangre y adormecía su conciencia le dio la razón. Aunque fuera su hermana, era una completa extraña que se había criado lejos de la corte y de sus reglas. No había aprendido todo aquello a lo que Destrel había dedicado años de estudio. No conocía los nombres de los nobles, ni sus puntos débiles. No sabía nada, y tener una incompetente al mando solo iba a traer desgracias al reino. Se incorporó sobre los codos. No todo estaba perdido. Tenía que dejar de autocompadecerse y portarse como la reina que siempre había aspirado a ser: perseverante y astuta. Astra volvía. Tal vez la Astra auténtica.

Ella se encargaría de que todo siguiera como debía estar.

Apartó la botella, resuelta, y con pasos más torpes de lo que le gustaría, se sentó frente al espejo y se cepilló con disciplina el cabello. No se detuvo a mirarse el rostro, no quería encontrarse con la mirada perdida y el rostro demacrado que sabía que tenía al beber, razón por la que solo bebía a solas. Se aplicó los ungüentos que le darían brillo a sus rizos, y la crema que le dejaba la piel tan radiante como la que tenía de niña. Solía dedicarse más tiempo, pero notaba los pensamientos inestables y, al menos, estaba orgullosa de no seguir lloriqueando y lamiendo sus heridas.

Empezó a llover cuando volvió a la cama. Destrel se metió bajo las sábanas con un agradable escalofrío. Las primeras gotas fueron solo una declaración de intenciones a la que siguió una lluvia cada vez más fuerte que golpeaba con rabia el tejado y los cristales. No se podía controlar la lluvia, ni los rumores, pero podía aprovechar ambas cosas. Se acurrucó entre las mantas cálidas y suaves y cerró los ojos, sin prisa por conciliar el sueño, porque hacía mucho tiempo que no se encontraba tan bien.

2

—No os esperaba tan pronto.

«No me esperabas en absoluto», replicó en su mente ante la evidente sorpresa de Dorothean. ¿Tan lamentable había sido su expresión el día anterior, o es que el marqués la conocía demasiado bien? ¿Y cuál de las dos opciones le parecía más peligrosa? El hombre ni siquiera le ofreció el brazo, lo que ella agradeció enormemente, aunque sabía que, como mucho, Dorothean demoraba ese gesto tan paternal que detestaba.

—Han sido días difíciles —reconoció con sinceridad—. Creo que necesitaba tiempo para asimilarlo. Por fin me encuentro con energías renovadas.

No contaba con engañarlo, no del todo. Pero, por mucho que el servicio y los congregados a la reunión fingieran no escucharlos, cada palabra que decía era una semilla lanzada al viento. Muchas se perderían, pero otras echarían raíces.

Dorothean se estiró. No ocultaba su desagrado por la situación, igual que ella tampoco había sabido ocultarlo hasta la decisión que tomó la noche anterior. Igual que Destrel, el marqués de Rance llevaba años caminando en una dirección, y un cambio tan brusco sacudía todos sus planes.

—No me gustaría que te ilusiones demasiado ante cualquier estafadora que aparece dispuesta a aprovechar el nombre de tu hermana.

—Ese pensamiento me ha torturado hasta ahora —asintió ella en voz baja, lo suficientemente afectada para que fuera creíble—. Pero hay formas de asegurarnos de que no miente.

—¿La cámara que dejaron los dioses? ¿Estás dispuesta a confiar la seguridad del reino en algo que nos regalaron ellos?

Le hubiera gustado abofetearlo. Lo hubiera hecho si fuera un criado o un soldado, pero se trataba del marqués, así que Destrel esgrimió su sonrisa más cándida.

—Hablaremos después de cómo asegurarnos de que no miente.

Está usando el nombre de mi hermana. Si es una mentirosa... Creedme, querido marqués: si miente, esa mujer conocerá mi rabia. Pero hay una posibilidad de que sea ella. Mi hermana perdida. Siento que he estado toda la vida esperando este momento. Astra me importa tanto que tengo miedo de creerlo. ¿No os pasa lo mismo?

No, claro que no. Destrel se reconoció en el desencanto y la rabia domada de Dorothean. En su frustración y en esa oscuridad tan densa en las pupilas. No eran muy diferentess, y ese era un pensamiento inquietante. Por eso sacudió la cabeza, sin perder la sonrisa.

—Entremos. Habrá tiempo para hablar, atar todos los cabos y poder estar seguros de su auténtica identidad. No os preocupeis, no soy tan ingenua para abrazar a cualquier desconocida que diga ser mi hermana.

—Eres tan joven e inocente...

El tono era suave y las palabras un insulto, pero Destrel no perdió por ello la sonrisa y caminó con él hasta ocupar su sitio. Era el primer día de la semana, el que se dedicaba dar audiencia al pueblo llano. Era una ley antigua, anterior a los tiempos de su padre. Él la cambió y había rumores de que eso le ayudó a precipitarse a su muerte. La simpatía de los nobles era lo más importante, pero tener a la plebe contenta no carecía de importancia. Habían vuelto a instaurar la ley tras la muerte del monarca. Destrel sabía que era otro sacrificio más que debía hacer, especialmente porque su hermana Cyra contaba con la simpatía de quienes vagabundeaban por las calles.

Así que ponía buena cara y se resignaba a pasar una mañana tediosa en la que perdía el tiempo escuchando a campesinos sucios y taberneros balbucear sobre problemas poco relevantes. Con eso, hacía sentir alpueblo que era una futura regente cercana, a la que podían poner voz y cara, y que se preocupaba por ayudarles. Se acomodó en su sitio. Había elegido un vestido de tonos verdes que le daba un aire menos solemne y más dulce. Más esperanzado, o eso quería pensar. Contuvo el suspiro de hastío al ver lo larga que era la cola de los que pedían audiencia, y eso que no era tan fácil conseguirla.

Había largas listas de espera. Los problemas de seguridad más urgentes tenían prioridad. Cuando se trataba de una riña o, como muchas veces sospechaba Destrel, una excusa para meter la nariz en palacio y verla con sus propios ojos, podían pasar varias estaciones hasta que llegaba el turno para entrar.

No todos los cinco sabios se encontraban siempre en la audiencia. Uno o dos bastaban. A Dorothean le gustaba hacer acto de presencia; no porque encontrase entretenido escuchar lloros ajenos, sino porque entendía el poder de una buena imagen. Esa mañana, para sorpresa de ambos, Batizze estaba ya en su sitio cuando llegaron. Destrel sabía lo mucho que el chico detestaba hacerse notar; estaba segura de que por eso vestía siempre ropas sobrias y grises. No entendía qué motivo podía tener para sentarse a escuchar los problemas de los campesinos.

Batizze era un misterio, pero el chico carecía de ambición y de esa habilidad de Dorothean y Destrel para esconder sus intenciones tras una expresión amable. Destrel no le consideraba peligroso. Se recolocó el vestido. Apenas intercambiaron algunas palabras durante toda la sesión. Batizze escuchaba, retraído y con la vista fija en sus botas, y dejaba que fueran ellos los que tomaran la palabra para consolar o dar soluciones a quienes hablaban. El marqués era la viva imagen de un padre preocupado por todos aquellos que venían a hablar. Disfrutaba especialmente de los que acudían a pedir consejo. Se mostraba amable y no dejaba que se notara su desprecio por aquellos que pedían dinero.

—Nuestras arcas se dedican a mejoras de las que todos podemos disfrutar —respondió a la anciana que había roto a llorar al explicar que no tenía nada para comer—. Como pozos de los que sacar agua o minas que dan trabajo. Si por mí fuera, yo mismo iría a por lo que hubiera para ayudarte, pero estaría infringiendo la ley.

Hablaba con voz grave. Había que conocerlo mucho para notar su hastío por debajo de ese tono tan entregado. Buscó con una mirada triste a los guardias y dijo:

—¿Podéis, al menos, darle una barra de pan a esta mujer? Os la pagaré yo mismo.

Con el dinero destinado a los gastos de palacio, como sabía Destrel; pero no le compensaba hacerlo notar; era una buena estrategia. A veces era ella quien explicaba eso mismo con voz conmovida y ojos brillantes. Se limitó a mantener una expresión preocupada, con las cejas altas y los labios tensos. La anciana sollozaba mientras se la llevaban. Destrel bajó la vista a las manos entrelazadas en su regazo como si se estuviera planteando qué medidas tomar al respecto. En realidad, comprobaba que la herida de la noche anterior no se hubiera abierto, y que no manchase la puntilla blanca de sus guantes. Todo estaba en su sitio y, afortunadamente, ya habían recibido a la mitad de súbditos que esperaban.

Con suerte, aquello no se alargaría mucho más.

El siguiente en acercarse, con la gorra en las manos y la habitual expresión intimidada, era un chico muy joven. Menor que ella y que Cyra. Tenía las manos sucias y la mirada perdida. Por un instante, Destrel se temió que fuera de esos chicos insufribles que tardaban una eternidad en encontrar su propia voz. Estaba a punto de buscar una forma amable de pedirle que hablase cuando, por fin, el chico carraspeó.

—Mi nombre es Dalir. Vengo porque mi casa... la casa de mis padres ardió hace varios días.

—¿Estáis todos bien? —preguntó ella. Se sabía las reglas: aunque vinieran a pedir dinero, su primera preocupación debían ser siempre las personas. El rostro del chico se oscureció y negó con la cabeza.

—Mis padres murieron atrapados por las llamas. Mi hermano y yo también habríamos muerto de no ser por el perro. Nos despertó con sus ladridos y entró a por nosotros. Intenté sacar a mis padres, pero el perro se puso en medio y... la casa se derrumbó poco después. No pudieron salir.

—No sabes cuánto lo lamento.

Parecía que había puesto el corazón en cada palabra. Era pronto para hablar del hospicio al que podían acudir. Lo mejor era esperar a que sacase él el tema de que no tenían dónde dormir, que tenían frío y hambre. Pero al chico le costaba hablar, y lo que hizo fue apretar los puños. Temblaba, pero no parecía que fuese debido al miedo o la vergüenza.

—Fue un asesinato, alteza.

Destrel pestañeó, tan sorprendida como el resto de la sala, que guardó silencio unos instantes, después de los cuales un murmullo se extendió por cada rincón.

—¿Estás seguro? Sé lo que es ser huérfana y querer encontrar una explicación a todo. Pero a veces es fácil que haya accidentes en las casas viejas.

El chico volvió a negar con la cabeza.

—Cuando nos despertamos, el perro forcejeaba con alguien. Una persona salió corriendo en cuanto el animal entró a por nosotros.

Destrel frunció el ceño. Por una parte, aquella historia era más interesante que el enésimo mendigo suplicando que le dieran comida, dinero o una casa en la que vivir. Por otra, si el chico decía la verdad, el incidente podía repetirse.

—¿Tu familia tenía deudas? ¿Algún enemigo?

—¡No! Nada que mereciese hacer algo así.

—Hay gente sin corazón que pierde los estribos por cualquier minucia, Dalir. Por eso necesitamos estar seguros. ¿Estás convencido de que nadie tenía motivos, por absurdos que sean?

—Debíamos dinero a la hermana de mi padre, pero ella nunca nos haría daño. Nos ha acogido en su propia casa. ¡Y ahora no podrá recuperar lo que le debemos!

—Lo entiendo. —Destrel tomó nota mental; debía mandar a unos soldados a que la interrogaran—. ¿Para quién trabajaban tus padres?

—Mis abuelos tienen una sastrería humilde, pero que da trabajo a toda la familia. Mi tía también trabaja con ellos.

—¿Y nadie más podía tener motivos para haceros daño? Puedes hablar en confianza, chico. Queremos encontrar a los culpables. —Dorothean se inclinó hacia delante con una sonrisa de sabio bondadoso—. ¿Apostaban? ¿Hacían algo que la ley prohibiese? No te juzgamos a ti, y ellos ya no pueden ser castigados por ninguna infracción. A los muertos se les perdonan sus culpas.

El chico se envaró, con un brillo de furia en los ojos.

—No ocultaban nada así.

—Solo quiero ayudar.

—Alguien quemó nuestra casa. Puede ser un loco que nos envidiara, o que quisiera vernos muertos. Puede hacerlo de nuevo.

—Daré órdenes a los guardias para que te escolten a casa de tu tía —intervino Destrel en tono tranquilizador—. Te harán más preguntas, irán contigo y me mantendrán informada. Será como si yo misma te acompañase.

El chico inclinó la cabeza y murmuró un «gracias» con voz queda antes de que le acompañaran a la salida. Destrel se reclinó en el asiento e intercambió una mirada con el marqués, que solo sonreía con los ojos.

—Apuestas o infidelidad. Pondría la mano en el fuego.

—Es posible —concedió ella.

—Pues parece que te hayas tomado sus palabras muy en serio.

—Me preocupo por mi pueblo. O será que llevaba unos días demasiado preocupada y hoy vuelvo a estar de buen humor.

—Es evidente.

«Eso espero», pensó ella, y volvió su atención a la siguiente persona en hablar, una mujer que aseguraba que cada vez eran más frecuentes los robos en el mercado.

3

Destrel sabía cuándo Cyra estaba preocupada, porque esta empezaba a rondarla de cerca. No creía que fuera algo consciente, y tampoco era un comportamiento tan evidente como cuando había irrumpido en su cuarto, a esperarla allí. Parecía más casual, casi podría creerse que su hermana ni siquiera lo hacía a propósito. Rondaba los pasillos por los que ella solía pasar y aparecía en los jardines a la hora en la que daba su habitual paseo. Contuvo una mueca al verla. Por muy bravucona que fuera, no era más madura que una niña pequeña. La única diferencia era que en vez de llorar le daba por golpearse contra las paredes y hacer daño a cualquiera que pasara cerca en sus rabietas.

El sol estaba alto y el campo olía a vida, a tierra mojada. Pasear tras la lluvia era un fastidio porque tenía que cambiarse de zapatos y de vestido nada más volver, pero se encontraba tranquila y le había merecido la pena. Cyra estaba sentada en las escaleras, con esa ropa que se ponía cuando no estaba entrenando, más parecida a la de los aldeanos que a la de la corte, y la cara hacia el sol, como los lagartos.

Pensó en rociarla con alguna frase ácida al pasar a su lado, pero se contuvo. Conocía demasiado bien a su hermana y sabía que saltaría ella sola si la ignoraba. Casi pudo hacer una cuenta atrás mental mientras pasaba a su lado.

—¿Necesitabas un poco de aire fresco después de estar todo el día lamiendo culos?

Qué fácil sería responder que era una agradable sorpresa encontrársela aseada, que no sabía si seguía siendo la misma bajo esa capa de mugre o se trataba de otra impostora. Qué ganas tenía siempre de bajarse a su nivel e insultar con la misma rabia. Sin embargo, Destrel se esforzaba incansablemente por ser mejor: más digna, más elegante y más astuta que Cyra.

—En realidad iba a hacer algo que te puede interesar. ¿Quieres acompañarme?

Hizo un gesto al guardia que vigilaba sus pasos para que las dejara solas, lo que despertó la curiosidad de Cyra.

—¿Adónde? —pregunto Cyra con el ceño fruncido y mirándola de reojo.

—¿No querías ver esa sala donde nadie puede mentir? Pensaba que sería buena idea que la conocieras antes. A no ser que prefieras no estar presente cuando lleve a esa chica ahí dentro.

—¿Por qué quieres enseñármela ahora?

—Si no te interesa, no hace falta que vengas.

Cyra había arrugado la nariz y la miraba con ojos entrecerrados. No la culpaba, la desconfianza era mutua, pero la curiosidad de la pequeña no hizo sino acentuarse. Cyra se incorporó sin decir palabra.

Caminó detrás de ella. Sabía que su hermana disfrutaba de saber que le daba la espalda y no la veía, aunque oía los pasos muy cerca. Permitió que disfrutase del momento. Por primera vez en mucho tiempo tenían un enemigo común y casi podrían relajarse, trabajar juntas en pos del mismo objetivo. Casi. Destrel no podía confiar en la imprevisible y salvaje Cyra, capaz de prender fuego al castillo por una ofensa imaginaria.

—Estamos dando vueltas —protestó esta. Sin duda estaba molesta por no saber hacia dónde la guiaba su hermana.

—Es la forma más rápida de llegar.

—Si tú lo dices...

Era honesta, aunque podía haber mentido. Era un camino complicado por un castillo imposible y, aunque quizá se equivocaba, no creía que su hermana fuera capaz de memorizar el recorrido después de haberlo hecho solo una vez.

—Dicen que los dioses dejaron su magia en más de una sala —comentó, cuando Cyra soltó un gruñido de queja—. No sé si es cierto, pero algunas las evito. Me parece sentir algo vivo en los rincones.

—Hay uno de los calabozos que ni siquiera usamos con los criminales. —Cyra rio como si fuera un chiste—. No aguantan mucho ahí dentro.

—¿Mueren?

—Pierden la cabeza. Luego sueltan cosas sin sentido y ni siquiera tiene gracia ejecutarlos. ¿Quieres que te lo enseñe, hermanita? A lo mejor te lo pasas bien ahí dentro.

—Tan amable y encantadora como siempre.

—Intento adularte como todos los que te rodean, pero no tengo tanta experiencia.

—Es trágico no conocer la verdadera amistad como vosotros, los galgos, que seríais capaces de revolcaros en el mismo barro con una enorme sonrisa.

—Ya, es mucho mejor quedarte en un nido de víboras.

La rabia mal contenida en la voz de Cyra la delataba. Bastaba una mención a los galgos para que se convirtiese en un monstruo supurante de rabia. No es que fuera dueña de sus emociones habitualmente, pero era divertido cobrarse la revancha de vez en cuando. Tenía que reconocer que Cyra también conseguía hacerla saltar más veces de las que querría.

—¿Es aquí? —preguntó la menor cuando se detuvieron en una puerta discreta y de madera tan vieja que Destrel se cuidó de no tocarla para no clavarse alguna astilla.

Destrel asintió y sacó una pesada llave de madera del bolsillo. En su día hubo dos llaves, pero una de ellas se perdió en tiempos de sus padres y, desde que había oído hablar de esa habitación, Destrel custodiaba la otra. Las armas más importantes estaban mejor ocultas y olvidadas hasta que llegara el momento de usarlas.

La sala era pequeña e irregular, de piedra blanca. No cabían más de veinte personas, y no había ningún mueble, ni siquiera una silla donde sentar a quien quisieran interrogar. Cyra enarcó una ceja.

—Esperaba algo un poco más impresionante.

—No es la apariencia lo que nos importa, sino lo que hace.

—Interesante que seas tú quien lo dice —se mofó Cyra, pero ella hizo caso omiso.

—Intenta mentirme: ¿quién ha destrozado el retrato real?

—He sido yo —contestó Cyra con voz clara.

A Destrel le hubiera gustado inmortalizar la expresión de su hermana: las cejas alzadas, la boca abierta y la mirada de un infante ante un truco de magia.

—No era lo que querías decir, ¿verdad?

—No, pero tampoco pongas esa cara de victoria. Sabes que te lo hubiera dicho igual.

—Puede ser, pero la magia aún funciona. Cuando esa chica llegue pienso traerla aquí y hacerle unas cuantas preguntas. Voy a asegurarme de arrancarle la verdad.

«Aunque la verdad no importe», pero esa frase la contuvo. La sala impedía mentir a cualquiera, pero no evitaba que se ocultase información. Cyra se había recuperado de la sorpresa cuando se giró hacia ella con expresión dulce y mirada de piedra.

—¿Por qué querías que sacrificase a ese perro, hermana?

—Al principio creía que estaba loco de verdad. —Cyra frunció el ceño, pero siguió hablando. Nunca había sido especialmente brillante. Destrel apostaba a que no se le había ocurrido quedarse callada en vez de intentar alterar la verdad—. Pero luego te empeñaste en defenderlo y quise hacerte daño.

—Muy noble por tu parte.

—No tenías por qué haberlo matado. No pensaba que fueras a hacerlo.

La sinceridad de su última frase la desarmó y apretó los puños. ¿Cómo se atrevía? Solo ella podía asegurar que no la veía capaz de cometer un acto tan cruel mientras la propia Cyra se empeñaba en dejarla en evidencia ante toda la corte. Su hermana era un monstruo que no perdió el tiempo antes de utilizar la sala.

—¿Quieres verme muerta, hermana?

Destrel podía callarse, pero no lo hizo. Porque allí no podía mentir y porque ella misma necesitaba saber la respuesta. Probó a decir la verdad y tragó saliva después de escucharse a sí misma:

—Sí.

Cyra le dedicó una mirada tan profunda que ahogaba. El hierro de sus iris se le clavó en el pecho y le costó esfuerzo tomar aire. El arrepentimiento la golpeó con la fuerza de una ola, pero Destrel se mantuvo firme. A fin de cuentas, era Cyra quien había preguntado, y era solo su culpa si no le gustaba la respuesta.

—¿Y tú? —Su voz se quebró, así que carraspeó—. ¿Te gustaría que muriese?

—No.

La respuesta sacudió a ambas. A Destrel le hubiera gustado reírse al ver, por primera vez en años, humedad en los ojos de su hermana. La pequeña. La salvaje. Pero la situación no tenía nada de divertido. Notaba el corazón acelerado, golpeando con demasiada contundencia el pecho. No recordaba ocasión alguna en la que Cyra le hubiera parecido tan pequeña ni tan triste.

Ese momento duró el tiempo que duran los espejismos. La sonrisa transformó la cara de Cyra en la demente a la que Destrel estaba acostumbrada. Su hermana escupió una carcajada que golpeó las paredes de piedra.

—No te sientas mal, hermanita. Si quieres puedo decir que me pareces despreciable. O que espero que nunca llegues a ser reina. No solo porque mandarás que me maten como primera medida; eso ha sido una sorpresa.

Destrel apretó los dientes. La boca le sabía agria y amarga. ¿No debería ser una victoria? ¿Tan mala persona era que de verdad quería ver muerta a su hermana? Y, si era cierto, ¿por qué tenía tantas ganas de borrar todo lo que había pasado? «A lo mejor la sala falla. Hace mucho tiempo que se fueron los dioses», pensó, sin creérselo de verdad.

La sonrisa de Cyra era horrorosa. Demasiado grande. Demasiado irregular. Parecía un tajo en mitad de la cara al que le hubieran salido dientes afilados, de sierra. Pero lo peor de esa sonrisa era que, durante unos instantes, había caído y había dejado que viese el rostro de su verdadera hermana. La hermana a la que Destrel quería ver muerta.

No intentó detenerla. Cyra hizo una inclinación burlona y se dio la vuelta. Sus pasos se alejaron por el pasillo. Hacían menos ruidos que otras veces, o tal vez avanzaban más rápido. Había en ellos algo distinto porque Destrel había roto algo en su hermana y ni siquiera era capaz de alegrarse por ello. Cada una de las piedras que formaban las paredes se reían de ella con carcajadas blancas y mudas. Frunció el ceño.

—Mi gato se llama Niebla —se escuchó, aunque había intentado cambiarle el nombre—. A veces tomo vino.

Era fascinante. Estaba segura de que las palabras que había querido pronunciar eran «nunca he probado el vino». Sin embargo, el sonido que había salido de sus labios era otro. Le hubiera gustado estar de mejor ánimo para recrearse en la sala. Tomó aire y pensó con claridad en una frase que se sentía verdadera. «No quiero ver muerta a Cyra». Tal vez antes había hablado con las emociones agitadas. Las piedras no entendían de impulsos ni de rabia. Modeló cada palabra sin darles voz, sin ninguna dificultad. Le habría gustado que Cyra la escuchase, pero, por encima de todo, necesitaba escucharse a sí misma:

—Quiero ver muerta a Cyra.

Ojalá haber podido creer que alguien imitaba su voz, pero reconoció su tono con claridad, así como el suspiro que siguió a sus palabras. La sala no mentía, ni siquiera a aquellos que estaban acostumbrados a mentirse, quienes confundían lo que era cierto y lo que no lo era. Pero no fue esa frase la que consiguió que un escalofrío le recorriera la espalda ni la que le hizo querer lanzar la llave lejos, huir y asegurarse de que esa sala quedaba cerrada para siempre.

La frase que la aterrorizó fue la última que se atrevió a pronunciar:

—Quiero a Cyra. Quiero a mi hermana.

4

Llamaron a la puerta. No sabía si era posible, pero era capaz de sentir el miedo que hacía titubear el gesto y suavizaba el sonido. No le extrañaba. Destrel también se tenía miedo a sí misma. A lo mejor por eso suavizó el tono de su voz, sin que por ello sonase menos amenazante.

—¿Quién es?

—La cena está preparada, mi señora.

—Me encuentro cansada.

—¿Deseáis que se la sirvamos?

Quería, pero no le apetecía ver a nadie. Ni siquiera a Vera. Tampoco sabía si iba a ser capaz de comer con el estómago tan revuelto, aunque a lo mejor más adelante el hambre le hacía arrepentirse. Chasqueó la lengua. Siempre podía pedir que le sirvieran un plato más tarde.

—No.

Le pareció que también podía oír la inclinación tras la puerta cerrada. ¿No era absurdo el mundo? Le acarició el lomo a Niebla, que tenía en los ojos ese brillo satisfecho de cuando se escapaba de su cuarto y regresaba tras haber vivido una aventura.

—Mientras siempre vuelvas... —murmuró a su pesar.

Destrel era una princesa capaz de inspirar temor, pero a quien su gato ignoraba. El animal saltó a su regazo con una falta de respeto absoluto a todas las jerarquías. Quizá se consideraba en la cúspide absoluta. Su irreverencia le arrancó una sonrisa. Lo acarició hasta hacerlo ronronear.

—Al menos a ti nunca querré matarte.

Destrel podía convencerse de que lo que había pasado no era culpa suya. Cyra no tendría que haberse sorprendido, no tenía ningún derecho a ello, porque se había esforzado por convertirse en una molestia, además de volverse peligrosa. Nunca se sabía cuándo iba a estallar su hermana ni cuánto daño iba a hacer cada vez.

Siempre había sido incorregible.

¿Siempre?

Frunció los labios. Era más fácil pensar que sí, aunque había recuerdos que se le enquistaban cuando trataba de no ver en ella otra cosa que el monstruo en el que se había convertido. Recordaba el caos de los primeros días tras la muerte (el asesinato) de su padre. No entendía nada. Ni siquiera podía recordar si alguien se había molestado en explicarles qué pasaba. Posiblemente no fue el caso. De pronto, el castillo entero se sacudía, los adultos parecían aterrorizados, había gritos, órdenes y soledad. Nadie le explicó dónde estaba Astra, ni que no iba a volver. «La estamos buscando», como si su hermana fuera un juguete que nadie recordaba dónde había puesto y acumulaba polvo bajo algún mueble.

Destrel recordaba que, en aquel momento, la presencia de los guardias se había vuelto insoportable. Siempre a su alrededor. Siempre vigilando. Ahí fue cuando empezó su manía con la comida, cuando adquirió el hábito de esperar a que alguien comiera delante de ella antes de probar bocado. De lo contrario se le podía desprender la cabeza del cuerpo, como le había sucedido a su padre. O podía desaparecer, igual que su hermana, y ni siquiera el ejército entero sería capaz de encontrarla.

Cyra tenía pesadillas. La oía gritar desde el cuarto de al lado. Lloraba como cuando era tan pequeña que no podía andar sin ayuda, aunque con muchísima más angustia que entonces. Nunca le dijo qué era lo que soñaba; ni siquiera entonces le gustaba mucho hablar de sí misma, pero fuera lo que fuese, la asustaba tanto que a veces parecía que iba a dejar de respirar.

Insistía tanto en ir al cuarto de Destrel que los guardias tenían que permitírselo. A lo mejor temían que muriese de agotamiento. Un rey asesinado y una princesa perdida eran suficiente. Cyra se metía en su cama y se le pegaba a la espalda. Destrel no se volvía. Cerraba los ojos e intentaba ignorar la mirada de los guardias, el temblor del cuerpecito de su hermana y la ausencia de Astra, que no estaba para consolarla a ella. Nunca se giró para abrazar a Cyra, pues temía que, si lo hacía, su llanto se le contagiaría y entonces nunca sería capaz de dejar de llorar.

Incluso cuando el mundo se ha roto y solo quedan pedazos afilados, el tiempo hace que la rutina vuelva. Con el paso de las semanas, la tensión del aire empezó a desvanecerse. El tono de voz bajó y las órdenes y gritos dieron paso a conversaciones. Recordaba una mañana en la que esperaba, sentada a la mesa, a que le dieran permiso para empezar el desayuno. Una soldado le dijo algo a la cocinera y esta estalló en carcajadas. Destrel abrió la boca de par en par. Fue un sonido tan extraño, tan fuera de lugar, que no le habría asombrado tanto si la mujer hubiese empezado a flotar en el aire. Su padre estaba muerto pero la gente podía volver a reír.

Ella lo intentó más adelante. Se sentó frente a sus muñecas e imitó la escena. Hizo que una de ellas se cayese delante del resto, para luego levantarla con movimientos torpes y el pelo por la cara. El resto de las muñecas la observaban en un silencio doloroso, con miradas vacías de cristal. Destrel intentó reírse.

Fue la primera vez que lloró.

Habían retomado las clases, aunque eran más estrictas que antes. Sus mentores decidieron separarlas. A Cyra le dejaban más tiempo libre, pero Destrel a veces acababa tan agotada que se dormía en cuanto se tendía en la cama, al menos hasta que Cyra venía para acurrucarse a su lado. Hasta entonces, las dos habían pasado muchas horas juntas; era Astra quien se quejaba de tener más lecciones. De pronto, Destrel tenía el papel de Astra y pasaba horas escuchando historia, dibujando mapas o aprendiendo qué tipo de reverencia hacer según el título del invitado. No le dijeron de forma clara que la estaban formando por si su hermana nunca regresaba. Empezó a sustituirla sin darse cuenta, hasta que un día fue tan evidente que ella era la nueva heredera al trono que no hizo falta ni pronunciarlo en voz alta.

—Vuestra hermana debería aprender a dormir sola —murmuró uno de sus mentores en un tono que, Destrel había aprendido, se empleaba para los mensajes importantes—. Ya es suficientemente mayor. Y en cualquier caso, no es apropiado para vos dormir con vuestra hermana.

—Ya me he acostumbrado.

—Eso es precisamente lo que me preocupa, alteza. No necesitamos rumores sobre una princesa débil que tiene miedo de pasar sola las noches.

—No me da miedo —protestó ella. Le hubiera gustado decir que tampoco creía que Cyra tuviera miedo, que era la pena lo que la llevaba a su cuarto cada noche, pero no se atrevió a interceder por su hermana.

—Pues es hora de demostrarlo.

Esa noche cerraron la puerta y dieron órdenes a los guardias. Destrel se acurrucó entre las sábanas cuando oyó a su hermana ponerse a llorar y suplicar para que la dejaran entrar a dormir con ella. Estaba haciendo lo correcto, se recordó, y hacer lo correcto a veces dolía. Cyra lloró y peleó con los hombres que estaban encargados de protegerla y Destrel se hizo pequeña, escondiendo la cara en la almohada.

No recordaba una noche tan larga como aquella. Ni siquiera la noche en la que las despertaron con voces agitadas y les dijeron que acababan de quedarse huérfanas.

Cyra intentaba encontrarse con ella, con pasos torpes y los ojos muy abiertos, de un azul imposible. Destrel se encontró rehuyéndola. No, no quería encontrarse con sus preguntas ni con esa tristeza afilada. No quería convertirse en Astra, que había desaparecido como si el castillo se la hubiera tragado. No quería la soledad de Cyra, le bastaba con la suya propia. Empezó a apreciar las interminables lecciones que no le dejaban tiempo para pensar ni energías con las que lamentarse. Ella iba a ser la reina y debía ser fuerte e independiente, nada de hermanas pequeñas pegadas a sus faldas o abrazadas a su espalda por las noches.

Más adelante, Destrel empezó a encontrar regalos al volver a su cuarto. Ramos torpes de flores. Dibujos hechos con poca habilidad, pero mucho empeño. Sus postres favoritos, colocados con cuidado sobre los platos más elegantes que, sin duda, Cyra había hurtado cuando nadie la vigilaba porque no creía que nadie del servicio dejara jugar a una niña pequeña con vajilla tan valiosa.

Le producían una sensación extraña. Como una caricia que se transformaba en una mano capaz de estrangularla, o un golpe en las tripas que dejaba un cosquilleo agradable. Se quedaba en silencio y miraba cada nueva ofrenda. A veces le costaba apartarla de su cama para echarse a dormir.

No recordaba qué era lo que la había enfadado tanto la última tarde que su hermana dejó uno de sus regalos en la cama. Puede que fuera el cúmulo de situaciones de un mal día, en el que había sido incapaz de dar ni una respuesta correcta en las clases y se había sentido ninguneada por los hijos de los nobles; como si nunca fuera a ser nada más que una muñeca sentada en el trono mientras que otros se encargaban de velar por el bien del reino. Cerró con furia la puerta del cuarto y, al volverse, descubrió una muñeca de barro sobre la cama. Soltó un grito de rabia. La tierra mojada manchaba las sábanas y esa cosa deforme se reía con una mueca torcida. Cogió la muñeca y la lanzó por la ventana. Estaba enfadada con el mundo entero, no era especialmente por Cyra. Ni siquiera le importaba si descubría lo que había hecho o no.

Pero Cyra se enteró.

Al día siguiente no había ningún regalo sobre su cama. En vez de eso, todo su cuarto era un caos de juguetes rotos y ropa hecha jirones. La niña se había vuelto loca. Incluso las almohadas estaban mordidas, sus plumas esparcidas por todo el cuarto. Cyra había roto todo lo que Destrel tenía, todo lo que le importaba.

Se encargó de que la encontraran y de que el castigo fuera severo. Su hermana no explicó por qué lo había hecho ni pidió perdón. En vez de eso le dedicó una sonrisa grande, torcida, que la horrorizó. Fue la primera de muchas sonrisas similares. Le quedaban años para aprender a volverla aún más desagradable.

Destrel se arrepentía de no haber pedido que le preparasen un té con el que calentarse las manos, acompañado de galletas de mantequilla y canela. Esa noche hacía frío, y los recuerdos se parecían a la brisa húmeda del invierno que siempre encontraba la forma de llegar hasta su piel por mucho que se abrigara. Necesitaba algo cálido y dulce para alejar a los fantasmas. Los de los vivos, que, como siempre, le preocupaban más que los de los muertos.

5

Lo bueno de las heridas era que, cuando una se acostumbraba al dolor, podía seguir avanzando hasta el punto olvidar que las tenía. O hasta derrumbarse, si bien Destrel confiaba en que ese punto estuviese aún muy lejano. La mano sanaba bien, aunque la costra le picaba y era incómodo tener cuidado con todo lo que sujetaba para que no se abriese. No había vuelto a ver a Cyra y ojalá aquella tregua durase mucho tiempo, aunque no confiaba en ello. Volvería, con sus pasos resonando como los de diez hombres, esa sonrisa horrible y la primera bravuconería que le saliese por la boca al verla. Mientras tanto, Destrel prefería alejar todo tipo de pensamiento y disfrutar de la tregua.

Tras su enfrentamiento, si es que podía llamarlo así, siguieron días agotadores pero satisfactorios. Astra, o aquella que se hacía llamar Astra, llegaría pronto. Habían reunido a un grupo de personas con la que podrían descubrir si era una impostora sin necesidad de usar la sala de la verdad. La primera nodriza, que recordaba hasta el lunar que Astra tenía cerca de la columna. El mentor con el que pasó más horas, capaz de enumerar más de diez momentos que nadie más que ellos dos podían saber (y guardaba otros en absoluto secreto, por petición de Destrel), así como la doncella que la había atendido los últimos meses antes de que desapareciera. Destrel la recordaba como una chica mayor y le sorprendió encontrar a una mujer con un niño pequeño cerca y una enorme tripa de embarazada.

Y, por supuesto, también estaba la sala. Destrel se la había mostrado a los cinco sabios, aunque se había negado a entrar después de la vez anterior. En realidad, ninguno de ellos se fiaba lo bastante del resto (o de sus secretos) para hacer la prueba. Probaron con guardias lo bastante dispuestos o necesitados de la recompensa que ofrecieron.

Sabrían si era Astra o no. Y si, en el peor de los casos, se trataba de su hermana, Destrel se alegraría de haberla recuperado. El tiempo que pudieran estar juntas.

Se mostraba precavida, pero esperanzada ante la idea de volver a encontrarse con su hermana. Destrel era todo un ejemplo: a pesar de llevar toda una vida formándose para heredar el trono, se apartaba para que una heredera ingrata e incapaz se sentara en él... y si algo terrible le sucedía a la primogénita, Destrel estaba segura de que todo el pueblo, desde los aldeanos más humildes hasta los nobles que tanto la conocían, estaría aliviado de que ella volviera a ocupar ese puesto.

Antes de retirarse a su cuarto se refugió en esa pequeña estancia en la que había hablado con Sazhare Había descubierto que desde allí podía ver la cabaña de Lobo, que a esa hora solía estar cuidando a sus perros. La relajaba de una forma que no entendía ver cómo el chico, tan hosco y bruto, mimaba a sus animales, les cepillaba el pelo con mimo y cuidaba de que todos se hubieran alimentado. Se asomó la ventana, pero frunció levemente el ceño. Había alguien más con Lobo esa noche, cosa que le pareció inapropiada, aunque no tuviera razón para serlo. ¿Quién era su amigo? ¿Cómo se habían conocido? ¿Qué vínculo compartían, y por qué ella no había estado al tanto? Parecía un muchacho joven, casi un niño. Hablaba de espaldas a ella. Lobo escuchaba con el rostro serio y esas cejas negras y espesas tan juntas que casi se rozaban. Los animales parecían cómodos con la presencia del otro muchacho; uno de ellos incluso le lamió la mano. El chico le respondió con una caricia. Destrel se inclinó, deseando con tantas fuerzas que el desconocido se girara que este pareció oír sus pensamientos y se volvió hacia el castillo.

Dio un paso atrás, confundida. Le sonaba esa cara, pero tardó unos instantes en ubicarla. Era el chico que había pedido audiencia después de que quemaran su casa y matasen a sus padres. El corazón se le encogió, adquirió peso, pareció decidido a ahogar sus latidos. ¿Qué hacía allí? Lo primero que se le pasó por la cabeza era que estaba buscando ayuda por otros medios al no estar contento con la decisión que habían tomado. Pero la forma en la que los perros pedían caricias y frotaban el lomo contra sus piernas la hacían pensar que lo conocían desde hace tiempo. Poca gente se acercaría sin temor a la manada de Lobo, y menos aún sería recibida de esa manera.

Hubiera dado todas las joyas que llevaba puestas por poder escuchar la conversación, pero estaba demasiado lejos para que ni una sola de las palabras llegaran hasta sus oídos. Aun así, permaneció vigilante hasta que el chico se despidió, y analizó el semblante de Lobo, aunque su rostro era muy poco expresivo.

Cuando el niño se alejó, algunos de los perros lo siguieron, entre saltos y llamadas de atención para ganarse sus mimos. Lobo tuvo que silbar para que volvieran con el resto, y siguió con el ritual de cuidados y aseo como si nada fuera de lugar hubiera pasado.

Había momentos que le pesaban como si se hubiera puesto un casco de plomo. Tenían importancia, aunque no lograra entenderlo. Destrel caminó hasta su cuarto con expresión distraída y se sentó en su diván de lectura con un libro en las manos que no llegó a abrir. Trató de recordar todos los detalles de la audiencia con el chico. Qué palabras exactas había dicho. Había mencionado a un perro que los sacó de la casa en llamas. Destrel había supuesto que el animal era suyo, pero no lo había dicho. Por mucho que se esforzara en recordar, no le sonaba que hubiera dicho que el animal fuera de la familia.

Un perro lo bastante inteligente para rescatar a dos niños de una casa en llamas y evitar que volvieran a entrar. Podría ser cualquier perro, pero ese chico conocía a Lobo y había estado acariciando a sus animales. Destrel dejó el libro en el sillón y comenzó a caminar de un lado a otro de la estancia.

Parecía inverosímil, pero había demasiadas coincidencias y ella era bastante poco dada a creer en el destino. Seguía molestándole el hecho de que Lobo conociera a otras personas, como si fuera una traición. Niebla la miraba con las orejas enhiestas y la cola convertida en un látigo con el que azotaba el colchón. Destrel negó con la cabeza y abrió la puerta. El guardia al otro lado se sobresaltó.

—Traed a Lobo.

—¿Disculpad?

—A Lobo —repitió en tono impaciente—. Quiero hablar con él.

—Lo traigo... ¿a vuestro dormitorio?

Destrel sintió que toda la sangre le subía a las mejillas, donde burbujeó dejando un rastro de calor. Sacudió la cabeza como si la idea la indignase.

—Claro que no. A la salita del té. Date prisa.

—A la orden.

Aprovechó el tiempo que iban a tardar para volver al dormitorio y mirarse en el espejo. Parecía mucho más joven e ingenua, con las mejillas rojas y la expresión alterada. Se colocó bien los bucles mientras respiraba despacio, dándose tiempo para recuperar la calma.

Estaba más tranquila cuando esperaba en la sala, con las manos juntas había logrado tranquilizarse. Llevaba unos guantes de color ocre, a juego con la cinta que ajustaba el vestido a la cintura, por debajo del pecho. Cyra podía burlarse todo lo que quisiera de su ropa y sus lazos, pero Destrel encontraba mucho más cómoda la ropa que llevaba que los pesados trajes del ejército. Y, aunque no fuera así, se sentía presentable: vestida. No sería capaz de hablar con confianza si llevara una camisa suelta y unos pantalones como los del servicio.

A Lobo, en cambio, no le sentaría bien otra ropa. Lo pensó en cuanto lo vio entrar en la sala. Se le veía incómodo incluso con las ropas más sencillas. ¿Cuántos años había pasado entre animales? Gran parte de su infancia, algo que marcaría para siempre esa forma de hablar, que mezclaba las palabras con gruñidos, esa pose rígida al estar frente a otras personas y ese rostro, que parecía estar siempre enfadado. Su forma de mirar era diferente, más intensa, asalvajada. A Destrel nunca le había desagradado.

Lobo se quedó junto a la puerta. Incluso desde allí, la princesa notó el olor a perro que solía fundirse con el olor propio del chico. Él lanzó una mirada inquieta a los guardas, que los dejaron solos. Ni siquiera la sonrisa más dulce de Destrel consiguió que relajara el rostro.

—Toma asiento —le pidió con voz suave.

Era un ofrecimiento al que Lobo reaccionó como si se tratase de una orden militar, con el cuello tenso y los labios apretados con fuerza. Tenía algo de barba, de un tono tan oscuro que destacaba en esa cara tan blanca. Destrel se sorprendió preguntándose quién le había enseñado a afeitarse.

Se movía como si no reconociera la dulzura. Como si fuera algo tan ajeno que no era capaz de entender. Y eso hacía que Destrel desease ser la primera en mostrársela.

—No tengas miedo, no estás aquí por nada malo. No voy a castigarte.

Lobo relajó un poco la tensión de la espalda, que dio paso a la perplejidad. Seguía sin decir palabra. La princesa lo conocía desde hacía tiempo suficiente como para esperar aquel silencio. Aun así, le incomodaba ser la única que hablaba. Era mucho más fácil cuando su interlocutor hacía preguntas, aunque fueran solo para animarla a seguir la conversación.

Decidió ir al grano. Lobo no era especialmente sutil.

—Te he visto hablando con un chico. —Hizo una pausa a la que solo siguió el silencio y la mirada fija de Lobo, así que continuó—: Dalir.

Esta vez le dio más tiempo, aunque tuvo que mordisquearse el interior del labio para contenerse. Lobo pareció comprender que esperaba alguna reacción por su parte y asintió.

—Conozco a ese chico. Vino a pedir ayuda para encontrar a quienes quemaron su casa y mataron a su familia.

De nuevo, más silencio. Destrel se inclinó hacia él.

—¿Lo sabías?

Asintió de nuevo, y por fin habló:

—Yo le di la idea.

—Te lo agradezco. Es muy importante para mí que el pueblo sepa que se puede confiar en nosotros. —Había alivio en su voz por haber logrado algo tan simple como una respuesta por parte del chico, y se encontró sonriendo como si hubiera alcanzado un logro—. Estamos intentando hacer justicia, aunque es complicado. Podrías haberme dicho que era amigo tuyo.

Lobo arqueó las cejas como si la palabra amigo le quedara grande. Se removió en el asiento y se agarró con las manos a la silla. A Destrel le pareció que se aferraba a la madera para recordarse a sí mismo que tenía que permanecer sentado.

—¿Hace mucho que os conocéis? Parece un buen chico —lo animó ella.

—Les gusta a los perros. Es bueno con ellos.

La oscuridad de sus ojos tenía algo de salvaje y algo cálido. Destrel tenía que hacer un esfuerzo en no perderse en sus pensamientos si le miraba demasiado.

—Dalir dijo que un perro lo ayudó a salir de casa la noche del incendio. Había pensado que era una mascota de la familia, pero al verlo con los tuyos se me ocurrió que...

—Sí.

—¿Perdón?

Lobo pareció avergonzado al darse cuenta de que había interrumpido a la princesa, pero ella le sonrió de nuevo para que continuase.

—Recojo perros. Dalir me trajo ese cachorro. Era muy listo. Le recordaba aunque hubiera pasado tiempo. A veces escapaba de noche para ir a verle. Era de los míos, pero lo trajo él.

—¿Era? ¿Ya no está entre los vuestros?

—Lo matasteis.

No había acusación en su voz, solo mencionaba el hecho. Aun así, Destrel sintió la frase como el impacto de una piedra contra la espalda. Se encontró rehuyendo la mirada de Lobo, con el estómago inquieto por la culpa, o quizá por un hormiguero que le recorría las entrañas. Quiso pedir perdón, pero se contuvo a tiempo. Las reinas no se disculpan. No así, de corazón, en una reunión privada.

—Intenté evitarlo. Mi hermana insistió. Lamento el incidente.

Las palabras que había elegido con cuidado perdieron fuerza y sonaron con torpeza. Lobo no cambió la expresión y ella inspiró hondo. Quería borrar esa lamentable conversación, pero no había forma de atrapar una frase una vez que se ha dicho. Tenía el consuelo de saber que Lobo no se lo contaría a nadie, pero tampoco iba a olvidarlo.

Intentó cambiar de rumbo:

—Fue el mismo perro que atacó a uno de los galgos. ¿Recuerdas a cuál?

—Pyre —respondió él con resentimiento.

—¿Crees que tiene relación?

—Sí.

—¿Hay alguna forma de demostrarlo? Si estás convencido, yo te creo, pero necesitamos una prueba, un testigo... Algo para acusarla. Es un crimen muy grave.

No estaba sorprendida. Ella misma había llegado a una conclusión parecida al ver al niño con Lobo y sus perros. Lo que no podía decir en voz alta era que su hermana iba a proteger a cualquiera de los suyos a costa de su propia vida, si era necesario. Y dudaba que los galgos confesaran nada en un interrogatorio, estaban entrenados para morir sin decir palabra. Necesitaban una prueba irrefutable... pero ¿qué hacer a continuación?

Lobo estaba concentrado, cavilando. Con un suspiro, terminó por rendirse y sacudió la cabeza. Destrel se avergonzó de sentir alivio. Lo último que le convenía en ese momento era un juicio contra uno de los galgos. Sabía que Cyra se lo iba a tomar como una venganza personal, aunque su compañera se hubiera dedicado a degollar recién nacidos.

Si hubiera sido cualquier otra persona se encargaría de juzgarla, aunque fallasen las pruebas. El testimonio de Dalir y Lobo sería suficiente. Un acto así estaba penado con la muerte o, siendo generosos, una larga estancia en prisión. Hacer eso con uno de los galgos sería ponerse a toda la manada en contra. Y aunque trabajasen para la corona, no quería un enfrentamiento abierto contra ellos.

Aún no.

Era una realidad que no podía decirle a Lobo ni a nadie, aunque a lo mejor ya lo sabía: la justicia no era igual para todos; con algunos era más cómodo mirar hacia otro lado. En muchas ocasiones no importaba tanto cuál había sido el crimen, sino quién lo había cometido.

Lobo tenía los ojos fijos en ella. Como si esperase una solución por su parte. Destrel esbozó una sonrisa de tristeza calculada ante la que Lobo se echó atrás en la silla.

—Lamento mucho no ser capaz de hacer nada más sin pruebas que apoyen nuestra teoría. —El chico frunció el ceño. Destrel se notaba dudar, aunque fuera absurdo sentirse juzgada. Le hubiera gustado darle una respuesta que le agradase—. No voy a olvidar esto. Si encontramos algo más con lo que acusarla podríamos llevarla a juicio.

—¿Y si mata a Dalir y a su hermano?

—¿Por qué iba a hacer tal cosa?

—Mató a sus padres. Prendió fuego a la casa.

—Puedo ponerles vigilancia —titubeó ella— o invitarlos a vivir en palacio. Siempre hacen falta aprendices y aquí podríamos tenerlos más vigilados.

O ponerlos más en peligro, al acercarlos a la chica que quería matarlos. ¿Y qué tenía contra ellos? O habría perdido la cabeza tras tanto entrenamiento absurdo y había pagado su rabia con los primeros que había encontrado.

Lobo tampoco parecía satisfecho, pero seguía guardando silencio. Hacía mucho tiempo que Destrel no se sentía tan torpe y debería alegrarse de que Lobo fuera el único testigo. Dorothean no olvidaría sus fallos y le encantaría recordárselos cada cierto tiempo.

Lobo tenía razón, si Pyre había intentado matar a esa familia una vez, podría volver a pasar. No quería enfrentarse a los galgos. Si lo hacía de frente, más le valía matarles a todos que ajusticiar solo a uno de ellos. Quería ocultar la cara entre las manos y gemir en voz alta.

Lobo callaba. Su silencio hacía más evidentes las palabras que ninguno decía: que podía mandar aprisionar a Pyre para evitar poner en peligro la vida de los hermanos, al menos mientras le interrogaban. Y tenía razón. Incluso él, que pasaba más tiempo entre animales que entre personas, sabía lo que harían si el sospechoso fuera otra persona. Su inocencia era más acusadora que cualquier frase malintencionada.

—Cyra te asusta —dijo al fin, lo que pilló a Destrel por sorpresa.

—¡No! —Se mordió el labio al instante y bajó la cabeza. Estaban ellos solos; iba a resultar más fácil decir la verdad—. Sí. Es complicado. Encontraré una solución.

—Confío en ti.

El aire vibró dentro de su pecho. Sintió el impulso de preguntarle por qué. También quiso bajar la cabeza y pedirle perdón. En vez de eso le dedicó una sonrisa frágil.

—Gracias.

—¿Puedo irme? —preguntó el chico cuando el silencio volvió a hacerse incómodo.

—Sí, claro. Muchas gracias por venir.

Lobo hizo una inclinación torpe y salió del cuarto. Una vez a solas, Destrel soltó todo el aire que le quemaba en los pulmones. Se llevó los dedos a la frente. ¿Cómo tenía Cyra aquel talento para complicarle la vida siempre, incluso cuando no se lo proponía? Trató de recordar cuál era Pyre. Nunca había querido tener más trato del estrictamente necesario con los galgos. Si no se equivocaba, Pyre era la chica del pelo oscuro y rizado que solía acompañar a su hermana. Por supuesto que tenía que ser la más cercana a ella. Destrel se preguntó si la propia Cyra estaba enterada y tenía algo que ver.

Seguro que sí. Por supuesto que estaba implicada.

¿Qué iba a hacer? Era posible que, con la ayuda de la sala, pudiera arrancarle la verdad. Y tampoco hacía falta una confesión para juzgarla, si quien acusaba era la futura reina. O quien había estado a punto de ser la futura reina hasta que Astra apareció de la nada. Aun así, su palabra pesaba más que la de Cyra y los galgos.

Se levantó y abrió la ventana para dejar que el aire de la noche le despejara las ideas. Su prioridad sería hablar con los chicos y tratar de entender por qué Pyre había quemado su casa. A lo mejor conseguía de Dalir algo que la incriminase. Una vez que supiera la verdad, se la guardaría hasta que fuera útil. El conocimiento era un arma, y cuando llegase el momento podría usarla. Contra Pyre, no; esa muchacha no le importaba. A quien podía hacerle daño era a su hermana. Su hermana, que ya no era la niña que le dejaba regalos en la cama, aunque se había vuelto a parecer a ella cuando confesó, sin querer, que no quería matarla. Apretó los labios, decidida a no conmoverse. Era mejor una muerte rápida que años de tortura.

Cyra era cruel. No podía olvidarlo.

Volvió a su cuarto con pasos calculados y lentos, pero con el estómago inquieto. Las nubes amenazaban con convertirse en tormenta. O a lo mejor eran sus pensamientos los que iban a romperse en rayos y truenos, a derramarse por toda la estancia. Niebla la seguía juzgando con expresión sabia y severa desde su cama.

Se quitó el vestido y se dejó caer junto al gato. Niebla se apoyó contra su espalda y empezó a ronronear con fuerza. Destrel sonrió. A veces bastaba algo tan pequeño, tan absurdo, tan insignificante, para apartar todos los problemas durante unos instantes. Apenas unos segundos. Lo suficiente para poder respirar.

CAMINO DE HOJAS MUERTAS

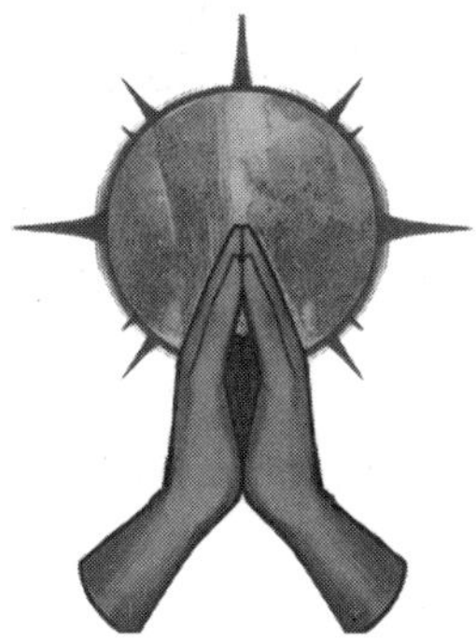

1

Astra se despertó antes que el sol y se acurrucó mejor en las mantas sin necesidad de abrir los ojos. El resto de sus sentidos se desperezaba y tanteaba el terreno para asegurarse de que todo estaba en su sitio, que no tenía que echar a correr para proteger su vida. Era la segunda noche que acampaban en el bosque. El capitán, Erik, un hombre serio que parecía incapaz de doblar una espalda siempre rígida, la había mirado esperando alguna reacción por su parte. A lo mejor que protestara y exigiera un camino en el que pudieran descansar en posadas, aunque fuese más largo.

Astra no había abierto la boca. Hacía frío, si bien habían montado hogueras y tiendas. No era tan cómodo como dormir en una cama, pero no era la primera vez que dormía al raso; no lo encontraba tan desagradable. Además, la temperatura se suavizaba conforme avanzaban hacia el norte, donde el otoño aún le plantaba batalla al invierno.

Loran dormía, o fingía dormir, en el otro extremo de la tienda, que no era lo bastante grande como para mantener mucha distancia. Fuera, las botas de quien hacía guardia arrancaron un crujido de la arena. Llevaban varios días de viaje y tanto el cansancio como el comportamiento dócil de la chica habían relajado el ambiente. Era evidente que acudía de forma voluntaria, y ya no temían que escapara en cuanto se dieran la vuelta. Ahora las amenazas eran los animales salvajes y, tal vez, los bandoleros. Sin embargo, Astra se sentía segura con ellos.

Astra inspiró el aroma a hojas muertas y tierra húmeda de rocío. Al pensar en esa palabra, «rocío», no pudo evitar que la imagen de su compañera le viniera a la mente. Se removió y escondió el rostro bajo la manta. El recuerdo de la sangre, el temblor de las manos y la voz quebrada le revolvieron el estómago. Había visto otras muertes: algunos ancianos que se reunían con el señor de los muertos una vez que el alma abandonaba el cuerpo y cruzaba el umbral. Por ejemplo, Peña, que había insistido en ir a morir al otro lado, donde su espíritu se convirtió en una brillante estela de luz que abandonó una carcasa sin vida y centelleó antes de alejarse. También recordaba a quienes no volvieron nunca del mundo de los dioses, a las dos hermanas que murieron juntas en una caída, o a aquellos que habían enfermado. La muerte siempre dolía. A veces era como una raspadura que deja la piel en carne viva, pero que se va curando poco a poco. Otras veces era una espada que atravesaba carne y hueso para dejar una herida tan grande que Astra se preguntaba si alguna vez podría volver a ser la misma, si el dolor iba a mitigarse algún día o si tendría que acostumbrarse al sufrimiento.

Había conocido muchas muertes, pero ninguna le había hecho sentirse culpable. Era como si llevase a cuestas el cadáver de Río, las heridas de Rocío y el llanto de todos aquellos que habían perdido a un compañero.

Se dio la vuelta en las mantas. Aún quedaba un buen rato hasta que les despertaran y tenía que recuperar fuerzas para la siguiente jornada de un viaje que parecía largo. No iba a olvidar nunca a Río. Si no fuera en contra de la tradición de los monjes, Astra buscaría a su familia para explicarles lo que había pasado, para decirles que ella era la responsable. O eso le gustaba pensar, para limpiar su conciencia. En realidad, no tenía claro que fuese a vivir tanto. No saber qué le esperaba al volver a palacio hacía que se removiese sobre el lecho. No podía encontrar una postura lo suficientemente cómoda como para conciliar el sueño.

Lo dio por imposible y se apoyó en el codo para incorporarse. Tan pronto como quedó sentada se encontró con los ojos oscuros de Loran, fijos en ella. Quiso alzar las manos y decir que no estaba armada ni iba a hacerle daño, pero saludó con un simple:

—Buenos días.

No le sorprendió que no respondiera. No le caía especialmente bien. No creía que tuviera que ver con el hecho de que la primera vez que se dirigió a él le habló en femenino. Loran corrigió su error con pocas palabras, como cada vez que tenía que hablar con ella, y no habían vuelto a tener ningún incidente. Pero tampoco le caía bien a Ilama ni a León. No sabía si los galgos tenían por costumbre ser tan parcos con todos los desconocidos o era que la consideraban una amenaza. Tampoco les culpaba. Haría falta algo más que un colgante y un anillo para demostrar que era la auténtica Astra, y no una chica tan avispada como temeraria que quería sacar partido de su nombre.

—Es temprano, ¿verdad? Me encantaría desayunar algo. Siempre me despierto con el estómago vacío, como si hubiera hibernado —dijo, sin esperar reacción alguna por su parte.

Tres se solía reír de ella y decía que tenía el estómago lleno de parásitos. No es que fuera para reírse; de pequeña la asustaban esos gusanos gruesos y negros que anidaban en el estómago. Ahora, pensar en parásitos le recordó a Tres. En vez de asquearse, sintió tanta tristeza como cariño. Bajó la vista y quiso acurrucarse de nuevo entre las mantas.

Loran salió sin mediar palabra. Quien sí habló fue la chica que hacía guardia fuera. Lucerna, una chica esbelta, de tez perfecta y oscura, que parecía mucho más joven de lo que en realidad era. Astra se estiró. Tenía agujetas en los muslos y los brazos cansados de haber sostenido las riendas con demasiada fuerza. Por suerte, su cuerpo había recordado cómo colocarse al montar a caballo, aunque llevara años sin hacerlo. Ilama había estado en lo cierto; menos mal, porque Astra sospechaba que, de lo contrario, su cabeza habría peligrado.

¿Dejaría algún día de sentirse juzgada por cada palabra y cada gesto?

Loran volvió a la tienda y le arrojó algo. Astra soltó un grito y saltó a un lado antes de ver que se trataba de un trozo de pan seco. El galgo arqueó las cejas con una sonrisa contenida y ella intentó comportarse como si no fuera un ser absurdo.

—Creía que tenías hambre.

—Muchas gracias. Aunque no quería molestar, podría haber esperado.

Tenía la impresión de que el chico se burlaba de ella, y con razón, así que puso fin a su balbuceo, agarró el pan y lo partió con las manos.

—¿Qué pasó con los mastines? Me refiero, ahora que estáis los galgos, ¿ellos se quedaron y os enseñaron? ¿Cómo funciona?

—Se quedó una. El resto de los que siguen vivos se retiró a las islas —respondió Loran, como si fuera obvio—. Son pocos. Dos, si no me equivoco.

—No parece mal destino para retirarse —dijo ella, ignorando la segunda parte.

Se llevó un trozo de pan a la boca y masticó intentando no hacer ruido. Los modales que una vez había cuidado con tanto esmero se habían ido erosionando con el viento que afilaba las montañas. Beber recatadamente no era tan importante como no morir de sed, y era mejor mancharse las manos al comer que quedarse con hambre. Astra había aprendido a vivir con lo imprescindible, una categoría en la que no entraba la cubertería ni la vajilla fina. Pero se esforzaba en no hablar con la boca llena ni masticar muy alto. Era extraño tratar de recordar todas esas costumbres que había olvidado, como si se esforzase en volver a ser una desconocida.

Le gustaría estar callada y agradecida por el pan sin ser impertinente, pero era agradable hablar al fin con su compañero de viaje, aunque fueran unas pocas frases que caían con desgana, como las hojas muertas después de agitar con fuerza el tronco de un árbol.

—¿Elegiste pertenecer a la camada?

Loran ladeó la cabeza. Se había sentado con las piernas cruzadas, y apoyó los brazos en las rodillas. No la miraba, aunque su expresión estaba relajada mientras consideraba si debía hablar con ella.

—Sí y no.

—Eso suena complicado.

—No lo elegí en su momento. Prefería estar en las calles a vivir en el hospicio. O puede que no hubiera sitio ahí dentro. Era muy pequeño, no lo recuerdo bien. Zheera me encontró. Dice que mendigaba, puede que intentase robarle. —Se encogió de hombros—. Me llevó con ella.

—¿Zheera es la que os entrena?

—La mastín que se quedó, sí.

—¿Es amable con vosotros?

Loran se echó a reír. O algo similar, el aire se le escapó de entre los dientes con una sacudida corta y los ojos se le iluminaron en la oscuridad de la tienda. Astra no recordaba con demasiado detalle a los mastines, pero si hacía caso a la vaga imagen que tenía de ellos podía entender lo absurda que había sido su pregunta. No, Zheera no era amable. Ninguno lo era. La función de las camadas no consistía en proteger huérfanos ni darles una familia, sino crear soldados dispuestos a todo, porque su vida era la guerra.

Sin embargo, Loran parecía tranquilo, inteligente y mucho más civilizado que ella, que no recordaba el nombre de todas las prendas que debería ponerse ni los distintos saludos que dependían del título que tuvieran los demás. El viaje iba a ser largo, pero no lo suficiente como para prepararla.

Fuera de la tienda se oyeron los primeros murmullos de quienes se despertaban. Loran se dio la vuelta y volvió a salir. Astra terminó de comerse el pan, se puso la capa y salió a su vez. Erik consultaba el mapa e Ilama estaba lo bastante cerca como para poder echar un vistazo desde su espalda sin que se percatase. Lucerna avivaba el fuego con expresión más despejada que el resto y Astan ponía al fuego los restos que habían sobrado de la noche anterior.

—Hoy saldremos del bosque y avanzaremos más rápido —explicó el capitán con voz autoritaria—. Evitaremos las grandes ciudades, aunque es posible que los rumores hayan llegado a los reinos. Vamos a cruzar Reseda, que está lo bastante cerca de Core como para ser la hermana chismosa de la capital.

A Astra no se le escapó que Lucerna torció el gesto, aunque fue un movimiento rápido. Cuando era pequeña le habían explicado que Core era el primero de los reinos, el que más riquezas daba a los demás. En los cuentos, los demás reinos solían tener gente envidiosa de los que vivían en Core. Astra había dado por hecho que era cierto, como todo lo que aprendía en sus lecciones, como que todos los animales necesitaban agua, comida y sueño; o que incluso los árboles más grandes empezaban siendo semillas.

Por eso le sorprendió tanto conocer a los monjes de las montañas. La mayoría provenía de otros reinos, y ninguno tenía envidia de la capital. Le habían dicho que, si las regiones fueran hermanos, Core sería la hermana mayor, la abusona que decidía a qué jugaban las demás y cómo se repartían los juguetes. Pero Lucerna no iba a protestar, y Astra tampoco era quien para decir nada, no aún, hasta que todos comprendiesen que no había engaño y que era ella la verdadera reina.

Ayudó a desmontar la tienda. Se le daban bien las cuerdas y los nudos. Mejor que al resto, la verdad, aunque también era lo bastante sensata como para no presumir de ello. Las primeras veces que se agachó para ayudar a recoger como el resto notó que se formaba un silencio tenso a su alrededor. Supuso que no era propio de una princesa ponerse a trabajar junto a los demás, o que no era adecuado que una prisionera ayudase sin esperar órdenes. No se lo habían impedido, y Astra sentía que, a partir de entonces, Astan y Lucerna habían empezado a mirarla con otros ojos. Quizá también Loran, aunque era tan reservado que resultaba difícil saber lo que le pasaba por la cabeza. Los otros galgos se mantenían alejados y hablaban con ella lo imprescindible, aunque no se esforzaban por disimular que no la perdían de vista. Ilama solía cabalgar junto a ella, y la había ayudado a controlar el caballo las primeras veces. También se puso a su lado esa mañana, con la mirada al frente, adaptando el trote de la yegua al ritmo del grupo.

Agradecía la capa y la ropa preparada para el invierno porque, aunque la temperatura era más suave, pasaba más frío al montar que al caminar. No estaba acostumbrada a dejar los brazos quietos, y si no fuera por los árboles, el viento del alba la habría envuelto en un manto frío. Solo se había adentrado tanto en el bosque hacía mucho, cuando lo había cruzado junto a los monjes de los que aún no se fiaba. Recordaba que el viaje hacía sido aterrador: los árboles eran gigantes de piel rugosa y oscura que estiraban hacia ella unos dedos largos de ramas secas para arañarla o maldecirla. Ahora, aunque estaba inquieta, aquel paraje le parecía hermoso. Habían dejado atrás las serpientes de niebla que se rasgaban el vientre con las copas de los pinos. El terreno era más llano y había mucha más vegetación de la que podía nombrar. El color verde estallaba en naranja, ocre y rojo. Las hojas, de más colores y matices que el fuego, abandonaban las ramas y se fundían con la alfombra marrón del suelo. A veces, los arbustos se agitaban a su paso. Podían ser pájaros que enmudecían, roedores o serpientes, o bien cualquier otro animal que evitaba el contacto con el hombre. Lucerna había dicho que había lobos, pero que solo los que estaban en el corazón del bosque eran realmente peligrosos.

Los troncos se cubrían de musgo y el murmullo de un río al que cada vez se acercaban más ocultaba el sonido de los cascos de los caballos. Un zorro anaranjado con aspecto distraído les salió al paso. Era poco más que una cría. Se quedó unos instantes en el borde del camino con la cola alzada y las orejas tensas antes de salir disparado y perderse en los arbustos. Astra dejó escapar una risa tenue.

—Parece que es la primera vez que veis un zorro —dijo Ilama con un tono de voz tan suave que Astra no sabía si era un reproche, una burla o tenía cualquier otra intención.

—Son difíciles de ver. Cuando éramos pequeñas nos trajeron uno como regalo. Mis hermanas y yo tratamos de cuidarlo. Pensábamos que sería fácil, como los pájaros de colores que teníamos en el jardín interior. Algunos ni siquiera sabían volar. Cogíamos uno rojo y naranja y lo dejábamos dar saltos a nuestro alrededor, como si fuera un juego. Recuerdo que solía saltar en la cabeza de Cyra y enredársele con el pelo. Pero un zorro no puede vivir en una jaula. Nadie se molestó en decírnoslo. Murió a los pocos días.

Ilama se había girado para mirarla, con la cabeza ladeada y los labios apretados en una línea severa de un rosa suave. A pesar de su juventud y aparente delicadeza, lograba intimidar a Astra, incluso más que los otros galgos.

—¿He dicho algo incorrecto?

—Es la primera vez que mencionáis a vuestra otra hermana. Hasta ahora solo habéis hablado de Destrel. He llegado a pensar que la habíais olvidado.

—No, claro que no —replicó al instante.

Quiso responder que Ilama tampoco se había mostrado dada a abrirse y hablar, pero no quería enemistarse con ella por una tontería, y tampoco estaba segura de atreverse. Encogió uno de los hombros y se justificó como si hubiera hecho algo malo.

—Destrel y yo teníamos una edad más parecida. Cyra era más pequeña, pero claro que me acuerdo de ella. Era alegre, e incansable a la hora de jugar. ¿Ha cambiado mucho? No me la puedo imaginar de adulta.

La pelirroja le lanzó una mirada que no pudo interpretar. Astra no había mentido: le costaba mucho menos visualizar a Destrel porque habían estado más unidas. Se la imaginaba más parecida a ella, creciendo de forma paralela en ese castillo que ella había dejado atrás y, suponía, pensando en ella como Astra pensaba en sus hermanas.

—¿Me dieron por muerta?

—Todo el mundo lo hizo.

—Debió ser duro para ellas —murmuró. Se sentía algo culpable.

—Se han acostumbrado —respondió Ilama en tono suave.

Astra no tuvo tiempo de pensar si era un consuelo o una forma de decirle que no hacía falta que volviera. El río quedó a la vista. Estaba acostumbrada a los riachuelos de la montaña, a los ríos pequeños y saltarines que hacían quiebros entre las piedras, pero el que tenían delante era tan ancho y profundo que no sabía cómo pensaban cruzarlo. ¿Habría que atravesarlo a nado? Miró preocupada a sus acompañantes. El océano que quedaba al otro lado de las montañas tenía un agua tan gélida que en invierno su superficie se cubría de hielo, e incluso en verano costaba adentrarse más allá de las rodillas. Nunca había aprendido a nadar y no se veía capaz de hacerlo. Su corazón se aceleró cuando Erik desmontó del caballo y el resto lo imitó. Ella se quedó inmóvil.

—¿Os ocurre algo? —preguntó Lucerna.

—Solo pensaba... ¿qué vamos a hacer con los caballos? —improvisó. No le parecía buena idea confesar que le daba miedo el agua.

—¿Qué queréis que hagamos con ellos?

—¿Saben nadar?

—¿Qué queréis...? ¡Oh! —Lucerna rompió a reír y Astra relajó un poco los hombros. No era una risa burlona, y el sonido de las carcajadas era más agradable que el del agua—. No pensareis que vamos a atravesarlo por aquí, ¿verdad? ¿Cómo llevaríamos las cosas?

—No, claro —farfulló ella, más aliviada que molesta, y pasó una pierna por encima del lomo del animal para bajar al suelo.

—Hagamos una pausa breve antes de ir hasta el puente —anunció Erik—. Poco después atravesaremos el bosque. Tenemos que andarnos con más cuidado. Las bestias son mucho más inofensivas que los hombres.

Astra sacudió las piernas y caminó un poco sin alejarse del grupo. Iba a echar de menos el bosque, por mucho que fuera más cómodo viajar por camino, o que la comida fuera mejor en las posadas. Se apoyó en el tronco de un árbol. Las agujetas no eran tan molestas como los primeros días, pero aún le arañaban los músculos. Había setas agrupadas entre las raíces, y se inclinó para examinarlas. Las reconoció: de tono tierra y forma redonda, no eran especialmente sabrosas, pero sí que resultaban inofensivas, así que las recogió mientras el resto terminaba de beber agua y debatir sobre el camino a seguir.

Cuando volvió al grupo notó que Loran la miraba con el ceño ligeramente fruncido.

—Se llaman Pies de roble —dijo Astra—. No voy a envenenaros ni nada parecido. De hecho, si les hacéis ascos, no me importa comérmelas yo todas. Es una pena no tener un poco de sal, pero en la hoguera...

—No. No es eso.

—¿He hecho algo mal?

—No haces ruido.

—Yo diría que soy la que más habla.

—Al caminar eres muy silenciosa. Has pasado por encima de un montón de hojas secas y ni siquiera han crujido.

«Por el brazalete», pensó Astra, pero mantuvo la sonrisa como si le hubiese hecho un halago.

—Cuando te mueves por la montaña aprendes a tener cuidado por dónde pisas. Un camino acostumbrado puede convertirse en una trampa mortal si no te has fijado en el hielo.

No mentía, pero tampoco le dio oportunidad de discutírselo. Se ajustó la mochila a la espalda y alcanzó al grupo para volver a montar.

Astra intentó guiar al animal lo más alejado posible del río que bordeaban. No podía sacudirse de encima la idea de que, si el animal se caía, ella acabaría en el agua, arrastrada por la corriente. Ni siquiera prestó atención a Ilama o a Loran, que se había puesto detrás de ella y le clavaban la mirada en la nuca.

Entonces el puente quedó a la vista y el corazón se le encogió. Era una estructura alta y estrecha de metal y madera vieja que se elevaba sobre el río. Era un milagro que siguiese en pie. El agua se arremolinaba con rabia en torno a sus pilares y parecía tratar de echarlo abajo. No había barandillas, solo una pasarela que se alzaba sobre el agua.

El caballo también se detuvo con las orejas altas. Astra no supo si lo que había percibido era peligro o el miedo del animal.

Erik fue el primero en avanzar sin perder el tiempo, seguido por Lucerna y León. Parecía un milagro que la estructura de madera les sostuviera sin derrumbarse, especialmente cuando el más grande de los galgos, encima de su caballo, se unió al grupo. Debería servirle de garantía; si el puente ni siquiera temblaba bajo su peso, a ella tampoco le iba a pasar nada. Sin embargo, cuando intentó reunir valor para azuzar al caballo, el chapoteo del agua le erizó la piel.

—¿Algún problema? —preguntó Ilama.

Astra sacudió la cabeza y dio un golpe suave al animal con el talón para indicarle que caminase. Intentó respirar sin que el aire le temblase en los pulmones. Al llegar al borde del puente, el río pareció volverse aún más grande, más rápido. Erik había alcanzado el otro lado y esperaba con la vista clavada en ella. Astan vaciló antes de seguir al resto.

—¿Necesitas algo?

—Le da miedo el agua —afirmó Loran con una tranquilidad que hizo que Astra se sintiera estúpida.

Esperaba que Ilama se riera, pero la chica tuvo la elegancia de no hacerlo.

—Baja del caballo; Loran puede guiarlo. Te llevo en el mío.

—No sé si es...

—Podrás cerrar los ojos hasta que lleguemos al otro lado, si lo prefieres. No vamos a caer al agua.

Quiso replicar que se fiaba más de cada paso que pudieran dar sus piernas que de los cascos torpes de un caballo, aunque Ilama supiera como guiarlo, pero al otro lado Erik se estaba impacientando y no le parecía buena idea perder el tiempo con discusiones. Bajó del caballo y le acarició el cuello para desearle buena suerte en el trayecto. Acto seguido se acercó al de la pelirroja.

Ilama la ayudó a subir delante de ella y le pasó los brazos por la cintura, para sujetarla al tiempo que sostenía las riendas. Astra soltó el aire despacio, intentando quedarse tan quieta como si no existiera. Dio gracias por ser tan baja y menuda; cuanto menos sitio ocupase, menos le complicaría las cosas a la galgo. El sonido del agua la ponía enferma.

El caballo trastrabilló y Astra ahogó un grito. Ilama la agarró con firmeza. Le sujetó ambas muñecas con una mano y Astra comprendió que la había inmovilizado.

—¿Quién eres?

La voz apenas era audible por encima de la risa del río. En la otra orilla, León discutía a voz en grito con Erik. No importaba cuál fuera el motivo, comprendió Astra. Bastaba con que les distrajese unos momentos. ¿Podía gritar? Sí, pero entonces la pelirroja la arrojaría al agua. Intentó tragar saliva, pero tenía la boca demasiado seca.

—Astra.

Estaban en la parte más alta del puente, en medio del río. Ilama la inclinó un poco más hacia su costado. Podía lanzarla al agua sin mayor problema. No creía que Erik, Lucerna y Astan fueran rivales para los galgos. Incluso sería fácil fingir que había sido un accidente y no tener que enfrentarse a ellos. Astra cerró los ojos con todas sus fuerzas. El corazón le latía con tanta fuerza que estaba segura de que Ilama podría notarlo.

—¿Quién eres en realidad? No me compensa un cambio de reina, si te soy sincera. Si no eres más que una chica tan temeraria como idiota que intenta llegar a palacio... Tengo que reconocer que me parece divertido, casi encantador. Te ayudaré a escaparte y nos ahorraremos disgustos.

El pulso le zumbaba con fuerza en las sienes. ¿De verdad había venido la pelirroja a acabar con ella? ¿O era una prueba para que reconociese ser una impostora? La cabeza le daba vueltas y ya sentía estar cayendo. Hubiera dicho cualquier cosa para salvarse, pero dudaba que nada que dijese fuese a mejorar la situación, así que negó con la cabeza y se aferró a la verdad.

—Soy Astra.

Cada uno de sus músculos estaba tan tenso que dolía. ¿Iba a lanzarla ya? ¿Qué podía hacer en el agua? Notaba el corazón tan acelerado que en cualquier momento podía desgarrársele. No podía respirar. Ilama dejó de sujetarla y a ella se le escapó otro grito.

Pero Ilama no la empujó. Astra temblaba sobre la yegua de la chica pelirroja y luchaba por respirar, por no perder el sentido. ¿Seguían avanzando? Sí, seguían avanzando. Era pronto para llorar de alivio, pero lo estaría haciendo si pudiera abrir los ojos.

—¿Por qué te asusta tanto el agua? —murmuró Ilama.

—Nada —acertó a jadear.

—No soy quién para dar consejos, alteza. —Hablaba con voz tan suave, incluso después de lo que había pasado, que Astra se preguntó si intentaba ser amable—. Pero deberíais controlar los miedos hasta que nadie pueda verlos. Una aspirante a reina tiene muchos enemigos y todo lo que se sepa de ella puede volverse en su contra. Especialmente el amor y el miedo.

No abrió los ojos hasta que oyó el roce de la arena bajo la pezuña de la yegua. Ilama la ayudó a dejarse caer. En cuanto los pies tocaron el suelo, las rodillas le cedieron y quedó sentada, respirando con fuerza como si el aire se le acabara.

Lucera se rio, aunque se acercó a comprobar que estaba bien. Astra sentía gotas de sudor frío que se deslizaban en su cuero cabelludo y sobre la espalda.

—¿Necesitais un descanso?

—No, no... Estoy...

—Ni siquiera eres capaz de ponerte en pie.

—Dejad que los caballos se alimenten —ordenó Erik con fastidio evidente en la voz—. No pararemos hasta que caiga la noche, así que reponed fuerzas ahora.

Astra se sentía avergonzada, pero estaba demasiado contenta de encontrarse en tierra firme para que le importase. Apoyó la frente en las rodillas y se susurró a sí misma que estaba a salvo.

Tal vez Ilama dejara de considerarla una enemiga ahora que había visto que prefería enfrentarse a su mayor miedo (y a una muerte casi segura) que negar su nombre.

2

El resto del día se les hizo a todos pesado y largo. Astra lamentaba que hubieran tenido que cambiar la pausa prevista por la que había necesitado ella tras cruzar el puente.

Dejaron el bosque atrás y se adentraron en Reseda. Antes de la unión de los reinos, Reseda había sido conocido por sus murallas, que se alzaban donde los ríos no marcaban sus límites. No era de las tierras más prósperas, pero tenía lo suficiente para valerse por sí mismo: campos de cultivo al este, minas en el centro... Nunca había intentado expandirse sobre otros territorios, pero se había defendido durante generaciones para evitar ser conquistado. Fue uno de los últimos en unirse al Reino Único, en tiempos de su padre.

Una vez que todos los reinos que lo rodeaban fueron conquistados, Reseda tuvo que elegir entre entregarse o morir. Por supuesto, las historias que Astra había escuchado de niña estaban mucho más endulzadas, pero había monjes que tenían raíces fuertes en Reseda y aún hablaban con resentimiento. La antigua reina se había convertido en marquesa bajo las órdenes de su padre, aunque se rumoreaba que había delegado en un consejo para entregarse al alcohol y a la nostalgia.

El camino de tierra entre colinas ayudaba a avanzar con mayor rapidez, pero también con más monotonía. El tiempo y la distancia pesaban en la espalda y le cargaban los muslos y los hombros. Sentía la tentación de abrazarse al cuello del animal y dejar que la llevase tras el grupo. Al anochecer divisaron unas luces aún lejanas que avivaron murmullos de alivio entre el grupo.

—¿Estamos llegando?

—Eso es Hallada —explicó Astan—. Erik quería que hiciéramos noche allí.

—¿Es un pueblo?

—Sí, mucho más pequeño que Labranza. En Reseda no hay muchas poblaciones que puedan compararse con su capital. Y nos viene bien evitarla.

Astra estaba de acuerdo. Habían pasado muchos años, pero el resentimiento a veces puede durar generaciones. En Reseda no verían con buenos ojos que se hospedase en sus tierras la hija del rey que los había obligado a renunciar a su libertad. Pensó en cubrirse la cabeza con la capucha, aunque así tal vez llamaría más la atención. Además, allí nadie conocía su rostro.

El último trecho del camino se le hizo desesperadamente largo. Los equinos arrastraban las pezuñas con resoplidos de cansancio, y las palabras amables o las caricias en el cuello no podían compensar el largo camino que habían recorrido, ni tampoco el que les quedaba por delante. Astra esperaba que al menos pudieran descansar esa noche.

El pueblo parecía dormir cuando al fin llegaron, pero una comitiva como la suya hizo que, pese al cansancio de la jornada, los curiosos se levantaran de la cama para mirarles desde la ventana o incluso salir a la puerta y seguirles con la vista. Astra clavó su mirada en los rizos oscuros de León y trató de mantenerse lo más inexpresiva posible para no llamar la atención. Erik conocía el sitio y los guio directamente a una posada bastante amplia y de aspecto cuidado, en comparación con lo humilde que parecía el resto del pueblo.

—Hallada queda en el camino de Brie y Labranza —explicó Astan—. Cuando no hay faena en el campo, muchos labradores jóvenes hacen este camino para trabajar en las minas. También es ruta frecuente de mercaderes. Están acostumbrados a recibir viajeros. Con un poco de suerte, no levantaremos muchas sospechas.

—Si no fuera por los rumores... Si es sitio de paso, seguro que han llegado aquí.

—Aunque no me guste reconocerlo, imagino que han llegado a todos los rincones del reino. Quizá quede alguna isla en la que aún no sepan que has regresado.

Astan no pareció ser consciente de lo que implicaban sus palabras: acababa de dar por hecho que era realmente ella, la heredera al trono. La chica sintió una mezcla de alivio y esperanza. Si el soldado había acabado por convencerse de que era ella, el resto del mundo también tendría que verlo, aunque le llevase tiempo.

Dejaron a los caballos en un establo lo bastante amplio para acoger a todos los animales y aun así sobraba sitio para más del doble. Astra acarició la frente del suyo. Estaba demasiado acostumbrada a mostrar gratitud ante los dioses y la naturaleza para no ser cariñosa con el animal, aunque lo hizo con un murmullo bajo para que nadie más pudiera oírla. El caballo resopló con ojos llenos de cansancio y se apartó para buscar el agua. Astra sonrió.

Poco importaban las palabras de gratitud si le hacían caminar cada día hasta el agotamiento.

Ella misma se sentía al límite de sus fuerzas. Después de tanto tiempo sobre el caballo los muslos le dolían tanto que se sentía incapaz de caminar. Preferiría dejarse caer en el heno y pasar la noche en el establo que tener que recorrer la corta distancia hasta la entrada de la posada. Lanzó una mirada de envidia a los animales antes de hacerlo.

La puerta hizo sonar una campanita cuando Erik la abrió, y al tintineo de metal le precedió un silencio que hizo contener hasta el aliento. La taberna olía a humo, carne asada y vino viejo derramado sobre madera seca. Había cinco mesas desiguales, además de la barra, en la que se agolpaba el grupo de parroquianos que habían dejado de beber para escrutar a los recién llegados. Registraron desde la ropa que llevaban hasta sus movimientos. Astra se alegró más que nunca de ir en un grupo lo bastante grande para que la atención se repartiera entre todos. Envidió el aplomo de Erik, que parecía inmune a toda la expectación. El soldado se acercó a la barra para hablar con el tabernero.

Astra se miraba las botas, como si estas hubieran aparecido por arte de magia y no hubiera objeto más fascinante en el mundo. Habían aguantado bien el viaje y estaban sucias, pero intactas. Le tendría que dar las gracias a Hora, si volvía a verla. El silencio se empezó a llenar de voces: murmullos que arrastraban su vientre sobre el suelo de madera y serpenteaban entre los clientes. A lo mejor, si Astra agudizaba el oído, podía entender alguna frase suelta, pero toda su energía estaba concentrada en que las piernas no la dejaran caer al suelo. De haber tenido más confianza con León, se hubiera sujetado a él.

Ni siquiera oyó quién dijo que tenían que ocupar una de las mesas. Posiblemente fuera Erik. Tampoco importaba; arrastró los pies para seguir al resto y tomó asiento entre Loran y Lucerna. Clavó los codos en la mesa, para sostenerse y no dejar caer la cabeza, y logró alzar la mirada por entre los rostros de sus compañeros de viaje. Era extraño que se hubiera acostumbrado en tan pocos días a ellos, pero parecía que llevaban años en el camino.

Las montañas estaban tan lejos que la distancia le dolía más que las piernas.

Un chico y una chica trajeron agua, cerveza y platos de patatas asadas. La niña no tenía más de diez años y su hermano era aún más pequeño. Por el parecido Astra supuso que eran los hijos del tabernero. No hablaron con ellos, aunque no dejaban de mirarlos con ojos curiosos. Astra no había notado mucha hambre hasta que el olor de la comida caliente y recién hecha se abrió paso a empujones entre el resto de sus sentidos para despertarla con una sacudida.

Hacía mucho tiempo que no comía una comida caliente. Iba a alargar el brazo para servirse, pero el resto esperaba, así que se obligó a quedarse quieta y no ser la primera en comer. Cuando la niña trajo dos pollos asados, el estómago le rugió con tanta fuerza que estuvo segura de que la habían oído desde las cocinas.

—Parece que estás cansada —dijo Erik—. Es tarde para que unos niños estén despiertos. ¿No tienes hambre?

—No, señor —respondió con furia controlada.

—Insisto en que tu hermano y tú os sentéis a la mesa. Yo os invito.

La niña lanzó una mirada a su padre, que frunció el ceño como si en su mesa no hubiera soldados, sino un grupo de cucarachas especialmente grandes y repugnantes. El tabernero asintió con gesto hosco, y llamó al chico. Este se sentó a la mesa con una mirada de desconcierto. Astra se alegró de comprobar que al menos había otra persona en la mesa que parecía tan confundida como ella.

Sirvieron a los niños primero. La mayor masticó con rabia, casi desafiante. Astra agarró el tenedor con poca seguridad; no estaba acostumbrada a usarlos. Pinchó un trozo de carne blanda y tan tierna que se separó del resto de la pechuga sin problema. Antes de que pudiera llevárselo a la boca, Loran le sujetó el brazo.

—¿Qué pasa?

—Es mejor dejar que la comida se enfríe un poco. No tenemos prisa. —Le soltó la mano y bajó aún más el tono de voz—. Pero a lo mejor los niños sí.

El resentimiento de la niña. La forma en la que su padre apartaba la cara, como si fuera humillante verlos sentados a la mesa. Astra sintió un peso en el estómago al comprender lo que pasaba: se aseguraban con los pequeños que la comida no estuviera envenada.

Miró a los niños, horrorizada. Eran demasiado pequeños, ¿cómo podían dejar que fueran ellos quienes se ariesgaran? Astra buscó en el rostro de Loran algún gesto que le indicara que era una broma. Un guiño, una carcajada o el amago de una sonrisa. Pero el galgo estaba tranquilo, como si no acabase de insinuar que quizá intentarían envenenarlos. Como si no estuvieran protegiéndose con la vida de dos niños pequeños.

Los retortijones de hambre se transformaron en asco. La niña se terminó el plato y dejó con un golpe brusco el tenedor sobre la mesa. Tenía grasa del pollo que brillaba en los labios, curvados en un mohín.

No estaba asustada, sino enfadada. Astra nunca se había sentido tan avergonzada. No es que ella fuera un ejemplo a seguir; había robado a los vivos y abierto la tumba (y el pecho) de los muertos. Había engañado, y Río había muerto por su culpa. Pero nunca hubiera puesto en peligro la vida de niños.

¿Nunca? ¿Ni por los dioses?

Apartó esas preguntas sujetando el tenedor con más fuerza. Sus compañeros empezaron a comer. A ella se le había cerrado el estómago.

—¿Podemos levantarnos ya? —dijo la niña. Sus modales eran una muralla que contenían a duras penas la rabia—. Hemos terminado.

—Claro que sí.

Ella se puso en pie al momento, como si la silla le quemase, y su hermano la imitó con movimientos más lentos y ojos grandes de búho. Incluso les dedicó una sonrisa inocente, sin comprender por qué esos extraños les habían invitado a comer con ellos. Astra quiso levantarse tambén y pedirle perdón. Loran le dio un golpecito en el brazo con el hombro para atraer su atención.

—¿No tenías hambre?

—Ya no.

—Mañana va a ser una jornada larga. Deberías comer —advirtió Erik con voz severa, pero no quiso darle una orden directa.

—Aguantaré —afirmó—. Lo que tengo es sueño. Estoy agotada. ¿Podría irme a dormir ya?

—Ya he terminado —mintió Ilama, apartando el plato en el que aún quedaba la mitad de la cena—. Te acompaño.

—No hay necesidad de que vengas conmigo. Puedes seguir cenando.

—Vamos a compartir cuarto de todas formas.

—No voy a escaparme, no me hubiera entregado para huir de vosotros en la primera posada a la que llegamos —masculló.

Ilama parpadeó sin contestar. Se limpió los labios y se puso en pie. A Astra le costó más hacerlo, y si no hubieran estado todos mirando, se habría agarrado a la mesa o hubiera dejado escapar algún quejido. La parte interna de los muslos le dolía como si se le hubiese desgarrado. Había pensado que, tras los primeros días a caballo, se acostumbraría de nuevo a la montura, pero el dolor cada día se hacía más insoportable. El roce de la tela del pantalón al caminar le daba ganas de ponerse a chillar.

La niña, con el rostro aún fruncido y la rabia centelleando en su mirada, subió las escaleras delante de ellas para enseñarles los cuartos que habían preparado. Astra se las ingenió para dejar que Ilama fuera delante y las siguió agarrada al pasamanos. Las agujetas le dolían a cada paso. Se preguntó si los parroquianos que estaban en la esquina se habían fijado en la forma tan ridícula que tenía de subir las escaleras, y si se reirían de su futura reina por ello. Sí, seguro que sí. A lo mejor incluso inventaban alguna rima ingeniosa al respecto.

La habitación era pequeña y algo desangelada: solo había cuatro camas estrechas y una ventana por la que se colaba el aire. A Astra no le importó lo más mínimo. Echaba de menos el silbido del viento entre las cumbres y el frío de la noche al otro lado de las mantas. Le dedicó una sonrisa a la niña, que volvió la cara hacia la puerta para no verla.

—Deberíais estar bien; no hace tanto frío por la noche. Si lo necesitáis, hay más mantas bajo la cama. Tienen algo de polvo, pero están decentes.

—Muchísimas gracias.

La pequeña le lanzó una mirada de reojo y siguió hablando como si no la hubiera oído.

—La ventana no cierra bien, pero, aunque lloviese, no se mojarían las camas.

—No parece que vaya a llover. El cielo estaba despejado.

—Si no me necesitáis más...

—Todo en orden. —Astra notó que la niña se tensaba más mientras más amable era con ella. Ilama arqueó una ceja, sin intervenir.

—Pues me voy ya.

—Claro. Acepta esto como agradecimiento.

La niña tenía la espalda tensa y se echaba ligeramente hacia atrás, alejándose todo lo que sus modales le permitían. Astra buscó en el bolsillo hasta dar con aquel anillo de oro que ya no le cabía. Tampoco le cabía a la niña, pero estaba segura de que valía lo bastante como para intercambiarlo por algo que, seguramente, no pudiera permitirse. O bien podía guardarlo hasta que lo necesitara. La niña lo giró entre los dedos y la miró con desconfianza.

—¿Por qué? —preguntó. «¿Es una trampa?», decía su tono de voz.

—Por las molestias. Espero que normalmente tu trabajo sea más tranquilo.

Y que no les tratasen así. Como si tuvieran derecho a exigir que arriesgasen su vida por la desconfianza de unos viajeros. Parecía que la niña iba a devolverle el anillo, o a dejarlo caer al suelo, pero después de dudar apretó el puño y se lo llevó al pecho. La curiosidad empezaba a desdibujar el enfado. Una pregunta tembló en sus labios, aunque no llegó a pronunciarla. Agachó la cabeza en una inclinación formal y salió del cuarto.

Ilama se había sentado en una de las camas y la miraba con el rostro ladeado. La chica que había estado a punto de matarla esa misma tarde la examinaba con una expresión tranquila y dulce. Astra estaba demasiado cansada y enfadada para perder tiempo con ella, así que le dio la espalda para quitarse la camisa.

—Quizá no deberías haberte desprendido de ese anillo. Estás en una situación muy complicada. Cada pequeña prueba a favor de que eres quien dices ser es necesaria.

—Podré sobrevivir sin él.

—Me alegra que estés tan segura.

—¿Soléis comportaros así? ¿Preferís arriesgar la vida de niños sin que os tiemble el pulso?

—¿Ha sido por eso? —preguntó Ilama—. ¿Te has sentido mal cuando hemos sentado a los niños a la mesa?

—Me siento mal porque hemos usado a los niños para asegurarnos de que la comida no estaba envenenada —corrigió, al tiempo que daba una patada con más fuerza de la necesaria para quitarse la bota—. Podríamos haber conseguido comida de otra forma. O habérsela dado a probar a los caballos.

—Pero necesitamos los caballos para regresar al castillo —respondió ella con un tono tan amable que no podía estar hablando de qué vida era más importante.

Ilama era un monstruo hermoso y despiadado.

Astra se metió en la cama y le dio la espalda. Temblaba de rabia y le hubiera gustado gritar. Echaba de menos a Tres, tanto que casi lo sentía como un dolor físico. Él hubiera puesto el grito en el cielo y no hubiera permitido que usaran a los niños; estaba segura. De pronto, la rabia que sentía se volvió también contra él. Tendría que haber advertido a Astra de lo despreciables que podían llegar a ser los soldados de su propio ejército.

—¿Sabes qué creo? —murmuró Ilama después de un silencio tan largo que Astra había dado por hecho que la conversación había terminado.

—No me importa mucho lo que creas —masculló.

La risa de Ilama era como el crepitar del fuego: suave y tan baja que casi no se oyó.

—Creo que eres Astra. También creo que has olvidado cómo eras, cómo son los reyes y cómo es tu reino.

Astra debería sentir alivio. Que al menos uno de los galgos tampoco dudase de ella era una victoria, pero se sentía aún demasiado enfadada.

—Supongo que hay cosas que no me harían sentir orgullosas y he preferido olvidarlas.

—Del mismo modo que olvidaste a tus hermanas. Dices que quieres volver a verlas, como si no fueran más desconocidas que el mundo en el que vivías. Estoy segura de que eres Astra, y que no eres una mala persona. Por eso creo que deberías darte la vuelta ahora que estás a tiempo.

3

El cansancio del viaje era como la lluvia fina que calaba sin prisa la piel hasta llegar a los huesos. Su desánimo también se mezclaba, se arrepentía a cada jornada de viaje. Había dejado atrás su hogar y sus montañas, y le pesaba no haber abrazado a Tres por última vez. ¿Se habría enfadado con ella? Posiblemente. La preocupación sería mayor que el enfado, cosa que no la tranquilizaba. Podía visualizarlo dando vueltas y vueltas en la diminuta casa de rocas, mientras farfullaba entre dientes retahílas ininteligibles que acababan en suspiros.

Aún le quedaba mucho para ser reina y ya fantaseaba con retirarse.

El cielo llevaba unos días cubriéndose de nubes grises con el vientre tan cargado que no lograban alzar mucho el vuelo. La lluvia se decidió a caer cuando alcanzaban la frontera con Core. Se mantenía cuidada cierta parte de la muralla que en su día protegió a Reseda. Por otro lado, a Astra le parecía que aquella construcción podía ser una burla: esta es la muralla de la que tan orgullosos estabais y que no pudo defenderos. El gran reino fue un sueño, pero también había sueños aterradores. La unión fue buena para la mayoría y demoledora para unos pocos.

Había soldados en la frontera, pero bastó que se identificaran para que los acompañasen sin ponerles el menor problema. Astra se sintió tan estudiada que, aunque le hubieran quitado la ropa y hubieran examinado cada rincón de su cuerpo, no habría sido tan intrusivo. Hicieron una pausa mientras Erik informaba a sus compañeros y el resto reponía fuerzas. Se refugiaron de la lluvia en la cabaña militar. Al menos estarían secos un rato más. Con suerte amainaría pronto y no tendrían que cabalgar con la ropa mojada el resto del día. Los tres galgos decidieron quedarse fuera, bajo el techado, para hablar entre ellos. Lucerna y Astan se dejaron caer en el banco, pero Astra prefirió apoyarse en la pared. Tenía miedo de que, si se sentaba, ya no fuera capaz de levantarse por sí sola. El dolor de los muslos parecía formar parte de su cuerpo, como los huesos o las uñas. Les ofrecieron agua, fruta y pan tiernos, que ninguno quiso rechazar.

—...y dudo mucho que Cyra vaya a quedarse en segundo plano.

El viento había arrastrado la voz de León, lo bastante fuerte para que se le oyese sin demasiado problema, a pesar de que hablaba en susurros. Astra se quedó quieta, sin ni siquiera respirar. Con el rabillo del ojo vio un destello rojo que debía de ser el cabello de Ilama. Se acababa de girar para asegurarse de que no les habían escuchado. Loran chistó y volvieron a bajar tanto el tono de voz que Astra ya no pudo distinguir las palabras. Aun así, tampoco olvidaba las que había escuchado.

No había sido la frase en sí, sino el tono en el que se había referido a su hermana. Como si la conociera bien. Tanto que estaba seguro de lo que Cyra iba a hacer.

Astra alargó el cuello, pero no consiguió oír mejor. Se habían dado cuenta de que habían hablado demasiado alto y ponían cuidado en no repetir el error. Astra echó una mirada rápida a la estancia. Si salía por la única puerta que había la verían, y era muy probable que también lo hicieran si se acercaba. Ya estaba en el campo visual de Ilama.

Había una ventana en la pared de la izquierda, al lado del banco en el que hablaban Lucerna y Astan. Tenía un alféizar lo bastante ancho para sentarse en él. Astra caminó de forma casual, estirando los músculos, hasta llegar a la pared. Podía ser silenciosa, pero no invisible, así que dio naturalidad a sus gestos como si no pretendiera ocultar nada y se impulsó para sentarse en la ventana. La dejó entreabierta para que el aire le diera en la cara. Tal y como había supuesto, desde allí era incluso más difícil que le llegasen las voces de los galgos, pero no era eso lo que quería conseguir. Apoyó la espalda en el marco de la ventana, en actitud relajada, y esperó a que los soldados se concentraran en su conversación. Al parecer, Lucerna echaba de menos a su esposa, y Astan le había confesado que estaba enamorado de una de sus compañeras del ejército. Esperaba que la confidencia fuera lo bastante interesante como para mantenerlos distraídos. Se deslizó hacia fuera y se dejó caer sobre el suelo de tierra sin hacer más ruido que el que haría un gato. Tenía poco tiempo antes de que Lucerna y Astan notaran su ausencia. Avanzó pegada a la pared. Esquivó las ramitas caídas en el suelo y pasó con cuidado sobre las hojas secas para que ningún chasquido la delatara. Se detuvo en la esquina, desde donde le llegaba el sonido de las voces de los galgos, enmarañado por el viento. Se inclinó cuanto pudo para descifrarlo.

—No. Yo no dudo. —La voz de Ilama titilaba como la llama de una vela, y parecía que el viento podría apagarla.

—¿Y qué importa? Sea ella o no, esa chica es una extraña —protestó León, cuyo tono de voz, más grave y fuerte, le llegaba con más claridad—. Si es ella será peor. ¿Dónde ha estado todos estos años?

—No la estoy defendiendo.

—Pues parece que sí. Y tú misma lo dijiste al principio. Ni siquiera mencionaba a Cyra. No creo que haya pensado en ella ni una sola vez en los últimos años. Le importa el trono, y tal vez Destrel —dijo con tanto desprecio que Astra habría jurado que el aire olía amargo—. No me sorprende, creo que es igual que ella.

—No se parecen en nada —intervino Loran.

—Aunque no se parezcan, es igual de egoísta. Si se hubiera quedado en palacio también habría abandonado a Cyra.

Astra frunció el ceño y respiró despacio, como si pudieran oírla por el roce del aire contra su garganta. ¿Quién había abandonado a su hermana pequeña? ¿Por qué hablaban con tanto desprecio de Destrel y al mismo tiempo parecían realmente preocupados por Cyra?

—No la conocemos de verdad —insistió León.

—No —reconoció Loran—, por eso estamos compartiendo opi...

—¿Astra?

El grito vino de dentro del edificio y sesgó la conversación de los galgos como una hoz que corta en dos la paja seca. Astra dio un salto hacia atrás y trató de volver a ponerse bajo la ventana antes de que la pillaran espiando.

—¡Estoy aquí!

A pesar de que intentó hablar con voz despreocupada, el corazón le latía con tanta fuerza que parecía empeñado en trepar por su garganta. Astan abrió del todo la ventana y la miró con el ceño fruncido. Tras ella oyó los pasos de los galgos.

—¿Qué haces ahí?

—Estirar las piernas.

—Nos has dado un susto de muerte.

Intentó soltar una carcajada inocente, pero era difícil. Los ojos de León la taladraban confuerza. Tragó saliva antes de girarse hacia ellos con una expresión casual que no engañó a ninguno de los tres.

—Vamos a por los caballos —dijo Loran—. No tardaremos en ponernos en marcha.

León no se movió. Astra sintió que se le encogía el estómago al pasar a su lado. La agarró de la muñeca. Tenía tanta fuerza que

Astra estaba segura de que podría rompérsela sin demasiado esfuerzo. Loran hizo ademán de protestar, pero León lo silenció con una mirada.

—La próxima vez que espíes, princesa, que no sea a nosotros. Ni siquiera los reyes pueden permitirse tener una camada en su contra.

—Hablabais de mi hermana. Como si la conocierais bien. —No era una justificación, y tampoco le importaba que no lo fuera. León amedrentaba, tan grande y letal. Pero no iba a matarla, no en aquel momento. Había descubierto que, para su sorpresa, Ilama estaba de su parte—. ¿Cómo la conocéis tan bien? ¿Por qué?

—¿Esperabas que se quedara encerrada en su cuarto sin relacionarse con nadie hasta que volvieras?

Ella negó con la cabeza. Lo que no sabía era por qué se llevaba bien con ellos. Ilama tenía razón. No era que el mundo al que volvía se hubiera vuelto extraño; era ella la que se había convertido en una desconocida.

Sin añadir nada, la soltó con un movimiento brusco. Astra abrió y cerró la mano, solo para asegurarse de que no le había hecho daño.

Siguieron al resto y prepararon los caballos para partir de nuevo. Astra oyó a Erik reprender a Lucerna y Astan por haberla perdido de vista. Sintió un peso en el estómago. Esperaba que aquello no tuviera mayores consecuencias.

Tres hombres más se les unieron. El camino que atravesaba Core era amplio, y estaba más cuidado que el que habían tomado para recorrer Reseda. La lluvia amainó, pero se mantuvo como un abrazo ligero y frío del que no podían escapar. El trote del caballo parecía cansado, y a Astra le hubiera gustado poder decirle que quedaba poco, que en un par de días podría descansar. Pero era incapaz de transmitirlo. Su propia angustia jugaba en su contra. No volvía a casa, entraba en un terreno peligroso y desconocido. Deseó ser un poco más cobarde, solo lo suficiente para hacer caso a Ilama y escabullirse de vuelta a las montañas.

4

Quedaba una noche para llegar a su destino y Astra era incapaz de conciliar el sueño.

La angustia le había abierto un agujero en la boca del estómago. Un líquido negro más espeso que la sangre le inundaba los pulmones. Se sentó en la cama. Compartía cuarto con Lucerna, Astan e Ilama. Sabía que los tres estarían pendientes de ella. Sería la culpable de que ninguno pudiera pegar ojo esa noche. Estaba tan nerviosa que ni siquiera fue capaz de quedarse quieta y fingir que dormía para que al menos los otros pudieran descansar. Apoyó los codos en los muslos y escondió la frente entre los dedos. Tenía la piel cubierta de un sudor tan pegajoso como ese lodo que sentía palpitar en sus entrañas.

—¿Te encuentras mal? —preguntó Lucerna.

—Creo que voy a vomitar.

—Puedo acompañarte fuera.

—Ya voy yo —se ofreció Ilama.

—He dicho que la acompaño yo —replicó Lucerna, con voz firme.

Astra sabía que era culpa suya. Erik había reprendido a sus hombres por perderla de vista en la posada. Ilama tampoco cedió: se levantó con esa expresión tan apacible. Parecía ajena a la tensión, como si se empeñase en no verla, o como si no le importase lo más mínimo. Había decidido que nada la afectaría ni le haría cambiar de planes.

—Solo necesito algo de aire, o tal vez echar las tripas —trató de bromear—. No creo que sea un espectáculo especialmente interesante, pero estáis las dos invitadas.

Salieron a la calle. Ladad era un pueblo grande de labradores y artesanos. Estaba en la parte alta del monte; el viento le enfriaba el sudor en la piel. A lo lejos se distinguían las luces de la capital de Core. Llegarían a la mañana siguiente. Astra había pensado que se encontraría mejor allí fuera, pero ni las luces ni el frío que le hacía tiritar sirvieron de nada. Al contrario, acabó doblándose sobre sí misma y con más ganas de vomitar que antes.

—No puede ser la cena. A ninguno nos ha sentado mal —murmuró Lucerna intentando no sonar preocupada.

—Creo que no tiene nada que ver con la comida —respondió Ilama.

Astra se limpió el sudor de la frente y alzó la vista hacia ella.

—¿Por qué conocéis a Cyra? Parece que estéis a sus órdenes y... ¿Por qué la servís a ella y no a Destrel? —Era la mayor, era lo lógico, y, sin embargo, el rostro de Ilama se endureció. Astra sacudió la cabeza—. Quiero entenderlo.

—Solo tienes que esperar hasta mañana.

Lucerna se removió y Astra giro la cabeza hacia ella.

—¿Tú también lo sabes? —El silencio y la tensión fueron más reveladoras que cualquier palabra que pudiera haber dicho—. ¿Por qué no podéis explicármelo?

—Seguimos órdenes.

—¿De quién?

—De palacio.

—Pero ¿quién manda en palacio? ¿Qué ha pasado en estos años?

—Han pasado más de diez años sin que te importe lo suficiente para volver. Creo que puedes esperar una noche más.

El tono de Ilama era suave pero tan firme como el hierro de su espada. Puede que le cayera bien, pero había reproche en sus palabras. Lucerna se cruzó de brazos y Astra habría jurado que estaba aliviada de no tener que llevar ella esa conversación.

Recordó la noche en la que la sacaron de casa. Esa frase que tanto había intentado negar: «tus hermanas intentarán matarte cuando tengan la oportunidad». Habían pasado once años, pero aún le dolía cada una de esas palabras. Aunque se negara a creerlas. El desprecio hacia Destrel que sentían los galgos, junto con la simpatía que Cyra parecía causarles, hacía que se le removieran y que se diera cuenta de que seguían siendo heridas abiertas que aún no había aprendido a cerrar. La distancia que la separaba del palacio la enfermaba. Quería recorrerla esa misma noche para acabar con la incertidumbre, aunque también quería darse la vuelta y regresar a las montañas. Nadie podía cambiar los recuerdos, aunque fueran vagos y lejanos, de sus hermanas. Nada, salvo ellas mismas.

«Pero estaban equivocados. Yo las conozco. Son mis hermanas. Nada de lo que haya pasado puede cambiar eso».

—Nunca quise abandonarlas —susurró. Lucerna se removió,

oteando en la lejanía. Cualquier sitio en el que estar que le pareciera mejor que ese.

—Pero lo hicisteis —insistió Ilama.

—Me dijeron... —«que iban a matarla». Negó con la cabeza. No, eso era mentira y no iba a concederle ni siquiera ensuciar el aire con esas palabras— que yo estaba en peligro, pero que ellas estarían bien. Nadie iba a hacerles daño en palacio.

—Y lo creíste.

—No importaba mucho si lo creía o no. Era pequeña y no tenía opinión. Supuse que eran demasiado pequeñas para el viaje, y que no estaban muy equivocados. Están vivas, y están bien.

—Están vivas —concedió Ilama.

El viento se levantó. Le castañetearon los dientes. Las dos chicas también se encogieron, aunque trataran de fingir que no les molestaba el frío. Astra alzó la vista al cielo, pero las nubes ahogaban las estrellas como si el firmamento también estuviera enfadado con ella y no quisiera enseñarle el mapa nocturno que la guiaría hasta su hogar. El hogar de verdad, el que aún le dolía y que estaba demasiado lejos, tanto que parecía haberse quedado en otra vida a la que nunca podría volver.

Ni siquiera había puertas cerca. Las habían quemado todas para protegerse, sin querer darse cuenta de que se estaban encerrando y que al final se quedarían sin aire. Sin dioses, el mundo estaba vacío y silencioso. Por eso estaba Astra allí. Por eso tenía que convertirse en la reina que necesitaban, aunque nadie la quisiera. Se abrazó a sí misma.

—Volvamos dentro.

Iba a ser una noche muy larga.

5

Logró dejarse llevar por el sueño antes de que llegase el alba. No durmió demasiado, pero al menos no se sentía tan mal como durante la noche, ni se le cerraban los ojos por el sueño. Erik les había dado más tiempo antes de partir, y habían traído ropa limpia para tener un aspecto presentable. Incluso podían tomar un baño de agua caliente, y le concedieron a Astra el honor de ser la primera en usar el baño.

Hubiera preferido que fuera otro. El agua estaba tan limpia que le daba pena ensuciarla con el polvo y el sudor del viaje. Intentó ser rápida y no dejarse seducir por el calor del agua y el aroma del jabón, que frotó con decisión contra su piel. Se envolvió en una toalla limpia y salió del cuarto con los pies descalzos que dejaban la silueta húmeda de sus pies sobre el suelo de madera.

—¡He terminado!

Erik fue después y ella regresó a su cuarto, donde habían colocado ropa limpia sobre cada cama.

—Os han traído un vestido —dijo Lucerna, y se encogió de hombros cuando ella torció el gesto—. Sé que no es lo más cómodo para cabalgar, pero la falda es bastante amplia para que os permita hacerlo. Creo que es más apropiado que os vean con esa ropa que con la que suelen llevar los monjes.

Astra cogió el vestido y lo estiró para verlo mejor. Era sencillo, de tonos grises y tela algo ligera para la época del año. Al menos podría ponerse la capa encima. Desde que llegó a las montañas no había vuelto a ponerse vestido alguno; no era práctico caminar entre arbustos o escalar rocas con falda. Se sintió extraña antes de ponérselo, ¿se había acabado el vestir con pantalones cómodos de tela resistente y camisas con las que hacer frente al frío?

Se puso la ropa interior, también limpia, y unas medias blancas que al menos eran lo bastante gruesas como para ser algo más que un mero adorno. Necesitó la ayuda de Lucerna para ponerse el vestido, que se ajustaba con un lazo a la espalda. No era muy útil, pero la vida en palacio pocas veces se regía por lo práctico. Se peinó con los dedos, intentando que el cabello quedara decente, y se lo recogió en una trenza que llegaba a los omóplatos.

Se colocó el collar por encima el vestido. Quería que fuera visible: era el único objeto que le quedaba como testigo de su identidad. Por suerte confiaba más en su palabra y en el testimonio de los que viajaban con ella. Decir la verdad tenía que ser más fácil que mantener una mentira, y tendrían que escucharla.

Toda su ropa estaba sucia y gastada, pero se empeñó en doblarla y guardarla en su mochila de viaje. No quería desprenderse de ella. Sentía que era como la piel que una serpiente deja atrás cuando la primavera trae el sol. No quería desprenderse de ella; tenía miedo de volver a convertirse en una desconocida y que sus recuerdos se perdieran, difuminándose hasta volverse irreconocibles. Al menos contaba con las botas, que le ayudaban a sostenerse con la misma firmeza que antes. Y la capa, que se echó sobre los hombros antes de salir y tomar el aire mientras el resto terminaba de prepararse.

El corazón le golpeaba en el pecho con más fuerza que los cascos del caballo sobre el empedrado que les llevaba hasta el castillo. Un latido cuya fuerza aumentaba a cada paso. Había algo poderoso, algo invisible. Una presencia que sentía sobre ellos, vigilando sus pasos. Como si estuvieran delante de uno de los dioses tan antiguos que no conocían nombre, de los que no hablaban, cuyos gestos podían rasgar el mundo y cuyo aliento era capaz de crear una raza nueva. Astra sintió un hormigueo. El silencio de los dioses por fin se rompía, aunque fuera un ruido casi imposible de percibir, apenas una vibración que reverberaba en su columna. Había magia allí dentro, la que lo había creado, pero también la que esperaba al otro lado del portal que nunca habían encontrado. Estaba inquieta, pero también esperanzada.

Conforme se acercaba, la gente se agrupaba a los lados del camino para verles pasar. Había murmullos expectantes y grupos cada vez más numerosos. También había más militares que vigilaban a los curiosos y los mantenían a raya para que ninguno se interpusiera en el camino.

Astra era una princesa, y su misión estaba lejos de las montañas. Siempre lo había sabido, pero nunca se había sentido distinta a los monjes que le hablaban como a una más, le enseñaban como a los demás chicos y le regañaban sin demasiados miramientos cuando tenían que hacerlo. De pronto, una multitud clavaba en ella multitud de ojos ávidos. Bastaba el menor gesto para que los murmullos se volvieran más intensos, o que desviara la mirada hacia esos desconocidos para que estos se agitaran. Oyó gritos y cánticos. También notaba la desconfianza con la que algunos torcían el gesto cuando pasaba a su altura. Se había imaginado que su llegada no iba a pasar desapercibida, pero no esperaba tanta atención. Le temblaban las manos y clavó la vista en la espalda de Erik, deseando poder dejar también de oírlos.

Le costaba tomar aire. El castillo estaba tan cerca que parecía que en cualquier momento podría abrir sus fauces y devorarla. En cierto modo así fue: atravesaron el portón y pasaron bajo los dientes afilados de las rejas abiertas de par en par. Los aldeanos estaban fuera, pero en el interior del patio aguardaban un montón de hombres y mujeres uniformados. Excepto un chico, en uno de los rincones, rodeado de perros y de aspecto salvaje, que no llevaba uniforme y que le lanzó una mirada de soslayo que parecía decir que no la encontraba muy interesante. Astra tuvo ganas de reír por los nervios y darle las gracias en voz alta, decirle que tanta expectación la hacía sentir como una impostora. Logró mantener la calma, o al menos no estallar en carcajadas de histeria. Se detuvieron frente a la entrada engalanada con flores. Erik descendió primero para ayudarla a bajar, por primera vez en todo el viaje.

Ella no protestó. Si intentaba hablar, quizá gritaría. Intentó mantener la espalda recta y dejó que Erik la guiase por la entrada, seguida de cerca por el resto en una actitud que podía interpretarse como vigilancia o protección.

Adentrarse en el palacio fue como abrir una puerta cerrada de su cabeza. Estaba tan emocionada que incluso había dejado de sentir dolor en las piernas. Reconocía cada rincón, aunque no lo había recordado hasta encontrarse allí. Se había escondido una vez tras esa columna, para espiar a su padre cuando salió de caza un día. Y allí estaba la estatua que había intentado vestir con prendas de su madre. Tenía un nudo en la garganta y tantas emociones que no entendía cómo no explotaban y escapaban de su cuerpo dejándola rota y vacía en el suelo de mármol.

Cuando llegó al salón sentía que caminaba por un sueño antiguo.

—Espero que el viaje no haya sido pesado.

La tormenta de sus entrañas le había atravesado el corazón con un rayo. Reconoció a Destrel porque tenía los ojos de su madre, el mismo pelo y un rostro tan parecido al suyo propio que era como si un pintor hubiera intentado hacer su retrato de memoria. La visión se le nubló y fue incapaz de contener un par de lágrimas, que recorrieron sus mejillas.

—¡Destrel!

Quiso correr hacia ella, pero varios guardias la sujetaron por los brazos. Había sido impulsivo y poco formal. No debía dejarse llevar así por las emociones. Alzó la cabeza con una sonrisa avergonzada ante su hermana. Esperaba que ella estuviera igual de emocionada y que ordenase a los guardias que la soltasen, ya que era una ocasión especial, única. Su reencuentro.

La expresión de Destrel parecía tallada en el más fino de los mármoles. La miró sin ninguna expresión y juntó las manos, cubiertas con unos delicados guantes blancos.

—Mi hermana desapareció hace más de once años, y la buscamos incansablemente.

—¡Tu hermana soy yo! —exclamó, pero no logró de Destrel se alterara. Como si le hubiese gritado a la pared o a la estatua de la entrada.

—Por la seguridad del reino, tenemos que estar seguros de que nadie usa su nombre para usurpar el trono de la familia.

—¡Mírame! Tienes que reconocerme.

Destrel la miraba, pero no hizo intento de verla, de fijarse en ella y buscar parecidos con la chica con la que había compartido los primeros años de su vida. Algo se desgarró dentro de Astra, y la lágrima que se deslizó por su mejilla no tuvo el mismo sabor que las otras. En vez de salada, le supo amarga.

—Me gustaría creerte, pero no puedo arriesgar la seguridad del reino. Te tratarán con el mayor de los cuidados.

Con un gesto, los guardias la arrastraron hacia unas escaleras. Destrel se quedó inmóvil, sin mirarla. Astra alzó la cabeza, pero los galgos ya no estaban detrás de ella.

Los guardias se convirtieron en un torbellino de manos y rostros desconocidos. Ella se dejó llevar, porque no tenía fuerza ni motivo para resistirse, hasta un cuarto con una enorme cama de dosel tan bonita que casi pudo ignorar las rejas de la ventana. Estaba tan aturdida que tardó en comprender que la habían encerrado. Se sentó en la cama sin fuerzas para sostenerse, sin comprender lo que acababa de pasar ni ser capaz de formular un solo pensamiento claro. Oía un sonido que se parecía al del viento y le costó un rato darse cuenta que era el de su propio llanto.

UN TRONO EN LAS MAZMORRAS

1

El zumo de frutas del bosque que le había echado al alcohol no bastaba para suavizar su sabor amargo. Como mucho le daba un aroma dulce que se quedaba en la superficie y cosquilleaba en la nariz. Pero dar un trago era como sumergirse en un mar de aguas tan negras que no veía el fondo, que penetraba en su cuerpo junto con sombras tan amargas y opacas que ni siquiera entendía sus propios pensamientos. Y eso era justamente lo que necesitaba.

—Tenemos que volver a palacio.

Cyra se empezó a reír. La situación era tan rara que a la fuerza tenía que ser divertida. ¿Cómo iba a ser Pyre más responsable que ella? A lo mejor la había asustado mucho cuando le había preguntado qué le pasaba y Cyra había tardado dos copas en responder: «vas a tener que ser tú quien le corte el cuello a Destrel, porque los dioses dicen que yo no puedo». A lo mejor pensaba que tenía que hacerlo ya; puede que lo hubiera dicho con demasiado énfasis o demasiada rabia. O demasiado alto, y Cyra había querido callarla para que nadie las acusara de traición. Hablaban tan a menudo de matar a la heredera al trono que a veces se le olvidaba que semejantes palabras podía costarles la cabeza.

—Cyra, vámonos. No vas a tenerte en pie mañana.

—Pues me arrastraré.

—Estoy preocupada.

—Bebe conmigo.

—Cyra, en serio, tenemos que irnos.

—¿Sabes qué me molesta? Que haya secretos entre nosotras. Con los galgos en general, pero más contigo. —Se llevó la copa a los labios y esta vez Pyre no intentó detenerla cuando dio un trago largo que le quemó la garganta y el estómago—. Siempre te lo cuento todo, pero ese Lobo sabe algo que no nos has querido contar. Me da rabia.

—No es nada —respondió.

Hubiera sido mejor que se lo hubiera dicho mirándola a los

ojos, y no desviando la mirada a las esquinas. A lo mejor hubiera sonado más creíble.

—Y si no es nada, ¿por qué no quieres contármelo?

—Porque no es el momento, y estás tan borracha que eres capaz de gritarlo en el camino de vuelta. Si es que llegamos.

—¿Estás enamorada de Lobo?

Llevaba unos días dándole vueltas a la idea y la encontraba molesta. No por Lobo, hubiera podido ser cualquiera y le resultaría igual de incómoda. Sí, todos sabían que León o Ilama habían tenido alguna aventura con alguien de fuera del grupo. Y mejor que siguiera siendo con alguien externo; la relación entre los galgos era demasiado cercana. Si surgiera una pareja entre ellos resultaría extraño.

Pero le molestaba la idea de que Pyre pudiera querer a alguien más, que otra persona pudiera ser más importante que ellos, que ella. Le daban ganas de lanzar la copa contra la pared y golpear la mesa de la taberna con todas sus fuerzas. Su compañera la miró con sorpresa.

—Si te respondo nos vamos de una vez a dormir, ¿trato?

—Si me respondes sin mentiras.

—Cyra, no te he mentido nunca —replicó, molesta, y la agarró de las mejillas con demasiada fuerza, para asegurarse que le prestaba atención—. No. No me gusta Lobo y desde luego que no estoy enamorada de él.

Lo primero que sintió Cyra fue un alivio que duró menos de lo que esperaba, seguido por la frustración de no entender cuál era entonces el secreto y por qué no podía compartirlo con ella.

—¿Y por qué no confías en mí?

—Habíamos dicho que nos íbamos si te respondía. ¿Quieres que Zheera nos encuentre así?

Cyra frunció el ceño y se terminó la copa. A lo mejor no debería; desde luego no le sentó bien en el estómago ni la ayudó a levantarse. El mundo se desdibujó en un borrón en movimiento que parecía girar a su alrededor y no se quedaba quieto cuando intentaba fijar la mirada en algún punto. Pyre se acercó a pagar para, acto seguido, aparecer a su lado y echarse el brazo de Cyra sobre los hombros.

Hacía frío cuando salieron a la calle. El suficiente frío para que se estremecieran, pero no bastante para que Cyra se despejase, cosa que no habría conseguido ni aunque hubiese caído de bruces en un lago helado. Pyre tenía razón: Zheera no iba a estar orgullosa al día siguiente, y los remordimientos se unieron al torbellino de emociones que danzaban en el alcohol de su estómago y le daban náuseas.

Había decidido emborracharse ella solita. Cada copa la empujaba un poco más al fango, a una oscuridad pegajosa y agradable en la que no era capaz de pensar ni de sentir. Se apoyó más en Pyre porque sus propias piernas no la sostenían. Estaba en un estado tan lamentable que, si alguien decidía atacarlas, ni siquiera podría ayudar mientras su compañera las defendía a ambas. Aun así, no le preocupaba. No solo por la sensación de invulnerabilidad que le daba el alcohol: estaba segura en las calles. Más que en palacio, donde su hermana controlaba a la guardia real y todos los nobles hacían lo imposible para adularla. Cyra, por su parte, se había ganado tanto el respeto como la simpatía del pueblo. Conocía las calles, compraba en los mercados y hablaba con aquellos con quienes solía cruzarse. Sus modales no eran los de una reina, ni destacaba por su amabilidad o su paciencia, pero aquella cercanía le salía de una forma natural y Destrel carecía por completo de ella. Si el pueblo se veía obligado a elegir, se pondría de su parte.

Poco importaba que la noticia de que Astra estaba viva se cuchichease desde cada rincón, como si un ejército de ratones hubiera arrastrado su nombre por todas partes. Lo malo no era que murmurasen su nombre; lo que le crispaba los nervios era que lo hicieran con tanta emoción. Con tanta esperanza. ¿Y si no era ella? Y aunque lo fuera, ¿tan poco le importaba a nadie que se hubiera ausentado todos esos años?

—Queda poco para que vuelva.

—Astra —adivinó Pyre—. O la que se hace pasar por ella.

—¿Estaría mal que entrara en su cuarto y le cortara el cuello?

Su amiga rio por respuesta y Cyra quiso unirse a la risa, pero se le quedó enganchada al pecho. No podía dejar de pensar en la estúpida sala que le había dicho que no quería ver muerta a su hermana. Tenía que volver allí y desmontarla piedra a piedra. ¿Qué sabría un estúpido cuarto? Las paredes no entendían de rabia, ni de rencor ni de justicia. No sabían nada de los desprecios a los que Cyra había tenido que acostumbrarse, y a la indiferencia de una hermana que pasó a convertirse en una desconocida. A Destrel le importaba más el trono que ella. La sala lo había dicho: quería quitársela del medio.

Y ella, tan patética, ni siquiera había podido decir lo mismo.

Llegaron al patio del palacio gracias a Pyre, que resoplaba bajo su peso, más por incomodidad que por cansancio. Entraron por una de las puertas laterales y la guardia del castillo hizo la vista gorda mientras ella se tambaleaba de camino de sus aposentos. Se habría alegrado de no ser capaz de vomitar por mucho que bebiera, si no supiera que al día siguiente su estómago no dejaría de rebelarse.

Pyre le chistó antes de abrir la puerta. Dentro del cuarto que compartían, el aire estaba condensado. A Cyra no le importaban sus olores, o el sonido de las respiraciones de sus compañeros. Ese rincón del palacio era su casa, un hogar cálido. Pyre la ayudó a tenderse en la cama y el mundo entero se meció como si se encontrasen en el vientre de un animal grande que surcaba el océano.

Su amiga le apartó el pelo y apoyó la frente sobre la suya.

—Estaremos bien.

Cyra quiso decir que sonaba a mentira, pero no tenía fuerzas para ponerse triste, así que gruñó por respuesta y se dio la vuelta para dejarse llevar por el sueño.

2

Zheera era tan implacable como la tormenta. Se lo había advertido aquella tarde bajo la lluvia: «aquí no queremos princesas». Fue la primera que le tendió la mano y que se tomó en serio las ganas que tenía Cyra de ser una más del grupo, sin distinciones ni privilegios. No los había tenido de pequeña y tampoco los tuvo entonces.

Llegó la última al entrenamiento de la mañana, y sus movimientos eran torpes. Los brazos le temblaban y sabía que, si se enfrentase en aquel momento a un enemigo de verdad, no habría asestado ni un solo golpe mortal. Más bien habría recibido los suficientes para estar desangrándose en el suelo.

—Cyra, deja el arma.

—No he terminado.

—No, pero para hacerlo tan mal prefiero que no hagas nada.

Cyra bajó la cabeza, avergonzada, y dejó la espada en su sitio. Pyre le dedicó una mirada que podría ser de ánimo o compasión, antes de asestar una patada alta al aire y ensayar de nuevo el giro que terminaba con el puñal entre las costillas de su atacante.

Se acercó a Zheera para recibir nuevas órdenes. La capitana ni siquiera le dedicó una mirada.

—Ya que no estás especialmente ágil, trabaja un poco esos músculos. Quiero que hagas cinco series de cien abdominales, cien flexiones y veinte saltos desde posición de rodillas. Cuando termines podrás descansar con el resto.

De haber sido cualquier otra persona, Cyra habría lanzado una maldición y una protesta, pero no había nadie a quien respetase más que a su capitana, así que asintió sin decir que lo que le pedía era una tortura. Ya lo sabía, y además era un castigo justo. Zheera no les prohibía salir, pero debían saber que al día siguiente había que estar frescos para entrenar.

La primera serie fue rápida; las siguientes, interminables. Cyra dio gracias por solo tener que hacer veinte saltos, porque a partir de los diez necesitaba todo su esfuerzo y concentración para no caer al suelo. Los brazos también le temblaban en las flexiones, y el pecho le quemaba. En comparación, la parte de los abdominales le daba un respiro.

El resto terminó y se marchó, a excepción de uno de los mellizos, que quiso quedarse para practicar más volteretas. En otras condiciones, a Cyra se le hubiera escapado la vista para verlo moverse: ambos tenían movimientos rápidos y elásticos, casi hipnóticos. Tal y como se encontraba, prefirió girarse para que quedase fuera de su campo visual. Bastante tenía con respirar e intentar mantener un ritmo.

La sala entera daba vueltas y el sudor que rezumaba su piel olía a alcohol agrio. Cyra pensó que jamás en su vida iba a volver a tomar otra copa. Terminó la última tanda de abdominales y se quedó tendida en el suelo, jadeando y recuperando fuerzas antes de empezar con las flexiones.

La cabeza del mellizo apareció de improviso ante ella. Se hubiera sobresaltado si le quedaran fuerzas.

—¿Ya has terminado?

—Aún no.

—Nadie te ve y yo no voy a decir nada.

Trató de escupirle, pero el mellizo se apartó con una carcajada.

—Estás torpe hasta para eso.

Se alejó con una voltereta lateral y volvió a la zona en la que estaba entrenando, mientras Cyra mascullaba entre dientes y se giraba para empezar las flexiones. No se fiaba demasiado y no quería perderlo de vista. Los gemelos presumían de ser los mejores espías de todo el reino, y les sobraban motivos para vanagloriarse. Con el carácter que tenían, a Cyra no le extrañaría que la sorprendiese de nuevo saltando sobre su espalda.

Frunció el ceño.

—Thevi...

—Pues sí que estás mal. Soy Iveht —dijo con una voz demasiado alegre para que nadie pudiera creerse que le molestaba que los confundieran. Muy al contrario, para ellos era una especie de halago.

—Iveht... estoy preocupada.

—Ya. No quería sacar el tema, pero se te ve en un estado bastante lamentable.

Cyra puso los ojos en blanco y se obligó a contar hasta diez para no lanzarse a por ella. Más que nada, porque tal y como se encontraba, no iba a alcanzarla y sería más patético aún.

—Gracias. Es justo lo que necesitaba oír. Ahora en serio, me preocupa Lobo.

Eso por fin logró atraer la atención de Iveht, que dejó caer los brazos y se giró para mirarla con las cejas arqueadas.

—¿Lobo?

—Creo que tiene algo contra Pyre.

—¿Por lo del perro? Venga, estará cabreado y lamentará la muerte del chucho, pero no creo que pierda la cabeza hasta el punto de hacer nada peligroso.

—¿Y si ya se llevaban mal de antes?

—¿Sugieres que le lanzó el perro a propósito? —Iveht se acercó de nuevo a ella, esta vez de frente, y se sentó a su lado con las piernas cruzadas. Sus dedos, siempre nerviosos, juguetearon con el pantalón—. No lo sé. Lobo está bastante mal, pero quiere a esos bichos más que a las personas. Lo que tampoco me parece mal. —Se encogió de hombros—. Pero no creo que arriesgase así la vida de sus chuchos.

—A lo mejor no depende solo de él. Quizá alguien le obliga.

—¿Tu hermana?

—¿Destrel? ¿Crees que se lleva bien con él?

—Si te fijas, cuando habla con Lobo suele usar un tono menos empalagoso. Y lo defendió a ciegas cuando dijiste que mataran al perro. Es poco propio de nuestra princesa.

—Puede ser. —Cyra frunció el ceño. No terminaba de encajarle—. ¿Podrías hacerme un favor y vigilarlo? Por si hace algo que te llame la atención.

—Y me deberás una —exigió Iveht, sin hacerse de rogar y con una sonrisa satisfecha—. Ya sea que me des tu cena o que vengues mi muerte.

—No vamos a morir.

—Oh, claro que sí —respondió ella entre risas, como si encontrase divertido hablar de la muerte. A lo mejor se lo parecía—. Tú, y yo, Destrel y Astra, si es que no está muerta. Y apuesto que hasta los dioses se desvanecen poco a poco en su mundo.

—Te has levantado optimista.

—No pienso tener miedo a algo inevitable —respondió con voz alegre—. No me apetece morir joven, no se trata de eso. Va a ocurrir lo queramos o no. Será mejor intentar pasárselo bien hasta que llegue el momento, ¿no crees?

Cyra bufó y puso los ojos en blanco antes de colocarse en posición y empezar a hacer las flexiones. No debería haber descansado, pero ese rato en el que habían estado hablando le había dado un respiro a sus músculos y también a su mente. Se sentía un poco menos impotente. Sí, podía hacer muy poco y dependía de lo que Iveht (y Thevi) averiguasen, pero al menos había hecho algo más que cruzarse de brazos y confiar en que las cosas fueran a solucionarse.

Tenía la mente algo más lúcida. Algo menos acartonada. Su cuerpo sí que estaba al límite y se cayó dos veces en la última tanda de saltos, para el deleite de Iveht, cuyas risas reverberaron por la sala. Sin embargo, no resultaron tan molestas, porque ella también iba recuperando el buen humor.

Zheera llegó justo cuando Cyra estaba a punto de acabar, a tiempo de ver cómo se caía y volvía a ponerse en posición para repetir el último salto. El sudor le pegaba el pelo a la frente, y se oía respirar con el jadeo de un perro viejo. Se volvió a ella, aunque no le quedaba aliento para decirle que había terminado. Sin embargo, la capitana la conocía bien y asintió sin decir nada. Ni una regañina, ni un «te lo dije», ni un consejo. Con Zheera no hacían falta charlas para que la lección quedara bien clara.

—Será mejor que vayas a asearte antes de ir a comer.

3

No es que estuvieran juntos en todo momento, pero se habían acostumbrado tanto a la compañía del resto que se les hacía extraño que faltaran tres de la camada. Ni siquiera eran tres especialmente habladores. Ilama era bastante discreta y Loran solía buscar su propio espacio. León era el único que podía hablar durante horas, pero solo con ellos y siempre que estuviera muy relajado. Con todo lo grande y fuerte que era, costaba mucho llegar a la parte sensible bajo su coraza. Cyra los echaba de menos con tanta fuerza que empezó a arañar la mesa, hasta que Petra le dio una palmada en la mano.

—Se te va a meter alguna astilla bajo las uñas.

—No puede ser peor que el entrenamiento de hoy.

—No haber bebido.

—La próxima vez, ven a impedírmelo.

—Prefiero dedicar mi tiempo libre a cosas más productivas.

—Eres demasiado estirada para entrar en una taberna —musitó con una sonrisa de burla que no logró ofenderla.

—Venga, ¿has terminado?

Cyra ignoraba todos los modales que la habían obligado a aprender y alzó el plato para terminarse la crema de verduras sin necesidad de cuchara.

—Ahora sí —respondió al tiempo que se pasaba el dorso de la mano por los labios.

—Ven, quiero enseñarte todo lo que han preparado para recibir a la supuesta Astra.

Arrugó la nariz, por si pretendía llevarla a la sala de la verdad. No le apetecía repetir la experiencia. Pero Petra empezó a enumerar a toda la gente que habían reunido, aquellos que en su día fueron lo bastante cercanos a la princesa como para distinguirla de una farsante.

—¿Y están aquí, esperando en fila? ¿Adónde me llevas?

—A que veas la segunda parte: lo que pasará si comprobamos que no se trata de ella.

Le gustaría estar igual de segura, pensó, mientras caminaba tras la chica por las escaleras que descendían al sótano. Conocía las mazmorras, se había colado en más de una ocasión a espiar a los prisioneros que aguardaban su turno para ser juzgados o ajusticiados. No solían estar ocupadas; las que había bajo el castillo era para crímenes importantes que solían resolverse rápido. Cyra aún no había cumplido diez años cuando un soldado mató a dos de sus compañeros e hirió a un tercero. No supo decir por qué lo había hecho. Pyre, los mellizos y ella habían bajado esas mismas escaleras impulsados por una curiosidad morbosa. Querían ver un monstruo que gritara blasfemias y estirase sus brazos hacia ellos desde el otro lado de los barrotes. Encontraron a un chico que sollozaba en voz baja, y que no alzó la mirada hacia ellos. Eso había sido aún peor; esa imagen se les clavó bajo la carne blanda del corazón y siguieron recordando a aquel chico mucho tiempo después de que lo ejecutaran.

Las mazmorras estaban más limpias de lo que recordaba. La última celda, aquella en la que la gente perdía la razón, era la única en la que nadie había entrado a barrer ni quitar las telarañas de las esquinas. No estaba sorprendida; ellos también la evitaban. Aunque un instante dentro no bastase para que los peores pensamientos despertaran de rincones oscuros de la mente, la sensación de desasosiego era tan extraña y siniestra que preferían evitarla.

Dejaron a un lado las celdas y llegaron a una sala más amplia, en la que entraba algo de luz por un estrecho tragaluz de una esquina. Había antorchas que esperaban con paciencia en las paredes, así como arcones y mesas en los bordes. En el centro, como un siniestro trono, había un asiento de madera con correas de cuero donde debían apoyarse las muñecas, los tobillos y el cuello. Cyra se detuvo un instante antes de seguir a Petra. Conocía el asiento donde torturaban a los presos que se negaban a decir la verdad, aunque estuviera tan limpio que parecía nuevo. Bajo la capa de barniz seguía atrapado el olor de la sangre que la madera había bebido de cada una de las personas que se habían sentado allí. Ni siquiera las armas con las que entrenaban (y mataban) eran tan crueles. Una espada estaba hecha para abrir la piel, romper el hueso y acabar con la vida del adversario. La misión de esa silla era sujetar a una persona y mantenerla viva mientras se la hacía sufrir de todas las maneras imaginables. Si había un objeto que pudiera tener el alma negra, era ese asiento.

—Ya hemos puesto en práctica la mayoría de las técnicas de tortura en uso —explicó Petra con calma, abriendo los arcones—. Palillos bajo las uñas, tenazas para ir arrancando las falanges de los dedos del pie, hierro al rojo vivo para que las heridas no sangren demasiado...

—Las conozco —interrumpió Cyra, que se sentó de un salto en una de las mesas. No sabía explicar por qué se sentía un poco revuelta. No había nada nuevo—. Sí, tenemos muchas formas de hacer daño y a veces ni siquiera hay que mancharse las manos.

—Pareces poco emocionada.

—El problema es que, una vez que has roto suficientes huesos, confiesan cualquier cosa que quieras escuchar, sin importar cuánto de lo que digan es verdad.

Sabían cómo funcionaba porque estaban entrenadas para resistir un interrogatorio sin decir nada que perjudicara a su bando. Zheera se lo había explicado con claridad: una vez que te sentaban en una silla así, tu vida había terminado. Las posibilidades de sobrevivir eran casi nulas. «Haced que os maten rápido. Confesad crímenes horribles, los peores que os pasen por la cabeza. Dad la información que os pidan, pero inventaos las respuestas y mentid con tanta convicción que parezca real. Lo que os queda hasta ese momento ya no es vida, es un infierno».

—Es algo que siempre me ha preocupado —confesó Petra—. Normalmente, cuando se trae a alguien aquí, estamos tan seguros de su culpabilidad que nos importa poco si miente o no. Con esa chica será igual, pero por si acaso...

Abrió uno de los cajones. Había botecitos de cristal de distintos colores. Puso uno de tono verde sobre la mesa, al alcance de Cyra, que lo cogió y se lo acercó para mirarlo mejor.

—No me irá a estallar en la cara, ¿verdad?

—En realidad es bastante inofensivo. Es un experimento de los taberneros, un alcohol tan fuerte que basta un trago para marearte y soltarte la lengua.

—Como la sala de la verdad.

—No tan infalible, pero sí lo bastante potente como para bajar todas las defensas.

—Suena interesante. Un día podríamos probarlo entre nosotras, a ver si es tan fuerte como dices. Te apuesto a que puedo acabarme la botella sin confesarte quién te quita los calcetines limpios.

Petra sonrió de lado y guardó el bote para, acto seguido, poner sobre la mesa con más cuidado otro de apariencia tan inofensiva como el agua.

—Ándate con ojo con este. No debería estallar, pero si lo hace quedarás irreconocible en tu funeral.

—¿Qué es?

—Un líquido que se come la carne, es la forma más simple que se me ocurre para explicarlo. Basta un poco, unas gotas, para que empiece a abrirse camino hacia el hueso o las entrañas. ¿Alguna vez has visto cómo deshace la lluvia una escultura de arena? Es parecido.

—Así que este es para ir por las malas.

—Eso diría yo. —Si no conociera tanto a Petra, Cyra habría sentido un escalofrío en la espalda al ver esa sonrisa que se desperezó como una serpiente. Su rostro apenas era discernible en la penumbra de la sala de torturas, a excepción de unos ojos que Cyra no recordaba tan brillantes—. Dicen que la sensación es de fuego, que quema la piel, los músculos... He estado presente cuando lo probaban en animales y olía como si los asaran. Se retorcían, mordían, pataleaban como locos para intentar llegar al agua. Creo que unas gotas en el sitio adecuado y un tentador cubo de agua cerca pueden hacer milagros y ahorrarnos horas de cortes estratégicos.

—¿Y el agua lo detiene?

—Depende. Cuando la herida se hace lo bastante profunda ya es tarde. Me parece un líquido muy interesante, pero solo deberíamos usarlo cuando hayamos descartado que esta chica sea es la auténtica Astra. O, bueno...

Dejó las últimas palabras tendidas en el aire con mucha delicadeza, y Cyra las recogió al inspirar. O, bueno, ellos podían decidir que no interesaba que fuera la auténtica Astra. Petra y los galgos no la juzgarían por ello. Incluso Destrel le daría su aprobación. Sería tan fácil obligarla a confesar que era una farsante... Luego arrojarían el cuerpo roto a una fosa cualquiera y lo cubrirían con tierra, sin mayor ceremonia. Astra volvería a estar muerta, como llevaba años estándolo; al menos para ella. No molestaría, y Cyra podría seguir atormentando a Destrel por el castillo hasta demostrar que ella tampoco era digna de ser una reina.

Cyra no quería sentarse en el trono; lo que quería era golpearlo hasta hacerlo añicos y después quemarlo junto al resto del palacio, la corte de ratas engalanadas y el bosque de mentiras que florecía a su alrededor. Sí, quería que todo ardiese: piedras, personas hinchadas de egoísmo y esas leyes cuidadosamente confeccionadas para que todo siguiera igual, no para que el mundo fuera mejor, o más justo.

Y puede que, pese a todo, fuera lo bastante cobarde, o lo bastante imbécil, para no desear que Destrel estuviera muerta. Daba igual. Podía quedarse fuera, a salvo, y ser testigo de cómo todo su estúpido mundo se convertía en cenizas. Astra también sobraba, fuera auténtica o falsa. Cyra no necesitaba que la gente depositase su esperanza en una princesa perdida que regresaba, milagrosamente, ahora que se acercaba el fin del plazo que se habían dado para esperarla. Ella tampoco necesitaba otra hermana mayor que la ignorase, que chasquease la lengua con desagrado ante ella o estallase en una rabia muy poco digna cuando sintiese que su mera presencia la humillaba.

Petra la miraba con paciencia. No se sentía presionada. Había dejado ese ofrecimiento, casi mudo, porque no hacían falta más palabras. El fuego líquido podía ser el castigo adecuado para una desconocida que, movida por la codicia, se hacía pasar por su hermana. Sí, pero también para una hermana que había decidido olvidarse de ella todos esos años y volvía solo para recuperar un reino.

—Suena bien —mascullló Cyra.

—Eso pensaba —respondió Petra.

Guardó con cuidado la botella en el mismo sitio del que la había sacado. Cyra saltó de la mesa al suelo. No sabía si había más cosas que pudiera enseñarle, pero sí que estaba segura de que no quería verlo. De todas formas, no le hacía falta.

—Vámonos arriba. No sé cómo puede hacer siempre tanto maldito frío en este sitio.

Puede que fuera por las sombras, o por la piedra, o por el eco de esos gritos que habían manchado las paredes de angustia y se quedarían ahí por mucho que las limpiaran.

Tuvo que salir al sol para deshacerse de la capa invisible de hielo que sentía pegada a su piel. Petra la acompañó sin comentar nada, pero ladeando la cabeza para mirarla. Cyra alzó la vista al sol y soltó un jadeo para librarse de esa sensación de oscuridad que la perseguía.

—Los huérfanos tenemos suerte —dijo Petra al cabo.

—¿Qué?

—León, Loran, yo misma... No teníamos a nada ni a nadie. Sabemos que nuestros padres estaban muertos, y que no nos quedaba familia cercana para que cuidase de nosotros.

—¿Y qué tiene eso de bueno?

—Es mejor saber que tu familia está muerta a que prefirió abandonarte.

Cada palabra se le clavó a Cyra como un puñal en la piel de la espalda. Pateó una maceta de arcilla de las que decoraban la entrada. Era demasiado grande para poder tirarla, pero todas las flores se tambalearon. Unos criados que se acercaban cargados de telas dieron un respingo y se alejaron. Petra no pestañeó; se conocían demasiado para que pudieran afectarla los arranques de ira de la princesa. Había visto demasiados y también había recibido alguno.

Cyra apretó los puños. Había aprendido a no pegarse con los que quería. A veces lo que más daño hacían eran las verdades, y aunque doliera, era mejor no protegerse de ellas.

—Esto se está volviendo realmente agobiante —murmuró Petra, molesta, cuando más personas del servicio sacaron las alfombras húmedas para secarlas al sol—. Hubiera preferido que fuéramos nosotras a buscarla a las montañas.

Cyra sonrió de lado. Distinguió también a un mensajero del ejército que avanzaba entre la gente a paso tan rápido que casi corría. Dio otro golpe más suave en la maceta antes de interponerse en su camino.

—Eh, ¿hay noticias?

Petra también se acercó, con el rostro serio, como si Cyra necesitara refuerzos. El hombre torció el gesto. Posiblemente tenía órdenes de hablar directamente con los capitanes, pero no estaba claro qué debía hacer si ellas le exigían respuestas. Como Cyra esperaba, no se atrevió a plantarles cara. Se hubieran enterado tarde o temprano de todas formas.

—Mañana después del mediodía estará aquí.

—¿Ha revelado algo sobre su identidad?

—Si lo ha hecho, no me lo han dicho —respondió con una inclinación a regañadientes—. ¿Puedo seguir? Debo entregar el mensaje.

—¿No lo acabas de entregar?

Cyra le dedicó una sonrisa burlona, pero se hizo a un lado para que el soldado continuase con su camino. Petra parecía tranquila, aunque dudaba que lo estuviera de verdad. El regreso de Astra, fuera o no la Astra verdadera, afectaba a todos. Pero la chica arqueó las cejas y se encogió de hombros.

—Será mejor que nosotras terminemos también con los últimos preparativos.

Cyra quiso sonreír, pero el olor a madera y sangre vieja de la silla le torció el gesto. Se encogió asimismo de hombros y se dio la vuelta, poniendo rumbo a la sala de entrenamiento. Tenía que quemar los nervios como había aprendido a quemar la rabia: con sudor y esfuerzo.

4

La ciudad entera estaba engalanada como si la dichosa Astra fuera a traer cultivos de oro o el fin de la sequía. Cyra se sentía traicionada. ¿Tan desesperados estaban por sentar de nuevo en el trono a cualquier tirano? ¿O eran tan ilusos como para poner todas sus esperanzas en la primera desconocida que llegaba? Los pasillos apestaban a flores y a un perfume tan ostentoso y denso que se marearía si cerrasen las ventanas.

El único motivo por el que deseaba que el maldito día llegara era porque también volvían Ilama, Loran y León. Los echaba de menos; era como si nadie del grupo estuviera completo hasta que regresaran.

Ni siquiera Petra había querido ponerse sus ropas de gala. Los galgos iban con la vestimenta habitual en un acto de rebeldía silencioso que pasaba totalmente desapercibido en un día tan ajetreado. Cyra estaba acostumbrada a causar respeto, sin embargo, esa mañana ni siquiera parecían verlas. Petra, Pyre y ella tenían que abrirse paso con malos modos y algún empujón hacia la planta superior, donde había menos bullicio. Al menos se podía respirar.

—Dan ganas de prenderle fuego a todo, ¿verdad? —murmuró Pyre, poniendo voz a los pensamientos de Cyra, que le respondió con una carcajada.

—Niñas, sed buenas —bromeó Petra con ese tono tan serio que sabía poner—. Además, no queremos calcinar a los mellizos.

—Cuento con que hayan muerto pisoteados por toda esa gente.

—Claro que no han muerto. Mala hierba nunca muere.

—Por eso somos inmortales —sentenció Pyra con la frente muy alta.

Había dos doncellas en la ventana. Pyre carraspeó, pero no la oyeron con el alboroto que inundaba el castillo. Petra les dio unos toquecitos en el hombro y se giraron. Su expresión de molestia se desdibujó en cuanto las reconocieron y abrieron mucho los ojos. Murmuraron algo y se retiraron.

—Os lo agradecemos —respondió Petra antes de acercarse a la ventana y apoyar los codos en el alféizar.

—¿Ves algo?

—Aún no.

Cyra se subió y se sentó con una pierna hacia el pasillo y otra colgando en el vacío del patio. La comitiva no pasaría justo por debajo, lo cual era una suerte. No podía asegurar que, llegado el momento, fuera lo bastante fuerte para contenerse y no saltar hacia ella desde lo más alto. Estaba impaciente, muy a su pesar. Se preguntaba cómo sería. A lo mejor, un solo vistazo ayudaba a descartarla. Sería lo más fácil, y ni siquiera se sentiría mal al pensar que se la llevarían a la silla de madera de las mazmorras. Cualquiera que alterase así el reino, y a ella misma, merecía ese castigo. Distinguió a Lobo junto a sus perros en uno de los lados del palacio, con los labios curvados hacia abajo. Parecía incluso más infeliz que ella mientras trataba de distraer a sus perros, que sacudían la cabeza con nerviosismo.

—¿Es eso? —preguntó Cyra.

—¿El qué?

—A lo lejos, en el camino. ¿No distinguís algo?

Las otras dos chicas miraron con los ojos entrecerrados y Cyra sintió un tirón en el estómago. Sí, allá se movía una masa lo bastante grande como para ser unos diez hombres a caballo. Bajo la ventana, unos niños empezaron a entonar un irritante cántico sobre la esperanza perdida que encontraba a la auténtica princesa y juntos hacían el camino de vuelta. Una de las voces era tan aguda que hacía pensar en uñas arañando cristales. Le hubiera gustado bajar y abofetearles, pero tuvo que contentarse con asomar la cabeza y lanzar un escupitajo. Ni siquiera se dieron cuenta, pero Cyra sonrió al ver que había acertado a uno de ellos en un hombro.

—Van a paso de tortuga —se quejó Pyre—. Podían darle un poco de ritmo a esos caballos. Me da tiempo a ir y volver en lo que llegan.

—Adelante —la invitó Petra sin cambiar de expresión, y se ganó un empujón suave por parte de su compañera.

Cyra balanceaba la pierna que pendía en el vacío, como el péndulo de un reloj. Se habían perdido de vista y no volverían a aparecer hasta llegar al camino del pueblo. El palacio entero había bajado el tono, con expectación. Cyra empezó a morderse las uñas. Hubiera sido más fácil si se hubiera guardado el secreto y no tuviera que compartir la espera con medio reino. Pateó la pared e ignoró la mirada de Petra, que podía ser de compasión o de advertencia. No le apetecía recibir ninguna de las dos. Tardaban tanto que la espera le pareció una broma. No podían necesitar tanto tiempo para un trayecto tan corto. Se arrancó también un pedazo de piel, cerca de la uña, y lo escupió de nuevo en dirección a los niños, que habían dejado de cantar.

Y entonces los vio llegar.

Conocía de vista al primer capitán, Erik, lo bastante estirado para aspirar a alcanzar el estatus de noble. Cyra estaba segura de que preferiría mandar a sus hombres a una muerte segura a desfilar con una mancha. En un par de ocasiones lo habían pillado mintiendo sobre su edad. Sonrió un poco al distinguir a León, cuya incomodidad notaba Cyra incluso a esa distancia. Y entonces se fijó en ella.

Si no era su hermana, los dioses habían encontrado una forma de crear una réplica exacta. Apretó los labios. Era menuda, podía notar que ocupaba menos que el resto sobre el caballo. Tenía también el mismo pelo oscuro que ella y, conforme se acercaba, Cyra distinguía unos rasgos parecidos a los suyos y una expresión tensa, casi asustada. No eran tan parecidas como para que pudieran confundirla con ella, pero sí lo suficiente como para que fuera innegable que compartían sangre.

Sangre, un puñado de años tan lejanos que apenas recordaba, y nada más. No quería sentir nada más, ni nervios, ni nostalgia, ni ese estúpido deseo de que aquella hermana se acordara de ella y fuera a buscarla para ganarse su perdón. Había dejado de balancear la pierna y cruzaba los brazos, con el ceño fruncido y los dientes apretados. Podía tolerar la rabia, sí. Siempre se había entendido mejor con esas emociones que servían para romper (o romperse) que con las que la piel se volvía sensible y blanda.

La comitiva entró en el castillo, y toda la gente que se había reunido con expectación empezó a murmurar y a hablar con tanta agitación que no se oía nada. No importaba, la multitud ni siquiera quería oírse, le valía con soltar sus ideas al río de voces que se removía y salpicaba. Cyra lo ignoró, y también ignoró las miradas de Petra y Pyre. Saltó de nuevo al suelo y cruzó el pasillo para llegar a la primera planta. Llegó tarde para escuchar las palabras de Destrel, que tenía la espalda tan recta como solo quienes perdían horas y horas ensayando la postura podían poner. Aún no se la habían llevado.

Astra tenía los labios finos, la misma nariz estrecha y afilada que Cyra y unos ojos castaños, en vez de azules, llenos de lágrimas. Miró hacia atrás, como si no entendiera por qué la apartaban en vez de recibirla con abrazos y besos. A Cyra le hubiera gustado disfrutar de su llanto, porque lo merecía, fuera una impostora o una hermana que las había abandonado, pero solo arrugó la nariz y la siguió con la mirada hasta perderla de vista.

Los galgos habían visto a Cyra entre la gente, quizá porque después de tantos años estaban conectados. La alcanzaron en la escalera. Cyra suavizó la expresión y apoyó el brazo en el hombro de Loran. Todos ellos ocultaban muy bien el cansancio que acumulaban, pero Cyra conocía demasiado bien a León como para saber que este apenas contenía las ganas de retirarse al cuarto que compartían, para tenderse en la cama una hora, dos, el tiempo que pudiera; lejos de toda esa gente y del alboroto que causaban.

—¿Todos bien?

—Todo correcto —respondió Loran—. No ha habido altercados.

—¿Creéis que es ella? —La pregunta dejaba sabor a ceniza en los labios.

—En un momento del camino la obligué a elegir entre admitir que no era Astra o morir, e incluso ahí se mantuvo firme. —Ilama giró la cara hacia donde se habían llevado a su hermana—. Y por su comportamiento durante todo el viaje, yo diría que no miente.

—No podemos saberlo —protestó León.

—No, pero tengo la misma impresión que Ilama —intervino Loran.

El aire pesaba más en los pulmones de Cyra, que asintió y frunció el ceño. Ella también lo había pensado al verla.

—Además, creo que no es mala persona y que en realidad no quiere ser reina —añadió la pelirroja.

—Pues tiene una forma extraña de demostrarlo, ¿no? —Cyra no pretendía que su voz sonase tan amarga ni que sonase a reproche.

—Parece que alguien le ha metido en la cabeza que este es su verdadero lugar y que tiene que volver, pero esto es solo mi opinión.

—Lo mejor es que lo hablemos con calma, todos juntos, esta noche —sugirió León con un tono que casi parecía una súplica.

Cyra asintió y le palmeó el hombro.

—Claro. Acabáis de llegar.

El chico asintió, aliviado, y se retiró con esa forma de andar suya, de pasos grandes que abarcaban mucho espacio, como los osos. Ilama acarició una de las trenzas del pelo de Cyra antes de seguirle. Loran se quedó junto a ella, en silencio, mientras la gente empezaba a retirarse, murmurando en un tono de voz cada vez más bajo. Su hermana Destrel parecía tan triste y desolada que cualquiera que no la conociese diría que tenía corazón. Cyra llegó a oír a un par de nobles que se compadecían de ella y lamentaban que hubiera tenido que vivir un momento tan duro para proteger al reino. Por supuesto, el estúpido marqués de Rance fue el primero en acercarse a ella para ofrecerle su brazo y su apoyo. Era difícil saber cuál de los dos disfrutaba más de recrearse en su papel delante de todo ese público.

No sabía qué la molestaba más, si las lágrimas falsas de Destrel o las palabras de Ilama sobre Astra. Podía dejar que sus hermanas se matasen entre ellas y resolvieran al menos uno de sus problemas. Si se retiraba y se dedicaba a mirar lo que pasaba desde cierta distancia, al menos uno las dos terminaría por desaparecer. Posiblemente sería Astra, pensó al recordar la sala de torturas y esa silla que parecía esperar con paciencia.

—Esta noche hablamos —recordó Loran.

—Sí.

—Pero no vas a esperar a esta noche, ¿verdad?

No era consciente de que no tenía intención de hacerlo hasta que el chico lo expresó en voz alta. Estiró media sonrisa, al tiempo que trazaba en la mente el recorrido más discreto hasta el cuarto en el que habían encerrado a Astra.

—Creo que no.

—¿Necesitas ayuda?

—No, quiero hacerlo sola y tú necesitas descansar. No hueles muy mal para haberte pasado días y días de viaje.

—Te alegrará saber que en los pueblos también han descubierto el milagro del agua. Puedes encontrarla incluso en los bosques.

Cyra soltó el aire por la nariz de forma que parecía una carcajada contenida. Loran se inclinó, como si fuera a susurrarle un secreto, para rozarle el pelo con los labios.

—Que vaya todo bien.

—Claro que irá bien.

El chico sonreía al alejarse y Cyra se quedó apoyada en el pasamanos de la escalera decidiendo cuál era la mejor forma de llegar hasta Astra.

Podía haberse descolgado con la ayuda de una cuerda desde el piso superior, pero todo el que pasara por el patio la vería (y sería algo que no se olvidaría). No creía que el balcón o las ventanas estuvieran abiertas. Romper cristales le parecía incluso más aparatoso que echar abajo la puerta principal.

Había un pasillo secreto desde uno de los baños. Secreto para la gente ajena al castillo, si bien estaría vigilado sin la menor duda. Aun así, sería más discreto, y Cyra contaba con que la dejaran pasar. Era lo más rápido. No podía permitir que transcurriese mucho tiempo porque a lo mejor decidían adelantar el interrogatorio y perdía la oportunidad de hablar con ella.

¿Por qué tenía tanta necesidad de hacerlo?

Sabía que nada de lo que dijera iba a calmarla. Le parecería mal que mintiese o que buscase excusas por no haber regresado en todos aquellos años. Puede que fuera peor que lo reconociera abiertamente, porque quizá a Astra no le importaban lo suficiente para mentir. Iba a odiarla si era arrogante, pero si se lamentaba le daría aún más rabia. Quizá no podría controlarse y la golpearía. No se le ocurría nada positivo que pudiera salir de su encuentro y, aun así, fue hacia ella.

Entró en el baño que conectaba con el cuarto donde la habían encerrado. Como había supuesto, estaba vigilado. Uno de los guardias era tan joven que parecía un niño que había crecido mal y con prisas. Tenía piernas largas, huesos prominentes y rostro imberbe. La otra guardia, de coleta alta y rubia, no era mucho mayor. Ambos se tensaron al verla. El único que guardó la calma fue el tercer guardia, un hombre más maduro, de piel oscura y ojos grandes, húmedos. Llevaba tiempo trabajando en el castillo, Cyra lo conocía de vista y alguna vez había entrenado junto a sus hombres.

—Nadie puede pasar —balbuceó el guardia joven.

—Es un asunto familiar.

—Tenemos órdenes de...

—La acompaño —interrumpió el hombre—. Vosotros manteneos aquí.

«Y estad alerta por si la situación se complica». No lo había dicho en voz alta. No hacía falta. Ambos se cuadraron y Cyra avanzó con pasos firmes que sonaron como armas al entrechocar. Quería pedirle que la dejara sola, pero si lo hacía, el hombre se negaría y podría acabar llamando a más seguridad. Se preguntó si Destrel podría encerrarla. Claro que tenía medios para hacerlo, pero a ninguna le convenía el escándalo. Dudó antes de abrir la puerta que daba al cuarto y se giró con el ceño fruncido, pero una petición sincera.

—¿Puedes quedarte aquí? Dejaré la puerta abierta y podrás ver y escuchar todo. O lo suficiente como para saber que no la estoy matando.

Cyra preferiría tragar zarzas antes que suplicar a un noble, pero pedir un favor a un soldado era distinto. Incluso los del ejército real tenían más honor que cualquiera de esos fanfarrones demasiado ocupados en cambiar sus ropajes de acuerdo a la estación como para pensar en el hambre o en la guerra. Si fueran simples muñecos jugando en sus casitas de ensueño, no supondrían tantos problemas, pero aquellos muñecos tenían voz y autoridad. A veces les bastaba una orden para jugar con la vida de los demás o incluso segarla.

«Si tienes que matar a alguien, hazlo tú, con tu hierro, y si es posible, mirándolo a los ojos», había dicho Zheera. «No serás menos culpable si otra persona lo hace por ti. No sufrirá menos si miras a otro lado mientras se desangra».

No sabía si era honor lo que había en la muerte, pero sí que sabía que dejar que otros se encargasen del trabajo sucio era despreciable. Ese hombre, como cualquier otro soldado, se hacía responsable de sus actos y Cyra lo respetaba por ello. El hombre meditó unos instantes y asintió.

—A cambio te pediría que no hagas nada que me cueste el puesto de trabajo y la confianza que te he dado.

—Suena justo.

No le hacía falta perder más tiempo ni dudar delante de un extraño, así que abrió la puerta. El contraste de la luz que se derramaba con la oscuridad del pasillo la cegó momentáneamente. Parpadeó con furia y los músculos tan tensos que, en vez de ir al encuentro de su hermana, parecía que fuera a enfrentarse a un ejército.

—¿Quién eres?

La pregunta la golpeó con más fuerza que una bofetada. Frunció el ceño, con ojos ya acostumbrados a la luz, y los clavó en la figura de su hermana. No era mucho más alta que ella, apenas unos centímetros. El hecho de que se pareciera mucho más a ella que a Destrel le dejó un regusto agridulce en la garganta. A lo mejor hubiera hecho que se riera, si no fuera porque no la había reconocido. Astra abrió los ojos y tomó aire antes de dar un paso cauteloso hacia ella.

—¿Cyra?

Alzó la barbilla. Para su sorpresa, Astra se abalanzó sobre ella, y no comprendió hasta después de apartarla de un empujón que lo que quería era abrazarla. La echó atrás con un gesto seco y violento. Astra de quedó quieta, con ese vestido gris que ni siquiera se ajustaba bien a su cuerpo y los brazos caídos a ambos lados como si no le quedaran fuerzas para levantarlos.

Tenía los ojos brillantes de lágrimas, y forzó una sonrisa con tanto esfuerzo que hasta a Cyra le dolió.

—Has crecido tanto...

—Hubiera sido extraño si no lo hubiera hecho —respondió con un tono irónico tan cargado de rencor que le dejó ceniza en las encías.

—Claro, sí. Pero verte aquí... Me impresiona. Estás... —Vaciló. Iba a decir guapa, o bonita, o algo del estilo. Cyra estaba segura, pero Astra movió las manos y completó la frase con torpeza—: estás muy mayor.

Ahora sí que se le escapó una carcajada que hizo retroceder a su hermana. Había esperado provocarle el mismo miedo que a Destrel. Que desease volver con sus secuestradores, a las montañas, antes que sentarse con ella a la mesa. Se hubiera sentido mejor si lo hubiera hecho. Sabía cómo reaccionar al miedo, a la furia y al desprecio. Pero Astra tomó aliento y le ofreció otra sonrisa.

—¿Cómo estás?

—He tenido días mejores. No sabes cuánto se ha alterado esto, normalmente es tan aburrido que me dan ganas de matarme. Pero, ya lo ves, una princesita regresa tras su misteriosa desaparición y todo se revoluciona. Incluso yo he tenido que acercarme a ver cómo preparaban los protocolos y las torturas. Vas a estar muy liada, al menos el tiempo que te quedes.

Astra se tensó ante la mención a las torturas, pero no se echó atrás ni rompió a llorar de nuevo. A lo mejor no la pillaba por sorpresa.

—Es un cambio enorme. Había olvidado casi todo esto.

—¿Me habías olvidado también a mí?

—No.

¿Había culpa en su respuesta? ¿Era mentira? Sus ojos la esquivaron después de responder aquel único monosílabo. Cyra se encogió de hombros. No era tan importante. O no debería serlo. Quería preguntar que por qué no volvió, por qué nunca mandó un mensaje, por qué no se la llevó con ella. Pero ya había perdido toda la dignidad en la sala de la verdad, con Destrel; no hacía falta arrastrarse también delante de Astra.

—Los galgos te quieren mucho.

—¿Qué sabes tú de los galgos? —Apretó la mandíbula. ¿Por qué decía eso, con qué derecho? Y, lo peor de todo, ¿qué habían hablado sus compañeros con ella?—. Solo has hecho un viaje con ellos.

—Un viaje muy largo. Cyra, ¿estás bien? No quiero hacerte ningún daño. Ni a ti ni a Destrel. Me da igual los años que hayan pasado. Sois mis hermanas, os sigo queriendo.

Ahora sí que soltó una carcajada que sonó a cristales rotos. Su hermana echó los hombros hacia atrás, pero ella se mantuvo en el sitio.

—Oh, pobrecita. ¿Tan inocente se mantiene la gente en la montaña? Los años no importan. Ni a ti, ni a mí, ni a nadie. Y no nos quieres. No nos sabías querer entonces, cuando éramos niñas, ni puedes querernos ahora que somos rivales.

—Eso no es cierto.

—Rivales y desconocidas. Al menos, es lo que nosotras dos somos para ti. Yo conozco bien a Destrel y sé que no hay serpiente más mortal en todo el reino.

Astra negó con la cabeza y trató de acercarse de nuevo. Cyra le enseñó los dientes. Ella se lo pensó mejor y dio un paso atrás. La miró desarmada, con ese ridículo vestido y una trenza de pelo revuelto. Casi le daba pena.

—No tenías que haber vuelto de las montañas.

—¿Qué os ha pasado? —susurró.

Cyra decidió que la odiaba incluso más que a Destrel. Odiaba esos ojos sin sombras que mostraban cada emoción sin filtro ni decencia. Odiaba que no dejara de intentar acercarse y tuviera que mantenerla a distancia con su expresión más agresiva. Odiaba la suavidad de esa voz, esas manos vacías y abiertas y esa forma tan directa de buscarla con la mirada. Al menos, cuando hablaba con Destrel, conocía el hielo fino que pisaba lleno de recovecos y trampas. Astra era una superficie llana, abierta, sin sombras. Y Cyra no sabía cómo moverse sin tropezar por un terreno tan firme.

Así que apretó los puños y la miró con toda esa rabia en la que quería que le ardiesen hasta los huesos.

—Once años. Es lo que ha pasado. Nos veremos pronto, princesa.

5

Tenía demasiado reciente el recuerdo de la resaca como para querer volver a pasarse bebiendo. Además, si no tenía buen aspecto era posible que no la dejaran estar presente en las pruebas. A lo mejor decidía no ir, desentenderse de esas dos chicas con las que compartía sangre, un puñado de recuerdos y un montón de reproches que no podía echarles en cara sin evidenciar lo frágil que había sido. Ya no importaba. Se arrancaría sus propias raíces como se había deshecho de las ropas, las joyas y esos modales tan absurdos que no eran más que las ridículas normas de un juego al que no quería jugar. Hacía frío en el tejado del ala este. La puesta de sol derramaba el rosa más gélido sobre un cielo de azul y acero. El viento se lanzaba sobre ella para buscar entre sus ropas cualquier recoveco por el que pudiera lamerle la piel. Cyra encontró una teja suelta y la agarró para lanzarla lejos. A lo mejor acertaba a alguien en la cabeza. A lo mejor más tarde se sentía mal por ello.

Oyó un sonido y se enderezó. Descubrió a uno de los mellizos más cerca de lo que cualquier persona se habría podido aproximar sin que ella se percatase. Le hizo un gesto con la cabeza e Iveht (o tal vez Thevi) se rio por lo bajo. Llegó hasta ella, ya sin molestarse en no hacer ruido.

—Te he estado buscando. León se ha despertado de la siesta y habíamos decidido hablar esta noche.

—Ya...

—Y, bueno, yo quería hablar antes contigo, en privado. De Lobo.

—¿Has visto algo?

—He visto de todo —replicó Iveht, haciéndose un poco de rogar—. Todos han decidido volverse locos, tú misma lo has comprobado. De hecho, con toda esta revolución, no sabía si me iba a servir de algo ver rostros nuevos. Pero han bastado un par de preguntas.

—¿Vas a dar muchas vueltas para contármelo? —gruñó Cyra.

—Había un chaval que jugaba con los perros de Lobo. Pelo rizado, moreno, unos diez años... Tan poco interesante como el resto de los niños de esa edad, pero nunca había visto a nadie que se acercase tanto a esos perros.

—Sí. Lobo no destaca por tener muchos amigos.

—Por eso empecé a preguntar. Se llama Dalir. Hace poco tiempo pidió una audiencia en la corte y dicen que incluso tu hermana se conmovió con su historia —lo dijo con tono burlón—. Su casa ardió y sus padres murieron. Él y su hermano sobrevivieron; afirma que alguien quiso matarlos.

—¿Qué tiene que ver Lobo con todo eso?

—No lo sé. Es extraño que se lleve bien con él. Para saber más tendría que preguntárselo a él directamente. Por lo demás, Lobo se levanta temprano y pasa mucho tiempo con sus animales y el mínimo indispensable con las personas. No he visto nada más que llame la atención, aunque han sido días muy caóticos. Puedo seguir vigilando.

—Gracias.

—No me las des, pienso pedirte algo a cambio —respondió al tiempo que le tendía la mano—. Venga, ¿vamos con el resto? No creo que nos esperen mucho tiempo y Loran es capaz de decir que no nos repitan nada por no haber estado presentes.

Cyra se dejó ayudar para ponerse en pie. Se estaba enfriando de todas formas, aunque las gentes del campo no dejaran de insistir en que el otoño era cada vez más largo y las lluvias más escasas. No podía ser tan malo, ¿a quién le gustaba ese viento tan cortante que dejaba la piel seca y entumecida? Iveht se quejó de que toda la ciudad se había tomado el día libre para meter las narices en palacio, pues ni siquiera había podido comprar pan recién hecho. Lo decía como si fuera un problema de verdad, con tanta convicción que Cyra tardó en darse cuenta que estaba hablando sobre el silencio y que había evitado mencionar a Astra en todo ese tiempo. No lamentaba ser tan transparente, y menos con sus galgos; lo que le daba rabia era lo mucho que la afectaba. Creía que era bastante más fuerte y se sentía decepcionada consigo misma. Por eso caminó con más firmeza, con la frente alta. Respondió a las historias de Iveht con una sonrisa divertida.

Al llegar al cuarto, el resto de los galgos aguardaba.

León por fin había descansado. Ocupaba la cama entera, en la que estaba medio tumbado con una expresión mucho más relajada que la que tenía cuando entró acompañando a Astra. A pesar de su tamaño, ahora sí que aparentaba sus quince años de edad. Cuando el ceño se le fruncía y los nervios le tensaban los hombros parecía mucho mayor. Ilama se había cambiado y llevaba un camisón suelto con medias gruesas, todo en tono blanco. Se había soltado el pelo y estaba sentada con esa elegancia tan natural en ella. Sostenía un bol de frutas con leche en el regazo y lo removía con la cuchara que tenía en la otra mano. Ilama sabía sonreír sin mover los labios. A Cyra le bastaba una mirada de sus ojos de un castaño cálido para que le recorriese el cuerpo una sensación cálida, la misma que sentía al entrar en casa después de un largo y frío día de entrenamiento. Loran estaba en su rincón, sentado en el suelo con las piernas cruzadas y más cansancio en la cara que los otros dos. A lo mejor no había podido dormir. Sus dedos recorrían el trazo de una grieta en el suelo, con la mirada perdida.

Cyra tomó asiento junto a Pyre, que le dio un codazo al que esta respondió con un empujón. No habían cambiado mucho desde que eran niñas a las que les gustaba rodar por el suelo mientras peleaban. Agradecía esos segundos de juego; casi podía olvidar el motivo por el que se habían reunido esa noche. A lo mejor todos pensaban lo mismo, porque Thevi se burló de la barba de León, e incluso Ilama se rio cuando el chico respondió que al menos él no le pedía ayuda a su hermana porque aún era incapaz de afeitarse sin cortarse. Durante unos instantes fue una noche normal. A Cyra le hubiera gustado agarrar ese momento con todas sus fuerzas y envolverse con él. Hacer un refugio en el que el tiempo no pasara.

Pero pocas cosas son tan inevitables como el paso del tiempo. Petra fue la primera en ponerse seria. Con una inspiración lenta clavó la mirada en los tres que habían acompañado a la princesa en el viaje. El ambiente cambió. Ya no había sonrisas ni comentarios desenfadados. Incluso los mellizos eran todo ojos y silencio, con toda la atención puesta en el grupo.

—Entonces —comenzó Petra—, ¿creéis que puede ser ella?

—Sí —respondió Ilama sin dudar.

Loran también asintió y León fue el único que se encogió de hombros.

—No estoy tan seguro. Con ayuda de los dioses y años para ensayar el cuento podría engañarnos incluso a nosotros.

—Tiene razón. —Pyre se removió, con lo que Cyra también tuvo que recolocarse en el colchón—. ¿Cómo pudo un grupo de monjes llegar hasta aquí y secuestrarla? ¿Esa noche, precisamente? Yo creo que encontraron una niña cualquiera y aprovecharon. A lo mejor hasta ella se lo cree. Los dioses pueden meterse dentro de la cabeza y jugar con nuestros pensamientos como si fueran barro.

—Si ella se lo cree, ¿la sala de la verdad funcionará con ella? —preguntó Petra con una ceja alta.

—Funcionará —mascullό Cyra—. Destrel me la enseñó y dijimos un par de cosas. Había algo que creía que era cierto hasta que no fui capaz de decirlo en voz alta.

—Lo veremos mañana, entonces. Con toda esa gente que Destrel ha reunido.

—Lo de la gente es puro espectáculo —murmuró Loran, que nunca se esforzaba en alzar la voz—. Y tampoco sé hasta qué punto es fiable la sala. Si hay alguna forma de controlar lo que dice estoy seguro de que Destrel la habrá encontrado. Aunque mañana nos digan que no es ella, estoy seguro de que es la auténtica Astra.

—Y yo también —añadió Cyra.

El resto guardó silencio. Cyra soltó el aire y empezó a arrancarse los padrastros con las uñas de la otra mano. Pyre se dejó caer un poco sobre ella, que agradeció el peso de su compañera sobre el hombro.

—¿Y qué, si es ella? —preguntó Iveht—. No cambia nada. No es mejor persona.

—No le debemos nada a una reina que abandonó a los suyos —completó Thevi—. Ni siquiera puede estar preparada.

—Creo que Astra no es mala persona —comentó Ilama con voz suave—. Pero no creo que vaya a ser buena reina, ni que tenga derecho a serlo. Tampoco creo que quiera.

—Entonces, ¿para qué ha vuelto? —preguntó Pyre.

—Creo que eso es algo que deberíamos averiguar antes de matarla o de dejar que sea Destrel quien lo haga.

EL JUICIO

1

Había tanto ruido a su alrededor que era incapaz de oír nada, tantos rostros que no era capaz de distinguir ninguno. Caminaba o creía que lo hacía, pero el mundo entero se desdibujaba en jirones de voces y colores. Ni siquiera sabía si sus pies tocaban el suelo. Si pudiera se llevaría las manos a los oídos, cerraría con fuerza los ojos y se dejaría caer al suelo convertida en un ovillo hasta que todo se calmara, hasta que solo quedaran ellas y los latidos de su corazón.

Estaba agarrada al brazo de Dorothean. Por primera vez, se alegraba de que el marqués hubiera hecho ese gesto. «Sácame de aquí», quería decir. «Vámonos a un sitio donde nadie nos vea, donde pueda respirar». No podía decirlo delante de todas esas caras que parecían fundirse en un solo ser, monstruoso, de paredes palpitantes en la que cientos de ojos se agolpaban, todos fijos en ella. Le había apretado el brazo con más urgencia y dejado que Dorothean la guiara. Él parecía saber moverse por ese laberinto humano que perdió fuerza cuando avanzaron por un pasillo. Destrel seguía aturdida cuando Dorothean cerró la puerta detrás de ellos. Se dio cuenta de que estaban solos en la sala del consejo. Se llevó los dedos a las sienes, que palpitaban y emitían calor.

—Una actuación maravillosa.

Oyó a Dorothean por encima del zumbido que aún le resonaba en los oídos. Buscó un asiento y se sentó sobre el reposabrazos. Tomo aire. Aún le parecía notar en el paladar el calor humano de toda la gente que había abarrotado la sala. Dorothean estaba satisfecho, caminaba de un lado a otro con los hombros hacia atrás y el pecho henchido.

—Puede que hayas dado una imagen muy frágil, pero al fin y al cabo aún eres muy joven. Una princesa puede emocionarse. Ha quedado muy real. ¿Has llegado a llorar?

—No lo sé —murmuró con poca voz.

Astra sí. Había llorado sin que le importase que toda esa gente fuera a comentar en detalle cada uno de sus gestos. Les hubiera gustado recoger sus lágrimas, exhibirlas por las calles y mercados, estaba segura. ¿Había estado bien de verdad? Si el marqués estaba conforme, la situación no podía haber ido mal. Aunque la crispaba que se recrease tanto en lo infantil y delicada que había parecido.

—Creo que la he puesto en su sitio. No puede llegar dando abrazos y gritando mi nombre como si se hubiera ido de viaje unos meses... Si es que es ella.

—Mañana nos tocará averiguarlo. He dispuesto el salón de las cenas. No vamos a permitir la entrada a tantos curiosos como hoy, no es necesario. Sin embargo, sí que nos viene bien un número adecuado de invitados que sean testigos de sus mentiras.

—Si es que miente.

—Claro que lo hace. Tú eres la auténtica reina.

Destrel sonrió para sí. Había dejado de ser una princesita. A Dorothean le convenía que nadie dudase que ella era la legítima heredera al trono. Destrel sabía que era un juego al que llevaba jugando una vida entera; lo disfrutaba y sabía cómo ganar, pero a veces se sentía agotada. ¿Cómo sería tener una persona en la que pudiera confiar? Alguien que se quedase a su lado, no para sacar beneficio, sino porque quisiera. Porque la quisiera. Podría haber sido Cyra, pero su hermana menor prefería odiarla. No había nadie en el mundo en quien pudiera confiar, así que, en vez de derrumbarse, sonrió. Le dedicó al marqués una sonrisa agradecida y siguió jugando a fingir hasta que las mentiras se volvieran ciertas.

—Gracias por estar a mi lado.

—Por supuesto.

—Deberíais descansar. Mañana será un día duro.

—Sabes que no me importa sacrificarme por el reino. Tenemos que ser firmes con el castigo, de lo contrario abriremos la puerta a que cualquier otra chica con más ambición que sentido común la imite.

—Si no es ella.

Era la segunda vez que Destrel le recordaba que a lo mejor se trataba de la verdadera Astra. El marqués de Rance torció el gesto. Sin duda, hubiera preferido que estuviera tan decidida como él a defender que se trataba de una farsante. «Tiene miedo», comprendió Destrel. Si se demostraba que se trataba de la heredera, todos sus planes, todo por lo que había luchado durante años, se tambalearía.

Podía comprenderlo. Ella misma estaba asustada, solo que había encontrado un plan que seguir en el peor de los casos. Si era la auténtica Astra dejaría que disfrutase de su trono y se aseguraría de que su reinado fuera breve y trágico. No era ningún monstruo, no tendría por qué hacerla sufrir. Palmeó la mano del hombre con el gesto suave y amable que le dedicaría a un padre, ya que tanto le gustaba a Dorothean fantasear con esa idea.

—Descansad, vienen tiempos difíciles, pero todo irá bien. La vida encuentra la forma de colocar cada cosa en su sitio.

Le dio un beso en la parte alta de la mejilla, la que estaba libre de su espesa barba rubia y blanca. Imaginó que tenía un carmín capaz de envenenar a todo aquel a quien rozara. Cuando fuera reina reuniría a los mejores alquimistas, pero de momento tenía que conformarse con soñar con besos capaces de arrancar la vida y dedicar sonrisas dulces a aquellos a quienes detestaba.

Para cuando recorrió los pasillos hasta su dormitorio, ya se sentía más recuperada. Eligió los corredores más estrechos y discretos. Aun así, notaba los pensamientos revolucionados de aquellos pocos con quienes se cruzaba. Aunque bajaran la cabeza con una inclinación de respeto, era capaz de oír el zumbido que encerraban en su cabeza. El regreso de la princesa perdida, las lágrimas de la heredera, la escenita de las escaleras... Iban a comentarlo durante mucho tiempo. Destrel esperaba haber hecho un papel decente.

Al menos Cyra había tenido la decencia de quitarse del medio. Tal y como era su hermana, no le hubiera sorprendido que apareciera con una antorcha en la mano, dispuesta a quemar viva a Astra. Esbozó una sonrisa al abrir la puerta de sus aposentos. En realidad, habría resultado hasta entretenido.

—Quiero hablar con Vera —ordenó al guardia que vigilaba la puerta.

No esperó respuesta. Entró a su cuarto y se sentó frente al espejo para examinarse el rostro. Seguía teniendo buen aspecto, aunque se le notase que todo aquello le había afectado: las mejillas tenían más rubor del habitual y en sus ojos había un brillo nervioso. Era aceptable. No estaba hecha de piedra y encajaba con el papel que había decidido mostrar: emocionada pero cautelosa. Una reina humana con la sensatez suficiente para no abrazar a la primera chica que llegase al castillo con el nombre de su hermana.

Aunque realmente fuera ella.

¿Lo era? Destrel no lo sabía. Se parecía a Cyra, con una nariz un poco más afilada y unos ojos castaños que recordaban más a los suyos. Podría ser, pero los dioses tenían el poder cambiar el aspecto de cualquiera. Podrían haber moldeado a un oso para darle la forma y la voz de su hermana.

Tendrían que hacer algo con los monjes. Si Astra resultaba ser una farsante, contarían con la excusa que tanto le hacía falta al sur. Después de tal amenaza, Destrel podría mandar quemar las montañas, si hacía falta. Un golpeteo en la puerta interrumpió sus pensamientos.

—Adelante.

Vera entró con esa misma mirada de emoción que Destrel tanto empezaba a detestar. Sin duda, todos sus conocidos la interrogarían sobre cómo había reaccionado la princesa ante el regreso de su hermana. Por eso, aunque prefiriera amenazarla con cortarle la lengua si se le escapaba un solo comentario, lo que hizo Destrel fue girarse hacia ella.

—Me gustaría encargarte a ti personalmente que le lleves la cena a... a esta chica. No estamos seguros de que sea Astra; no sería prudente invitarla a la mesa. Pero no es una prisionera. Es complicado. —No le dedicó una sonrisa, porque hubiera sido un gesto demasiado cercano. En vez de eso se llevó la mano a la frente y suspiró, al tiempo que se echaba hacia atrás el pelo—. ¿Puedes encargarte de que le lleven una buena cena?

—Sí, mi señora.

—Encárgate también de retirar sus platos cuando haya terminado. Quiero que seas tú y nadie más. Ven cuando acabes, aunque sea tarde. Quiero que me lo cuentes todo.

Vera hizo una inclinación. Era lo bastante profesional como para no dejar ver con claridad si se sentía halagada o molesta, pero Destrel apostaba por lo primero. Cuando se fue, la princesa se preparó para ir a cenar ella misma. Tenía que mostrarse intranquila y un poco esperanzada, sin perder el control. Que Astra hubiera aparecido de la nada podía haber sido un golpe en su contra, y al principio lo había sentido así, pero los soberanos fuertes se forjan en tiempos difíciles y ella estaba decidida en convertir la adversidad en ventaja. Iba a ponerse en pie cuando tocaron a la puerta. Era demasiado pronto para que se tratase de Vera, y si era ella se debía sin duda a un contratiempo. Destrel se miró en el espejo y mantuvo la expresión calmada, sin fruncir el ceño.

—Adelante.

Conocía al capitán Tyson. Se había encargado de su seguridad muchas veces y por eso lo había elegido como uno de los hombres que vigilara a aquella chica que aseguraba ser su hermana.

—¿Qué hacéis aquí? ¿Ha ocurrido algo?

—Nada grave, pero creí que querríais saberlo. Vuestra hermana Cyra ha insistido en ver a la prisionera.

—Os dije que era muy probable que pasara.

—Me he quedado cerca, de testigo, dispuesto a intervenir si era necesario.

—Entiendo que no lo ha sido.

—No —respondió el hombre—. Solo hablaron.

—¿Pudisteis oír lo que decían?

—Sí, mi señora. Cada palabra.

—Espero que no os importe repetírmelas.

Tyson resumió el breve encuentro. Era sorprendente que Cyra se hubiera portado de forma casi civilizada. Al parecer, su hermana estaba convencida de que era ella. Se alegraba de que eso no la hubiera vuelto blanda; lo último que habían hablado era que estaban de acuerdo en que su presencia molestaba a ambas.

—Podéis retiraros. Os agradezco que me hayáis informado tan rápido.

Decidió cambiar de planes y pedir que le sirvieran la cena en su propio cuarto. Mientras hacía tiempo para que su doncella probase los alimentos y pasase el tiempo necesario para que fuera seguro comer se preguntó de nuevo qué iba a hacer con Cyra. Mandarla lejos. Si la supuesta Astra les daba la excusa que necesitaban para acabar con los monjes, Destrel se encargaría de enviarla en primer lugar. Tal vez no mandase a todos los galgos. Creía que juzgar a Pyre sería un gesto bonito hacia Lobo. No tenía ninguna duda de que Pyre había matado a la familia de Dalir, del mismo modo que había propiciado que tuvieran que sacrificar a uno de los perros. Ignoraba por qué lo había hecho, y le preocupaba levemente pudiera volver a hacerlo. De momento prefería guardarse el dato para cuando le conviniese usarlo contra su hermana.

Pensaba que la sala de la verdad se había equivocado, o que su respuesta había sido demasiado simple para poder expresar lo que quería decir: no era que deseara matar a su hermana, sino que su vida sería más sencilla y agradable si Cyra moría, por el motivo que fuera.

Vera regresó mientras Destrel seguía esperando a ver si la doncella sentía náuseas o mareos. Le dio venia para entrar y la miró con expectación algo exagerada.

—¿Y bien? ¿Cómo ha ido? No estaría durmiendo cuando llegaste ¿no?

—No, estaba de pie, mirando por la ventana.

—¿Tenía hambre?

—No mucha al principio, pero sí que ha cenado. Llevé varios platos para que pudiera elegir.

—Bien hecho —reconoció con voz suave—. ¿Le han gustado?

—Eso espero. La dama es... es muy agradable —dudó—. Da las gracias continuamente, y me invitó a sentarme con ella para compartir su cena. ¡Pero por supuesto que no lo hice!

—Claro. Sé que eres muy correcta, Vera.

¿A qué estaba jugando Astra? Tanto si era una impostora como si se trataba de la auténtica, ¿ignoraba a propósito todas las normas sociales? ¿Por qué invitaría a una doncella (y más aún, una doncella desconocida) a compartir la cena con ella? Tal vez se trataba de una burda manera de despertar simpatía. Pues Destrel lo encontraba poco efectivo, a no ser que quisiera mostrarse así de cercana con todo el servicio, cosa imposible. Por no hablar de la mala imagen que daba. Una reina no puede ponerse a la altura de quienes la sirven y esperar que la tomen en serio.

—¿Cuáles han sido sus platos favoritos?

—La crema de setas y el queso tierno.

—Te lo agradezco, Vera. Puedes retirarte. Las dos podéis retiraros.

Se sentó frente a la cena con una mezcla de emociones incómodas. Vera no había mencionado que Astra le hubiera ordenado probar su comida. ¿No temía que la envenenaran? Tenía comportamientos que le hacían pensar que era estúpida. ¿Qué hacía entonces en el castillo? De haber sido tan tonta como a veces le parecía, hubiera aparecido antes. Una espera tan larga despertaba las sospechas de Destrel: debía de tratarse de una jugada calculada.

La carne de jabalí se había quedado fría. Aun así, estaba tierna, y la salsa de melocotón que la acompañaba sabía deliciosa. La crema, en cambio, mantenía una temperatura agradable. Eso explicaba el respingo que había dado la doncella al tomarla: no era la primera vez que se quemaban la lengua al probar su comida, pero si dejaba que esperasen a que se enfriara un poco más, estaría muy fría para cuando ella pudiera comerla.

En los pocos viajes que había realizado, Destrel siempre había echado de menos la comida de palacio. No había cocineros mejores en todo el reino. Estaba segura de que podrían cocinar ratas o perros y darles un sabor tan delicioso que los comensales pedirían una segunda ración, aunque supieran de qué estaban hechos los platos. Al menos comer le colmaba la mente de sabores, de los aromas y los recuerdos de las primeras veces que había probado tal o cual plato. Le daba un descanso de la realidad.

Con el estómago lleno y los nervios templados se puso el camisón. Se lavó la cara y los dientes y se cepilló el cabello concienzudamente antes de meterse en su cama. Se sentó en el colchón, con las manos desnudas, y se acarició con el pulgar la cicatriz aún reciente del corte que se había hecho al enterarse del regreso de su supuesta hermana. Hubiera preferido habérsela hecho en un sitio más discreto, pero la tranquilizaba encontrársela. Hay momentos que cortan y dejan marca, pero ella era más fuerte y la herida cerraría. Le gustaba recordarlo.

Niebla se acomodó junto a ella, con un ronroneo más agradable que cualquier música que los mejores juglares pudieran cantar. Destrel se tapó con sábanas hasta la barbilla y cerró los ojos. Pasase lo que pasase iría bien. Niebla le había enseñado que daba igual desde dónde cayera, lo importante era caer en pie.

2

Ágeda tenía unos labios tan finos que parecían un corte en la cara. Solo se los pintaba en ocasiones especiales, y elegía un tono rojo demasiado fuerte que recordaba a la sangre. Era incómodo de mirar, acentuaba los ángulos de su rostro y lo volvía más severo. Destrel se había preguntado muchas veces por qué nadie tenía el valor de advertirle sobre la imagen que daba, hasta que había llegado a la conclusión de que era algo que la anciana hacía a propósito. Daba una impresión más peligrosa, más temible. Hacía que la gente evitara mirarla y prefiriese buscar los rostros del resto, especialmente del marqués de Rance o el de la propia Destrel.

Sin embargo, a Astra no parecía incomodarla.

Llevaba el vestido del día anterior. Aunque aquel día la habían ayudado a vestirse doncellas más expertas, le quedaba un poco suelto. Era pequeña, de cuerpo fibroso y tenso, y había insistido en llevar puestas esas burdas botas de viaje. Destrel sospechaba que no sabía caminar con zapatos de tacón, ya que se los habían ofrecido y ella los había rechazado con un murmullo apocado. Al menos la falda era lo bastante larga para ocultar el calzado.

Notaba que su mera presencia la ponía nerviosa, y quiso sonreír porque era lo justo. Ella había irrumpido en su vida y la había puesto patas arriba, así que se alegraba de incomodarla y de hacer que continuamente la mirase de reojo sin atreverse a hacerlo de frente. No parecía mucho más guapa tras haber descansado. Y era inquietante ver el parecido que ese rostro de sonrisa fácil tenía con el de Cyra. Destrel la examinaba desde la mesa que compartía con los cinco sabios, mientras que Ágeda, la única que se había puesto en pie, explicaba en qué iban a consistir las pruebas de la mañana:

—Tomad asiento. Hemos invitado a personas que os conocían y a las que deberíais recordar, si sois quien decís. Ellas sí que se acuerdan de vos con la claridad suficiente como para que su testimonio tenga peso.

Astra, o quien decía ser Astra, obedeció sin apartar la vista de Ágeda. Incluso con tan poco público había susurros. Si no se hubiera parecido tanto a Cyra, la gente habría dudado más de que fuera la primera hija del rey, pero era imposible negar que compartían sangre o que la magia de los dioses había hecho posible ese parecido. Como si pensar en Cyra fuera una forma de invocarla, la puerta se abrió y su hermana pequeña entró en la sala. Astra se giró y sus ojos se iluminaron al verla. Destrel reprimió una mueca. ¿Por qué se alegraba de verla? Junto a Cyra entraron Ilama y Pyre, la chica que había asesinado a los padres del niño. Destrel la observó en silencio. De todos los galgos, Pyre era la más cercana a su hermana, y la que más se parecía a ella. ¿Y si Cyra también tenía algo que ver con aquellas muertes?

Tendrían que esperar. Las tres chicas se acercaron lo bastante como para verlo y oírlo todo. Cyra y Pyre se sentaron en el suelo. Ilama, la pelirroja, tuvo la decencia de cruzar las manos detrás de la espalda y apoyarse en la pared. Ágeda continuó con su discurso intentando que la entrada de los galgos no la distrajese.

—La primera testigo es Haina, una de las matronas que ayudaron a la reina a dar a luz y a cuidaros en vuestro primer año de vida. Sabemos que ha pasado mucho tiempo, pero esta mujer os ha bañado casi a diario y conoce todo vuestro cuerpo. Aunque este haya cambiado hay cosas que permanecen.

Dorothean se inclinó ligeramente hacia Destrel para hablar en tono de confidencia:

—No sé en qué momento pensamos que era buena idea dejar que Ágeda hablase. Parece que ella misma se aburre con sus palabras.

—Es la de más edad —respondió Destrel sin comprometerse a favor o en contra.

—Yo lo hubiera hecho mejor. Al menos, sería más entretenido.

—No tengo dudas.

Haina era una mujer alta y de hombros anchos, con el pelo gris recogido en un moño alto. Si no supiera quién era, Destrel hubiera dado por hecho que era una soldado retirada, alguien que tenía que ver con el ejército, no con los cuidados de un bebé.

—¿Recuerdas a la princesa Astra? —preguntó Ágeda.

—Durante su primer año pasé más tiempo con ella que con mis propios hijos. Sí, la recuerdo —respondió con voz grave y calmada.

—¿La reconoces?

La mujer se tomó su tiempo para examinar a Astra, que tenía expresión serena, aunque entrelazaba con fuerza las manos en el regazo.

—Los niños cambian mucho. Sí, se parece a ella, pero solo lo digo porque me recuerda mucho a su hermana y a su padre.

—¿Recuerdas alguna marca que ayudara a identificarla?

—Astra nació con una marca en la parte baja de la espalda que se asemejaba al mapa de nuestro reino. Su majestad la reina dijo que era una señal de que mantendría la paz y la prosperidad en estas tierras. También tenía un lunar en la muñeca y otro en el cuello.

Astra subió a toda prisa la manga del vestido para dejar a la vista el lunar al que se refería la matrona. Alzó también la cabeza, con el cuello ladeado, para que se viese el del cuello. Los murmullos aumentaron. Ella titubeó y buscó con la mirada a Ágeda.

—¿Tengo que quitarme aquí el vestido para enseñaros la marca de la espalda?

Algunos rieron. Quien lo hizo más alto fue Cyra, por supuesto. Lanzó unas carcajadas contra las paredes. La menor de las princesas se quedó sonriendo, sentada en el suelo, con un brillo malicioso en los ojos.

—Po favor, ¡que lo haga!

Su voz fue lo bastante audible para revolucionar la sala. Destrel quiso llevarse la mano a la frente y esconder la vergüenza ajena. Ágeda mantuvo la compostura, aunque estaba lo bastante cerca de Astra para notar cómo le palpitaba la vena de la sien. Estaba segura de que el marqués ya no envidiaba estar en su posición.

—No somos bárbaros —respondió la sabia—. Haina te acompañará con tres doncellas. Esperaremos aquí a que volváis.

Astra tenía las mejillas rojas, pero la barbilla alta. Asintió al tiempo que se ponía en pie y seguía a las chicas, que abrieron el camino. Destrel suspiró cuando se fueron. Se alegró por dentro del ridículo de Astra. Cuanto más demostrara ella misma lo poco adecuada que era para reinar, mejor para todos. Más aliviados estarían cuando, por un motivo u otro, no pudiera hacerlo.

Indicó con un gesto al servicio que trajeran canapés, té y vino para los presentes durante la espera. Cyra cogió una botella y la dejó entre sus compañeras. Ágeda tomó asiento junto al grupo y echó mano de un pequeño bollo de moras y crema.

—Está yendo bien —comentó Batizze.

—Supongo que sí. Se me está haciendo eterno y aún estamos con la primera testigo.

—¿Y qué opináis? —pregunto Dorothean—. Si de verdad es ella parece que haya olvidado todo sobre modales y protocolos.

—Aún no podemos juzgar. Tenemos que escuchar a quienes mejor la recuerdan. Es lo más justo y lo que hemos acordado.

Dorothean sonrió como si encontrara la idea ridícula.

—Todos tenemos una idea. Basta con verla, con escuchar cómo habla y mirar cómo se mueve. Podemos fingir ser imparciales, pero creo que todos sabemos que esa chica miente.

Ágeda no respondió, pero depositó el pastelillo en una de las bandejas y apoyó las manos cruzadas sobre la rodilla, evitando mirar al marqués. Dorothean sonreía, pero buscó apoyo en la mirada de los demás y, al no encontrarlo, no pudo evitar una expresión molesta.

—¿De verdad creéis una sola palabra de lo que dice?

—Hemos decidido que esta era la mejor forma de decidir si era ella o no —respondió Ágeda con tono cortante—. Me parece que, por respeto, debemos acallar nuestras conclusiones hasta que hayamos escuchado a los testigos.

—Escuchemos entonces —dijo el marqués, con una sonrisa y gestos seguros, pero los puños apretados—. Creo que, cuando acabemos, ni siquiera nos hará falta llevarla a la sala de los dioses.

—¿Preferirías no llevarla? —preguntó Somo con voz baja y grave.

—Me gustaría que no fuera tan decisiva en nuestro juicio una sala construida por los mismos dioses que la extraña defiende. Creo que es razonable.

—Supongo que sí.

Destrel casi sintió agradecimiento cuando Astra regresó con las damas que la habían acompañado. Tenía uno de los lazos del vestido suelto. Destrel se preguntó si lo había hecho a propósito, para que no quedara duda de que se lo había quitado y se había dejado ver. La matrona se giró hacia los sabios y esperó a que Ágeda volviera a su sitio a preguntarle.

—¿Y bien?

—Tiene la misma marca. Un poco más grande y un poco más clara, lo que suele pasar cuando la piel se estira al crecer.

—¿Diríais entonces que es la misma niña a la que trajisteis al mundo y de la que cuidasteis de pequeña?

—Si esa niña sigue viva y ha crecido, este podría ser su aspecto. Pero incluso yo, que no soy estudiosa, he escuchado historias de los dioses y sé que serían capaces de crear una réplica exacta. ¿Su cuerpo encaja? Sí, desde el color de los ojos a los lunares y las marcas. Es cuanto puedo deciros.

—Os estamos muy agradecidos por vuestra ayuda —respondió Ágeda—. Podéis marcharos.

Haina se giró para mirar una última vez a la chica que podía ser su reina, como si esperase encontrar en ese momento la prueba definitiva de su identidad, escondida en las pestañas o en la forma en la que se plegaban sus labios. Pero se volvió en silencio para hacer una inclinación al consejo y dirigirse a la puerta.

El siguiente en entrar fue el mentor que más tiempo había pasado con Astra. Destrel también había tenido lecciones con él y no lo soportaba. Tenía la manía de compararla siempre con su hermana desaparecida, como si fuera culpa de Astra que él ya hubiera ayudado a otra princesa a memorizar los mismos datos.

Tenía un aspecto más frágil desde la última vez que lo había visto. Más delgado, más pálido, más arrugado. Caminaba con un bastón que antes no había necesitado, y parecía hacer un esfuerzo para no encorvarse. Ágeda le sonrió como quien saluda a un viejo amigo, y el hombre le devolvió el gesto.

—Señor Wedelin, muchas gracias por acudir a nuestra llamada.

—Siempre que mi reino me necesite y yo pueda servir de ayuda, así lo haré. Y más cuando se trata de un asunto tan serio.

Se giró para lanzar a Astra una mirada que consiguió que incluso Destrel se encogiera en su sitio. Wedelin podía captar cada vez que la princesa se distraía, o incluso si esta pensaba algo inadecuado. Destrel solía preguntarse qué pasaría si insistía en que era un mal profesor. ¿Bastaría para que lo encerrasen? En cualquier caso, Wedelin siempre la pillaba con esos pensamientos.

Astra también parecía intimidada, igual de incómoda que ella. ¿Se acordaría de él? Quizá sentía el aura del hombre, o la agudeza de esos ojos tan negros que parecían capaces de apuntalar el alma.

—¿Recordáis a Astra?

—La recuerdo muy bien —respondió él sin apartar la vista de la chica—. Era lista, aunque fue peor estudiante que su hermana. —Le hizo una inclinación breve que a ella se le antojó cargada de burla—. Quizá su alteza Destrel se aplicaba más que ella. He tenido pocos alumnos a lo largo de mi vida y recuerdo con todo detalle a cada uno de ellos. No se puede transmitir el conocimiento sin dejar también un poco del alma.

—¿Cree que esta chica es la verdadera Astra?

—Físicamente podría serlo.

—Puede hablar con ella cuanto necesite.

—Con mucho gusto.

Astra permanecía con mirada incómoda pero no demasiado asustada. Wedelin empezó con preguntas sencillas: cuántas lecciones daban a la semana, en qué horarios. Astra respondía con seguridad, tomándose el tiempo justo para rebuscar en su memoria cuando alguna pregunta se remontaba a algún recuerdo lejano.

Pero las frases de Wedelin se fueron agudizando. Cada vez hacía preguntas más concretas, cuyas respuestas solo ellos dos podían saber.

—¿Por qué llorásteis aquel día, cuando estudiábamos los ríos?

—Era el cumpleaños de Destrel. Le había prometido que acabaría pronto para ir a jugar con ella, pero no acertaba con las respuestas y cada vez se hacía más tarde.

Astra le dedicó una mirada rápida y la de Destrel descendió a sus guantes para evitarla. Lo recordaba de forma tan difusa que podría ser falso. El vestido de volantes, el pastel de fresas y rosas, la mesa decorada con el mantel bordado y los criados que insistían en que empezara a comer porque se iba a hacer tarde. ¿Por qué no llegaba Astra, si se lo había prometido? No supo nada de ella hasta que llamó a su cuarto por la noche, pero Destrel estaba tan enfadada que se hizo la dormida y nunca quiso ponerse el colgante de flores de cristal que le había regalado.

—Aquella vez que se te derramó la tinta por el vestido. ¿Recuerdas de qué color era ese vestido?

—Amarillo. Era amarillo y blanco.

—¿Y qué estábamos estudiando?

—Creo... creo que practicaba caligrafía. —Astra frunció el ceño—. Sí, estaba intentando hacer las letras más redondas. Solíais decirme que... —Calló con una sonrisa nerviosa, pero Wedelin la animó a continuar.

—Nadie me está juzgando a mí por lo que le pudiera decir a una alumna hace años. ¿Qué era lo que solía decirte?

—Que tenía la letra de un mono ciego que, por algún milagro, había aprendido a sostener la pluma.

Wedelin sonrió.

—Era un mentor duro. Una vez te enfadaste mucho conmigo, tanto que llegaste a amenazarme. ¿Te acuerdas también de eso?

—Era una niña un poco prepotente —murmuró Astra.

—¿Podrías repetir lo que me dijiste aquella vez?

—Que le diría a mi padre que os mandara lanzar a un pozo y os comerían los sapos.

—Algo así recuerdo yo también.

—Si os sirve de consuelo, cuando se lo conté a mi padre me castigó por mi comportamiento.

—Era un rey justo —respondió Wedelin, y se volvió hacia los sabios—. No necesito más.

—¿Cuál es vuestra impresión?

—Los dioses podrían haber cambiado el aspecto de cualquier chica para hacer que pasase por nuestra heredera al trono, y cualquier joven con un poco de picardía y los datos de alguien cercano a la familia real podría memorizar ciertas respuestas. Pero ni siquiera los dioses pueden haberle susurrado al oído todos esos detalles a los que nadie más dio importancia. El color del vestido que manchó de tinta o las palabras con las que una niña amenaza son demasiado sutiles para que nadie más las recuerde.

—¿Entonces?

—No tengo ninguna duda de que estamos ante la primogénita del rey. —Se giró de nuevo hacia la chica e hizo una larga reverencia—. Sed bienvenida de vuelta a casa.

Su gesto causó revuelo. Destrel se mantuvo callada mientras Ágeda ponía orden con la ayuda de los soldados. Dorothean murmuraba que no se había tomado ninguna decisión y que el gesto era completamente inapropiado.

Las galgos también hablaban, aunque en un tono más bajo que no permitía oírlas por encima del alboroto. Cyra se llevó la botella a los labios, sin molestarse en emplear una copa. Ilama se la arrancó de las manos y la dejó lejos de su alcance. Podrían ser tres vagabundas peleando por un trozo de pan, pero una de ellas era hija de reyes y tenía que tolerar sus numeritos en público.

Costó un tiempo que la sala recuperara la calma. Destrel puso la mano sobre el brazo de Dorothean para pedirle que guardara silencio. Él soltó el aire, despacio, y obedeció.

—No te lo habrás creído, ¿verdad? —farfulló el marqués.

—No quiero planteármelo hasta que acabemos con la última prueba.

—Haces bien. Además, ahora viene su institutriz, una mujer que la cuidaba desde que se despertaba hasta que se iba a la cama. Será mucho más fiable que un noble venido a menos con aires de grandeza.

Dorothean parecía demasiado seguro de sí mismo. Destrel no quiso añadir nada más. Se puso en pie y fue a saludar a la condesa Lotte, que entró en la sala con la excusa de mover las piernas. Lotte había enviudado a los veintiún años y desde entonces pasaba buena parte de su tiempo ayudando en las bibliotecas de palacio. Tenía dos pasiones, los libros y los viajes, pero al quedarse sola con una niña pequeña posponía la segunda. Era una mujer agradable y culta, aunque demasiado transparente cuando algo le desagradaba. Lotte hizo una inclinación ante Destrel.

—Disculpad que llegue tan tarde. Siena está enferma y no he querido salir hasta asegurarme de que no era grave.

—No hay nada que disculpar —respondió Destrel—. Espero que se recupere pronto.

—¿Qué me he perdido?

—La matrona reconoce su cuerpo, aunque también sabe que los dioses podrían haberle dado ese cuerpo a una desconocida. Wedelin, en cambio, está convencido de que es ella.

—¿Y vos?

—Es pronto para hacer ningún juicio.

—Sois su hermana.

—Era muy pequeña cuando desapareció. —Destrel intentó que la irritación no se notase en su voz, aunque encontrara indignante que Lotte cuestionase sus actos—. Mis recuerdos no son tan fiables como me gustaría.

—Entiendo. ¿Cómo os sentís? —Tomó aire y miró de reojo a Destrel, que meditaba su respuesta. Si era franca, debería decir que estaba orgullosa de controlar la situación, pero no podía reconocer algo así ante nadie, nunca. No, su papel exigía que se mostrase esperanzada y serena, así que dejó escapar el aire en un suspiro al tiempo que negaba con la cabeza.

—No lo sé. Es complicado.

Lotte no parecía tan conmocionada por ella como era de esperar. Era irritante, pero Destrel contuvo sus emociones y le dedicó una sonrisa de disculpas.

—Disculpadme, debo volver a mi sitio. Espero que estéis cómoda.

—Claro que lo estoy. Os deseo suerte.

—Desead suerte al reino, mejor. Esto nos afecta a todos.

La alfombra amortiguó el sonido de sus tacones contra las tablas de madera barnizada del suelo. A pesar de que el invierno ya estaba a punto de caer, Destrel sentía que hacía demasiado calor en esa sala, entre los tapices, las alfombras y la respiración de todos los curiosos que devoraban la escena como si fuera pan que pudieran desmigajar con manos ávidas.

Volvió junto a Dorothean, que parecía más tranquilo. También Astra tenía aspecto más sereno. Incluso susurró algo a los guardias que la acompañaban y logró que uno sonriera. Destrel aguantó la respiración como si así pudiera también sujetar sus emociones. Ya averiguaría el nombre de ese chico y le daría una lección sobre cómo portarse con profesionalidad.

El mayordomo llamó de nuevo al orden para anunciar a Malva. La institutriz tenía el aspecto de una gallina a la que un sortilegio hubiera vuelto humana: la nariz afilada y corta, los ojos pequeños y nerviosos, una forma de caminar como a saltitos y manos de dedos largos y delgados que se retorcían sin cesar. Destrel la conocía de vista. Al contrario que Wedelin, Malva nunca había tenido demasiada relación con ella. Era la institutriz de su hermana y perdió el trabajo pocos meses después de su desaparición. Destrel tuvo sus propias institutrices, hasta que fue lo bastante mayor para librarse de ellas. Malva lanzó a Astra una mirada que parecía más asustada que curiosa, y se sentó frente a los sabios con el cuello escondido entre los hombros y el labio inferior tembloroso.

—Os agradezco mucho vuestro esfuerzo por venir hasta aquí. —Esta vez, no había familiaridad en la voz de Ágeda—. Soy consciente de que habéis tenido que realizar un largo viaje para volver a palacio. ¿Podríais presentaros?

—Me llamo Malva —dijo la mujer con una voz aguda y sin resuello, como si hubiera subido corriendo el camino desde el pueblo, a saltos nerviosos con la espalda encorvada. Destrel encontró la imagen cómica y reprimió una sonrisa—. Dediqué tres años al cuidado de la princesa Astra. Iban a ser más, pero...

—Conocemos la historia —terminó Ágeda por ella—. Aunque fuera más breve de lo esperado llegasteis a conocer bien a la princesa.

—Sí. Su majestad la reina había muerto hacía poco más de un año, y su padre, que la historia recuerde su nombre, era un hombre demasiado ocupado para poder dedicarle tiempo. Creo que no hay en el mundo persona que conociera mejor a la princesa que yo.

Astra torció el gesto. Lo hizo de forma discreta y al instante recuperó la compostura. Destrel no sabía si alguien más se había dado cuenta; la sala permanecía tranquila e incluso los galgos guardaban silencio.

—En tal caso, ¿podríais darnos vuestra opinión sobre esta chica? Afirma ser Astra, la princesa perdida.

Malva se volvió hacia ella. Ni siquiera le sostuvo la mirada. Parecía estar preparada para alejarse si Astra saltaba hacia ella. El silencio se volvió incómodo y Ágeda carraspeó.

—El antiguo tutor de la princesa hizo muchas preguntas, alguna de las cuales está convencido de que solo la auténtica Astra sabría responder. Podría hacer lo mismo... o tal vez la chica podría contar historias que solo ella recuerde —añadió, al ver que Malva alzaba los ojos en un silencioso grito de auxilio.

Astra se puso en pie con lentitud. Aun así, la mujer se encogió y se aferró a la madera del reposabrazos, como si necesitara agarrarse para no salir corriendo. Astra tenía el rostro más serio que antes, más sereno, y su voz al hablar resultó tan clara y tranquila que Destrel sintió que le atravesaba el pecho con un afilado punzón de celos. Prefería a la chica que no sabía comportarse en público, la que se lanzaba a los brazos o lloraba delante de todos. En aquel momento, cuando habló, fue más fácil imaginársela como una reina:

—Me cuidaste durante tres años, claro que te recuerdo. No es que nuestros caracteres coincidieran, pero sé que te esforzabas por hacer tu trabajo. Hablabas mucho de tu hijo, un poco mayor que yo, y de lo mucho que te dolía haberte separado de él para venir a trabajar a palacio. También recuerdo que me costaba mucho quedarme quieta cuando me peinabas; me quejaba de los tirones en el pelo. —Trató de sonreír un poco, pero fue una sonrisa tensa—. Me escapaba a veces, cuando se suponía que tenía que estar en mi cuarto, para ir al de Destrel o hablar con algunas de las doncellas. Era pequeña y me parecía que eras demasiado dura conmigo, pero ahora entiendo que te preocupaba mi seguridad.

Los dedos de Malva parecían un nido de lombrices que no paraban de revolverse entre las palmas de sus manos. Destrel deseó poder ordenar a alguien que le diera un golpe discreto y obligara a la mujer a estarse quieta.

—Se me ocurren detalles que puedo mencionar para convencerte de que soy la misma chica; como esa vez que escondí todas las mantas de mi cama en la habitación bajo las escaleras porque no me gustaba el color naranja, y tardé tanto tiempo en confesar dónde estaban que, para cuando llegamos, ya las habían roído las ratas. O cuando destrocé uno de mis vestidos porque lo recorté para hacer con él varios iguales para mis muñecas. Te recuerdo bien, Malva, y espero que tú también te acuerdes de mí.

Cuando Astra terminó de hablar se hizo tal silencio que parecía que nadie sería capaz de romperlo. Destrel necesitaba creer que todos estaban expectantes por escuchar la respuesta de Malva, y no porque su hermana tuviera semejante capacidad de infundir respeto. ¿Su hermana? Parecía posible, tuvo que reconocer. Puede que siempre lo hubiera sentido y que el testimonio de Wedelin solo hubiera servido para que se diera cuenta. Astra tomó asiento de nuevo y Ágeda se dirigió a Malva:

—¿Y bien? ¿Qué es lo que vos pensáis?

—Mentiras... ¡Miente! Es una farsante —Su voz parecía un cacareo que bastó para revolucionar la sala. La misma Destrel sintió que se le aflojaba la mandíbula de incredulidad—. Puede que lo que haya contado sea cierto, pero no es ella. La conozco bien. No es su voz, no es su forma de hablar. ¡No es más que una impostora!

—¿Habéis tenido en cuenta los años que...?

—Me habéis preguntado y esta es mi respuesta —interrumpió la mujer que temblaba de pies a cabeza—. Esta no es la hija de nuestros reyes, y si os lo creéis, vais a dejar que una mentirosa nos gobierne. ¡No lo permitáis!

Destrel nunca había visto a Cyra desorbitar tanto los ojos. La sorpresa duró poco. La salvaje de su hermana era un espíritu del caos y rompió a reír escandalosamente, aunque, a su lado, Ilama frunció el ceño. Dorothean intentó mantenerse serio, pero Destrel le conocía demasiado bien para no distinguir la sombra de una sonrisa que se intentaba abrir camino en su cara. Ágeda puso orden en la sala.

—Parece muy convencida —susurró Destrel con tono dulce, lo bastante bajo para que solo el marqués la oyera—. ¿Cuál diríais que es el precio de tanta agitación? ¿Una bolsa de oro? ¿Una casa modesta?

—¿Cuál es el precio de la seguridad de un reino, querida? A vuestro padre le costó la cabeza, me parece que ganamos si lo único que debemos de pagar es una casa o un puñado de monedas.

—Vamos a hacer una pausa para deliberar y reponer fuerzas para esta tarde —ordenó Ágeda, que parecía hablar a kilómetros de distancia—. Acompañad a la chica a sus aposentos. El resto del interrogatorio será privado, pero mañana nos reuniremos para exponer las conclusiones.

Dorothean no había apartado los ojos de Destrel. Ella no sabía qué decir, así que tomó su mano cuando este se la tendió y se puso en pie. Dorothean la abrazó delante de todos, en un gesto lleno de ternura en el que parecía ofrecerle todo su apoyo.

—Deberías darme las gracias, princesa. No hay una sola persona en este reino que vele tanto por ti como yo lo hago.

3

Destrel estuvo lista mucho antes de lo necesario. Había comido un plato ligero y un trozo de pastel de albaricoque en compañía de sus doncellas. Se había cambiado el pesado vestido por uno más ligero que le permitiera sentirse más cómoda. No iba a tener tantos ojos puestos en ella y la otra prenda la agobiaba. El sudor le pegaba la capa a la espalda.

—Vámonos— murmuró, demasiado cansada para esperar.

Era un paso absurdo. Ya sabía que Astra era su hermana. Llevarla a la sala de la verdad era malgastar el tiempo. Dorothean seguiría insistiendo en que no era ella; a Destrel le preocupaba ganarse la enemistad del marqués. Aun así, la decisión dependía de ella. Cuando Astra sufriera un accidente, el marqués volvería para consolarla y aprovecharse de todos los beneficios que pudiera obtener por estar al lado de la reina.

A lo mejor todo eso era una prueba del destino en la que Destrel tenía que demostrar cuánto estaba dispuesta a sacrificar por su reino. Del mismo modo que el marqués de Rance estaba dispuesto a pagar para ocultar la verdad, ella tendría que mancharse las manos de sangre porque una reina de verdad no duda, y el bien de su reino estaba por encima del de una chica que aparecía de la nada. No lo hacía por ella: entregarle el trono a Astra sería tan dañino como quemar los campos de cultivo. Podría ser la legítima heredera, pero la sangre real no valía nada si no estaba preparada para la enorme responsabilidad que la corona representaba. No es que disfrutara al imaginar la muerte de su hermana; no era alegría sino alivio. Era un sacrificio necesario, no un capricho cruel.

Distinguió la voz de Pyre en la sala en la que habían acordado verse y cruzó los dedos para que hubiera llegado alguien más aparte de los galgos. Tenía que hacer algo con ellos. Eran una parte del ejército valiosa por su entrega y estaban preparados para cualquier situación, pero desde que Cyra formaba parte de ellos, se habían vuelto cada vez más hostiles hacia ella y había llegado el momento de abordar el problema antes de que fuera preocupante. Serían su siguiente prioridad, justo después de Astra. Las batallas se combatían de una en una.

Dorothean aún no había llegado, ni tampoco Ágeda, que tal vez estaría descansado, pues le había costado llevar sobre los hombros la responsabilidad de los testimonios de la mañana. Loran se había unido a las tres chicas. Cuando Destrel entró, este le dedicó una mirada seria que ella trató de ignorar. La mirada que no pudo ignorar fue la de Cyra.

—Menudo espectáculo el de esta mañana. ¿Qué se había tomado esa tipa antes de entrar?

—Deberías hablar de Malva con respeto. Se ha tomado muchas molestias por venir.

—No, si molesta sí que estaba. Tal y como se ha puesto espero que Astra le hubiera vomitado en la cara, porque no entiendo cómo le puede guardar tanto rencor.

—El rencor también puede comprarse —comentó la pelirroja en tono casual y los ojos encendidos.

Destrel iba a encogerse de hombros e ignorarla, porque sobornar a esa mujer no le había parecido una estrategia brillante ni la mejor decisión de Dorothean había tomado en su vida, pero le llamó la atención la forma en la que Cyra fruncía el ceño. ¿Podría estar molesta porque Ilama defendiera a Astra?

—Ignoro los motivos de Malva para hablar así. Conozco bien a Wedelin, era un maestro duro pero juicioso. Para mí, su palabra tiene mucho más valor.

Aunque la chica pelirroja se mantenía seria, su expresión parecía un poco más relajada, tal vez incluso complacida. Cyra golpeteaba la piedra del suelo con la punta de la bota, pero antes de que llegase a hablar, las puertas se abrieron y entraron los guardias que escoltaban a Astra.

Estaba más tranquila. Les dedicó una pequeña sonrisa y Destrel decidió devolvérsela. De forma casi imperceptible, pero bastó para que los ojos de su hermana se iluminaran.

—¿Estáis nerviosa?

—No demasiado. Quiero demostrar que soy yo, que podáis creerme sin reparos. No me importa pasar por todas las pruebas que haga falta —se dirigió también a Cyra, que la miraba con los labios apretados y los ojos llenos de desdén—. A lo mejor, algún día, también me gano vuestro perdón.

Dorothean llegó con Ágeda y, una vez que estaban todos, emprendieron la marcha hasta la sala de la verdad. Destrel conocía mejor que nadie el camino, tan enrevesado e ilógico que la forma más corta de llegar daba la impresión de ser un rodeo. No tomaron el camino más rápido, pero no dijo nada. Le gustaba sentir que tenía más control que los demás sobre su castillo y sobre su reino. Astra miraba cada pared y cada esquina como si fueran rostros de familiares lejanos a los que no acertaba a poner nombre.

Cuando al fin llegaron, la puerta estaba cerrada. Destrel había mandado acomodar en el pasillo unos asientos desde los que se podía oír y ver lo que pasaba dentro, pero sin que tuviesen que entrar. Ella, desde luego, no tenía ninguna intención de volver a poner un pie allí. Cyra, tensa, se mantuvo más lejos de la puerta de la sala que los demás. Parecía como si esperase que, solo con abrir la puerta, todo lo que no quería decir se le escapase de los labios.

Destrel entregó la llave a uno de los guardias. La puerta se abrió con un chirrido que sonaba a queja, o a gruñido de hambre. Astra tragó saliva, aunque se mantuvo firme y, sin que nadie se lo indicara, entró hasta la sala y se detuvo en el centro.

Habían redactado las preguntas, con letra clara y afilada, en un papel que sostenía un guardia que las repasaba con cuidado, como si tratase de memorizarlas y no de reunir valor para entrar. Sin embargo, Dorothean se acercó y se lo quitó de la mano.

—¿Mi señor?

—Me encargaré de esto personalmente.

—¿Vais a entrar?

—La sala no muerde. A lo mejor ni siquiera hace nada y no son más que supersticiones estúpidas a las que no tenemos que darles más importancia.

Si dudó antes de entrar en la sala, no dejó que se notara en sus gestos. Al lado de Astra parecía un gigante. Sus ropas doradas y su piel morena le daban aspecto de héroe mientras que ella, pálida y pequeña, parecía una niña que se hubiera puesto el vestido de su madre para intentar colarse en una fiesta a la que no estaba invitada.

—¿Puedes decirme tu nombre?

—Sí. Me llamo Astra. Nací en este castillo y aquí me nombraron heredera del reino de mi padre.

Su voz no vaciló. Destrel conocía el poder de la sala y le habría servido para despejar cualquier duda, si le quedase alguna.

—Son solo palabras —respondió Dorothean—. No os conocemos.

—No me reconocéis, pero lo que digo es cierto.

—¿Por qué has vuelto ahora?

—Para convertirme en reina.

—Aunque seas quien dices ser, no estás preparada. No sabes lo que quieres.

—No quiero reinar. —Los ojos de Astra se abrieron con sorpresa. No era lo que quería decir y la sinceridad de esa frase hizo que incluso Destrel ladeara la cabeza, intrigada.

—Es entonces más curioso aún que aparezcas para hacerlo.

—Es lo que debo hacer.

—¿Por qué? —insistió el marqués—. ¿Por qué tú?

—Porque quiero lo mejor para este reino.

—¿Y consideráis que no lo estamos haciendo bien? ¿Crees que tu hermana, que desde que te fuiste se está preparando para ser reina, no lo haría tan bien como tú?

—El reino me necesita. Mi hermana no puede salvarlo.

Destrel contuvo el aliento. Había arrepentimiento en los ojos de Astra, pero esas palabras resonaron en sus oídos con la fuerza que le daba la verdad de la sala. Se sentía insultada y la rabia le palpitaba en las mejillas. No era solo que su hermana apareciese tras años de llorar su muerte para quitarle aquel trono por el que tanto se había esforzado. Encima tenía que decir en esa cámara que la creía menos apta que ella.

La obligaría a tragarse cada palabra una a una.

Dorothean negó la cabeza:

—Esto demuestra que dice la verdad.

Si Destrel hubiera podido, se hubiera reído de la expresión que puso el marqués en ese momento. No sabía si había confiado en que la cámara no funcionase, pero el marqués le acababa de dar la razón a su enemiga. Tardó unos terribles instantes en recuperar la compostura. Astra tenía un brillo divertido en los ojos.

—Gracias.

—Lo que quiero decir...

—Vámonos —interrumpió Cyra en un tono lo suficientemente alto para que todos la oyesen—. Ya no hay mucho más que ver. ¿Cuándo haréis la tontería esa de anunciarlo en público? ¿Habrá vino? Espero que lo haya.

Formuló esas preguntas sin esperar respuesta, al tiempo que se alejaba marcando cada paso con fuerza contra el suelo. Marchó con la seguridad suficiente como para que Somo y Batizze también la siguieran. Ágeda se volvió hacia Astra e hizo una reverencia.

—Gracias por colaborar en todo. Me retiro a meditar y descansar. Espero que a una dama tan joven como vos el día no le haya resultado tan agotador como a mí.

4

Destrel se preguntaba cómo estaría llevando Dorothean la noche. Se habían dado hasta la mañana para reflexionar y exponer sus decisiones, pero todos sabían que era una excusa para darse un descanso y no alargar más de lo necesario un día que ya se había hecho suficientemente intenso.

Astra era su hermana y, en cuanto las cosas se arreglaran, a ella le tocaría cederle el trono. Lo haría con elegancia y buen talante; nadie podría decir que parecía afectada o que la ambición le importaba más que su propia hermana. Que se hablase de sus virtudes; así, todo el pueblo volvería a apoyarla cuando tuviera que aceptar el trono de nuevo por causas de fuerza mayor. Tal vez podría incriminar a los propios monjes que su hermana defendía. ¿Qué importaba lo que dijera si se apagaba su voz? Nadie podría rebatirle a Destrel las confesiones de su hermana, que tanto iba a confiar en ella.

Nunca salía de su cuarto en camisón, pero no se le ocurrió otra forma de parecer inofensiva. Se había recogido el cabello en dos trenzas que le llegaban hasta la cintura y, aunque se había limpiado el maquillaje de la cara, se aplicó colorete sobre las mejillas. Solía esforzarse por componer una imagen seria, madura, y nunca había intentado parecer más joven e indefensa. Tenía que reconocer que estaba encantadora. Parecía una de las pastoras alegres de los cuentos que vivían horrores o maravillas, chicas tan dulces que nadie pensaba que no siempre era el lobo el que abría los vientres de las ovejas. Se echó un chal blanco sobre los hombros y abrió la puerta.

Ignoró a los guardias que fingieron no mirarla, y a los criados que se apartaron con discreción de su camino. El cuarto de Astra no estaba demasiado lejos. Dos soldados vigilaban la entrada, aunque nadie sospechaba que pudiera escaparse. No hicieron ademán de detenerla, y menos mal que no lo intentaron. Destrel se hubiera tomado como ofensa que Cyra lograra pasar y a ella tratasen de impedírselo.

Llamó a la puerta para anunciar su presencia. No oyó pasos, pero la voz de Astra estaba cerca cuando habló:

—¿Quién...? Eh, ¿adelante?

Destrel abrió la puerta. Su hermana se había puesto también la ropa de cama: un camisón de algodón blanco mucho más sencillo que el suyo, que dejaba a la vista unos brazos delgados en los que se marcaba cada músculo. Llevaba el cabello suelto, liso y oscuro, que le caía por los hombros y empequeñecía aún más su rostro. Tenía los ojos del mismo tono castaño que ella, un poco más pequeños y alargados, rodeados de unas pestañas cortas y oscuras que se marcaban mucho en su cara pálida.

—¡Destrel! Es decir... ¿majestad? Yo no sé cómo tengo que tratarte.

—Destrel está bien —respondió con voz suave. Entró y dejó la puerta entreabierta—. Es mi nombre.

—Siento haberme portado de forma tan inadecuada el otro día. El viaje, las emociones... Sé que no me porté como debería y...

Destrel la interrumpió con un abrazo. Se sentía tensa, no recordaba bien cómo había que colocar los brazos ni si debía apretar más, o bien sujetarla de otra manera. Astra permaneció rígida durante unos instantes, para luego devolverle un abrazo tan torpe que Destrel se alegró de que no hubiera testigos para verlo.

A Astra se le escapó una risa nerviosa al separarse.

—Esto es extraño.

—Sí, lo es —afirmó Destrel—. Pensaba que estabas muerta.

—Lo siento mucho. Ojalá no lo hubierais pasado mal por mi culpa. Me gustaría encontrar una forma de compensaros.

—Está bien. No ha sido culpa tuya.

—A lo mejor no hice lo suficiente para llevaros conmigo. No lo sé.

Destrel dio gracias por ser capaz de controlar sus emociones; no convenía poner una mueca de asco ante la idea de pasar su infancia entre riscos y cabras.

—Ahora estás aquí.

—Destrel, sé que te han preparado para gobernar desde que me marché. Me preocupa que sientas que te estoy robando tu derecho.

¿Que lo sintiera? Ni que fuera su imaginación y no le estuviera arrebatando de las manos ese destino por el que tanto había luchado. Le habría gustado lanzarse sobre ella y apretar los dedos sobre ese cuello tan pálido. Alzó la mano para acariciarle el pelo, tan oscuro como el de Cyra. Estaba claro que se parecían; las odiaba a las dos por igual.

—Siempre has sido la primogénita. Yo solo he intentado estar a la altura en tu ausencia.

—¿No te molesta?

—En absoluto.

Quizá hubiera podido decirlo en la cámara de la verdad. No le molestaba, ya no, porque se había adaptado y tenía su propio plan.

—¿Te han tratado bien?

—Sí. ¡Muy bien!

—Disculpa por la recepción. No podíamos arriesgarnos a tratar como a una reina a una farsante. Espero que puedas entenderlo. También que la primera vez que nos vimos fuera tan distante. De hecho, no debería estar aquí, espero que nadie se enfade conmigo. No podía contener más las ganas de hablar contigo.

—Me alegra mucho que lo hayas hecho.

Astra la sujetó por la muñeca y la llevó a la cama para que se sentase junto a ella. Sonreía y parecía más joven de lo que era. Más inexperta e inocente. Ninguna reina había tenido jamás ese aspecto. No, nadie podía tomársela en serio por mucho que les alegrase su regreso.

Los cuentos y las leyendas calientan el corazón, pero nadie confía en que lo salvará del hambre ni de la guerra.

—Cyra vino ayer por la tarde —confesó Astra en voz baja—. Creo que me odia.

—Cyra odia al mundo entero. No te lo tomes como algo personal.

—¿Qué le ha pasado? Era una niña tan alegre...

—Ah, ¿sí? Desde siempre ha tenido mucho carácter. ¿No recuerdas sus pataletas cuando no se salía con la suya?

No era su intención que Astra se riese entre dientes como si esos momentos fueran algo entrañable. Puede que ella solo recordase a la niña de mejillas redondas y rojas, parecida a una ardilla inquieta, que fue Cyra. En aquel entonces podía tener su gracia. Destrel había visto crecer al monstruo y convertirse en un ser sin alma.

—Me he perdido demasiadas cosas.

—Habrás ganado otras. Hermana —Destrel le sujetó la mano—, dicen que te retuvieron los monjes todos estos años. ¿Qué te hicieron? ¿Por qué no te dejaron volver?

—No he estado atada en una cueva —respondió ella, tratando de quitarle importancia. Tenía las manos frías y ásperas, y sostuvo la suya con un apretón ligero—. Fueron muchos años.

—¿Me lo quieres contar?

—No hay mucho misterio. Me cuidaron. Me enseñaron a sobrevivir en las montañas. Me querían.

—Hablas de ellos como si hubieran sido buenos contigo —protestó Destrel con un tono casi infantil.

—Y así fue. Se preocuparon de verdad por mí. Querían que estuviera a salvo y se arriesgaron a llevarme con ellos a las montañas. Creían que aquí estaba en peligro.

—No te dejaron volver. Hasta ahora. ¿Qué peligro ibas a correr aquí? Míranos, a nosotras no nos ha pasado nada.

Astra desvió la vista. El tema parecía resultarle incómodo. Podría ser por Cyra y esa estúpida actitud que quería destruir todo lo que salía a su paso. Destrel suspiró y trató de apartar de la mente a su hermana pequeña.

—Sea como sea, ahora estás aquí, a salvo. Me alegro de que hayas vuelto a casa.

—Gracias. Supongo que tendremos tiempo de conocernos de nuevo, como si fuéramos desconocidas.

«¿Acaso no lo somos?», pensó Destrel al tiempo que asentía. Astra le dio otro apretón suave en la mano.

—Puedes contar conmigo para lo que te haga falta. No eres mi rival, eres mi hermana y por fin has vuelto a casa.

Astra podía compartir su sangre, pero no la conocía lo suficiente para detectar ese humor amargo que desprendían sus palabras, ni para interpretar su sonrisa como la de un depredador. La princesa que no quería ser reina había vuelto a un trono levantado con hierro y sangre, y no sabía que la corona que quería ponerse estaba hecha de espinas de oro. Cada gesto la ataba a un destino oscuro del que cada vez sería más difícil escapar. Si de verdad había sido feliz entre los monjes, no tendría que haber regresado de las montañas. Astra le pasó el brazo por los hombros para abrazarla de costado y se apoyó en ella. Destrel enredó los dedos en su pelo y se lo acarició con dulzura. Había visto a los ganaderos tranquilizar con mimos a una res asustada hasta que el miedo se evaporaba de esa mirada dulce y vacía, antes de asestar el primer golpe para acabar con su vida.

EL TRATO

1

—Cyra...

—Ahora no.

—Pues en algún momento tendrá que ser. —Ilama se cruzó de brazos delante de la puerta.

—Vamos a llegar tarde y como sea por tu culpa no pienso mentirle a Zheera.

—No lo hagas, pero no me voy a ir sin que me digas qué es lo que te pasa conmigo.

—¡Nada! —ladró entre dientes.

—Ya veo. Nada. Solo que me evitas y, si puedes, ni siquiera me miras.

—Estoy enfadada, ¿de acuerdo?

—Conmigo.

—Sí —resopló Cyra—. Pero sé que no es culpa tuya, así que me gustaría que saliéramos de aquí porque no quiero tener que gritarte y que las dos nos sintamos en la mierda y luego pedirte perdón. Podemos ahorrarnos todo eso.

—No quiero ahorrarme nada. Quiero entender.

Cyra intentó apartarla de un empujón, pero Ilama dobló las rodillas para mantenerse firme. Sus rasgos tan equilibrados tenían un aspecto fiero. Cyra la empujó con más fuerza e Ilama le lanzó una patada a la pierna destinada a derribarla. Se agarró a ella y forcejearon.

—Eh, que vamos a llegar...

—¡Vete! —gritaron las dos a un León sorprendido, que alzó las manos encogiéndose de hombros y cerró la puerta.

Ilama la tenía bien sujeta contra el suelo. Con una mano le inmovilizaba el brazo y con la otra le torcía la muñeca. El dolor la cegaba si trataba de levantarse. Apoyó la rodilla contra su espalda y Cyra sintió su aliento en la nuca.

—Podría tirarte al suelo, pero no quiero que pierdas un ojo —gruñó.

—Un detalle. Me gusta tener dos, gracias, y seguramente me tomara la justicia por mi mano si lo haces.

—¿Quieres soltarme?

—No, no quiero. Hubiera preferido hablar como personas civilizadas, pero si tengo que averiguar a golpes lo que te pasa, lo haré.

—Siento no ser tan civilizada como mi hermana. ¿Os hicisteis grandes amigas durante el viaje?

Hubo un silencio en el que Ilama ni siquiera respiró. Luego sintió un golpe en la cabeza tan fuerte que le arrancó un gruñido. No era mortal, ni tenía intención de herirla de gravedad, pero tenía contundencia. Ilama la soltó y se echó hacia atrás, con el pelo revuelto y el ceño fruncido. Cyra sacudió la mano y giró la muñeca, arrastrándose hacia la otra pared para dejar distancia entre las dos. Se miraron la una a la otra, sentadas. Cyra no sabía bien qué decir.

—¿Tienes celos? ¿Todo este numerito es por eso?

—Te dije que no era culpa tuya.

—Cyra, te conozco desde que éramos niñas. Hemos sido hermanas desde entonces. Hemos compartido la misma comida, el mismo techo y la misma familia. La única maldita familia que tengo. ¿De verdad te molesta tanto que esté convencida de que Astra es tu hermana?

—No es eso —murmuró ella al tiempo que sacudía la cabeza—. ¿Ves? Por esto no quería decirte nada.

—No, claro que no. Mucho mejor pasarme otra noche en vela y todo el día siguiente preocupada porque a saber qué te pasa y qué te he hecho.

—Nada. Te he dicho que no me has hecho nada.

—Pero estás celosa.

—¿Y qué? Es problema mío. No tienes la culpa. Yo tampoco puedo elegir lo que siento.

—Pero puedes elegir hablarlo como una persona —respondió Ilama. Se llevó las manos a la cabeza y se echó atrás los mechones de pelo alborotado—. ¿Podemos? Hablarlo, digo.

—No hay mucho que decir.

—Cyra, conozco a Astra desde hace poco más de una semana. No me importa más que Vera, o el panadero, o cualquier persona que conozca de vista.

—Pero te cae bien.

—Supongo que sí. —Ilama arqueó las cejas—. ¿Y eso qué más da?

—Que la odio. La odio con todas mis fuerzas. Me gustaría que nunca hubiera vuelto, que siguiese muerta o desaparecida para siempre. Y a ti te cae bien.

—Sí. —Ilama se encogió de hombros como si aquello no tuviera más importancia—. No quiere decir que vaya a defenderla siempre, ni que me parezca buena idea que sea reina. Ni siquiera que me fíe de ella. Pero creo que es... agradable, supongo. Me da pena.

—¿Por qué? —preguntó Cyra, con el cuerpo tenso de nuevo.

—Porque creo que los reyes suelen tener una vida corta y desagradable, y Astra ni siquiera tiene la ambición de tu hermana para ser reina. Va a ser infeliz, si es que vive lo bastante para reinar de verdad.

—Ella lo ha elegido. No entiendo por qué, ni me importa.

—Yo tampoco lo entiendo.

—Pero sí que te importa.

Ilama respondió a la acusación alzando una ceja del color del fuego. Su expresión mezclaba la indignación con el cansancio. Pareció ganar lo segundo, porque apartó la vista y se puso en pie.

—Sí, algo me importa. No es ni una décima parte de lo que me importa que tú te enfades conmigo, ni lo que me duele que seas tan injusta. Sabes que siempre os elegiría a vosotros.

Cyra bajó la cabeza. Quiso pedirle perdón, pero su voz se escondía en alguna parte dentro de su garganta y no pudo encontrarla. Ilama se marchó y ella se quedó sentada en el suelo, oyéndola alejarse cada vez más.

Cerró la mano en un puño y golpeó la pared con rabia. El dolor le centelleó en los nudillos, pero lanzó otro puñetazo que le arrancó un grito corto y breve. No se podía faltar a los entrenamientos, aunque hubiera tormenta de nieve o la fiebre hiciera que sus piernas temblaran al ponerse en pie. Había que ir siempre; era Zheera la que decidía si podía suavizar o aplazar la sesión. Nada le hubiera gustado más que largarse lejos, a las calles más transitadas, caminar entre aldeanos y comerciantes para olvidar un rato a Astra, a Ilama y a sí misma. Pero las normas eran rígidas y ella no tenía más privilegios que los demás galgos. Se lamió la sangre de los nudillos y se puso en pie. Llegaba tarde y eso ya tendría suficientes consecuencias como para querer meterse en más problemas.

Zheera no perdió más tiempo que el de un pestañeo al mirarla cuando por fin llegó:

—El resto ha salido a correr a su hora. Hoy toca el recorrido corto. Si llegas la última tendrás que repetirlo.

Cyra asintió al tiempo que se lanzaba a la carrera. De haber sido el recorrido largo habría tenido más posibilidades de alcanzar al grupo. Aceleró demasiado rápido, con la respiración más parecida a la de un perro asmático que a la de un soldado entrenado, pero frunció el ceño y siguió corriendo. Sabía que se estaba forzando mucho y que a lo mejor no le quedaban fuerzas para terminar el recorrido, por no hablar de cómo iba a dar la segunda vuelta y el resto del entrenamiento, pero distinguió la silueta de Petra y su coleta alta, que se balanceaba de un lado a otro siguiendo la cadencia de sus pasos. Apretó el ritmo, con las piernas cansadas y la visión borrosa, y logró alcanzarla antes de que terminaran la vuelta. Luego se dobló sobre las rodillas y trató de recuperar el aire con una respiración silbante que le clavaba las uñas al pasar por la garganta.

—Vamos —ordenó Zheera—. Hoy practicaremos tiro.

Alguien le tendió la mano y ella la cogió para ayudarse a ponerse en pie. Entonces vio que era Ilama. Quiso decir «gracias», o tal vez un «lo siento». Lo que le salió fue un gruñido bajo que no fue suficiente.

Al menos la práctica de tiro la obligaba a estar concentrada en el objetivo, a mantener la mente en el blanco y la atención en la forma en la que sus dedos cogían la flecha y tensaban la cuerda para que, al soltarla, hiciera silbar el aire y atravesara la diana. No fue su mejor día, pero tampoco resultó terrible. La tensión en los brazos y en los hombros tras pasarse horas manteniendo la postura resultaba casi agradable.

Zheera acabó pronto el entrenamiento. No hizo falta que preguntase si querrían asistir a la resolución de los sabios. Ella misma estaría presente, aunque fuera en un discreto segundo plano. Cyra dejó escurrir el tiempo y se quedó la última, para ordenar los arcos y las flechas que podían reutilizarse. Quería ser la última en asearse; necesitaba tiempo para decidir si quería estar presente o prefería ahorrarse el espectáculo. Le dolía la pelea que había tenido con Ilama. No tanto la física, sino ese espectáculo de celos que había montado, así como haberle echado en cara que congeniara con Astra. Y le dolía más aún seguir enfadada. Le dio una patada al barril que usaban para guardar la flechas y este cayó, rodando, desperdigándolas por el suelo. Cyra soltó el aire, levantó el barril y empezó a recoger todo el desorden que había provocado con un solo gesto.

—¿Te echo una mano?

Loran había vuelto a por ella. Tenía el pelo húmedo y ropa limpia. Cyra debía de haber perdido la noción del tiempo. Se encogió de hombros y le dio la espalda. Loran no se movió del sitio, se quedó cruzado de brazos, apoyado en el marco de la puerta. La miraba con gesto tan tranquilo que ella terminó por explotar.

—¿Te ha pedido Ilama que vengas a hablar conmigo?

—Nadie me ha pedido nada, soy mayorcito para hacer lo que creo conveniente, gracias.

—De nada —bufó ella como respuesta.

Echó otro puñado de flechas con el resto y se agachó para recoger las que quedaban. Loran no se había ido. Esta vez fue él quien habló.

—¿También te has portado como una estúpida con ella?

—Puedes preguntárselo.

—Te lo estoy preguntando a ti. ¿Qué te pasa?

—Que tienes razón —bufó—. He sido una imbécil con Ilama y aun estoy rabiosa. Y me enfado, porque tiene razón, pero ¡yo también la tengo!

—No sé de lo que estás hablando.

—Astra le cae bien —resopló Cyra.

—Es normal. Es bastante más agradable que cualquier noble que me haya encontrado antes.

Cyra apretó los dientes y guardó de malas maneras las últimas flechas en el barril. No necesitaba que ahora también Loran le hablase de las bondades de su hermana.

—Ya. Encantadora, simpática y adorable.

«Mejor que yo». Eso no lo dijo. No hacía falta, seguro que todos llegaban a esa conclusión. La propia Cyra lo tenía claro.

—No he dicho nada de eso. He dicho que es agradable —Loran lo repitió despacio. Cyra no sabía si estaba molesto o intentaba provocarla—. No exageres.

—¿A ti también te cae bien?

—¿Y eso qué importa?

—¡Claro que importa! —estalló Cyra—. Petra tiene razón, es preferible una familia muerta a una familia que te abandona. Todos odiamos al padre de Ilama por las palizas que le pegaba hasta que ella se escapó de casa. O a los padres de Pyre, por dejarla abandonada en la puerta del castillo con un trozo de pan duro y ropa tan gastada y sucia que tuvieron que quemarla.

—¿Qué quieres, que le digamos que en realidad eran grandes personas?

—No. Quiero que odies a Astra como yo la odio. No es diferente. Ella se fue y me dejó sola.

Loran frunció el ceño. Habló con la barbilla alta y una voz fría que la golpeó como un puño de hielo en el pecho. Así le hablaría si no fuera más que una desconocida.

—No es lo mismo. No puedes comparar los golpes de Ilama o el abandono de Pyre con una niña secuestrada.

—Pero no quiso volver.

—No te dejó en la calle, Cyra. Te dejó en un castillo lleno de gente que vivía para servirte. —Cyra quiso encogerse. Nunca le había echado en cara que ella tenía un origen distinto y una vida más sencilla y segura que ningún galgo. Quiso pedirle que parase, o taparse los oídos—. No tiene nada que ver, y a lo mejor tendrías que dejar de lloriquear para darte cuenta de la suerte que has tenido.

Loran la dejó allí, con todas esas frases que se arrepentía de haber dicho resonando entre sus pensamientos. ¿De verdad había sido tan egoísta? A lo mejor Destrel había hecho lo correcto al apartarla de su lado. A lo mejor vio, antes que nadie, la clase de persona que era. Se había esforzado durante toda su vida por ganarse un puesto dentro de la familia en la que había insistido en infiltrarse y bastaba con que algo desequilibrara su mundo para que se volviese contra sus seres queridos, para morder como un perro enloquecido. Cyra exigía odio porque siempre había sentido que no merecía el amor. No había crecido mucho desde que era pequeña y montaba escándalos cuando no se salía con la suya. Pataleaba y gritaba porque no soportaba volverse invisible. Siempre había sabido aprovechar el miedo y la ventaja que le daba ser la hija de un rey muerto. Se aprovechaba de esa sangre real que tanto despreciaba.

Era normal que les cayese bien Astra. Destrel nunca había sido una reina a la que los galgos quisieran seguir, pero Astra era un misterio que inspiraba tanta desconfianza como esperanza. Ni siquiera había sido desagradable con ella la noche anterior, aunque la hubiera provocado. A lo mejor no debería odiarla.

Pero el odio de Cyra era como el fuego. Podía encenderlo, pero no controlarlo.

Se limpió con rabia. Si se frotaba con bastante fuerza a lo mejor podía arrancarse de la piel esa sensación de estar haciéndolo todo mal. Le hubiera gustado que el jabón y el agua pudieran llevarse las últimas palabras que había intercambiado con Loran, y la conversación de esa mañana con Ilama, pero se hubiera conformado con que los celos y el malestar se hubiesen derramado por el suelo junto con el sudor y el agua sucia.

Se puso la ropa limpia y arrastró los pies hasta la sala donde estarían sus hermanas. No había mucho que ver: apostaba la mano derecha a que decidían que la heredera sería Destrel. Cualquier otra opción sería ridícula, pese a la intervención de la institutriz. ¿Tomaría Astra medidas contra ella? Había sido muy estúpido o muy desesperado montar tal numerito contra una persona que podía llegar a ser su reina.

No había tanta gente que abarrotase los pasillos como el día que Astra llegó, ni tanta expectación en el aire. Aun así, Cyra notaba los nervios que imperaban entre aquellos con los que se cruzaba. El servicio cuchicheaba o intercambiaba miradas cargadas de electricidad y palabras que quemaban en los labios. Habían vuelto a reunirse en la misma sala que el día anterior, que habían adornado de forma discreta y sobria. Sin embargo, Cyra se fijó en pequeños detalles: la alfombra era de un tono más claro y había ramilletes de flores blancas que decoraban los rincones. Se quedó apoyada en el marco de la puerta, sin decidirse a entrar, y no solo porque distinguía el pelo rojo de Ilama en el mismo sitio donde se habían colocado el día anterior. No quería volver a encontrarse con ella hasta ser capaz de darle una respuesta sincera.

—...y valoramos mucho toda la atención que habéis dedicado a un asunto tan complicado, especialmente a los testigos que habéis viajado y sacrificado vuestro tiempo para decir la verdad —decía Ágeda en ese momento, y a Cyra se le tensó una de las comisuras del labio en un amago de sonrisa. Casi sentía simpatía por esa mujer, que hablaba con tanta elegancia que sus reproches parecían halagos—. Hemos reflexionado mucho sobre todo lo que se ha dicho, y nos hemos reunido al alba para poner en común nuestros pensamientos y tomar una decisión. No ha sido fácil. —Hizo una pausa breve y Cyra pasó la mirada por los miembros del consejo. ¿Quién se lo habría puesto más difícil? Hubiera apostado por Destrel—. Ninguna decisión que afecte a todo el reino lo es. Pero creemos que la verdad se ha hecho evidente. Así que damos la bienvenida al reino a Astra, la primera hija de nuestros reyes y heredera al trono. Vuestra ausencia ha sido demasiado larga.

La sala rompió en aplausos y murmullos de emoción. Ilama se mantenía de brazos cruzados y expresión tan serena que no dejaba escapar nada de lo que pensaba o sentía en ese momento. Destrel se levantó. Tenía una sonrisa adorable y falsa pintada en la cara. Cruzó la distancia que la separaba de Astra y le tendió las manos. Astra la atrajo hacia así en un abrazo. Los asistentes aplaudieron con más fuerza.

Entonces los ojos de Astra encontraron a Cyra. Brillaban tanto que era imposible que no hubiera derramado todas esas lágrimas que se removían sobre el iris. Le tendió la mano a través de la sala. Cyra notó que algunas cabezas se giraban hacia ella. Tenía que ser una broma. Le enseñó los dientes a Astra, giró sobre sus talones y echó a andar con pasos largos y furiosos, sin saber hacia dónde caminaba. Solo quería alejarse todo lo que pudiera de esa sala, de ellas dos, de sí misma. Su cabeza zumbaba tanto como si dentro del cráneo anidara un avispero, y ni siquiera lograba entender sus propios pensamientos. Se dio cuenta de hacia dónde se iba cuando reconoció uno de esos recodos que tan ilógicos parecían. Notó que se le ponía la piel de gallina y se le tensaban los hombros, pero no se detuvo hasta llegar a la puerta cerrada de la sala de la verdad.

Se arrepentía de haber entrado la primera vez, pero allí estaba de vuelta. Quizá no debería haber entrado en aquella sala con Destrel. ¿Quién se metería en una cueva oscura y húmeda con una serpiente de cascabel? Trató de abrir la puerta, pero estaba bien cerrada. Recordaba que su hermana tenía una de las llaves y, si la conocía bien, seguiría custodiándola. Seguro que no tardaba mucho en encontrarla.

—¿Por qué me hago esto? —murmuró entre dientes.

Porque necesitaba hacerse daño, o enfrentarse a la verdad. Puede que ambas cosas. Empujó una vez más la puerta antes de darse la vuelta. Ya volvería, ella sola, cuando pudiera abrirla.

2

Evitar a los galgos le resultaba extraño y triste. También un poco absurdo; dormían en el mismo cuarto, entrenaban en equipo. Zheera no iba a permitir que se separasen porque hubieran discutido entre ellos. Para cualquier miembro de una manada, el grupo estaba por encima de sus integrantes.

Cyra pensaba lo mismo, o así había sido siempre. Era tan extraño sentirse apartada que no se reconocía a sí misma. En realidad, no tenía ningún problema con Ilama o Loran; lo tenía consigo misma, no se soportaba. Por eso necesitaba resolver su propio enfado antes de volver con ellos. Quería pedirles disculpas y que fueran sinceras. Necesitaba tranquilizarse. No quería terminar con el resto igual que había acabado con Ilama y Loran.

Ni siquiera quería pasar tiempo con Pyre, y si había alguien que podía contagiarse de su desprecio por Astra, era ella. Pero, por primera vez, había algo que las separaba. Un secreto que no le quería contar, que tenía que ver con Lobo y ese chico que se juntaba con sus perros. ¿Por qué no confiaba en ella? Siempre se apoyaban a ciegas y saber que había puesto distancia entre ambas le dolía tanto como su enfrentamiento con los otros dos.

Podría haber evitado el salón de baile donde estaban preparando una fiesta en honor a su hermana. La princesa perdida y encontrada, como si fuera una muñeca sin voluntad y no una persona que había decidido no regresar durante todos esos años. Astra estaría guardada como una joya valiosa, en un cuarto bien vigilado. No podía entrar aún en el de Destrel para buscar la llave. Los criados engalanaban la sala y preparaban los instrumentos. Cyra detuvo a un chico joven que cargaba con un jarrón tan grande que, posiblemente, podría meterse dentro.

—¿Cuándo va a ser el baile?

—Esta tarde.

Cyra estaba acostumbrada a que su presencia tensara a la gente, pero el chico parecía más crispado de lo normal. Torció los labios en una sonrisa que hizo que la mirada del muchacho revoloteara a su alrededor en busca de una vía de escape.

—¿Todo bien?

—Sí, mi señora. Vamos un poco ajustados, pero estará todo listo a tiempo.

—Más os vale. —Ladeó la cabeza y ensanchó la sonrisa. El chico tragó saliva y dio un paso atrás. Parecía un conejo asustado. Cyra se sentía ante él como un lobo hambriento—. Imagínate que enceráis demasiado el suelo. La pobre princesita no está acostumbrada. ¿Y si se resbala y se parte la cabeza? ¿Y si se atraganta con la comida y no conseguimos salvarla? Puede haber un accidente, y la responsabilidad sería solamente vuestra.

—Cyra, acompáñame.

Se sobresaltó más que el pobre chico. No quedó claro si este hizo una inclinación o si sus rodillas se doblaron de alivio antes de escabullirse y seguir con su trabajo. Cyra no esperaba que nadie le estuviera escuchando, mucho menos Zheera. La capitana tenía un semblante tan serio que parecía cincelado en piedra. Su mirada le pesaba sobre los hombros hasta empequeñecerla. Zheera no había dejado lugar a réplica, ni la chica tenía ánimo de contestar, así que la siguió de vuelta a su ala de palacio.

Zheera tenía una forma de andar elegante y al mismo tiempo contundente. Sus botas no resonaban contra el suelo como las de Cyra, pero tenían más autoridad. Parecía ordenarle al mundo que se deslizara bajo su peso, y el mundo obedecía. Cyra se mantuvo dos pasos por detrás de ella, mientras repasaba una y otra vez la conversación. Se preguntaba cuánto había escuchado Zheera. Había días en los que se arrepentía de haberse levantado, pero aquel día en concreto estaba yendo tan mal que esperaba que, como remate, un muro se derrumbase sobre ella y acabase con su vida antes de que siguiera haciendo daño a quienes le importaban.

Zheera salió al patio por la puerta desde la que los galgos iniciaban las carreras matutinas. A lo mejor la castigaba sin palabras, le ordenaba echar a correr sin destino fijo, para que reflexionara. Pero al salir, Zheera siguió el camino del bosque y Cyra fue tras ella a poca distancia. No podía ver la expresión de su capitana y se alegraba por ello. No hacía falta ser muy lista para imaginar que, como poco, estaba enfadada. Cuando por fin se volvió hacia ella, Cyra tuvo que tragar saliva para mantenerle la mirada. No, no era enfado lo que había en su semblante, sino decepción.

—¿Cuánto hace que formas parte de los galgos, Cyra?

—Desde muy pequeña —murmuró y frunció el ceño para hacer memoria—. Antes de los ocho años.

—No celebraste tu octavo cumpleaños porque ya eras una de los nuestros, y para nosotros esas cosas no tienen importancia. Te costó una pelea con tus institutrices y enfadarte con tu hermana. ¿Lo recuerdas?

—Lo recuerdo —mascullό entre dientes.

—Hablé contigo entonces, para saber si estabas bien. Y me dijiste que no te importaba, que no tenías ninguna hermana. ¿Te acuerdas de lo que te respondí?

—Sí. Que tenía siete hermanos.

—Eras una más en el grupo, y siempre te he pedido tanto como al resto. Ni más, ni menos. Tuve mis dudas, claro que sí. Todo el ejército dudaba de ti. Al contrario que el resto, tú dejabas atrás una vida distinta, llena de lujos y privilegios. Pero te adaptaste bien, y seguías las mismas normas que los demás. No eras perfecta, ninguno de vosotros lo es, pero siempre has conseguido que me enorgullezca de ti.

«Hasta ahora». No lo dijo, no hizo falta. Quedaba tan claro que Cyra fue incapaz de tragar saliva. Desvió la vista hacia los árboles y pestañeó con furia. La niebla se enredaba en las ramas altas de los árboles. A Cyra le habría gustado convertirse en nube y dejar que aquellas lanzas verdes le atravesaran el estómago.

—No sé qué te ha pasado con los demás. No, no me lo han dicho, pero os conozco desde que erais pequeños y noto cuándo el grupo no está a gusto. Me parece que estás entrando en una espiral destructiva. No entiendo por qué amenazabas a ese chico que trabaja para llevar algo de dinero a casa. Os he enseñado a ser valientes, pero nunca a abusar de aquellos más débiles que vosotros. ¿O lo has aprendido de mí?

—No —murmuró ella con esfuerzo, sin atreverse a alzar la voz.

—¿Te había hecho algo el chico?

—Nada.

—Ilama y el resto, ¿te han hecho algo?

—Nada.

—Mírame.

Ella alzó la vista porque era una orden. Se esforzó por mantener la mirada clara, sin que la tristeza o la vergüenza le llenaran los ojos de lágrimas. Mejor que se convirtieran en la bilis que se derramaba y goteaba en el estómago. Zheera estaba tan seria que ni siquiera parecía humana. Si las montañas mirasen, tendrían esos mismos ojos.

—Tienes una familia por la que te esforzaste durante años, que te quiere como si fuerais parte de un mismo ser. Por eso se llaman manadas. Los demás han dejado sus familias atrás, han hecho las paces con lo que les pasó. Se muestran indiferentes ante ellas o les desean lo peor, pero nunca permiten que sus sentimientos afecten al resto. Tienes que aprender a hacer lo mismo, Cyra. Si no, me demuestras que nunca has dejado el pasado atrás.

Le hubiera gustado responderle algo que le devolviera su confianza en ella, pero solo tenía un nudo en el estómago y una mano invisible que le apretaba la garganta. Zheera esperó y, finalmente, soltó el aire despacio, en lo que podría ser un suspiro.

—Espero que te decidas, Cyra. No puedes mantener el corazón en un sitio si se te desgarra por querer estar en otro.

3

No volvió al castillo con su capitana. Dejó que se alejara mientras caminaba por el bosque e intentaba perderse. Quería dejarse atrás a sí misma. Las palabras de Zheera y esa mirada tan decepcionada la perseguían sin darle tregua. La niebla se desgranó en una lluvia tan fina que las gotas de agua parecían flotar en el aire y esperar con paciencia a que Cyra saliese a su encuentro para adherirse a su piel. Notaba los mechones de pelo pegados a la cara, tan húmeda que las gotas de agua se le condensaban en la barbilla y en la punta de la nariz. Si no iba con cuidado podría resfriarse. Aun así, no le importaba. Fantaseó con seguir caminando, con adentrarse en ese bosque para nunca volver. Podría sobrevivir entre plantas salvajes y fieras, o bien atravesarlo, cambiarse el nombre, no detenerse hasta que sus piernas encontraran una solución mejor que ser ella misma. Parecía más fácil que arreglar lo que le esperaba de vuelta en palacio, porque sabía que en realidad tenía que arreglarse por dentro. ¿Y si no encontraba ninguna solución?

La oscuridad empezó a derramarse con una lluvia que se volvía cada vez más atrevida. Cyra se dio cuenta de que no podía retrasarlo más. Arrastró los pies por el barro del camino de vuelta. Llegó a las puertas tiritando, y los guardias la lanzaron una mirada que ya no sabía si era de respeto o resignación. Cerca de su cuarto se cruzó con una criada y, al seguir su mirada, se dio cuenta de que había dejado un sendero de huellas de barro. Mascculló un insulto y la mujer se apartó, sin saber que solo se estaba insultando a sí misma. Se quitó las botas para llevarlas en la mano. Los calcetines estaban empapados y seguía dejando un rastro tras ella, pero solo de humedad. Cuando llegó al dormitorio de los galgos lanzó las botas bajo su cama y se derrumbó sobre el colchón sin que le importase lo más mínimo empaparlo. Al menos era ella la que tenía que dormir allí esa noche.

No había tenido tiempo para soltar el aire y recrearse en su miseria cuando la puerta se abrió con un estallido de ruido, risas y voces cálidas que hablaban a tal velocidad que casi no podía distinguirlas. Thevi e Iveht tenían tanta energía, y tan distinta a la suya, que no supo cómo reaccionar, como si hubiera pasado de nadar en agua helada a una bañera caliente por arte de magia.

—Eh, Cyra, te estás perdiendo el baile.

—¡Destrel se ha puesto un vestido celeste! —El segundo mellizo estalló en carcajadas—. Como una jovencita inocente.

Cyra frunció el ceño. Sí, en los bailes de los nobles, los colores celeste, lila y rosa pálido solían usarlos los jovencitos e incluso los niños. Indicaban que no tenían carga política, como si se volviesen más inocentes comparados con los asistentes que vestían de colores tierra. Era un gesto algo arcaico que no todo el mundo tenía en cuenta. Tiempo atrás se usaba cuando un noble se unía a una persona de baja clase social. Una costumbre criticada entre ciertas partes del pueblo y romantizada por otras. Podría no tener mayor importancia, si no fuera Destrel quien lo había hecho. Su hermana nunca había dejado nada al azar.

—Han puesto comida tan delicada que te juro que más de un invitado se va a comer las flores de decoración.

—La música es de lo más aburrida. Apuesto a que les han dicho a los músicos que toquen la pieza más insulsa y suave posible para que adornen sus palabras. A los nobles les encanta escucharse hablar.

—Y Astra tenía las uñas sucias de tierra, y nadie sabía cómo decírselo sin quedar mal. —Cyra creía que era Thevi el que volvía a reírse al contarlo.

—Al parecer, lo primero que ha pedido cuando la han anunciado y toda esa ceremonia es que le lleven plantas a su dormitorio. No ramos de flores, ¡plantas!

—A lo mejor echa de menos las montañas.

—¿Y qué será lo siguiente? ¿Una cabra?

Los dos rieron y Cyra se encontró sonriendo. Se había dejado arrastrar por el buen humor de los mellizos. Sus problemas no iban a desaparecer, pero al menos se sentiría mejor durante un rato. Creía que era Iveht la que se dejó caer junto a ella en la cama.

—Deberías ir. Es divertido.

—Supongo. Tengo un día asqueroso.

—Ya lo sabemos —dijeron ambos a un tiempo. Tanta sincronía podría haber resultado siniestra si no tuvieran esa expresión de niño que comenta una travesura, con las cejas altas y media sonrisa.

—Me he portado mal con todos. Con Ilama, con Loran, con gente que no conozco, con Zheera...

—Todos tenemos días malos —respondió quien creía que era Iveht, encogiéndose de hombros—. Mientras se trate de un día y no de tu nuevo carácter...

—A lo mejor soy así de insoportable y no nos hemos dado cuenta hasta hoy.

—Si quieres arreglarlo con ellos, es que no estás tan mal del todo.

Los mellizos nunca hablaban en serio de nada. Ni siquiera cuando filosofaban sobre la vida o la muerte. El hecho de que Thevi (creía que era Thevi) le dijera un comentario amable en ese momento fue como si estirara las palabras para convertirlas en un abrazo que no merecía, pero que necesitaba.

—Todo tiene solución mientras sigamos vivos. Y cuando muramos, no va a haber ningún problema que nos importe. —Iveht le palmeó el hombro y luego arrugó la nariz—. ¡Qué asco! Estás empapada.

—Solo es agua.

Ella se secó los dedos en las sábanas y se puso en pie de un salto. Compartió con su hermano una mirada que bastó para que ambos se pusiesen de acuerdo. Empezaron sacar de los bolsillos chucherías y chocolates que dejaron, envueltos en un pañuelo, en el armario de la ropa. Cyra se rio entre dientes.

—¿Qué pasa, que os habéis quedado con hambre?

—Como te pongas en plan superior con nosotros, no lo compartimos contigo.

—De no haber sido galgos nos hubiéramos hecho piratas, ¿verdad, Iveht?

—Unos piratas temibles y estupendos —respondió ella con una sonrisa satisfecha—. ¿Volvemos?

—Venga. ¿Vienes, Cyra?

—En un rato.

—Si te pierdes cotilleos interesantes tendrás que suplicarnos para que te los contemos.

Ella puso los ojos en blanco y los mellizos se fueron con la misma rapidez con la que habían entrado, dejando un poco de la electricidad que parecía acompañarlos siempre, así como una parte de su positividad. Parecían capaces de suavizar las situaciones duras, les bastaba con reírse de todo, incluidos de ellos mismos, y seguir hacia delante.

El baile no le importaba a Cyra lo más mínimo, pero en su cabeza seguía la idea de volver a la sala de la verdad y desnudar todos sus pensamientos hasta dejar de ser una desconocida que estropeaba todo lo que le importaba. La verdad dolía, pero le hacía falta conocerse para empezar a deshacer el lío en el que se había metido. Aún la enfurecía que Ilama hubiera defendido a Astra. Podía ser todo lo buena persona que quisiera, pero desde que había llegado, todo había ido a peor. Nunca creyó que pudiera detestar a otra persona más que a Destrel. Al menos, nada de lo que hiciera su hermana mediana la había afectado tanto.

Se quitó la ropa y la estiró en la cuerda que tenían junto a la ventana. Se secó y se cambió de ropa. No importaba que compartiesen muchas prendas y que prácticamente todo le quedara grande, excepto la ropa que solo ella y los mellizos podían usar. Había aprendido a ajustársela hasta tener un aspecto presentable. No era porque a ella le importasen esas cosas, sino porque Zheera había insistido en que era lo adecuado.

¿Seguiría pensando la capitana en ella? No sabía cuánto tiempo iba a concederle para corregir sus errores. Sentía que a ella no podía rebatirle nada. Zheera también había sido parte de una camada y entendía cómo funcionaba mejor que la propia Cyra. Hablaba muy poco de los mastines, mas cuando lo hacía, su voz sonaba diferente. Más profunda. Se cargaba de tanto sentimiento que le era imposible ocultarlo, aunque mantuviera el tono firme. La mayoría habían muerto jóvenes, y aunque no era algo extraño en una camada, Zheera nunca había contado qué había pasado con ellos. Habían oído habladurías, pero nunca de una fuente lo bastante fiable como para estar seguros. Los pocos que habían sobrevivido se habían alejado de la corte. Zheera era la única que se había quedado para entrenar a la siguiente camada.

Pensar que llegaría un día en el que los galgos tomarían caminos distintos hacía que le pesara el pecho y le costase respirar.

Apartó de sí esos pensamientos y se puso en pie. Se deshizo de las trenzas y se cepilló el pelo húmedo. No quería ponerse las mismas botas mojadas, así que cogió unos botines de cuero, bastante cuidados, porque solo Petra e Ilama solían usarlos. Hacían menos ruido al caminar que las botas, aunque Cyra sabía que el sigilo nunca había sido su fuerte. Con ropa seca y aspecto más presentable, o al menos más discreto, dejó el cuarto para dirigirse al de su hermana.

Captó la música del baile y el sonido de las conversaciones cuando llegó a la parte central del castillo. Los mellizos tenían razón: la música sonaba insulsa y no parecía un baile como tal, sino una excusa para que todo aquel que se considerase importante conociese a la heredera y se jactase de haber estado a su lado desde el primer momento, de no haber dudado jamás de su palabra. No bajó, dio un par de rodeos por los pasillos de servicio y se internó por corredores ocultos que casi nadie usaba.

El pasillo de los dormitorios reales estaba bastante vacío. Los dos soldados que vigilaban el ala se habían acercado al otro extremo, intentando que les llegara mejor el sonido de la música o de las conversaciones. Cyra se esforzó por moverse con sigilo y llegar hasta la puerta del dormitorio de su hermana. Empujó la puerta, que la delató con un cascabeleo sutil. Entró a toda prisa y cerró tras de sí. Esperaba que los guardias estuvieran lo bastante distraídos como para no haberla oído.

El estúpido gato de Destrel le bufó antes de escabullirse bajo la cama. Mejor para él; si Cyra hubiera podido agarrarlo, lo habría lanzado por la ventana. A pesar de ser mayor y estar gordo, ese bicho era escurridizo. Le gruñó, pero no perdió tiempo con él. Repasó el cuarto con la mirada. No creía que guardase la llave en el vestidor o en el tocador, ni tampoco en la mesita de noche, aunque abrió el cajón por si acaso se equivocaba. Allí solo había pañuelos de una tela tan suave que Cyra tuvo tentación de acariciarlos. Cerró el cajón y encontró varios frasquitos de hierbas. Frunció el ceño, pero no perdió el tiempo con ellos y se dirigió al mueble grande de madera tallada, cuya superficie estaba repleta de cajones irregulares que encajaban de forma armónica.

Empezó a abrirlos y encontró libros, papel y pluma, mapas antiguos... En uno de los cajones descansaba un puñal con joyas incrustadas, más decorativo que útil. En otro encontró una taza tosca y pequeña hecha de lo que parecía auténtico oro.

La puerta se abrió. Cyra dio un respingo cuando. Destrel entró con tranquilidad, como si Cyra no hubiese entrado a hurtadillas, sino que hubieran quedado para verse en su cuarto. Cerró la puerta y la miró con una sonrisa de desdén, mientras ella se maldecía por no tener el sigilo de los mellizos.

—¿Puedo ayudarte con algo o prefieres seguir buscando entre mis cosas sin permiso?

—Dame la llave —respondió sin rodeos. Qué más daba, ya había hecho el ridículo.

—¿Qué llave?

—La de la sala de la verdad. No tienes más derecho que yo a guardarla.

—¿Para qué quieres...? —Negó con la cabeza—. En realidad, no me importa. ¿Quieres la llave? Te la doy, pero antes, siéntate. Vamos a hablar.

No iba a hacerlo, pero eso a Destrel no pareció importarle. Colocó la silla del tocador frente al diván, en el que se sentó, recogiéndose el vestido con un movimiento elegante que, de tanta práctica, parecía natural. Estaba ridícula con eso puesto; intentaba esconder su personalidad con el traje de una niña ingenua. Cyra se preguntó si engañaría a alguien. Se acercó y apoyó los antebrazos en el respaldo de la silla.

—Creo que alguna vez hemos pasado meses sin vernos, y míranos ahora —comenzó Destrel—. Has venido dos veces a hablar conmigo en privado en muy poco tiempo. Cualquiera diría que nos llevamos bien.

—Ese cualquiera tiene que ser bien imbécil.

—¿Alguna vez estás de buen humor?

—Cuando estoy frente a una víbora que lleva un repollo rosa por vestido, no.

—Es horrible, ¿verdad? —concedió Destrel, y estiró las comisuras de sus labios con disgusto.

—Tú sabrás, eres quien se lo ha puesto. Como si fueras a engañar a alguien.

—Es un gesto de buena fe. No importa si me creen o no, lo que importa son las apariencias.

—No me digas que tú también has cambiado de opinión y ahora adoras a la buena de Astra.

—La odio con tantas fuerzas como tú —respondió con tanta sinceridad que Cyra abrió más sus ojos, impresionada a su pesar.

Destrel era una experta en envolver las mentiras con tantas palabras que la verdad se volvía irreconocible. Lo último que Cyra esperaba era que fuera tan clara con ella. No pudo evitar lanzar una mirada a la puerta, como si volvieran a ser niñas y temiera que cualquier guardia las oyera hablar mal de su hermana mayor.

—¿Qué es lo que no le perdonas, que vuelva o que no haya querido hacerlo hasta ahora? —preguntó Destrel—. ¿Te han dicho ya que no preguntó por ti ni una sola vez en todo el viaje?

Cyra apretó los labios. No le sorprendía; lo que le daba rabia era que le siguiese doliendo. No podía tener el corazón en dos sitios. Eso había dicho Zheera. No podía pertenecer a una familia si le seguía doliendo no estar en la otra. Destrel se había mostrado más sincera de lo que Cyra recordaba, así que le resultó sencillo hacer lo mismo.

—No le perdono nada. Las cosas estaban bien antes, todo estaba en su sitio. Ojalá no hubiera vuelto. Ojalá estuviese muerta y pudiéramos seguir con nuestra vida.

—Lo entiendo. —La voz de Destrel era peligrosamente suave y Cyra se tensó de nuevo—. Y, además, tengo más motivos que tú para sentirme así: me preocupa el reino. Por mucho que ahora aplaudan su regreso, no está lista para gobernar. No puede hacerlo.

—Pero tú no puedes evitar que la coronen.

No recordaba demasiado de las lecciones de leyes como para afirmarlo, pero conocía a su hermana. Si hubiera una sola posibilidad de que Astra no heredase, Destrel estaría luchando con uñas y dientes en vez de hacerse a un lado, engalanada con ese ridículo vestido que era como una bandera de rendición.

Destrel sacudió lentamente la cabeza. No parecía derrotada. Al contrario, clavó los ojos en ella.

—No. Vamos a dejar que se ponga esa maldita corona. Que se siente en ese trono tan frío y, a lo mejor, que meta la pata un par de veces. Y luego vas a matarla.

—¿Qué?

Esperaba que rompiera a reír o le lanzara una de esas sonrisas de superioridad, pero Destrel se mantuvo firme y seria. Cyra se echó atrás. La sorpresa se empezó a disipar y dejó el familiar cosquilleo de la rabia. ¿Cómo que ella iba a matarla? ¿Desde cuándo se había convertido en la ejecutora de Destrel? Esbozó media sonrisa y alzó las cejas.

—Has perdido la cabeza.

—No. En realidad, vas a tener que hacerlo, quieras o no, pero no te preocupes: te compensa. Lo has dicho antes: si Astra muere, todo volverá a su sitio. Será incluso mejor; te doy mi palabra de que os dejaré tranquilos. A ti y a todos los galgos. No tienes por qué creerme, pero puedo decirte lo mismo en la sala de la verdad.

—Mátala tú si tantas ganas tienes.

—No, lo harás tú. Me lo debes.

—¿Qué te debo? —bufó Cyra y se le escapó el aire en un sonido parecido a una carcajada—. ¿Por qué te iba a deber yo algo?

—Porque, a cambio, le perdonaré la vida a Pyre.

—¿Me estás amenazando?

—No —respondió con los ojos en blanco, como si lo que le ofrecía estuviera claro—. Te propongo un trato. No tengo la culpa de que tu amiguita se dedique a quemar gente viva.

—Pyre no hace eso.

—¿No? El pequeño Dalir no opina lo mismo. A lo mejor es porque vio cómo escapaba corriendo el día en que su casa ardió y sus padres murieron abrasados. ¿Te ha contado Pyre por qué la atacó el perro de Lobo? Sí, el mismo perro que me obligaste a matar. ¿O ya lo sabías y has sido cómplice?

—No sé de qué hablas.

—Me lo imaginaba. —Destrel había cruzado una pierna sobre la otra y balanceaba el pie en el vacío mientras hablaba. A Cyra le recordaba al movimiento lento y sinuoso de un gato que sujeta un ratoncito entre los dientes—. Como mínimo, Pyre ha matado a los padres de un chico. No sé si es la primera vez y temo que pueda volver a hacerlo.

—Eso es mentira —respondió con voz brusca.

—¿Por qué no se lo preguntas a ella?

Recordó esa noche en la que salieron juntas al pueblo y el extraño encuentro con Lobo. El nerviosismo de Pyre, el brillo febril en sus ojos. Casi salieron corriendo. Allí le había preguntado qué le pasaba, y ella había esquivado el tema como si le diera miedo o se tratase de algo terrible. Destrel seguía moviendo el pie rítmicamente. El vestido, de ese estúpido color celeste, le acompañaba el movimiento. Parecía que se columpiase. De hecho, esbozaba una sonrisa amplia y satisfecha. Cyra quería arañársela y arrancarle los labios. Quería volver a esa noche y zarandear a Pyre de los hombros para que le dijera la verdad.

Destrel se puso en pie y entró con pasos ligeros en el vestidor. Se reía entre dientes. Cuando salió, llevaba un saquito de terciopelo del que sacó una llave que Cyra reconoció al momento: era justo la que había venido a buscar. Destrel la dejó sobre la cama y se recolocó el pelo, mirándose de reojo en el espejo.

—Me esperan abajo, pero aquí la tienes. Haz lo que quieras. Arrastra a tu amiga hasta allí y pregúntale, si hace falta. No es una amenaza; te tiendo una mano. Aunque yo no diga nada, todo esto terminará por saberse. Ha habido testigos a los que solo les falta atar un par más de cabos. Pertenecer a los galgos no la salvará del juicio que se merece. ¿Sabes que, si la condenamos a muerte, tiene que ser Zheera quien acabe con ella?

Cyra agarró con tanta fuerza el respaldo de la silla que una de sus uñas se rompió contra la madera. Quería gritar que era mentira. Iveht ya le había hablado del chico. Todos esos cabos sueltos podían unirse para presentar una imagen terrible.

—Sé que te parezco la peor persona del mundo —añadió Destrel, con una voz aún más suave que sus guantes de seda—. Pero no te estoy ofreciendo un mal trato. A las dos nos molesta Astra. Cuando desaparezca, las cosas serán como antes, y yo me encargaré de proteger a tu amiga. Tú estás entrenada para matar, hermanita. Te irá mejor que a mí. —Se encogió de hombros e hizo un gesto con la cabeza hacia la llave, antes de abrir la puerta—. Toda tuya. La próxima vez que quieras algo mío, pídemelo. Las dos ahorraremos tiempo.

Salió del cuarto con pasos tranquilos. Cyra seguía agarrando la silla. El sonido de su corazón ocupaba todo el cuarto. Pyre no podía ser culpable. No podía. ¿O quizá sí? Con un grito lanzó la silla contra la pared. El golpe derribó una escultura de metal que hizo un ruido espantoso, pero no lo bastante fuerte para ahogar su aullido.

Las sienes le palpitaban. Cogió la llave y salió del cuarto. Los guardias la miraban, no muy seguros de si debían entrar o no en el cuarto de su hermana. Ella los ignoró por completo. Caminó a zancadas tan grandes parecía correr. Apretaba la llave con fuerza. Bajó la vista y vio que el dedo anular sangraba y que tenía la uña rota, aunque hasta entonces no había notado el dolor. No importaba. Tampoco le importaban todas esas miradas sorprendidas e incómodas que recibió cuando entró en la sala de baile, ni que la gente se apartara de ella. Pyre no estaba allí. El resto del mundo le daba igual, incluida una Astra que le lanzó una mirada preocupada, y Destrel, quien, a su lado, tenía ojos de gato sonriente.

Salió de allí ignorando a todo el mundo. Ignorando los pasos que corrieron tras ella hasta alcanzarla.

—¿Qué ha pasado? —preguntó Thevi.

—Pyre. ¿Dónde está? Tengo que encontrarla.

—Dijo que estaría en los tejados. ¿Qué ha pasado?

—Vuelve. Tengo que hablar con ella. —Frunció el ceño y se giró hacia él—. Os quiero mucho, Thevi, pero como tú o tu hermana me sigáis para espiarnos, os juro que no os volveré a dirigir la palabra en la vida.

Cyra no sabía qué expresión tenía al hablar, pero Thevi retrocedió un paso con los ojos muy abiertos y asintió sin decir una sola palabra. Se quedó en el pasillo, mudo, mientras ella cambiaba de rumbo para correr escaleras arriba hacia el tejado.

Hacía falta algo más que una carrera por palacio para quitarle el aliento, pero cuando salió al fresco, Cyra sentía que el aire le raspaba la garganta y le pesaba en los pulmones. No tenía el sigilo de los mellizos y sus piernas se desplazaron con más torpeza de lo habitual por las tejas de arcilla.

—¿Pyre?

La voz no le temblaba tanto como las manos, pero sonaba extraña. Una teja se deslizó bajo su peso y ella estiró los brazos para recuperar el equilibrio. ¿Y si se mataba? ¿Dejaría Destrel que siguieran investigando? ¿Qué había de cierto en todo aquello? Las dudas la abrasaban y volvió a gritar:

—¿Dónde estás, Pyre?

—¿Te ha pasado algo?

Pyre tenía los rizos revueltos por el viento y unos ojos enormes. Se acercó a ella con pasos rápidos y buscó con la mirada alguna herida en su cuerpo. Cyra sentía los hombros tensos y la respiración agitada.

—¿Qué pasó con Lobo y con su perro?

Pyre se tensó como si acabara de amenazarla con lanzarla desde el tejado.

—Te dije que era cosa mía. ¿Has estado investigando? —preguntó con tono dolido y ojos asustados.

—Es Destrel quien investiga. Pyre, ¿los mataste?

«Dime que no», quiso añadir. La creería sin llevarla a esa maldita sala que habían creado los dioses. Quería creerla con tantas fuerzas que le dolía. Bastaba con que negase con la cabeza y ella se iría y no volvería a sacar el tema. Pero Pyre se quedó quieta, se abrazó a sí misma y palideció en silencio.

—¿Lo hiciste? Dime que no lo hiciste.

—¿Cómo lo sabe?

Su voz sonaba hueca y tan ligera que el viento la arrastró sin esfuerzo. El mismo viento que se llevó el aire de los pulmones de Cyra. Intentó respirar y no lo consiguió. Se sentó sobre el tejado y escondió la cabeza entre las manos. Esperaba que las tierras se separasen, que el castillo se derrumbara o que una tormenta se rompiera sobre ellas, pero el mundo permanecía impasible. Ella era la única que se hacía añicos.

—Cyra...

—¿Por qué? —preguntó con voz estrangulada.

—Tú sabes muy bien cómo se siente una cuando la ciega la rabia. Tenía que habéroslo dicho, o haber buscado ayuda. Tendría que habérselo contado a Zheera. —No hablaba tanto para Cyra como para sí misma—. Ni siquiera me sentí mal. Cyra, me había convertido en un monstruo. Esa noche lo único que lamenté es no haberme quedado para verlos arder. Y que ese estúpido perro apareciera para estropearlo.

—¿Por qué? —repitió.

En realidad, lo único que quería oír era una risotada que le diera ganas de matarla, que Pyre dijera que era todo una broma, que claro que no había matado a nadie. No deseaba oír ninguna otra respuesta. Dejó caer las manos y la miró. Su compañera tenía los ojos rojos y una mueca que intentaba ser una sonrisa.

—Sé que suena imposible, pero la reconocí. Su voz, el tono en el que llamó al niño pequeño. De repente me estaba llamando a mí y yo era tan pequeña que es un milagro que la recuerde, pero lo hice. Alguna vez fue cariñosa conmigo, pero luego me abandonó. Sé que Zheera dice que el pasado tiene que quedar atrás. Que tenemos una familia y que no ha de importarnos nada más, pero no es tan fácil. —Se le quebró la voz y miró hacia el bosque durante el tiempo que necesitó para recuperar la compostura. O para intentarlo—. Me perseguían incluso en mis sueños: los recuerdos borrosos, la rabia. Hacia ellos, por dejarme en la calle. Hacia esos niños, porque con ellos se habían quedado y conmigo no. No podía quitármelo de la cabeza. No podía vivir.

—Los quemaste vivos.

Pyre se quedó tan quieta que Cyra dudó de que se tratara realmente de su amiga. A lo mejor era una desconocida que llevaba puesta su piel. Le sorprendió lo mucho que deseaba creer que así era. Por las mejillas de su amiga rodaron lentamente un par de lágrimas.

—Los quemaste vivos —repitió, porque seguía sin sonarle real—. Querías quemar también a los niños, pero el perro te lo impidió. ¿Aún quieres matarlos?

Pyre tardó tanto tiempo en reaccionar que Cyra no supo si no la había oído o si no quería hacerlo. Al cabo negó con la cabeza y restregó la cara con las mangas para secarse las lágrimas. Nunca la había oído hablar así, con una voz que parecía hecha de cenizas y ramas secas.

—No. Al principio sí, no sé si quería, pero tenía claro que iba a encontrarlos y... —Se mordió los labios y tragó saliva—. No era capaz de sentir nada. Oía los gritos por la noche. No lograba alegrarme. Pero no me arrepentía. Al principio no. Hasta que llegué a esa calle donde la había oído donde la había reconocido. Y me di cuenta de que no iba a volver a oírla porque no estaba. No podría preguntarles por qué, ni perdonarles, ni gritarles. No están, no... —Se giró hacia ella con expresión vulnerable y confundida—. ¿Destrel lo sabe?

—El niño, Dalir, pidió audiencia. Están investigando qué pasó, pero ella lo ha descubierto antes.

—Ya veo.

El estómago de Cyra dio un vuelco por la forma en la que Pyre contempló el vacío. Su compañera negó con la cabeza e intentó reír, pero se le escapó un sollozo.

—Supongo que es justo.

—No, Pyre. —Se acercó a ella con decisión, aunque temblaba al abrazarla—. Me ha propuesto un trato. Puede ocultarlo todo. Está dispuesta a echarnos una mano.

Ella se quedó quieta en sus brazos y dejó escapar otro sonido entre risa y sollozo. Aunque no le devolvió el gesto, bajó la cabeza hasta apoyarla en el hombro de Cyra. Se estremecía tan ligeramente que más bien parecía tiritar, pero Cyra sabía que estaba llorando y la estrechó con más fuerza.

Sentía que tenía un tornado enredado entre las costillas.

—No va a pasar nada.

—Destrel es venenosa —susurró Pyre—. Seguro que te va a pedir algo a cambio.

—Ya lo ha hecho.

—¿Y qué pide?

—Nada que yo no esté dispuesta a hacer.

—¡Cyra! No es justo. No puedes dejar que te maneje por mi culpa.

—Tenemos un trato, Pyre. Y tú harías lo mismo por mí.

—Solo que tú no has cometido ningún crimen.

—Aún. Puede que nunca. Puede que me acabe pasando. Pero, si lo cometo, tú estarás a mi lado. No pienso dejar que nada lo impida.

4

Había engarzado la llave en un colgante que se movía a cada paso. No lograba acostumbrarse al contacto de la cadena. Le recordaba al nudo de un ahorcado y le hacía pensar en la forma en la que Pyre había mirado el vacío; como si fuera inevitable.

El palacio estaba silencioso, a excepción de los soldados que se encargaban del turno de noche. La madrugada era fría, callada y cruel. Se había cansado de dar vueltas en la cama y cuando salió del cuarto, nadie se lo impidió. Ni siquiera Pyre, aunque sabía que estaba tan despierta como ella misma. No se molestó en calzarse; recorrió los pasillos de piedra con los pies desnudos, concentrada en el tacto suave y rugoso de las alfombras o el frío y duro de la piedra. Prefería poner su atención en lo que la rodeaba, no en la tormenta que amenazaba con desatarse desde dentro de su pecho.

Dio un rodeo innecesario que pasaba frente a los cuartos de sus hermanas. Los guardias se tensaron, pero no hicieron nada. Cyra tampoco hizo un solo gesto amenazante. Se las imaginó dormidas: Astra con el pelo revuelto y expresión tan inocente como la de una niña. Destrel, imposible y perfecta, bajo la capa del sueño que ocultaba toda la crueldad que la pudría desde dentro. No se detuvo, solo quería sentirlas cerca antes de dirigir sus pasos a la sala que los dioses habían decidido regalarles. Seguro que, mientras estos estaban entre los humanos, se habían divertido con situaciones parecidas. Se decía que los dioses eran caprichosos y crueles, como si los hombres estuvieran hechos de un material más noble. Se detuvo ante la puerta y se quitó la cadena con gestos lentos, posponiendo el momento de entrar a la sala. Habían pasado solo unos días desde que había entrado allí con su hermana, pero lo sentía tan lejano que podría haber sido una chica distinta, más idiota y menos amarga. Al menos había aprendido que había que tener respeto a lo que construían los dioses. Caminó con cuidado, casi con reverencia, hasta detenerse en el centro de la sala.

Las paredes eran tan blancas que, incluso en la oscuridad de la noche, bastaba la luz que se colaba por la puerta entornada para iluminarla. Tomó aire y se giró para fijarse en cada pared, como si esperase descubrir algo. Una grieta, un mensaje, una mancha. Pero la sala estaba vacía, con ese aspecto tan inofensivo y tan falso.

—Soy Cyra —dijo a las paredes—. Hija de reyes. Hermana de Destrel y de Astra.

La piedra le devolvía el eco de sus palabras. No sonaban distintas ni más solemnes que lo que hubiera podido decir en otra ocasión, pero cuando intentó decir que sus ojos eran castaños como los de sus hermanas, lo que salió de sus labios fue una frase distinta:

—Mis ojos son azules, como los de mi padre. Del que no guardo apenas recuerdo. Creo que yo no le importaba, y para mí él tampoco es importante.

Las palabras eran sinceras, aunque quisiera evitarlo. Cambiaban de forma traicionera, sin que fuera consciente hasta que vibraban en el aire. Tomó aire y cerró los ojos. Era absurdo que no tuviera otra forma de ser sincera consigo misma, pero había descubierto que sabía engañarse tan bien que no sabía cuánto había de cierto en sus propias palabras. La verdad se enmarañaba con la emoción y sentía que su cerebro era una madeja de lana deshilachada. Por eso empezó a hablar despacio y, por primera vez, puso más atención a lo que escuchaba que a lo que se empeñaba en decir.

—No quiero matar a Destrel. No quiero matar a Astra. Mis hermanas me importan, aunque me gustaría que no fuera así. No quiero que Pyre muera, aunque sea una asesina. Pyre es más importante que mis hermanas porque ellas me abandonaron y ella nunca lo haría. —Hizo una pausa para inspirar hondo y tomar el control justo para que no le temblara tanto la voz—. Si hace falta matar a Astra, estoy dispuesta a hacerlo.

Cyra estaba acostumbrada a esa rabia que quemaba desde los pulmones y consumía los huesos y los pensamientos. Con esa rabia se sentía segura, valiente, intocable. Lo que experimentaba en aquel momento se parecía más a la tambaleante llama de una vela consumida. Cualquier soplo de aire podía apagarla, y le daba miedo quedar en la más completa oscuridad.

—Voy a matar a Astra.

Pudo decirlo. A lo mejor eso significaba que era una verdad inamovible, una profecía, el destino. A lo mejor era que, simplemente, tenía la intención clara de hacerlo. La diferencia importaba poco: estaba dispuesta a matar para proteger a Pyre, y no le importaba que fuera su propia hermana mayor. O a lo mejor no le importaba precisamente porque lo era.

No encontró voz para decir nada más.

Cerró con cuidado y regresó con pasos lentos, como si llevara botas de plomo y no le quedaran fuerzas para levantarlas. Había esperado salir de la sala con la mente más clara, segura de lo que iba a hacer, pero en vez de eso se sentía sucia, cansada y lenta. Evitó pasar delante del cuarto de sus hermanas y bajó las escaleras como si tuviera más de ochenta años.

El calor del cuarto de los galgos era reconfortante, pero a Cyra el frío le brotaba desde los huesos. Podía oír las respiraciones tranquilas y regulares de todos, menos de Pyre. Se dejó caer en la cama boca arriba, sin arroparse ni molestarse en cerrar los ojos. Iveht, o quizá Thevi, murmuró algo en sueños. Cyra los envidió a ambos.

—¿Cyra?

La voz de Pyre era un susurro tan tímido que resultaba difícil de percibir, así que fingió que no haberla oído. Se dio la vuelta para mirar a la pared y se preparó para dejar pasar horas de insomnio, con la mano sobre la llave que se le clavaba en el pecho.

EL ALMA DE UN MÁRTIR

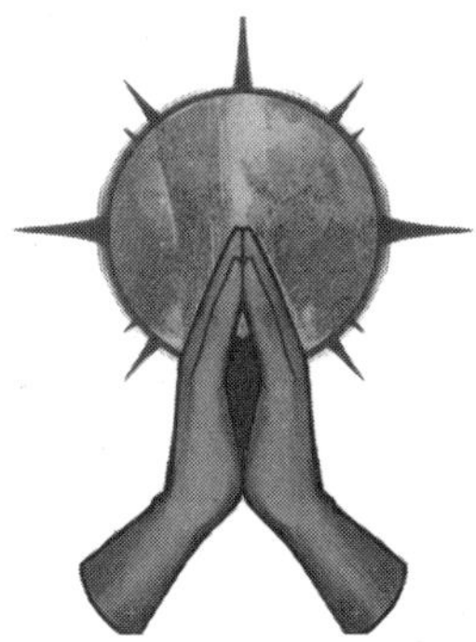

1

El sol entraba de forma estrepitosa por la ventana. La luz salpicaba sin miramientos y, no importaba lo tarde que se hubiera ido a dormir, se despertaba bañada en esa luz cálida e irrespetuosa.

La cama era tan grande y blanda que se transformaba en una trampa cuando intentaba salir. No habría cabido en una sola casa de la montaña. Las mantas eran tan suaves y cálidas que parecían abrazarla, y no había despertado ni una sola vez por el frío o por la incomodidad de quedar en una parte del catre con menos relleno. Aun así, cada mañana, lo primero que sentía al abrir los ojos y ubicarse era un pinchazo de dolor que la nostalgia le arrancaba del pecho.

Logró apartar las mantas y reptar hasta el borde para bajar de la cama. Era extraño no sentir frío al ponerse en pie; en su casa tenía que echarse la manta sobre los hombros para acercarse a avivar la lumbre. El frío se le deslizaba por las vértebras y la estremecía hasta que las primeras llamas danzaban sobre la cuna de madera seca y cenizas. El castillo, en cambio, estaba siempre cálido; Astra ni siquiera tenía que pedir que prendieran su chimenea. El invierno no terminaba de llegar, cada vez se retrasaba más y nadie quería reconocer que las estaciones se desvanecerían si no hacían algo. Además, había tanta gente caminando por las venas de palacio que este no podía enfriarse demasiado.

Entrelazó los dedos y alzó los brazos hacia el techo para dejarlos caer a continuación, tan estirados que un cosquilleo los desentumeció. Soltó un bostezo largo y se puso en pie. Aunque no hacía falta, mantenía la costumbre de ponerse calcetines limpios para ir a la cama. Las botas de Hora descansaban frente al vestidor. Parecían burdas en comparación con todas esas prendas tan delicadas que tenía dentro, pero ella no se ponía otro calzado. No había ningún otro que fuera tan cómodo ni que le hiciera sentir que seguía siendo la misma: los mismos pies, la misma alma.

Y al pensar en el alma dirigió una mirada a las plantas que estiraban sus hojas al sol en el alféizar de la ventana. Había pedido varias, con la esperanza de que pensasen que le gustaban las plantas, y no se percatasen del interés que tenía en la peculiar flor que empezaba a florecer en el tiesto más pequeño. Le había dado auténtico pánico no ser capaz de hacer crecer esa semilla que encerraba el alma de un compañero. Había conocido a Basalto, pero no guardaba muchos recuerdos de él. Era un hombre de gran estatura, hombros anchos y piernas estrechas, y una mata de pelo fino y rubio que coronaba un rostro serio. Astra seguía sin entender por qué celebraron una fiesta tan lúgubre el día en que Basalto iba a marcharse al mundo de los dioses. Él se le acercó y la miró con unos ojos llenos de resignación y una sonrisa triste. Le puso una mano enorme en la cabeza y le revolvió el pelo:

—Cuidarás de mí, ¿verdad que sí, pequeña?

Astra había asentido sin entender las palabras.

Recordaba también que algunos habían llorado. Decían que no hacía falta que se fuera tan pronto, pero Basalto estaba decidido y ni siquiera les respondió. Un grupo de cuatro monjes lo acompañó hasta el umbral. Astra se había agarrado a la mano de Tres con tanta fuerza que, seguro, le estaba haciendo daño, pero él la estrechó contra sí.

—¿Por qué me ha dicho eso? ¿Es culpa mía?

—Nada de esto es culpa tuya —aseguró él con voz áspera—. Es culpa de los hombres.

Basalto no volvió con el grupo que lo había acompañado. Trajeron algo tan pequeño que cabía en una mano: una semilla blanca que Hora custodió con el mayor de los cuidados. No hubo rito de muerte, pero sí rostros tristes y llanto. Astra tardó años en comprender lo que había pasado, y cuando por fin lo entendió, la sensación de desasosiego aumentó. Todo el mundo sabía que Basalto iba a entregar su vida y nadie lo impidió.

Los pájaros trinaban desde fuera y Astra envidió sus alas. Se acercó a la planta. Crecía en ella una flor blanca, parecida a una campanilla, con los pétalos delicados aún cerrados. En la flor no había nada extraño que pudiera verse con los ojos, pero sí que se podía notar una energía única al concentrarse en ella. La planta parecía palpitar, o emitir un zumbido. Le habían asegurado que no sería difícil hacer que creciera, y tenían razón: la planta se aferraba a la vida con decisión, segura de lo que hacía. Astra comprobó la humedad de la tierra y cogió un poco de agua en la palma de la mano para derramarlo sobre la maceta, como si fuera lluvia.

Regó también el resto, aunque con menos dedicación, antes de acercarse a la ventana y descorrer las cortinas de tul blanco. La ciudad despertaba y también en el patio del castillo empezaba el movimiento diario. Los ruidos le llegaban aún con pereza, como si el palacio se desperezara para reunir energías con las que enfrentarse a un nuevo día. Los guardias cambiaban de turno y los criados hacían fila para entrar. No todos vivían en el castillo: muchos de ellos tenían familia y hogar en la ciudad, aunque pasaran los días trabajando para la corte. Al inclinarse, Astra vio a los galgos reunidos en la entrada del oeste, hasta que Zheera les dio una orden y echaron a correr. Su hermana era la más pequeña, y Astra contempló su silueta hasta que se perdió entre los árboles. Le había preguntado a Destrel cómo había terminado Cyra tan unida a los galgos, y la respuesta de su hermana había sido un largo suspiro y un encogimiento de hombros. ¿Qué le había pasado en esos once años?

No había vuelto a hablar con ella desde que había pasado por su cuarto para echarle en cara su ausencia. Astra no tenía excusa: a lo mejor podría haber insistido más para que los monjes se la llevasen con ella. O para que la dejaran ponerse en contacto con sus hermanas de alguna forma. Mientras que Destrel se mostraba comprensiva y parecía que era feliz en la corte, Cyra la miraba con rabia y evitaba su presencia.

Dejó la ventana entreabierta para que a sus plantas les llegara la brisa de la mañana y el canto de los pájaros. Miró de nuevo la flor que encerraba el alma de Basalto. Aunque la horrorizaba lo que el monje había hecho, ella también se estaba entregando a una causa mayor y no sabía si iba a conseguirlo ni cómo iba a terminar. Pero, al menos, podía aprovechar para intentar arreglar las cosas con sus hermanas. Puede que Destrel la hubiera perdonado, pero Astra también la había abandonado a ella. Y sentía que todo lo que Cyra había vivido era responsabilidad suya. Su madre no solo le había dejado el collar al morir, sino también la obligación de cuidar de sus hermanas, cosa que Astra no había hecho. Había pasado once años tan lejos de ellas que la habían dado por muerta. Ahora no era más que una desconocida con rasgos familiares.

Posiblemente era tarde para cerrar la herida, pero a lo mejor podía hacer un gesto que ayudase a consolarlas.

Se dirigió al tocador y vertió agua sobre la palangana para lavarse la cara y despejar del todo el sueño que se le escondía entre los pliegues de la piel. Se peinó el cabello con los dedos húmedos antes de recogerlo en una coleta baja y dirigirse al vestidor para elegir algo sencillo que ponerse para el desayuno. Sabía que su elección no terminaba de ser apropiada, pero aprenderse la etiqueta no era la mayor de sus prioridades y, de todas formas, antes de cualquier evento siempre la acompañaban dos doncellas a su cuarto para elegir ropa más adecuada.

Tenía la mañana tranquila. Destrel le había dicho que iba a estar demasiado ocupada reunida con los sabios, pero que se encontrarían para almorzar. A Astra le apetecía tener un rato a solas, así que casi lo agradeció. Eligió un vestido ligero del mismo azul del que parecían ser las montañas en la lejanía. Le habían dicho que en cenas o bailes debía vestir de tonos tierra, ya que era el color asociado al trono, así que aprovechó que aún no tenía ninguna responsabilidad para ponerse prendas de un color que le recordaba a su casa. Las montañas no eran una patria, eran un hogar. Todos eran extranjeros cuando llegaban y todos encontraban una comunidad en la que refugiarse del frío del mundo.

Sonrió a los guardias que vigilaban su cuarto.

—¿Todo bien?

—Sí, alteza. Sin novedad —contentó el primero con un tono profesional al que Astra no estaba acostumbrada.

—Me alegro.

—Vuestra hermana Cyra pasó por delante del dormitorio ayer por la noche.

—¿Quería verme? ¡Podéis despertarme, no importa lo tarde que sea!

—No, alteza, solo pasó de largo.

Ella asintió como respuesta. Guardaba la esperanza de que Cyra volviese. A lo mejor debía ir a su encuentro, pero le intimidaba cruzarse con los galgos o irrumpir en su espacio. Se acercó a las cocinas, donde le recibieron con miradas sorprendidas y tensas.

—¿Desea algo, alteza?

—¿Podría tomar algo para desayunar?

—Lo que deseéis, pero no tenéis que molestaros en venir hasta aquí. Podéis esperar en la sala, o encargar lo que quiera tomar a cualquier sirviente.

—No es molestia. —Se sintió cohibida por la tensión que generaba su presencia y dio un paso hacia atrás—. Cualquier cosa estará bien.

—Deseáis... ¿pasteles? ¿Carne?

El cocinero parecía rogarle con los ojos que fuera un poco más específica, así que se atrevió a pedir lo que de verdad le apetecía.

—Si hubiera leche os estaría agradecida. Estoy acostumbrada a la de cabra, pero cualquiera servirá. Y... ¿pan tostado?

—Por supuesto. Me encargo de que esté listo enseguida.

Un niño de unos diez u once años que ayudaba en cocina se ofreció a guiarla a un comedor pequeño que recordaba de su infancia. Allí solía comer con sus hermanas la mayoría de los días, ya fuera porque no había nada importante que celebrar o porque en el comedor grande se reunían solo adultos, y tres niñas estorbaban. Lo recordaba más amplio, y con otros cuadros en las paredes: paisajes de bosques y costas. Ahora solo había un cuadro oscuro y sobrio: una naturaleza muerta frente al asiento principal. Las frutas tenían tanto brillo y relieve que le pareció que podría meter la mano en el cuadro y cogerlas. Sin embargo, lo que le llamó la atención fue una codorniz en la esquina del cuadro. Estaba tendida, con el estómago hacia el espectador, las patas tiesas y el cuello torcido. El animal estaba pintado con tanto detalle que Astra casi podía sentir el calor del cuerpecito recién muerto. Había atrapado pájaros y había aprendido a matarlos sin sentir asco. Sabía cómo desplumarlos y cómo trocear sus cuerpos sin la más mínima inquietud. Sin embargo, esa ave muerta del cuadro le pareció una amenaza.

Una cocinera entró en la sala y la distrajo de sus pensamientos. Se acercó a la mesa.

—Espero que esto sea de vuestro agrado —murmuró la mujer al tiempo que dejaba en la mesa una bandeja con mucha más comida de la que había pedido.

—Todo tiene un aspecto delicioso. Muchas gracias.

La cocinera hizo una inclinación al salir y Astra tomó asiento. Había un enorme tazón de leche tibia y más pan del que podría comer. Junto a él, un tomate rojo como un corazón abierto, cortado en dos, con sal y aceite por encima. Le habían puesto también un cuenco de uvas y ciruelas, así como tres trozos de pastel de diferentes sabores.

El estómago le gruñó y pensó en lo poco adecuado que era aquel ruido para una princesa, pero todo en ella era inadecuado. Tenía que aprender a comportarse, a saber qué cosas podía hacer y dónde su presencia crispaba el ambiente. Había muchas normas que había olvidado y muchas otras que desde siempre le habían parecido absurdas. Destrel podría ayudarla, cuando tuviera tiempo.

No pudo terminarse el desayuno. La mitad de la leche y dos rebanadas de pan con tomate bastaron para que se sintiese demasiado llena para probar un bocado más. Por el peso de la costumbre, quiso guardar lo que había sobrado, llevarlo a su cuarto y reservarlo para cuando, más adelante, volviera a tener hambre. No se acostumbraba a la ridícula abundancia de la vida en palacio, que no tenía nada que ver con la forma de vivir de las montañas. No, no hacía falta guardar nada, pero aun así, Astra metió en el bolsillo escondido entre los pliegues de la falda tres ciruelas pequeñas para más adelante. Hubiera recogido su desayuno, pero sabía que volvería a resultar incómodo, así que dejó todo tal y como estaba y se levantó para pasear por el castillo.

El edificio era inmenso y estaba vivo. No era una forma de hablar. Puede que los dioses se hubieran ido, pero su presencia aún palpitaba en las paredes de piedra y su aliento se respiraba en esos pasillos imposibles. Astra había estado en sus dominios y reconocía su presencia, igual que se reconoce el olor de las personas con las que una convive. La sala de la verdad era una de las pruebas de que la magia aún mantenía ese castillo en pie. Su esencia se iba apagando lentamente, aunque aún fuera lo bastante fuerte para aguantar un siglo más, quizá dos. Cuando desapareciera del todo, el palacio se vendría abajo. No eran las piedras lo que sustentaba sus cimientos.

Acarició con reverencia una de las paredes en su camino hacia la puerta del oeste, la más sencilla de todas. Si no hubiera sido uno de los cimientos principales del castillo la habrían tirado abajo hacía mucho tiempo para construir una fachada mucho más ornamentada, pero se habían resignado con dejarla como puerta para mercancías y comerciantes. En el camino, Astra pasó por una sala alargada en la que destacaba un cuadro de la familia real. Se reconoció en la niña situada en el centro, entre los reyes, aunque creía que jamás había tenido una expresión tan serena, y menos de pequeña. Destrel, a su lado, tenía el semblante dulce y Cyra estaba en los brazos de su madre, cosa que nunca había ocurrido, a no ser que la hubieran apoyado sobre su pecho frío después de morir. Pero lo que llamó la atención de Astra fue el corte que separaba la cabeza del cuello de su padre. Habían intentado disimularlo con unas puntadas finas, pero podía notarse con claridad. Alzó la mano para acariciarlo, o quizá para contener una hemorragia imaginaria. ¿Había sido un gesto de burla, de rabia o el más torpe de los homenajes? Se apartó cuando notó que no estaba sola en la sala.

Había visto a Ágeda en el juicio. La anciana no la intimidaba, pero sí que le infundía un respeto tranquilo. Entre los monjes siempre se inculcaba la deferencia a los mayores, cuya opinión solía ser la más valorada, pero no todos los ancianos son sabios ni el paso de los años trae siempre sabiduría. Aun así, Ágeda le había parecido sensata, y se había mostrado a la altura de las circunstancias. Bajó la mano que había apoyado sobre el cuadro e hizo una inclinación.

—Disculpadme.

—No estabais haciendo nada que deba ser perdonado, alteza.

—No, pero imagino que daba una imagen extraña. Podéis llamarme Astra. Creía que mi hermana estaba reunida con vosotros.

—Los debates se hacen interminables cuando uno de los participantes se maravilla con sus propias palabras —respondió ella con una sonrisa divertida—. Y, a mi edad, mantener la postura se hace insoportable. He salido a estirar las piernas.

Pese al paso de los años del que se quejaba, Ágeda mantenía la voz tan firme como la espalda, y no parecía una viejita vulnerable sino una dama fuerte capaz de aguantar dificultades con entereza. Astra entendía por qué la habían elegido para formar parte de los cinco sabios. Tenía acento de Veere, tan erosionado que Astra no acertaba a distinguir si era del Alto o del Bajo.

—¿Echáis de menos a vuestro padre?

—No —reconoció Astra después de alzar la vista de nuevo al retrato—. Sé que suena duro y desagradecido, pero nunca tuvimos una relación muy estrecha. Era una figura, casi una idea, no una persona cercana a la que pudiéramos contarle nuestras preocupaciones. Era más rey que padre. No nos conocimos demasiado. —Le dedicó una sonrisa de disculpa—. Suena horrible.

—Suena sincero. No les debemos a los muertos más que a los vivos.

—¿Por qué le cortaron la cabeza?

—¿Al de carne y hueso o al del cuadro?

—Me refería al del cuadro. Comprendo que los motivos por los que mataron al verdadero son demasiado largos de explicar.

—Es cierto. —Ágeda entornó los ojos hacia el retrato—. Vuestra hermana pequeña necesita expresar lo que la consume. Parece que ponerlo en palabras le cuesta más esfuerzo.

—¿Por qué se unió a los galgos? ¿De quién fue la idea?

—Suya y de nadie más —respondió Ágeda con un tono más duro—. Creo que Cyra combina un ego desproporcionado con una impulsividad que no ha sentido la necesidad de controlar. Que una princesa forme parte de una manada me parece absurdo, pero en este caso concreto creo que es lo mejor que podía pasarle, tanto a ella como a los demás. A lo mejor, en el tiempo que esté ahí, hace algo de provecho.

Astra se tensó y reprimió el impulso de defender a su hermana pequeña. Porque, aunque no hubiese querido verlo, habían pasado once años y Cyra era una desconocida. La anciana pareció notar su incomodidad e hizo una pequeña inclinación.

—Por supuesto, esto se trata de una apreciación personal que no compartiría más que en confianza. No es una sentencia, es mi opinión y no tiene por qué ser la vuestra.

Respondió con otra inclinación suave. Quiso preguntar quién había estado con su hermana cuando se rebelaba y dejaba de asistir a sus lecciones para escabullirse con los galgos. ¿Habría tenido a alguien a quien confiarle sus preocupaciones, alguien que la ayudara a decidir? ¿O había estado siempre terriblemente sola hasta que la aceptaron en la manada?

—Debo volver —dijo Ágeda—. Ha sido un placer poder hablar un poco con vos.

—Lo mismo digo. Habrá más ocasiones.

—Oh, sí. Muchas más.

Astra volvió la vista al cuadro cuando se quedó sola. Le hubiera gustado poder escuchar los pensamientos que cruzaban por la mente de su hermana cuando hizo el corte. Le hubiera gustado estar mucho antes. Tendría que hablar con Destrel y tratar de entender todo lo que había pasado. Soltó un suspiro y continuó su camino.

La puerta del oeste daba al mejor de los paisajes. El jardín era humilde, con una fuente en la que el chorro de agua caía contra el cuerpo de un pez metálico. No había muro, solo seis esculturas que formaban un semicírculo alrededor de la puerta. Pero las esculturas no eran lo importante, Astra sabía que solo ocultaban los símbolos de las piedras que fingían ser un simple pedestal. Ante ella se abría un campo de tonos oro y verde, y los árboles frutales extendían las ramas hacia sus compañeros como si quisieran darse la mano. Era un paisaje demasiado hermoso para una puerta que solo se usaba para las mercancías, pero aquella puerta no se había diseñado para aquella tarea. Astra sonrió. Reconocía los umbrales al reino de los dioses, aunque estuvieran dormidos o los hubieran atrancado. Se sentó en el muro que rodeaba la fuente y siguió con la mirada el contorno de la puerta. Antes de ser una entrada al castillo había sido el portal de un dios tan poderoso y vanidoso que había construido el palacio para encajar en ese mismo sitio la morada real de los dioses y de los humanos.

Los hombres les cortaron la lengua a los dioses y luego los desterraron como si fueran apestados. Cierto era que habían hecho mucho mal, los monjes no lo negaban, pero siempre habían estado entre los dos mundos, que no podían mantenerse separados. Ambos mundos morirían; el de los hombres ya empezaba a palidecer a pesar de que aún estaban conectados por las puertas de las montañas. Los humanos se habían empeñado en creer que no era cierto y en el resto del reino destrozaron todas las puertas para que ninguna pudiera volver a abrirse. Todas, menos la más importante, la que sostenía el castillo, que llevaba tanto tiempo dormida que solo algunos monjes recordaban lo que realmente era. Astra sonrió. Seguro que el dios que ayudó a construirla sabía que perduraría y esperaría, escondida a plena vista, a que llegase el momento de volver a abrirla.

El momento de salvar el mundo.

2

La calma de esa mañana no se convirtió en parte de su rutina. Todo lo contrario; los siguientes días de Astra se llenaron de clases privadas, reuniones y encuentros con personas de su pasado a la que en ocasiones no recordaba.

Se sentía agotada después de una mañana especialmente larga e intensa de hablar con el consejo. Al menos tenía a su hermana junto a ella. Destrel la defendía cuando volvían a poner en duda su identidad o no la trataban de forma adecuada. Ágeda era correcta, mientras que Somo y Batizze se mantenían en una posición intermedia, sin inclinarse mucho a su favor ni en su contra. El más joven estaba especialmente callado, lo que solía ser habitual en él durante las reuniones. Leone era más suspicaz y a Dorothean le faltaba poco para mostrarse hostil.

—No podemos retrasar mucho más su coronación sin romper las leyes que sustentan nuestro reino —dijo Ágeda—. Nos guste o no, es necesario decidir las condiciones lo antes posible y marcar una fecha.

—Solo digo que, aunque ninguno dude de su palabra, esta joven no se ha preparado para reinar. No como Destrel, que ha sacrificado su infancia y su juventud para ser la reina que nuestra tierra merece.

—Ningún monarca gobierna solo —intervino Destrel en tono suave—. Mi hermana contaría con todos mis conocimientos y mi apoyo.

El marqués parecía traicionado. Por la forma en la que miraba a Destrel era como si la princesa hablase en un idioma que no entendiera, o que fuera otra persona desconocida quien moviera sus labios.

—Parece que estás deseando librarte de esta carga, princesa —murmuró en un tono casi amenazante—. Lo que es curioso, teniendo en cuenta lo mucho que te he visto luchar por ese trono.

—Nunca he luchado por el trono, he luchado por el reino.

—¿Y no os preocupa entregarlo a una dama sin formación? —intervino Leone—. Disculpad el tono de mis palabras, pero estamos hablando de ceder el reino a una desconocida que se ha formado en las montañas, bajo la tutela de los monjes que siguen practicando una religión prohibida. ¿Cuáles son tus intenciones al respecto?

—Sé que tenemos opiniones distintas —respondió Astra. Intentó hablar con voz clara a pesar de que oía su propio corazón retumbar en los oídos—. He conocido a los monjes. No les interesa el gobierno o el poder. Querían ponerme a salvo.

—Curioso que te eligieran a ti para hacer una buena obra, en vez de a cualquier niño del reino cuya vida peligrase. —La voz de Leone era un murmullo bajo y afilado, como el de uñas que arañaran cristal.

—El destino habló con ellos.

—¿El destino o los dioses?

Astra bajó la cabeza. Todos sabían a quién se refería, pero no podía decirlo en voz alta a riesgo de que lo consideraran una herejía. Tomó aire despacio. Destrel le sujetó la mano y ella se agarró a ese apoyo.

—Entiendo vuestras dudas, pero he venido para ayudar a mi reino, no porque desee tener el poder de gobernar o cambiar las normas.

—Una de nuestras mayores preocupaciones es que cambies la ley con respecto a la religión —murmuró Destrel—. Está prohibida y debe seguir así. Incluso puede ser necesario endurecer esa ley. Sé que te has criado con esa gente, pero sus dioses no traen nada bueno. Los monjes han robado en su nombre, han saqueado y profanado tumbas. Tenemos que acabar con esta amenaza.

Astra tragó saliva y se preguntó qué pasaría si les confesase que había sido ella una de las que había abierto una tumba, así como el pecho rígido de la mujer que descansaba bajo la tierra. Trató de mantenerse seria y no ruborizarse al asentir.

—Lo entiendo.

—Tal vez sería justo que cedieras más poder al consejo —intervino Batizze con un hilo de voz tembloroso y la vista clavada en el suelo—. Al menos durante los primeros años. Que no puedas cambiar una ley sin nuestra aprobación, y que sea posible delegar ciertas decisiones en nosotros. Así tendrás también una tregua mientras te sigues formando.

—Suena razonable —aprobó Ágeda.

Destrel le dedicó una sonrisa ante la que el sabio se encogió como si quisiera desaparecer dentro de sí mismo. Incluso Leone suavizó el rostro. Dorothean, por su parte, frunció el ceño en un silencio obstinado.

—¿Estarías dispuesta? —preguntó Somo.

—Por supuesto —respondió Astra.

No había mentido al decir que no tenía ambición por reinar. Ojalá no tuviera que hacerlo, o que fuera por un periodo breve antes de devolverle el trono a su hermana. Sin duda, Destrel lo haría mejor que ella. Eso si quedaba un reino que pudiera regirse de alguna forma.

Se sentía culpable por Destrel, que tanto había sacrificado y tanto se seguía entregando para ayudarla. Esperaba que en algún momento entendiera que, aunque lo que iba a hacer parecía destructivo, era necesario. El alma de un mártir, los huesos de un dios, la sangre de un rey. Solo le faltaba eso último para poder hacer el ritual que volviera a abrir la puerta. Lo que pasara después era un misterio. Astra solo sabía que sería lo bastante grande para que el mundo entero se tambalease.

Dorothean tamborileó con los dedos sobre la mesa mientras paseaba la mirada por cada uno de los presentes. Astra había tratado con bastantes animales como para saber que algunos se volvían más agresivos cuando se sentían acorralados. A lo mejor el resto también lo sabía, o puede que simplemente conocieran lo bastante a su compañero para esperar en silencio y sin enfrentarse a su mirada, intentando que Dorothean no saltase sobre ellos. Fue Destrel quien carraspeó y tomó la palabra para dirigirse a ella:

—Creo que nos vendría bien hablar sobre un par de puntos nosotros cinco, a solas. ¿Te molestaría mucho, hermana?

—No, claro que no. —Estaba tan aliviada que ni siquiera le importaba que se le notase en la voz—. Os dejo el tiempo que necesitéis. Podéis llamarme en cuanto lo encontréis oportuno.

Cuatro de ellos inclinaron levemente la cabeza cuando ella se levantó y solo Dorothean se mantuvo inmóvil, con los ojos fijos en los suyos. Destrel había respondido tal vez con demasiado entusiasmo. Contuvo el aliento hasta que salió de la sala y solo cuando cerró la puerta se permitió respirar hondo. Caminar entre dioses le parecía más sencillo. Al menos, sus intenciones eran más claras.

No corrió hasta su cuarto porque sabía que en palacio hasta las paredes tenían ojos. Cuando era pequeña y hacía alguna trastada, nunca tardaban en enterarse. Se contentó con apretar el paso. Tenía el cabello recogido en una trenza tan tirante que le dolía el cuero cabelludo. Eso, sumado a lo interminable que le había resultado la mañana, le provocaba un agudo dolor de cabeza.

Lo lamentó por su doncella, pero se quitó los lazos y las horquillas para que el pelo le cayera suelto sobre los hombros. Estaba dejándolo todo sobre el joyero de vidrios de colores del tocador cuando un revoloteo cerca de su cama la hizo dar un salto y le disparó el corazón. Su primer instinto fue mirar la planta en la que florecía el alma de Basalto. La flor estaba intacta, pero el susto tardó en irse. No podía volver a dejar la ventana entreabierta. ¿Y si el pájaro de su cuarto la hubiera partido en dos un picotazo?

Solo cuando supo que la planta estaba bien buscó al ave. Era un cuervo de un color negro tan brillante que parecía azulado. El animal estaba posado, con aire arrogante, sobre su cama. Las alas brillantes y la cabeza alta, como si le indicara que debía de hacerle una reverencia. Astra buscó algo con lo que atraparlo cuando vio el pergamino atado con cuidado a su pata izquierda.

Al animal le brillaron los ojos, llenos de risa silenciosa.

—Quédate quieto, por favor —susurró con las manos estiradas antes de aproximarse despacio.

Caminaba con el respeto de quien se acercaba a los dioses, aunque el animal fuera del mundo de los hombres. Los cuervos, los lobos, las cabras... eran algunos de los animales que durante muchos años habían podido viajar, junto a los humanos, de un reino al otro.

El animal permitió que se acercase y le acariciara las plumas. Astra acercó la mano al hilo que sujetaba el mensaje. Estaba sujetado con demasiada destreza, así que tuvo que levantarse y buscar por el cuarto algo con lo que cortarlo. El pájaro se movió, inquieto, cuando ella se acercó con la lima de uñas en la mano.

—No pasa nada, tranquilo. No voy a hacerte ningún daño. Tú quieres entregar un mensaje y yo solo quiero leerlo. No pasa nada.

Logró arrullarlo con la voz y cortó el hilo. Tan pronto como el papel se desenganchó, el animal revoloteó hasta posarse en el cabecero de su cama. Astra se sentó en el borde para desenrollar el papiro, que tembló en sus manos. Reconoció la letra afilada y sin apenas espacio entre las palabras de Tres, y sintió como si fuera su voz la que hablaba o sus brazos los que la abrazaban.

«Hora me ha dicho que estarás a salvo. Ten cuidado. La corte es peligrosa. Estoy de camino, y para quien me pregunta, soy Treve, un aldeano en busca de una vida mejor cerca de la corte. Cuervo sabrá encontrarme, dime si estás bien».

Había un incio de palabra que se convertía en un tachón. Astra lo acarició con la yema del dedo, imaginándose a Tres vacilando antes de escribir, de nuevo con trazo firme:

«No tienes por qué hacer nada de esto, Astra. Nos vemos pronto».

La sensación de calidez al leer sus palabras se volvió asfixiante al comprender que Tres se había puesto en camino para estar cerca de ella. Confiaba en él y sabía que era un hombre listo, pero si descubrían que se trataba de un monje no tendrían compasión por él. Apretó la nota en el puño y se lo llevó al pecho. Tendría que destruirla, pero aún no, quería volver a leerla. Tres, cuatro, diez veces más. Hasta memorizar cada palabra y poder repetirla con exactitud cuando se sintiera sola.

El cuervo la seguía observando con curiosidad y mirada altiva. Astra se acercó a la cómoda y buscó un trozo de papel, que cortó hasta hacerlo tan diminuto que no le molestara al pájaro durante el vuelo. Entre las cremas y carmines encontró un carboncillo afilado para pintarse la línea de los ojos y lo utilizó para escribir, intentando hacer letra legible en el reducido espacio.

«Estoy bien. Destrel se alegra de verme y me ayuda. Vuelve YA a las montañas, antes de que te atrapen. Estoy segura. Espero poder volver algún día. Te quiero».

Se dio cuenta de que las lágrimas le picaban en los ojos y que la parte más egoísta de ella misma quería arrugar la nota y escribir otra en la que le dijera dónde podrían encontrarse. Se sentía sola sin él, mucho más sola que cuando perdió a su padre. Pero se frotó los ojos y dobló la carta con decisión antes de buscar entre los cajones y encontrar un hilo de plata que, tal vez, se usara para trenzar el pelo.

El cuervo había saltado hasta su mesita de noche y se refrescaba con el agua que Astra tenía allí, por su costumbre de empezar el día bebiendo un vaso. Cogió una de las ciruelas que se había vuelto a llevar del desayuno y se las ofreció al cuervo. Esperó a que el animal terminara de reponer fuerzas, mientras retorcía la nota de Tres en la mano.

El animal soltó un graznido que sonó a orden impertinente. Astra sonrió divertida antes de anudar, con cuidado, la nota en la pata del ave. Lo acarició una vez más y le ofreció la mano. El pájaro se posó en el dorso de su mano, aferrándose a la piel con las garras. Astra se acercó a la ventana y la abrió para invitarlo a volar.

—Encuéntrale pronto —susurró.

El animal graznó de nuevo antes de extender sus alas y lanzarse al vacío.

3

Debería alegrarse de estar acostumbrándose a la vida en la corte, pero en vez de eso, conforme pasaban los días se sentía más incómoda. No se reconocía con unas prendas tan finas que no hubieran servido para trepar los riscos ni aguantar el frío del invierno. Su pelo parecía el de otra persona, cada mechón se había domesticado y ya no le se escapaba de la coleta baja para pegarse a su frente cuando caminaba. Incluso se había acostumbrado a comer alimentos nuevos, y su estómago había dejado de protestar por el cambio de dieta.

Volvía a ser la princesa Astra, en vez de Astra de las montañas, y el desasosiego que le causaba se convertía en terror cuando despertaba en mitad de la noche en esa cama tan grande y suave y no concebía de nuevo el sueño.

Destrel se las arreglaba para pasar un rato con ella cada día, no importaba lo ocupada que estuviera. Astra no sabía cómo lograba sobrevivir a su día a día sin ahogarse entre tanta responsabilidad, normas y protocolos. La esperaba en la mesa que les habían preparado, frente a una comida lo bastante lujosa para alimentar a una familia. De pie, junto a la mesa, un criado probaba un bocado de cada uno de los platos y esperaba pacientemente. Astra intentó no torcer el gesto, pero al menos el hombre parecía más aburrido que preocupado.

Su hermana llegó con pasos ligeros y elegantes.

—Lamento haberte hecho esperar.

—No hay problema. Me parecía que mi día estaba bastante completo hasta que he recordado todo lo que tenías que hacer tú. ¿Cómo sobrevives?

—Te acostumbrarás —respondió con una mirada divertida.

Alzó su copa de vino y Astra hizo lo propio, porque aún no le había parecido conveniente decirle que aborrecía su sabor. Podría acostumbrarse, suponía. Le quedaban muchas cosas a las que acostumbrarse.

Le costó concentrarse en clavar el tenedor en la carne y hundir en ella el cuchillo sin que el temblor de sus manos revelase lo mucho que le costaba formular la pregunta que le hacía cosquillas incómodas en el labio:

—¿Crees que queda mucho para que me coronen?

—Vaya —ronroneó Destrel con un brillo en los ojos—. ¿Alguien está impaciente?

—No, no es eso —respondió ella de forma atropellada—. Solo quiero hacerme a la idea. Me gustaría estar preparada.

—No demasiado. Dorothean quiere retrasarlo, pero el resto de nosotros no le encuentra sentido. Dos lunas, tal vez. Es complicado, no hay forma de que en poco tiempo te preparemos con todo ese conocimiento que deberías haber adquirido durante años. No es que dude de ti, pero no hay forma de que puedas estar completamente lista.

—Lo sé.

—Pero eres la heredera legítima y las leyes están claras. El consejo te ayudará. Y yo también. No estarás sola, ni tendrás toda la responsabilidad, así que no hace falta atrasarlo demasiado. La incertidumbre es mala para el pueblo.

—Y para cualquiera.

Partió el pan con las manos. Necesitaba ser reina, aunque, si pudiera, abdicaría tan pronto como acabara su misión. No era lo que querían los monjes. Preferían tener al trono de su parte mientras que el mundo entero se adaptaba de nuevo a que los dioses caminaran por la tierra y a que ambos mundos estuvieran conectados. Pero nunca la habían presionado con esa idea, entendían que el sacrificio que iba a hacer era suficiente para pedirle que siguiera reinando después. «O a lo mejor no esperan que puedas hacerlo y sobrevivir», dijo una irritante voz en su cabeza, así que la sacudió.

—Me gustan mucho estas veladas, y poder compartir de nuevo tiempo contigo. Podíamos invitar a Cyra a cenar con nosotras alguna noche.

—Buena suerte, si decides intentarlo —suspiró Destrel—. Decir que Cyra es complicada o inestable es como confundir la luz de una vela con un incendio.

—Ya. —No era la primera que se lo había explicado, pero no quería rendirse. No antes de intentarlo—. Está muy enfadada conmigo y me gustaría hacer las paces con ella.

—Cyra está enfadada con el mundo.

—Pero no todo el mundo le ha fallado como yo. Te estoy muy agradecida por perdonarme, sé que no tenías por qué hacerlo y entiendo la postura de Cyra.

—No eres culpable de secuestro. Eras una niña. No me imagino lo que has pasado con esos salvajes en las montañas.

—No era todo malo.

De hecho, casi nada lo era. Sus recuerdos eran buenos, pero no podía explicarle a Destrel que los monjes se habían convertido en su comunidad y su familia. Ni siquiera ella lo entendería. Los monjes sonaban amenazantes, como si fueran un grupo de fanáticos dispuestos a hacer sacrificios humanos para satisfacer a unos amos crueles. Los dioses se habían convertido en el monstruo con el que se espanta a los niños pequeños.

Su hermana hizo un gesto para que el criado se retirara. En cuanto estuvieron a solas, Destrel se inclinó para poner su mano sobre la suya.

—Entiendo que tuvieras que aferrarte a lo positivo para sobrevivir. Y que, si te han permitido volver o si alguno te ha ayudado a escapar, sientas algún tipo de gratitud. Pero ten cuidado. En palacio hasta los muebles escuchan y murmuran sobre cada paso que damos, cada suspiro que se nos escapa y cada palabra que decimos.

—Tienes razón. Es... Hay muchas cosas a las que acostumbrarme. ¿No te inquieta vivir así, sabiendo que estás vigilada en todo momento?

—Es la única forma en la que he vivido.

Destrel empezó a cortar la carne y se la sirvió sobre el puré de judías y patatas. Derramó salsa de arándanos, tan espesa como sangre que se derramase de una herida abierta. Empezó a trocearla con calma. Astra la imitó. Se le hacía extraño comer un animal al que no había visto vivo, ni entero, como si su carne hubiera sido cosechada en la misma tierra en la que florecían los vegetales. De pequeña, en el castillo, nunca se había preguntado de dónde venía la comida y había tardado muchos años en darse cuenta de que esos animales que tanto le gustaba ver eran los mismos que acababan en su plato: los conejos blandos, las ovejas, los ciervos majestuosos y las vacas de ojos dulces y negros.

Pronunció mentalmente la oración de agradecimiento al espíritu del animal muerto, aunque no tuviera claro cuál fuera hasta que se llevó a la boca el primer trozo para masticarlo con calma. Parecía jabalí, pero nunca antes había comido uno que estuviera tan tierno y tan sabroso. Le hubiera gustado hacer que ese plato del que tanta comida iba a sobrar apareciera en sus montañas y poder compartir ese sabor con el resto de los monjes.

—¿Qué te hicieron?

—¿Perdona? —preguntó Astra, volviendo al mundo. Destrel aún no había empezado a comer. Su estómago debía de ser especialmente delicado porque siempre tardaba una eternidad en dar los primeros bocados, y luego le llevaba otro buen rato terminarse el plato.

—Los monjes. Has dicho que no todo fue malo.

—No. Cuidaron de mí. Me enseñaron a cazar, a distinguir qué setas podía comer y cuáles eran venenosas. —Destrel ladeó la cabeza—. A saber qué días iba a llover o a nevar. O a prepararme para elegir los mejores senderos y llevar lo imprescindible para una marcha larga.

—¿Te enseñaron también algo sobre los dioses?

—Me contaron muchas historias y leyendas. —No quería mentir a su hermana después de todo lo que hacía por ella, pero no podía confesarle que aún había puertas abiertas y que ella misma había caminado por el otro lado—. Conozco muchos de sus nombres, al menos de los que se pueden nombrar, y sé qué hicieron los que dejaron huella en nuestro mundo.

—¿Reconocen que casi nos matan a todos?

—No pueden negar lo peligroso que se volvió todo, pero tienen otra visión. Ya sabes cómo son las guerras, Destrel. Cada bando vive una verdad diferente, y si una persona de cada uno se encerrase en la sala de la verdad, contaría historias distintas.

—Entiendo lo que quieres decir, pero es un tema bastante delicado.

Le hubiera gustado contarle todo. Hablarle de Tres, de Hora, de Rocío y de todos aquellos que habían formado parte de su familia. Quería que entendiese que había aprendido a vivir de otra forma, a comprender otra realidad. No solo la del mundo de los dioses, de una belleza voraz y venenosa. Cada persona tenía su propio mundo. La verdad nunca trazaba líneas claras y rectas.

—Ojalá algún día puedas visitar las montañas —murmuró. Destrel la miró sorprendida—. He dicho que no todo fue malo. Solía pensar que el castillo es grande y ahora me parece demasiado pequeño. No tiene que ver con haber crecido, sé que este edificio puede albergar un poblado entero, pero en las montañas no había límite, solo un cielo de un azul cegador y un mundo entero que se derramaba desde las laderas. Las montañas coronan el mundo y desde allí casi se puede entender el infinito. La tierra y el mar parecen lo mismo y... es precioso. Ojalá pudieras verlo.

Destrel esbozó una media sonrisa. No parecía segura de si era una broma o si Astra hablaba en serio. Aprovechó que estaba masticando para quedarse en silencio. Bebió un trago de vino de la copa y la dejó con sumo cuidado en el centro exacto de la servilleta. Se había quitado los guantes para comer y Astra se fijó en una cicatriz reciente que le atravesaba la palma de la mano.

—¿Qué te ha pasado? ¿Estás bien?

—Sí, no es nada —respondió con un tono seco que trató de corregir con una sonrisa—. No sé si me gustarían tanto las montañas. Estoy demasiado acostumbrada a la vida civilizada de palacio, y a estar siempre ocupada.

—A lo mejor precisamente por eso te iría bien conocerlas.

Destrel no lo negó, seguramente porque lo contrario habría resultado maleducado. No tenía ningún deseo de conocer las montañas, ni de alejarse del castillo donde se había criado.

A Astra le hubiera gustado poder compartir esa parte de su vida con ella, pero podía contentarse con conocerla. Una relación que llevaba rota tantos años no se arreglaba en unos pocos días. Y, a lo mejor, no se arreglaba nunca después de que abriera la puerta de los dioses. Era muy posible que Destrel nunca pudiera perdonarla. Y, por egoísta que fuera, lo único que Astra quería era alargar esos momentos en los que estaban juntas y parecía que podían arreglar sus diferencias.

—Me alegra poder pasar tiempo contigo. ¿Crees que tendrás tiempo de pasear conmigo por los jardines?

—Me gustaría mucho, pero no creo que pueda escaparme —suspiró—. Puedo pedirle a Vera que te los enseñe. ¿Te agrada su compañía?

—Es muy atenta conmigo, pero no será necesario que me acompañe. No te preocupes.

Destrel se pasó la servilleta por los labios con delicadeza, como si acariciara con besos la mejilla de un amante. Se puso en pie y Astra la imitó. Se sentía bajita y pequeña a su lado. En algún momento, en esa ausencia tan larga, habían intercambiado los papeles y Destrel se había convertido en la mayor, a la que Astra imitaba y seguía cuando no sabía qué era lo correcto.

—Sacaré un rato para vernos mañana.

—Gracias, hermana.

Sus caminos se dividieron a los pocos pasos y Destrel se retiró a su dormitorio. Astra no podría reconocer ante nadie sus motivos: quería comprobar que la flor de Basalto estuviera bien y esperaba que el cuervo hubiera regresado con noticias nuevas de Tres. Ojalá dichas noticias fueran que regresaba a las montañas para ponerse a salvo, aunque una parte muy egoísta de Astra esperaba que se quedara cerca, lo suficiente para fantasear con que era posible escaparse y encontrarse con él si en algún momento todo se volvía demasiado duro.

Pero su cuarto estaba silencioso y vacío. Astra dejó escapar un suspiro que le dejó en la boca un sabor amargo. Al menos, la flor crecía con fuerza y empezaba a extender los pétalos, de un delicado blanco casi translúcido. La tierra estaba húmeda, así que Astra se limitó a sentarse a mirarla.

Cada vez estaba más cerca el día en el que debía cambiar el mundo, y aún estaba lejos de sentirse preparada.

4

Había salido a caminar sola, ya que Destrel estaba demasiado ocupada como para dedicarle más tiempo. Vera se había ofrecido a ir con ella, o a prepararle los caballos. Pero prefería poder estar sola con sus pensamientos y, después de haber tardado días en recuperarse del dolor de los muslos tras el viaje, le parecía mucho más tentador ir caminando.

Había pedido que le recortasen el vestido. No solo para ajustárselo a su altura, insistió hasta que lo dejaron un poco más corto. Quería caminar por el jardín sin llenarse los bajos de barro. Sabía que era poco propio para una futura reina, y que las botas de montaña que Hora le había regalado y que ella seguía llevando no contribuían a dar una buena imagen, pero también había aprendido que, si insistía con la seguridad suficiente, nadie se atrevía a contradecir esos deseos.

Era extraño tener autoridad. No terminaba de gustarle, y le daba miedo malacostumbrarse a cumplir su voluntad. Parecía sencillo transformarse en un monstruo cuando nadie se atrevía a negarle nada.

Las nubes llevaban amenazando con lluvia toda la mañana, y cumplieron su promesa cuando caminaba cerca de los rosales. No le importó al principio, no era como cuando la pillaba un chaparrón en mitad de la montaña y no sabía cuándo podría volver a ponerse ropa seca. El palacio tenía muchas comodidades, tantas que, a veces, Astra tenía la sensación de que lo que pasaba al otro lado de los muros era intrascendente: nada tenía consecuencias. Pero la lluvia empezó a arreciar con más fuerza y ella terminó corriendo para refugiarse en uno de los techados que había cada poca distancia, con bancos de piedra tallada y enredaderas con flores que envolvían la estructura. La capa estaba húmeda, pero aun así se envolvió con ella cuando la brisa la salpicó con su aliento frío y húmedo. No, aquello no tenía comparación con el viento despiadado de la montaña. Aun así, el día estaba desapacible. Valoró si esperar allí a que amainara o atravesar el jardín y cambiarse con ropa cálida en cuanto llegara al castillo.

Distinguió el pelo de color fuego de Ilama antes de ver su silueta y su forma de caminar, ágil y elegante, parecida a la de un ciervo al recorrer sus dominios. Se sorprendió echando a correr tras ella, sin darse cuenta de en qué momento había decidido hacerlo. La llamó cuando estuvo lo bastante cerca.

—¡Ilama!

La chica dio un respingo y, por un instante, la miró con sobresalto antes de recuperar su serenidad habitual. Alzó ceja con suspicacia.

—¿Cómo puedes ser tan silenciosa?

—Con mucha habilidad y mucha práctica —mintió Astra en tono desenfadado, sin detenerse.

La galgo también siguió caminando. La lluvia dibujaba caminos en su rostro e intentaba llevarse las diminutas pecas que salpicaban el puente de su nariz. Ilama negó con la cabeza.

—No sé si son las botas o si algún dios te ha bendecido, pero me fijé hace mucho, mientras hacíamos el camino de vuelta. Hay algo antinatural en tu forma de moverte. No haces más ruido que las sombras.

Astra se encogió de hombros y se envolvió mejor con la capa.

—¿Vienes de entrenar?

—Solo de dar un paseo. —Ilama no había olvidado lo sigilosa que podía llegar a ser; Astra lo veía en su forma de mirarla, con la cabeza ladeada y los ojos entrecerrados.

—Entonces igual que yo. No hay sitio donde pensar con tanta gente encerrada en el mismo sitio.

—A tu queridísima hermana Destrel no le gustaría oír algo así. Podría interpretarlo como que ella no piensa. No querrás herir así sus sentimientos.

—Mi hermana no te agrada, ¿verdad?

—Decir eso es quedarse corta.

Alcanzaron otro de los bancos techados e Ilama se metió debajo para refugiarse de la lluvia mientras se colocaba bien la ropa. Astra envidió sus prendas: los pantalones de tela flexible y la chaqueta con un montón de bolsillos sobre la camisa. Era ropa mucho más práctica que su vestido de tela fina, aunque le hubieran recortado los bajos. Ilama se recogió el pelo mojado en una coleta alta. No parecía tener prisa para llegar a palacio y Astra, envuelta en su capa, tampoco.

—Puedo entenderlo. Tiene que tomar decisiones que a veces son desagradables. No es lo mismo el trato que tiene conmigo que el que puede tener con el resto, pero Destrel tiene buen corazón.

—Astra... ¿de verdad lo ves así?

—Claro.

La lluvia agitaba las plantas y envolvía el mundo con su canto frío de agua dulce. Ilama tenía una expresión seria, casi preocupada. Astra intentó quitarle importancia.

—Destrel tendría motivos para odiarme y aun así me ha perdonado por todos estos años. Y confía en mí, aunque no sé por qué.

—¿Que confía en ti? —Ilama arrastró una carcajada perezosa y sin fuerza—. Destrel tiene ojos en cada esquina del castillo, oídos en cada cuarto y manos invisibles. Nos vigila a todos, pero a ti especialmente y, cuando actúe, ni siquiera te darás cuenta de que es ella la que mueve los hilos.

—No la conoces como yo.

—La conozco mejor que tú. No, claro que a mí nunca me ha invitado a cenar con ella ni ha tenido reuniones privadas conmigo, pero a veces se conoce mejor a una persona observándola que hablando con ella. Es fácil mentir con palabras.

—También es fácil malinterpretar los gestos —replicó Astra, al tiempo que se abrazaba a sí misma con más fuerza. No sabía si lo que quería era liberarse del frío o de la incomodidad—. Sobre todo, desde lejos.

Ilama apretó los labios. Astra no había querido callarla, no quería que pensase que iba a utilizar sus palabras para acusarla, o que no quería oír ninguna opinión distinta a la suya, pero no sabía qué decir para explicarle por qué creía que se equivocaba. Usó un tono suave y dialogante:

—Hablas de gestos. Destrel ha hecho un sacrificio enorme sin esperar nada a cambio: después de llevar toda una vida preparándose para ser reina me ha cedido el derecho al trono pese a la oposición de algunos de los miembros del consejo. Cualquier persona menos noble estaría molesta, y con razón, pero ella dice que se quedará a mi lado para ayudarme todo el tiempo que necesite.

Ilama no parecía impresionada. Se mordió el labio como si quisiera atrapar una frase que se le iba a escurrir. Astra quería que la dijera, aunque fuera algo desagradable. Le gustaba tener una persona que no tuviera miedo a ser sincera con ella.

—Al menos es como yo lo veo.

—Prometerte un reino no es lo mismo que entregártelo. No es un gesto, aún no: son palabras. Entiendo que quieras recuperar a tu hermana, pero creo que te iría bien tener más cuidado. Las ganas de creer en algo nos ciegan.

Ella quiso replicar, pero no lo hizo. Puede que Ilama estuviera equivocada, pero su consejo estaba cargado de buenas intenciones.

La misma chica que amenazó con matarla ahora sonaba preocupada por ella. La vida daba vueltas de forma impredecible. Ojalá uno de estos giros la acercara a Cyra. La lluvia golpeaba aún con más fuerza e Ilama empezaba a tiritar, aunque no había mostrado intención de proseguir hacia el castillo. Astra deseó con todas sus fuerzas que ella también quisiera alargar ese rato que estaban pasando juntas, aisladas del resto del mundo. Se desabrochó la capa y se la tendió. La pelirroja abrió los ojos como si Astra hubiera hecho algo inexplicable. Ni siquiera alargó la mano para cogerla.

—Está un poco húmeda, pero es cálida.

—Es tuya.

—Crecí en las montañas. Allí las nieves se derraman mientras aquí es aún otoño y pasamos casi la mitad del año en medio de un frío despiadado. Y estoy tan acostumbrada que creo que lo echaré de menos. Esta brisa no me importa, ni tampoco mojarme con la lluvia.

Ilama dudó tanto que Astra pensó que no iba a cogerla, pero al final tomó la capa y se cubrió con ella sin dejar de mirarla de reojo, como si no se lo terminase de creer. Como si esperase que Astra la regañara o exigiera algo a cambio. Puede que lo segundo fuera cierto. Astra quería que se quedase un rato más para hablar con ella.

—No me dijiste que Cyra era una galgo.

—Ibas a descubrirlo por ti misma.

—¿Cómo acabó con vosotros? No quiero que suene... como si no valorase vuestra labor. ¡Al contrario! Es solo que resulta un poco...

—Es raro —completó Ilama estirando una de las comisuras de sus labios—. Cyra era una princesa y acabó viviendo con un grupo de desarrapados.

—¡No sois desarrapados! Se os respeta mucho.

—También se nos teme.

—Puede ser. —Astra se encogió de hombros—. Pero lo más extraño ni siquiera es que Cyra sea una princesa. Ninguno de vosotros tiene familia.

—Cyra tampoco la tiene.

—Cyra es nuestra hermana. —Astra frunció el ceño.

—Era una niña que se criaba entre desconocidos, con padres muertos, una hermana desaparecida y otra que nunca le dedicaba tiempo. Cyra estaba tan sola como el resto, aunque tuviera raíces distintas.

Astra no sabía si Ilama quería culparla, pero sentía que su acusación se le clavaba en el pecho y desvió la vista a las flores que se agitaban bajo el peso de las gotas de agua con las que las nubes las golpeaban. Pensó en su ventana entornada. Esperaba que la flor estuviera bien. Debería ir a comprobarlo, pero no era buen momento para hacerlo. Por fin alguien le explicaba lo que había pasado con Cyra.

—Sé que Cyra no va a querer, pero me encantaría poder acercarme de nuevo a ella.

—Creo que Cyra también lo desea, pero no lo sabe.

—A ti te importa mi hermana y la conoces bien.

—Es una de los galgos —respondió con voz firme, casi a la defensiva—. Somos parte de una misma cosa. Le confiaría mi vida a Cyra y sé que ella haría lo mismo.

—¿Crees que sería bueno que intentase hablar con ella?

Ilama desvió la vista hacia la lluvia, con el ceño ligeramente fruncido, mientras meditaba su respuesta. Finalmente encogió un hombro y negó con la cabeza.

—Puede ser. Puede que no. Cyra se comporta de forma extraña últimamente. Creo que su vida sería más fácil si hubiéramos encontrado tu cuerpo, si su hermana mayor siguiera muerta. Pero no hay forma de protegernos de los fantasmas de nuestra propia vida y, aunque Cyra lo deteste, tiene que enfrentarse a esto.

—No es una respuesta fácil —se rio Astra.

—No es una pregunta fácil. ¿Creo que deberías intentarlo? Sí. ¿Creo que va a responder bien? No, posiblemente no, pero Cyra es siempre una sorpresa, también para ella misma. ¿Quiero que lo intentes? No lo sé.

—¿Por qué?

—Porque eres la familia que Cyra no ha tenido y, si vuelves, podrías hacer que abandonase a los galgos.

—¡Claro que no! Eso no es lo que quiero.

—Pero eso, princesa, escapa a tu control. Tenemos nuestras propias reglas. Si nos enamoramos, si queremos formar otra familia, debemos dejar la manada. —Le dedicó una sonrisa serena y triste—. Somos un grupo formado para entregar nuestra vida por una sola causa. No podemos tener el corazón dividido.

—Pero vuestra misión es proteger la corona. No tendría por qué dejar el grupo.

—No creo que funcione así, ni siquiera en este caso. —Ilama se encogió de hombros, poco convencida—. Pero lo he dicho antes: me importa Cyra y, si esto fuera lo mejor para ella, es lo que deseo que le pase, aunque me duela que nos deje.

—Estamos adelantándonos demasiado. Es muy posible que no quiera ni verme.

—Es cierto. Aunque de una forma u otra tendrá que aceptarlo. Vas a ser su hermana y su reina. Y nosotros entregamos nuestra vida a la corona.

—Pues no parecéis entusiasmados con Destrel.

—Nunca ha sido la auténtica reina. Para nosotros no, ni para gran parte de la población, aunque ella se empeñe en no verlo. Aún no eres consciente de todo lo que tu regreso hace por el reino.

Sus palabras le dolieron, aunque no hubiera ninguna malicia en ellas. Ilama no sospechaba que Astra no iba a ser en absoluto la reina que esperaban. Su silencio pesaba por la culpa, pero no sabía si la chica lo notaba. Parecía tranquila, envuelta en su capa, con la mirada perdida en la lluvia. Alzó la cabeza y arqueó las cejas.

—Hacía tiempo que no se veían tantos cuervos.

Astra alzó la vista con el corazón acelerado para seguir su mirada. Habría jurado que el pájaro negro que atravesaba el cielo era el mismo que hacía unos días había entrado en su cuarto. Tuvo ganas de correr hasta allí, pero se obligó a mantener la calma.

—Ojalá vuelvan —murmuró—. Son los pájaros más elegantes y astutos.

—Hacen ruidos desagradables y la gente piensa que traen malas noticias.

—En las montañas se dice que traen cambios no necesariamente malos.

—Pues espero que los de las montañas tengáis razón.

5

Lamentó despedirse de Ilama; esperaba tener más oportunidades de volver a verla y compartir un rato como ese entre las dos, pero estaba impaciente por ver si era el cuervo que le enviaba Tres. Subió a toda prisa las escaleras del castillo. Se dio cuenta demasiado tarde de que había dejado tras de sí un sendero de huellas de barro que alguien tendría que limpiar, y se quitó las botas al llegar a su planta para hacer el último tramo sin ensuciar las alfombras del pasillo hasta su cuarto. Ni siquiera prestó atención a las miradas sorprendidas de aquellos con los que se cruzaba, hasta que una doncella la retuvo. Había caminado con tanta prisa que ni siquiera había reconocido a Vera.

—¿Ocurre algo, mi señora?

—No, todo está bien. Me ha sorprendido la lluvia.

—Puedo prepararos un baño de agua caliente que os ayude a entrar en calor.

—Estoy bien, no es nada, muchas gracias.

Sintió su mirada seguirla, aunque la doncella se quedase inmóvil en el pasillo. No pudo evitar sentirse inquieta al recordar las palabras de Ilama. Destrel tenía ojos en todos sitios. Era muy posible que Vera le contara todo lo que observaba. ¿Y qué más daba? Su hermana la vigilaba y también la protegía. Que le gustase saber cómo estaba no era malo.

Abrió la puerta del cuarto y dejó caer las botas al tiempo que lo recorría con una mirada frenética. Allí estaba el animal, posado sobre su mesilla y picoteando, con total confianza, las frutas que, por si acaso, había dejado junto al agua. Astra dejó escapar una sonrisa y se acercó a él con movimientos bruscos, con lo que el animal se estiró y le lanzó una mirada de reproche.

—Lo siento, lo siento. Solo quiero coger el mensaje. Ya me conoces, sabes que no te haré daño.

Si fuera un rey, por la forma en que la miraba, el animal podría estar perdonándole la vida. Astra permitió que se acercara. Sacó un cuchillo fino y adornado del cajón de la mesita para liberar al ave de su mensaje. Se sintió temblar de emoción al desenredar la nota. El corazón se le ablandó, cálido, al reconocer la letra de Tres:

«Estoy demasiado cerca para volver. La posada Traspiés buscaba cocinero. Ni siquiera una reina puede hacer que me vaya. Ten cuidado, siempre. Te quiero».

Era poco digno ponerse a llorar, pero decidió que no importaba demasiado, porque no había nadie que la viera. Acarició la nota y sintió pesar de saber que ese mismo día tendría que quemarla como la otra. No importaba. Tres estaba cerca. Ya tendría tiempo de enfadarse con él por ser tan terco e insistir en ponerse en peligro. A lo mejor el carácter no estaba en la sangre, quizá Astra lo había aprendido de él. Unos golpes en la puerta la sobresaltaron, tanto a ella como al cuervo. Se limpió las lágrimas con el dorso de la mano y escondió la nota bajo la almohada.

—¿Quién es?

No logró que su voz sonara del todo firme. Nadie respondió al otro lado y el silencio se hizo tan largo que, de no ser porque el ave estaba también inquieta y vigilaba la puerta, Astra hubiera pensado que se lo había imaginado. Pero entonces los golpes volvieron a sonar.

—¿Sí?

Nadie respondió. Astra no recordaba si aquel silencio era alguna parte del protocolo que había olvidado. Se acercó al tocador y se frotó la cara con agua fría para limpiarse los restos del llanto, aunque tuvo poco éxito. Cada vez que lloraba, la cara se le congestionaba. Aunque solo derramase un par de lágrimas, se le enrojecían los ojos y la nariz, lo que le daba un aspecto poco elegante. La puerta sonó una tercera vez y ella se resignó a abrir con esas pintas. El cuervo revoloteó de la mesa de noche a la parte alta de la estantería que quedaba frente a la ventana.

Astra abrió la puerta para encontrarse a su hermana pequeña. Las emociones la golpearon en oleadas caóticas: sorpresa, alegría, inquietud, más sorpresa...

Cyra también tenía los ojos rojos, pero no parecía haber estado llorando. No enfocaba del todo la mirada y le olía el aliento a alcohol. Había tanto odio en el azul de sus ojos que a Astra le pareció que tenían el color del óxido.

Cyra no estaba bien. La situación no estaba bien. Antes de poder saludar o acercarse a su hermana, vio un bulto en el pasillo. Era el guardia que vigilaba su puerta, que estaba en el suelo, inconsciente (Astra esperaba que solo fuera inconsciente). Cyra se detuvo al ver su expresión, como si verla llorando la paralizase.

—Cyra, ¿qué...?

Sus palabras rompieron el embrujo. Su hermana se lanzó sobre ella con un grito de combate. Astra no tuvo tiempo de reaccionar. Un instante, miraba desconcertada a Cyra. Al siguiente, su hermana le apretaba el cuello con tanta fuerza que parecía capaz de partírselo. Cayó al suelo de espaldas. Cyra cayó sobre ella. Astra le agarró los brazos para tratar de soltarse.

Cyra era implacable. A pesar del alcohol y de lo menuda que era tenía una fuerza salvaje. Sabía cómo y dónde apretar para robarle el aire. Astra intentó arañarle la cara, pero no conseguía alcanzarla. Pataleó sin fuerza. Boqueó y se retorció sin lograr deshacerse de ella.

Pensó en la tumba que había saqueado. Intentó jadear. Le pareció que Cyra ahogaba un sollozo, Le arañó las manos, sin fuerza.

No habría conseguido escapar de no ser por el cuervo. El pájaro se lanzó sobre la cara de su hermana. Astra oyó un grito y luego se oyó a sí misma respirar. Cyra tenía ojo ensangrentado, con el párpado desgarrado. Había dado un manotazo al cuervo, que voló lejos de su alcance. Solo la había distraído unos instantes, pero Astra tomó aire y gritó con todas sus fuerzas. Antes de que Cyra lograse agarrarla de nuevo del cuello, la golpeó en la sien. La cara de su hermana pequeña era una máscara retorcida de rabia. Uno de sus ojos estaba cegado por la sangre. El otro, por la rabia. Astra chilló hasta que las manos de Cyra volvieron a hundirse en la piel dolorida de su cuello. Forcejeó desesperadamente, con la visión nublada y la cabeza dándole vueltas. Se retorció en el suelo y no dejó de luchar hasta que la apartaron de ella.

Dio una bocanada de aire de forma tan brusca que se hizo daño en la garganta y se arrastró hacia atrás para alejarse de su hermana. Dos hombres habían sujetado a Cyra, y una tercera soldado ayudó a reducirla. Su hermana pequeña peleaba y se resistía como un animal acorralado.

Alguien le agarró del brazo a Astra, que se apartó con un movimiento brusco antes de darse cuenta de que trataban de ayudarla a ponerse en pie.

En medio del caos, el cuervo se había quedado quieto como una estatua en lo más alto de la estantería. Observaba el forcejeo sin mover una sola pluma.

—¡Alteza! ¿Os encontráis bien?

Quiso decir que sí, pero lo que le salió fue un gañido. Las sienes le palpitaban y temblaba tanto que tenía la sensación de que el cuarto entero giraba y se sacudía. Más soldados inmovilizaron a Cyra. Tenía la cara ensangrentada, ¿le había sacado el ojo izquierdo? La sangre tenía un rojo escandaloso y cristalino que nunca había visto. Se le derramaba sobre la mejilla, en la que tenía otra herida: el cuervo le había arrancado un jirón de piel.

Astra dejó de oír los gritos de su hermana y las preguntas preocupadas de los soldados. El mundo emitía un zumbido ensordecedor. Tragó saliva, con la garganta en carne viva, y trató de resistirse cuando la sacaron de la sala. Era incapaz de apartar la mirada del rostro de su hermana, en el que ardía la rabia sobre una angustia tan profunda que le sacudió los huesos. Astra estuvo segura de que la sangre que embadurnaba el rostro de Cyra se mezclaba con unas lágrimas de desesperación.

PARA SIEMPRE

1

Estaba tendida sobre un suelo de piedra. Las vértebras y los huesos se le clavaban en la piel. La incomodidad había pasado a transformarse en dolor, pero no quería moverse ni abrir los ojos. De todas formas, no sabía si podría abrir el izquierdo. La herida escocía y notaba el roce de la costra rígida que atrapaba sus pestañas. Si se quedaba quieta, con los párpados cerrados y el cuerpo totalmente inmóvil, podía engañarse y pensar que estaba vacía o muerta.

Había imaginado que dejarse llevar por la muerte sería tan sencillo como entregarse al sueño. Bastaba con cerrar los ojos, respirar con calma y tener un poco de paciencia. En realidad, la muerte consistía en eso, solo que el cansancio que se acumulaba no era el de un largo día de entrenamiento, si no el de una vida entera.

Tenía los dientes tan apretados que le dolían. Los labios formaban una mueca que podría parecerse a una sonrisa que no reflejaba ninguna alegría. Sentía el cuerpo resacoso y árido. Estuvo segura de que no volvería a tener jamás un rincón en su interior lo bastante sano para que brotase algo de felicidad.

Tampoco había reaccionado, ni siquiera se había molestado en abrir los ojos, cuando le trajeron comida y «unos paños húmedos para la herida». Si por ella fuera, que se infectase hasta matarla. Ni siquiera le importaba perder el ojo; ya lo había perdido todo en la vida. Y había fallado a Pyre. Al pensar en ella, no pudo evitar reaccionar: se le tensaron los músculos y apretó los dientes con tanta fuerza que la boca le supo a sangre. No hubiera sido mal trato entregar su vida para salvar la de Pyre, pero había sido lo bastante estúpida para arrojarse a un pozo de fango y notar como el barro la ahogaba sin poder hacer nada. Ni siquiera trataba de chapotear. Quería morir en silencio, sin grandes gestos ni aspavientos. Agonizar tranquila. Llevaba toda la vida en pie de guerra y se le hacía extraño esperar sin hacer nada.

El silencio era tal en las mazmorras que vibraba en sus oídos. Cyra imaginó que estaba amaneciendo, pero no oía ni el cantar de los pájaros. A lo mejor el pajarraco de Astra los había espantado. ¿Desde cuándo tenía su hermana un cuervo? No había venido con ella; era algo que habría llamado la atención. Si no fuera por ese bicho habría conseguido matarla. Sonaba bastante triste que su vitoria dependiera de un pájaro negro. Se suponía que ella era una asesina entrenada. También era culpa suya, por haberse bebido ella sola una botella de ese vino tan malo que había robado de las cocinas. Tuvo que apurar la botella entera para sentirse capaz. No era por matar a una princesa, eso le daba lo mismo. Era por sus estúpidas palabras tan sinceras, sus estúpidos ojos tan abiertos y ese estúpido deseo de no haberse ido nunca. Era porque, quizá, Astra se arrepentía realmente de haberse marchado.

En ese silencio tan denso que burbujeaba dentro de sus oídos, Cyra oyó desde lejos la pelea que empezaba en la entrada de la mazmorra. La voz aguda de Pyre y los gritos de los guardias. Frunció el ceño. No quería que se peleara por ella y mucho menos que bajara a verla. No tenía nada que decirle. «Te he fallado. Protegerte es lo único bueno que he intentado hacer en mi vida y he fallado. No quiero que me perdones; quiero que estés a salvo y no he podido conseguirlo». Inspiró y contó hasta treinta y uno, recitando mentalmente solo los números impares. Las voces se agitaban y salpicaban la piedra de las paredes desde muy lejos. Daba igual que Pyre fuera un galgo, no iban a dejar que bajase a hablar con ella. Cyra sintió alivio. No quería verla, no quería saber nada del mundo. Se imaginó que, poco a poco, su piel se solidificaba hasta volverse de piedra, y que todo el frío que sentía calaba sus músculos, sus órganos y sus huesos hasta convertirla en una estatua. Aunque no quería perdurar: ni viva, ni muerta, ni en ningún recuerdo. No era problema, Destrel tampoco quería que la recordasen, y su hermana siempre ganaba. Seguro que se encargaba de que la arrojaran desde alguna torre para que su cuerpo se reventara en mil esquirlas de piedra afiladas. Ese pensamiento casi le sacó una sonrisa.

La voz de Pyre se apagó, o puede que la inconsciencia terminara por ganar la batalla. Cyra arrugó la nariz cuando unos nuevos pasos se acercaron a ella. ¿Por qué no desistía? Quería seguir ensayando para cuando estuviese muerta. Llevaba tanto tiempo inmóvil que sentía pinchazos por todo el cuerpo, y unas ganas cada vez mayores de hacer sus necesidades. Notaba la parte baja del vientre redonda e hinchada, y los músculos tan tensos que los recorrían calambres. A lo mejor debería levantarse e ir al aseo de la esquina antes de hacérselo encima. Pero moverse le parecía rendirse y su inmovilidad era la única resistencia que le quedaba.

Puede que no fuera Pyre. Era poco propio de ella caminar con pasos tan regulares. No, no se trataba de ella. Cyra se descubrió agudizando el oído para distinguir mejor los sonidos de quienes se acercaban. Tomó aire, lo contuvo en los pulmones y trató de pensar en la tierra húmeda y oscura de los bosques. Recreó su olor, y el tacto del barro, en el que imaginó hundirse. Pudo hasta sentir cómo las raíces le rodeaban las extremidades y le tapaban la boca, ávidas de carne putrefacta con la que alimentar sus hojas.

Había entrenado el oído durante años, y no era tan fácil desconectarlo por mucho que lo intentase, aunque hubiera decidido que no le interesaba lo más mínimo el mundo que había fuera de su piel. Sabía que se acercaban a ella tres personas, y reconoció el ritmo de los pasos de Zheera, así como su perfume a cuero y piedra. Si Cyra hubiera podido filtrarse entre la roca, o descomponerse como los cuerpos destrozados de los pájaros que caen demasiado pronto del nido, lo hubiera hecho. Pero la vida no podía apagarse por mera voluntad, así que solo pudo mantener los ojos cerrados cuando Zheera se detuvo delante de las rejas.

Creyó que hablaría, pero la capitana se mantuvo en silencio. A lo mejor, si Cyra se quedaba quieta, Zheera se daría cuenta de que perdía el tiempo con ella y se marcharía. Sería horrible. Sería justo. Ojalá el suelo de piedra dejase de moverse y de zarandear sus pensamientos, de mezclarlos con el resto del vino agrio que tenía en las tripas y otras emociones que nunca había querido comprender. Pero Zheera callaba como un cazador paciente y Cyra terminó por abrir los ojos.

Tenía la visión borrosa. Por los golpes, o bien por el alcohol, o quizá por empeñarse en mantener los párpados quietos y rígidos cuando todo su cuerpo se quejaba a gritos de esa inmovilidad forzada. Había esperado que los ojos de su capitana fueran de piedra, pero la mirada de Zheera estaba hueca. Había un vacío en sus pupilas que le agujereó las tripas a Cyra. La decepción pesaba tanto que se quedó sin aire para poder respirar y tuvo que apartar la mirada, porque notaba que estaba a punto de romper a llorar.

—He venido a despedirme —dijo entonces Zheera, con una voz tan segura como un puente de piedra tan firme que costaba darse cuenta de que se alzaba sobre una base de tristeza, y que el río que atravesaba era la decepción.

Cyra no creyó que la capitana fuera a ninguna parte. La despedida tenía que ver con algo más profundo y más simbólico. Cyra no era capaz de tragar saliva.

—Te tenía por una más de los galgos. No creo que me equivocase contigo. Me demostraste tener valor y una voluntad de acero. Supongo que la culpa es mía por no haber sido una buen guía.

Cyra apretó los dientes. Quería llevarse las manos a la cara. En vez de eso intentó clavar las uñas en la implacable piedra del suelo. Tenía la boca pastosa y removía con la lengua para buscar entre todas esas palabras torpes alguna que fuera adecuada, sin encontrar ninguna. Se incorporó, porque podía ser un miserable trozo de carne que había traicionado la confianza que Zheera había puesto en ella, pero no era tan desagradecida como para quedarse tumbada, como si no la viera. Como si no se quisiera morir de pena y vergüenza. El mundo entero giró con su movimiento y el suelo la zarandeó. Tuvo que cerrar los ojos y respirar hondo para no vomitarse encima. La vejiga le apuñaló el vientre con tanta fuerza que casi dejó escapar la orina entre los muslos. Los apretó antes de abrir los ojos para enfrentarse a un mundo que aún estaba borroso por las esquinas. Los soldados que se habían quedado atrás le lanzaron una mirada de asco mal camuflado. La de Zheera seguía siendo un vacío profundo y lleno de pena.

—No, no has sido tú. La culpa es mía.

—No eres quién para decidir si cargo o no con mi culpa.

—Sé que no te escuché.

—O que mis palabras no fueron lo bastante claras. O que, después de todo, elegiste qué familia era más real para ti, y la que te dieron los galgos no pesaba tanto como la sangre que te une a la de las princesas.

—No. No, esto lo he hecho por nosotros. Por la manada.

Hubo un ligero movimiento en la frente de Zheera que no era suficiente para calificarlo como un fruncimiento de ceño. Tenía labios delicados que quedaban extraños en un rostro tan severo. A lo mejor por eso, Cyra siempre la miraba a los ojos cuando hablaba. Cualquier parte de Zheera que diera sensación de ser blanda o vulnerable desencajaba en su cara. Tragó saliva. O movió la lengua para intentarlo, pero incluso su boca estaba torpe y sentía que la ponzoña ácida que se le acumulaba entre las encías era demasiado espesa. Tanto como los pensamientos que no lograban moverse como deberían, o como la disculpa que no se atrevía a formular, porque sabía que no merecía ningún perdón.

—Te entendí, y tienes razón. Mi familia son los galgos.

—Es un poco tarde para eso. —Cerró los ojos y negó con la cabeza con los dientes apretados. La voz de Zheera era suave, casi consoladora, y por eso su comentario parecía el doble de cruel. No quería regodearse en su dolor, ni humillarla.

—Sé que lo que he hecho no tiene perdón.

—No, pero ya no eres parte de la manada. Supongo que recuperarás tu estatus de princesa. Serán clementes contigo.

—No me importa, eso no me importa. También sé que no podéis perdonarme, ya lo sé, no quiero cambiarlo, solo que me escuches. Porque yo te escuché y lo hice mal, pero quería hacer algo bueno. Si quería matar a Astra era para protegernos.

De nuevo vio ese temblor entre sus cejas, y esta vez sus labios se fruncieron casi de forma visible. No dio ningún paso, pero se inclinó ligeramente hacia las rejas.

—¿Para proteger a quién? ¿De qué?

—A uno de los galgos —respondió Cyra, que tuvo la lucidez de recordar que no estaban solas antes de acusar a Pyre—. Destrel le acusa de algo horrible. Podrían condenarle a muerte. Me dijo que si yo hacía esto...

—Me da igual de qué se acuse a quién. Tampoco me importa cuánta influencia tenga Destrel. Nadie condenará a ninguno de mis galgos por un crimen que no ha cometido.

—Pero es algo que ha hecho. Destrel quiere sacarlo a la luz.

Zheera echó hacia atrás los hombros. Pestañeó una sola vez, y al hacerlo, los sentimientos que se habían asomado por un instante a su mirada desaparecieron.

—Si uno de mis galgos hubiera cometido un crimen tan grave como para merecer la muerte y yo me enterase, sería yo misma quien lo entregaría. No somos criminales ni matones, y nuestra vida debe ser la más recta.

Cyra apoyó la mano en el suelo. No le quedaban fuerzas para sostenerse. Se le habían escurrido como gotas de sudor entre los mechones del pelo y los pliegues de la piel. Zheera no ayudaría a Pyre ni podría ver algo noble en lo que Cyra había intentado hacer. Había perdido todo y la vida de su compañera se escapaba al otro lado de la celda, allí donde no podía llegar aunque estirase los brazos con tanta fuerza que parecía que se le iban a separar del cuerpo.

Zheera también parecía estar mucho más lejos que hacía unos instantes. A una distancia imposible de atravesar, aunque no las separaran las barras de hierro. Zheera estaba ahí, pero dejaría de estarlo; Cyra nunca volvería a poder llegar hasta ella. Todos los lazos que las unían se habían podrido y se descomponían en esa distancia imposible. Como si ella también lo supiera, la capitana desvió la mirada al suelo e inclinó la cabeza.

—Os deseo la mejor de las suertes, alteza.

Una puñalada que atravesase sus pulmones habría dolido menos. Le costaba respirar, como si de verdad el aire se mezclase con su sangre. Con la vista borrosa y sanguinolenta, vio cómo Zheera se alejaba con pasos firmes e inexorables.

2

Quizá habían pasado varios días. La luz le llegaba indirecta y se arrastraba penosamente sobre la piedra. Era difícil distinguir si se trataba del amanecer o el ocaso. Debía de ser de día. No solo por la rigidez del cuerpo y los calambres que le recorrían las articulaciones después de pasar demasiadas horas tumbada sobre la piedra en una mala postura, sino también por el frío y la sed que se abría camino desde su garganta hasta llegar a la boca pastosa.

El dolor de cabeza era tan fuerte que las demás molestias palidecían en comparación. Sentía como si todo su cráneo se hubiera fisurado por dentro y las piezas solo siguieran encajando por la postura. En cuanto se moviera, todas se deslizarían hasta aplastar la masa blanda y estúpida que formaba su cerebro.

No le hizo falta moverse. Los ruidos de la puerta de metal arañaron el aire y rasgaron esa carne blanda de dentro de la cabeza. Tenían garras pequeñas y afiladas, como las del gato gordo de su hermana. O las de ese cuervo que le había arañado el ojo. Intentó abrirlo al recordar el momento en que el animal se abalanzó sobre ella, pero fue incapaz. Se llevó la mano a la cara con un gruñido. El ojo estaba hinchado y le escocía con solo acercar la mano. Notó la piel del párpado rota, cubierta por la misma costra que le pegaba las pestañas. No sabía si había perdido el ojo y en ese momento tampoco le pareció importante. Ladeó la cabeza y abrió el que le quedaba sano.

Habían cambiado el agua. Sobre la jarra habían dejado un plato de arcilla con pan oscuro y dos lonchas de jamón. También había mantas cuidadosamente dobladas. Fue entonces cuando Cyra se dio cuenta de que la habían tapado hasta la cintura con otra manta de lana pesada. El agua era capaz de tentar hasta a los muertos, porque Cyra no creía que le quedara vida. Soltó el aire y cerró el ojo durante unos instantes para coger fuerza y convencerse de que el dolor de cabeza no sería peor cuando se moviera.

Se equivocaba.

A lo mejor eso era morirse, quizá no le faltaba demasiado. Cyra era capaz de pasarse horas corriendo, pero tuvo que descansar para cubrir la ridícula distancia que la separaba del agua. Llegó con un gañido de perro, el estómago revuelto y un repiqueteo dentro de la cabeza. Era como si su cerebro martillease el hueso para escapar de su encierro. Apartó el plato y bebió un trago largo. La boca le sabía a agua estancada y sudor. Dio otro trago, hizo una gárgara y escupió el agua a un lado antes de seguir bebiendo. Se controló para no terminársela toda. Metió el pico de la manta dentro de la jarra para limpiarse la herida del ojo. Desistió con un bufido; incluso el tacto suave de la lana dolía como cristales rotos contra la pupila.

Toda el agua que había bebido se retorció con tanta violencia en su estómago que casi no tuvo tiempo de echarse a un lado para vomitar.

Se limpió con la manga de la camisa y se dio la vuelta para tomar aire, algo que no oliese a la bilis mezclada con el agua y los restos del alcohol que aún quedaban en su estómago. El sudor se convertía en un abrazo frío sobre su frente y la piel de su espalda, así que cogió la manta para envolverse con ella. Al menos, vomitar el agua y lo poco que quedaba en su estómago sirvió para que se sintiese momentáneamente mejor, incluso aliviada. Se permitió una inspiración larga y una exhalación lenta en las que no pensó en nada, con la mente vacía y la mirada desenfocada. El dolor que había remitido redobló fuerzas para recordarle dónde estaba y por qué había acabado allí.

El estómago lanzó un gruñido apático y Cyra se sintió tentada de llenarlo con un poco de pan. ¿Qué podía pasar? Como mucho le entrarían ganas de vomitar de nuevo, y ya estaba sucia. Su celda apestaba. Apartó la carne. Aunque estuviera revuelta y no le apeteciera lo más mínimo sabía que era buena, y que no era habitual que a los prisioneros los trataran con semejante lujo. Pero si ella ya no era una galgo volvía a ser la hija de un rey muerto, así que disfrutraba del trato deferente y las adulaciones vacías que tanto había despreciado. Tragó la miga, blanca y áspera, que pareció remover los líquidos del estómago, pero no vomitó de nuevo. Hubiera matado por un poco más de agua, pero tuvo que conformarse con mordisquear el pan despacio, para asegurarse de que se mantenía dentro del estómago.

Después de arrastrarse hacía el orinal y volver con pasos torpes apoyó la espalda en las rejas. Dejó pasar el tiempo sin estar segura de si dormitaba o si el vacío en sus pensamientos provenía de la ausencia de ganas de vivir. Apestaba. Quiso imaginarse que era por la descomposición, que empezaba desde dentro. Con cualquier movimiento se le caerían las articulaciones, o la cabeza, y ese vacío se extendería hasta que no hubiera nada más en el mundo.

Pero la luz del día caía cada vez con más fuerza. Volvieron a acercarse pasos. No le sonaban conocidos, y aunque no se molestó en moverse, sí que miró de reojo para distinguir cuatro soldados y dos doncellas que cargaban con un cubo y una tina de agua. Conocía al primer guardia. Era un hombre tranquilo, no tan mayor como el pelo gris encrespado que le llegaba hasta sus hombros parecía sugerir. Tenía ojos grandes y separados, y una nariz demasiado larga que casi lograba alcanzar el labio.

—Las doncellas Vera y Delra han venido para asearos. A pesar de su posición sigue siendo una prisionera acusada de intentar asesinar a la futura reina, así que no intente nada raro, porque responderemos con firmeza.

Cyra arrastró una carcajada perezosa por la garganta y terminó encogiéndose de hombros.

—Seré buena —respondió con una voz rasposa que le dejó un aliento tan desagradable que el guardia frunció el ceño.

Sentía lástima por las dos doncellas a las que les habían encargado su aseo. No solo por lo desagradable que era tratar de adecentar un deshecho humano, también por lo delicada que era la situación. ¿Había protocolo sobre cómo tratar a una prisionera de un crimen tan cruel, cuando esta compartía sangre con la princesa? Zheera había insinuado que dejar de pertenecer a los galgos podía salvarle la vida, como si tuviera más vida que su manada. Como si quisiera sobrevivir. Las doncellas hicieron una inclinación para, acto seguido, acercarse a examinar la herida de la cara. Cyra contuvo una mueca y se dejó hacer, aunque sabía que era inútil.

—¿Se me derrama ya el ojo? —preguntó con sorna.

—Parece infectado. Llamaremos a un sanador. Si nos permitís que os ayudemos a desvestiros...

—Puedo mover mis malditos brazos y sé limpiarme yo sola —escupió de vuelta.

Las chicas intercambiaron una mirada rápida en la que Cyra casi pudo oír las palabras de auxilio que se dedicaban una a la otra. Al otro lado de la celda, los guardias también se removían, incómodos.

—No voy a lavarme delante de todos vosotros. No soy un animal.

Las doncellas tenían los labios cerrados, las cabezas gachas y los hombros tensos. El guardia que había abierto la puerta se enfrentó a su mirada y terminó cediendo. Cyra supo que tenía razón: nadie estaba seguro de cuáles eran las normas en ese caso y caminaban con tanto cuidado como podían sobre una fina capa de hielo.

—Es adecuado. Podéis salir —dijo a las damas, que parecían estar deseándolo. Antes de que pronunciara una frase más, ya estaban fuera de la celda—. Os damos un rato para que podáis asearos y vendremos a retirar los utensilios.

—No sea que fabrique un hacha con el cubo —masculló Cyra con una sonrisa torcida.

La única respuesta fue el chasquido de la llave y la breve inclinación que le dedicaron antes de regresar por el mismo camino por el que habían entrado.

Cyra se deshizo de la ropa con movimientos torpes. Los pinchazos de dolor del cuerpo se iban desvaneciendo con el movimiento, al contrario que los del ojo, que parecía extender sus tentáculos cada vez más profundos y palpitantes. Antes de lavarse, vertió un poco de agua en la jarra para dar un par de tragos largos y reservar el resto para más tarde. Parecía tener un pozo sin fondo dentro, y no iba a haber agua suficiente en todo el reino para llenarlo.

Humedeció la esponja, que soltó espuma, y la frotó contra su cuerpo, aunque sentía que era imposible liberarse de la mugre si era ella misma quien estaba podrida. Aun así se frotó con rabia, para dejar la piel húmeda y roja. Al terminar se secó con la toalla que había dejado. Se puso la túnica de tela gruesa y marrón oscura con la que vestían a los prisioneros. Podría haberse vuelto a poner la suya, no le importaba que estuviera sucia ni que oliera más; lo que no quería era seguir manchando esa ropa que le había servido para identificarse como una de los galgos. Ahora que había perdido todo, no quería ensuciar también sus recuerdos.

Lavarse la cara era difícil. Con solo presionar la piel cerca del ojo parecía que el maldito cuervo volvía para atacarla de nuevo. Si no hubiera sido por el bicho, Astra hubiera muerto y ni siquiera tendrían que haber sabido que había sido ella. Y Pyre no estaría en peligro. Al pensar de nuevo en ella, el corazón se le encogió en un doloroso latido. Había intentado bajar a verla y en ese momento Cyra se había alegrado de que no lo lograse, no se sentía digna de mirarla a la cara. Pero necesitaba hablar con ella, necesitaba decirle que tenía que escapar antes de que fuera tarde. A Destrel no le iba a importar que hubiera estado dispuesta a matar por ella, ni el precio que había pagado por cumplir su parte de trato. Su hermana era una serpiente y no conocía la piedad. Pyre debía saberlo, tenía que ponerse a salvo antes de que su error se desvelase.

La palabra «error» sonaba falsa, pero aun así era mejor que llamarlo asesinato.

Las doncellas volvieron, escoltadas por los mismos guardias. Otra persona las acompañaba: Cyra reconoció al sanador más prestigioso de la corte, aunque hiciera años que no se hubiera encargado de ella. Tenía las piernas ridículamente delgadas y la cara arrugada de quien había vivido mucho más del tiempo que le correspondía y no había querido darse cuenta de que su hora ya había llegado. Parecían aliviados de encontrarla cansada y rota. Empezaron a limpiar la celda mientras el sanador se acercaba a ella.

Le examinó el ojo sin tocarlo, con una mueca de disgusto. Cyra imaginó que la herida tenía peor aspecto del que había imaginado. El hombre no se molestó en decir ninguna palabra. Abrió el bolso para elegir de entre todos los botecitos que llevaba allí dentro uno que contenía un líquido del color del vino tinto o de la sangre, pero con un olor ácido que se extendió por la celda en cuanto lo abrió. Lo vertió en un paño blanco y se giró hacia Cyra para sujetarla por la mandíbula con unos dedos sorprendentemente fríos.

—Va a doler, pero a lo mejor logro salvaros el ojo.

Cyra apretó los dientes para prepararse y cerró el otro ojo. Notó cómo le acercaba la tela impregnada en ese líquido que parecía fuego contra su herida. Todo su cuerpo se sacudió al intentar controlar los gritos y el impulso de apartarlo de un empujón. Se agarró a los barrotes y trató de quedarse inmóvil mientras el dolor se descargaba como una tormenta desde la herida.

El tiempo se desdibujó. El mundo se hizo trizas entre el fuego y los rayos que devastaban cada parte de su cuerpo, abriéndose camino entre huesos y vísceras. Cyra aguantó, no sabía por qué ni cómo lo consiguió. Quizá porque no había otra opción. No podía hacer otra cosa que sobrevivir, reprimir gritos y agarrarse con tanta fuerza a los barrotes que estaba segura de que el metal, o sus dedos, acabarían hechos añicos. El sanador aclaró la herida con agua, que cayó sobre su piel como lluvia sobre la tierra aún humeante después del paso de un incendio. Cyra oía sus propios jadeos y le parecían insoportables.

El sanador le colocó otro trozo de tela sobre el ojo herido. La columna de Cyra temblaba, pero esta vez no sintió fuego ni ácido. El sanador sujetó el paño con una venda que enrolló a su cabeza para sujetársela.

—No morirás de infección.

—Menos mal. Sería una pena para toda la gente que quiere ver cómo me ahorcan. La hija de un rey... ¡imagínatelo! Se hablará de esto durante generaciones. Todos querrán estar en primera fila.

Nadie respondió. Habían acabado de limpiar la celda y salieron con una inclinación ridícula e innecesaria.

—Vuestra hermana Destrel insiste en que le preguntemos si le hace falta cualquier cosa. El juicio será después de la coronación de Astra, por lo que su estancia en prisión se alargará más de lo normal. Su hermana no quiere que sea más duro de lo necesario.

—Claro. Seguro que mi hermana está tan preocupada... —Las palabras gotearon por su sonrisa como sangre entre sus dientes—. Pobre Destrel, tan compasiva y atenta como siempre.

Su hermana era cruel, pero lo bastante lista para que nadie se diera cuenta de lo afiladas y venenosas que podían ser sus palabras. ¿Cómo no iba a parecer buena si quien la acusaba era una lunática que se aferraba a los barrotes de la celda para no caer al suelo? La misma que había intentado asesinar a la dichosa heredera perdida. Las dos eran monstruos, y Destrel era la más peligrosa, pero ella aullaba más fuerte, mientras que su hermana sabía ocultar los colmillos detrás de la más dulce de las sonrisas.

Aguantó sujeta a las barras de metal hasta que se perdieron los pasos de la comitiva. Sabía que era absurdo, que no tenía ninguna dignidad que mantener. Ya la habían visto derrotada, sin fuerzas para alejarse de su propio vómito. Aun así, aguantó. Le costó desenganchar los dedos, que estaban rígidos y entumecidos. Sus manos le parecían ajenas, las de un muerto. Se dejó caer y apoyó la cabeza contra las mantas. El ojo herido le palpitaba y estaba tan caliente que era insoportable. El dolor desfiguraba sus pensamientos hasta que ninguno tenía sentido, pero al mismo tiempo le impedía caer en la inconsciencia. Al menos al principio. La realidad se mecía y se desdibujaba. Su corazón sonaba con la fuerza de un tambor viejo. El aire le arañaba la garganta y la fiebre convirtió el tiempo en una masa que se estiraba y encogía, que asfixiaba y abrazaba. Que jugaba con la luz y las sombras, hasta que nada existía y morir parecía tan sencillo como exhalar el aliento.

3

Le llevaban comida y agua tres veces al día. Era mucho menos de lo que ella solía comer, pero bastante más de lo que necesitaba ahora que hacía poco más que dormir y delirar. La fiebre se ensañaba con ella a ratos, a veces con tanta fuerza que la dejaba temblando y con los músculos más doloridos que después de los entrenamientos. Cuando le daba un respiro se incorporaba y estiraba los músculos como si necesitara asegurarse de que su cuerpo le seguía respondiendo. A veces, cuando se encontraba con más fuerza, golpeaba los barrotes hasta abrirse las heridas de los nudillos. Sus sueños, caóticos y desordenados, le dejaban una sensación de desasosiego en el cuerpo y se despertaba más cansada de lo que estaba al dormir. Toda su vida había sido caos. No había hecho nada bueno por nadie. Muchas veces, el cuervo la perseguía en sus sueños, con las alas infinitas y negras y las garras abiertas hacia sus ojos.

Nunca le daba tiempo a cerrarlos.

Se despertó desorientada. El calor de la fiebre se entremezclaba con el sudor frío de la espalda; el dolor permanente y rasposo del ojo se le había contagiado a la garganta. Estaba oscuro y no había nadie, pero se estremeció entre las mantas con la inquietud de sentirse observada. Después de la primera noche habían llevado un colchón que descansaba en el suelo, un lujo que sabía que no compartía el resto de los prisioneros. Qué suerte ser una princesa privilegiada. Se daba asco a sí misma.

Dormitó, despertó de nuevo. No había oído ruido alguno, pero de pronto descubrió que una figura la miraba desde el otro lado de las barras. Astra tenía una seriedad impropia en ese rostro tan parecido al suyo.

Frunció el ceño por si se trataba de una alucinación. Cyra tenía el oído más fino que los perros de Lobo, pero no había escuchado nada. Sin embargo, la figura de su hermana no desapareció cuando parpadeó con el ojo que le quedaba sano. No le había parecido mayor que ella, y mucho menos mayor que Destrel... hasta ese momento, en que la miraba con una solemnidad lúgubre. Cyra esbozó una sonrisa torcida.

—Se te ve bastante entera.

—Pese a ti.

—Ya. Debería sentirme humillada, pero tengo tantas ganas de morirme que ya ni siquiera me importa. Puedes reírte de mí, escupirme o insultarme. —Cruzó las piernas lentamente. Todo el cuerpo le dolía—. Como gustes.

Astra dio un paso al frente, como si quisiera abalanzarse sobre ella. Igual que su estúpido cuervo. Era justo, o no, pero no le importaba. Tampoco se hubiera movido para defenderse, aunque no hubieran estado las rejas. Le quedaba otro ojo y pocos motivos para resistirse. La seriedad de Astra hacía que sonriese con más ganas.

—¿Por qué?

—¿Por qué te marchaste tú? ¿Por qué no volviste antes? ¿Por qué has vuelto ahora como si fueras una maldita estrella fugaz a la que no le importa reventar todo a su paso cuando decide caer en la tierra?

—No te he hecho nada. Ni siquiera tienes que renunciar al trono como Destrel. Ella tendría motivos para estar molesta, pero no lo está.

Las carcajadas de Cyra sonaron horribles. A óxido y a sangre seca. Incluso Astra tuvo que echarse atrás. La risa de Cyra se convirtió en una tos que arañaba su garganta y condensaba una flema que terminó por escupir a un lado.

—Oh, claro que sí. A Destrel no le importa en absoluto.

—Imagino que le importa, pero pese a todo quiere ayudarme.

—Por supuesto —respondió con una sonrisa amplia. El ojo que podía abrir palpitaba con el reflejo de la tenue luz que se colaba en la prisión.

—Destrel está a mi lado.

—Y a tu espalda. ¿Por qué crees que lo hice? —Cyra se levantó con el cuerpo pesado y movimientos torpes—. Tú misma lo has dicho antes. No, yo no tenía motivos, pero Destrel sí que los tenía.

—Ella no...

—¿Ella no me mandó llamar ni me pidió que te matase a cambio de un favor? No conoces a Destrel. Y deberías, porque volverá a intentarlo y no creo que ni siquiera ese pajarraco sea capaz de volver a salvarte el cuello.

Astra intentó tragar saliva. Incluso en la oscuridad y con la visión borrosa del único ojo que podía abrir, Cyra notaba la conmoción en el rostro de su hermana. Había algo que la estrangulaba y esta vez no eran sus manos, que descansaban quietas sobre la manta.

—¿Destrel te pidió que lo hicieras?

—Ya te he dicho que sí. Me da igual que no me creas, ¿sabes? Yo ya no tengo nada que perder.

Astra se separó de los barrotes, inspirando de forma irregular y brusca. Se alejó, volvió sobre sus pasos. A Cyra le parecía que era capaz de ver sus pensamientos, acelerados, escaparse de su piel, como gotas de sudor que se condensaban sobre su frente. Si no fuera por esa respiración brusca y agobiada, Astra no haría el menor de los ruidos. Había algo sobrenatural en su forma de moverse. ¿Estaba allí realmente o todo era un delirio? A lo mejor Cyra tenía más fiebre de la que pensaba. Había imaginado que se alegraría de provocar tanto desasosiego en Astra, pero en realidad no podía disfrutarlo.

En realidad, deseaba que la creyese.

¿Por qué seguía empeñada en importarle a una extraña que la había olvidado? Era patética y no lograba librarse de ese estúpido deseo de que Astra se preocupase por ella. Su hermana mayor volvió a mirarla.

—Destrel te pidió que lo hicieras.

No había pregunta esta vez. Aún así, Cyra asintió.

—¿Por qué?

—¿Por qué acepté o por qué me lo pidió? —Astra hizo un gesto con la cabeza que podría ser un asentimiento. Cyra chasqueó la lengua solo para saborear un momento más la atención de su hermana—. Una amiga mía va a morir y nadie va a hacer nada para evitarlo. Porque se lo merece, dicen. Porque es justo. No me importa la justicia, me importa ella. Destrel me dijo que, si te quitaba de en medio, ella se encargaría de que nada saliera a la luz. Que mi amiga estaría a salvo.

—¿De quién estamos hablando?

—De nadie que te importe. —Astra no iba a salvarla. No podría, aunque quisiera hacerlo. No pensaba delatarla por si acaso aún no la habían acusado—. Y la otra pregunta es obvia, tú misma lo has dicho. Destrel iba a ser la reina hasta que tú has vuelto. ¿De verdad crees que ella está contenta y tranquila de cederte el puesto? Parecías tonta, pero no tanto.

—Pero nunca me ha dicho nada. ¡Me ha animado!

—Así no será sospechosa cuando te mate —explicó con voz burlona. Era tan evidente que Cyra sentía que hablaba con una niña pequeña en lugar de con la legítima heredera... ¿No le habían enseñado nada?—. Las tres hijas del rey sabemos sonreír cuando queremos escupir veneno, no te hagas la inocente. No voy a defender a Destrel, pero tú nos traicionaste primero.

—Tuve que irme.

—Ya lo sé. Todo son prioridades y la tuya fue ponerte a salvo, en lugar de quedarte a nuestro lado.

—No lo elegí yo.

—Pero tampoco te rebelaste. No volviste.

—Así que nunca vais a perdonarme. Ni tú ni Destrel.

—Destrel te dirá lo que quieras oír con tal de tenerte cerca y confiada, para poder apuñalarte por la espalda. Ha pasado toda la vida con la ambición de convertirse en reina, y no va a renunciar a ello. Solo da un rodeo. Te has olvidado de cómo funcionan las cosas en la corte.

—Tanto quiere ser reina... —Astra intentó sonreír, pero no logró hacerlo. Pestañeó con fuerza y sacudió con la cabeza, con tristeza—. Sea. Pero no pienso dejar que cargue a otro con mi asesinato.

—No puedes renunciar al trono. Si fuera posible, ya habría intentado convencerte con todas sus fuerzas.

—No me hace falta.

Astra se volvió para mirarla. Cyra no estaba segura de saber leer su expresión, a pesar de que su hermana mayor era mucho más transparente que la mayoría de las personas que había conocido en la corte. A lo mejor era complicado decidir lo que Astra sentía por ella. Podía ser lástima, si no hubiera intentado matarla. Podría ser vergüenza, y Cyra ni siquiera tenía derecho a ofenderse. Debería ser odio o rencor, pero no lo parecía.

—¿Tienes miedo? —preguntó Astra con voz suave.

—Para eso haría falta tener esperanza.

—No van a matarte.

—Ojalá te equivoques —respondió con el sonido rasposo de una carcajada que se arrastraba despacio por su garanta.

Astra abrió los labios, pero no llegó a decir nada y los cerró en silencio. Seguramente había intentado pronunciar alguna de esas frases que sonaban esperanzadoras y estaban tan vacías que se elevaban sin que llegaran a hacer ningún sonido al caer al suelo. Mejor así.

Cyra cerró el ojo, con un cansancio tan profundo en los huesos que se sintió como una anciana. Cuando volvió a abrirlos, Astra se había marchado sin hacer más ruido que un fantasma. Con tanto sigilo que, en los días siguientes, Cyra se planteó si su visita había sido real o producto de la fiebre.

4

Comprendió que quien se acercaba era Pyre incluso antes de que hiciera ningún ruido que la delatase. Lo supo por la tensión en el aire y por el frío en la sangre, que se volvió densa y afilada, que le clavó esquirlas en el corazón. Lo supo porque lo sentía en los huesos, como se sienten las tormentas. El impacto llegó al verla: la espalda recta, los rizos revueltos, la mirada gacha. El final de su caída sonó a costillas fragmentadas y órganos internos reventándose contra el suelo.

Pyre no quiso mirarla. No quiso mirar a ninguna parte. Tenía la cara congestionada y roja, pero los ojos estaban tan secos que le recordaron al desierto. Habían pasado meses entrenando en ese océano de arena y oro. Cyra se acordaba muy bien de esa sensación árida, del sabor a sol y a polvo de un reino en el que la vida era casi imposible.

Por eso lo reconoció en esa mirada que Pyre no levantaba del suelo.

Quiso hablar, pero no supo qué decir. Cada sonido se le antojó grotesco: el eco de las botas, el quejido de la puerta metálica cuando la abrieron, el chasquido del hierro al cerrar con llave... Metieron a Pyre en la cela de al lado. La pared que las separaba impedía incluso que se vieran. Solo cuando se alejaron y quedaron solas, Cyra se atrevió a pronunciar su nombre.

Nadie contestó. Su compañera, a quien había querido más que a sí misma, más que al resto de los galgos, no quería escucharla.

—Pyre...

De nuevo no se oyó ninguna respuesta. Ni una palabra, un grito o un suspiro. Si hubiera estado dormida en ese momento, no se habría dado cuenta de que había alguien en la celda de al lado. O a lo mejor sí, a lo mejor lo sentía, como había sentido que se acercaba. Estaban tan unidas que Pyre era parte de ella misma. Una parte que ese muro cortaba en dos sin ninguna compasión.

Cyra sentía ese silencio entre ellas como si el sudor se convirtiera en óxido entre los pliegues de la piel. Notaba el cuerpo erosionado, anciano, tanto que le sorprendió que sus rodillas no chirriasen cuando se acercó a la pared que la separaba de Pyre. Quiso golpearla, pero no por hacerse daño, sino para echar abajo esa pared. Pero su rabia nunca había servido ni serviría entonces, solo lograría hacerse daño en los nudillos y, tal vez, enfadar o preocupar a su amiga.

—Lo siento.

Por fin se oyó una carcajada que sonó al crujido del hielo que se rompe. Cyra se sobresaltó. Estaba acostumbrada a responder con un sarcasmo ácido en momentos solemnes, pero no a que Pyre ni nadie más hiciera lo mismo. Apoyó la mano en la pared como si fuera el hombro de su amiga.

—Hablo en serio.

—¿Qué es lo que sientes? —Pyre hablaba algo lento. Cyra no sabía si se debía a algún golpe en la mandíbula o a la derrota—. Fui yo quien prendió fuego a la casa.

—No haberte protegido.

—No tenías que hacerlo.

—No me importa. He fallado igualmente.

—A mí no. Soy yo la que... Te metiste en este lío por mi culpa. Para que no se supiera.

—Somos una manada.

—Pero la manada no mató a mis padres. Fui yo. Me vengué como hija, no como galgo. —Su voz se quebró y tragó saliva. Cuando continuó hablando, lo hizo en un tono de voz tan bajo que apenas era audible—. Ni siquiera fui valiente como tú. Pensé en huir, traté de convencerme de que es lo que preferías.

—Lo hubiera preferido, sí.

—¿Ves? Tú te entregas y yo soy la traidora que intenta escapar —la voz de Pyre se quebró con el sonido del fuego que crepita, pero tragó saliva para seguir hablando—: Zheera ni siquiera podía mirarme a la cara. No tenías que salvarme porque no era culpa tuya.

—Tampoco fue culpa tuya que te abandonaran.

—Pero debería haberlo superado. Estaba obsesionada desde que supe que eran ellos.

—Puede que no lo hiciera solo por ti. Yo tampoco podía sacarme de la cabeza a Astra. Tiene la imagen de ser tan buena, tan inocente, que a nadie le parece mal que nos abandonara —murmuró Cyra al tiempo que se sentaba y apoyaba la espalda en la pared—. Destrel ni siquiera tuvo que insistir. Una parte de mí ya fantaseaba con matarla.

Oyó pasos al otro lado y, cuando Pyre volvió a hablar, sonó más cerca. Al otro lado de ese estúpido muro que las separaba.

—Dicen que a lo mejor te mantienen viva —susurró con voz tan suave que ella a duras penas pudo escucharla.

—Espero que no. El único deseo que me queda es que nos maten juntas.

—¡Cyra!

—¿Qué me queda? ¿Vivir presa en una torre el resto de mis días como sucedió con aquel rey que se volvió loco? ¿Pasearme de vez en cuando, con unos grilletes lo bastante elaborados para que no se confunda a la hermana de la reina con su perro? Ya no soy parte de los galgos. —Aún le dolía al decirlo, justo en el medio del pecho—. Espero que al menos me dejen morir contigo.

El silencio pesaba menos; cualquiera de las dos podía romperlo. Cyra tenía frío. Estiró el brazo para cubrirse con la manta. Fingió no oír que Pyre lloraba en voz muy baja. De todas formas, casi no se oía.

—¿Tienes miedo? —le preguntó su compañera con voz apagada.

Quiso mentir y decir que claro que no, que la muerte podía besarle los pies y que esperaba poder escupir a la gente que se congregara a verlas. Pero, incluso en su cabeza, sonaba a bravuconería.

Enredó los dedos en la manta y le dio vueltas a esa pregunta en la que no había querido pensar. No le preocupaba el dolor, sabía que no duraría mucho. Le preocupaba el vacío. La nada densa como la oscuridad de la noche. Dejar de pensar, de sentir, pero sobre todo dejar de recordar. No sería Cyra, ni habría sido una galgo, ni habría querido a Pyre con todas sus fuerzas, aunque todas sus fuerzas no habían bastado. No, no tenía miedo, lo que sentía era una tristeza tan pesada que el océano entero se removía en su pecho.

—Supongo que lo tendré cuando nos lleven para matarnos. Ahora tengo frío.

—Yo también.

Cyra se puso en pie y se acercó a los barrotes para pasarle la manta con la que se había tapado, aunque sabía de sobra que no serviría para mitigar el frío del que hablaban. Pyre también se acercó, pero no para coger la manta. Su mano buscó la de Cyra y ambas se unieron en un apretón firme y cálido.

Cyra nunca había ido al mar, pero ambas habían aprendido a nadar en los lagos. Zheera insistía en que, si intentaban salvar a alguien del agua, tenían que tener cuidado para que no les agarrara. Decía que los dos podían acabar muertos en el fondo del lago. Lo que no les había dicho era que, si eran dos los que se ahogaban, dolía menos sujetarse en otra persona. Era mejor estar acompañado cuando las últimas burbujas de aire se escapaban entre sus labios.

5

El paso de las horas se llevaba mejor al estar acompañada, aunque esa compañía significase algo terrible. Hubiera preferido que Pyre fuera egoísta y hubiera huido. «¿Adónde, lista, si en ningún sitio van a quererme?», respondía ella cuando se lo comentaba.

Era extraño que a ratos bromeasen como si de verdad fueran inmortales y todo aquello se tratara de un extraño entrenamiento más. Como si no les quedasen solo unos días o tal vez unas horas de vida. La tristeza, el frío y el miedo agotaban, y de vez en cuando parecía fácil olvidar todo y reír como si no tuvieran preocupaciones.

—Nos hace falta una botella de vino.

—¿Solo una?

—Mejor un par. Y que nos dejen estar en la misma celda.

—Tienes razón; no pedimos tanto.

El tiempo se había desfigurado hasta tal punto que Cyra no sabía si había transcurrido un día o una semana, pero había bastado para que se aburrieran de los juegos de palabras, de las conversaciones solemnes y los recuerdos agridulces. Era mejor reírse de aquello que nunca, en ninguna otra ocasión, les haría gracia. Criticaron a algunos nobles por motivos absurdos, como el tono agudo de sus voces o su forma ridícula de caminar. Hablaron de cosas sin importancia, como si no fueran a morir en cualquier momento. Hubo instantes en los que realmente lo olvidaron.

Pero Pyre lloraba en la oscuridad, aunque Cyra fingiera no oírla. Ella no encontraba motivos o lágrimas. Le parecía que por dentro estaba hecha de una arcilla que se había secado hacía ya tiempo. En cualquier momento iba a desmoronarse y ni siquiera le dolería, solo se transformaría en un montón de arena roja: una mancha pegajosa en el suelo que no le importaría a nadie, de la que nadie recordaría nada más que la suciedad molesta que se pegaba a las botas y a las grietas del suelo.

No encontraba nada que decir para consolar a Pyre cuando oía esos sollozos bajitos que la chica no lograba esconder en el silencio.

A lo mejor una broma habría bastado: podía meterse con ella, llamarla blanda o bromear: decirle que, para ser inmortal, se estaba agobiado mucho por un nimio corte en el cuello. Pero no encontraba una sola frase que le pareciera graciosa. Mucho menos un consuelo, no había nada que pudiera decir para limpiarle el miedo o la pena. Se quedaba quieta y trataba de no hacer el menor de los ruidos, nada que delatara que, en realidad, estaba despierta. Si lo único que podía concederle a Pyre era intimidad, qué menos que hacerlo. Clavaba la vista del único ojo que le quedaba en algún rincón oscuro y esperaba, casi sin parpadear, a que el sueño llegara o a que su amiga dejara de llorar. Con la luz del alba se hablarían con voz rasposa, llena de burla, y sería como si ese llanto no hubiera existido. Pero, a veces, la luz parecía tan lejana que sentía que nunca lograría apuñalar la noche.

Que jamás volvería a alcanzarlas.

Hay cosas que no pueden verse, que no tienen olor ni tacto, pero que pueden sentirse. Aunque la sensación ni siquiera llegue a ser tan perceptible como un leve cambio de temperatura, o el olor a lluvia antes de que cayesen las primeras gotas. La muerte se notaba de una forma parecida. El tiempo se volvía tan rígido que Cyra casi podía oír cómo cada instante se arrastraba sobre el anterior. En vez de empezar a hablar, como hacían cada vez que se acercaba el alba, se quedaron en silencio, conscientes de que la otra estaba despierta, de que había llegado el día y que ambas se tambaleaban delante de un abismo con una oscuridad tan densa que ni siquiera podían ver más allá de sus propios pies.

—¿Te he dicho alguna vez que cuando te uniste a los galgos te tenía una manía terrible? —preguntó finalmente Pyre con un tono de voz bajo e irregular.

—Sí. Más de una vez.

—¿Y que planeaba prenderle fuego a tu cama?

—Eso también; la primera vez que dormimos juntas. —Sonrió al recordarlo—. Ese invierno que hacía tanto frío que se nos congelaban las piernas y las sábanas parecían mojadas. Muy tranquilizador, por cierto.

—Seguro que habrías entrado en calor —bromeó Pyre sin pretender que hiciera gracia. Cualquier cosa era mejor que el silencio.

—Estaba tan congelada que casi te pedí que lo hicieras.

—Pero creo que nunca te he dicho que, aunque al principio quisiera matarte, me alegré de que te convirtieras en una más de nosotros.

—¿Incluso ahora?

—Me hubiera vuelto loca si no estuvieras aquí ahora. Me hubiera querido morir a cada momento, o me hubiera matado la angustia.

—Eres demasiado fuerte para querer morirte —murmuró Cyra, aunque había algo dolorosamente cierto en las palabras de Pyre—. Para mí, pertenecer a la manada ha sido lo mejor que me ha pasado en la vida.

—¿Incluso ahora? —No sabía si había burla o no en la forma en la que Pyre repitió su pregunta.

—Incluso ahora.

—Te han echado por mi culpa.

—Me han echado por no hacer bien las cosas. No me importa el precio, Pyre. Incluso que me corten la maldita cabeza me compensa si con eso logro ayudarte. No la uso mucho, de todas formas. Lo único que me duele es no haber sido capaz de salvarte.

—A mí me duele arrastrarte a esto por culpa de esa obsesión tan estúpida. Por ese par de imbéciles que me abandonaron.

—¿Y si nos perdonamos? Hemos vivido toda la vida juntas. —Cyra se acercó a las rejas—. Aunque haya sida una vida corta y la hayamos echado a perder nosotras solitas. Al menos podemos morir sabiendo que seguimos juntas.

Estiró la mano fuera de las rejas. El frío de la cámara de piedra le insensibilizaba los dedos. La mano de Pyre se mantenía cálida y su tacto, áspero y conocido, era lo más parecido a un abrazo que había tenido en mucho tiempo.

—Seguimos juntas.

—Para siempre.

—Para siempre.

La calma era como escarcha fina que se fragmentó en cuanto oyeron los pasos que se acercaban. Sonaban como espadas golpeando el suelo para cercenar la distancia que las separaba de ellas. Cyra apretó la mano de Pyre, que estaba demasiado rígida para devolverle el gesto. Los soldados evitaron mirarlas a los ojos. Habían sido parte del ejército y, aunque la condena fuera justa, a nadie le gusta matar a un compañero.

A casi nadie, se corrigió Cyra. Estaba segura de que Destrel disfrutaría matando a su hermana mayor.

Zheera cerraba la comitiva. Parecía haberse transformado del todo en estatua. Solo sus labios seguían siendo suaves. El rostro, las cejas y el vacío de su mirada estaba cincelado en la más dura de las piedras. Cyra no podía tragar saliva. Apenas era capaz de respirar. Seguía apretando la mano de Pyre, que estaba tan rígida como la de un cadáver. A lo mejor ya estaba muerta. Ojalá ya estuvieran muertas.

Su capitana se giró hacia Pyre.

—Puedes elegir. Puedo darte veneno. Es más lento, tardará unas horas en hacer efecto y solo dolerá al final. O puedo darte muerte yo misma, con mi propia espada.

—Quiero que lo hagas tú.

Su voz se quebró y dejó en el aire olor a ceniza. Zheera asintió, solemne, e hizo un gesto para que los soldados abrieran la puerta. Cyra ni siquiera se dio cuenta de cuándo le había soltado la mano: de pronto no había más que aire en ella. Pyre caminó con piernas temblorosas y la frente alta. Tenía los ojos firmes y la piel que los rodeaba de un tono rojizo que se parecía al que adoptaban las hojas secas antes de descomponerse. Cyra no la recordaba tan pequeña ni tan delgada. A pesar de las ojeras que dibujaban sombras de anciana en su rostro, Pyre parecía haberse vuelto niña de nuevo.

Cyra esperaba que su capitana se volviera hacia ella y le ofreciera las mismas muertes, pero Zheera le dio la espalda. Todos la imitaron y se alejaron para escoltar a Pyre, camino del cadalso.

—¿Y yo? —Se agarró a los barrotes—. ¡Dejad que vayamos juntas!

—Tú ya no eres una galgo —respondió Zheera—. Tu suerte no depende de mí.

—¡No! ¡No quiero! —Sentía que se ahogaba. Pegó su cuerpo a las rejas como si pudiera atravesarlas—. Estamos condenadas por crímenes similares. ¡Vas a matar a Pyre! ¡Mátame con ella!

Ni siquiera se volvieron para mirarla. Ni con la súplica ni con el grito sin palabras o los golpes contra el metal. Solo Pyre se giró con ojos asustados y la más horrible de las sonrisas: un gesto pequeño, sin fuerza, apagado.

—Vive por mí.

—¡No! ¡Pyre! ¡Zheera! ¡No me dejéis aquí! ¡No la mates! No me dejéis sola. ¡Por favor! Por favor...

Incluso su amiga le dio la espalda para que no pudiera mirarla antes de que sus ojos se llenaran de angustia. Chilló su nombre, pero Pyre no peleó, no volvió sobre sus pasos para abrazarla. Si lo hiciera tendrían que cortarle los brazos; sería la única forma de que la dejase ir. A lo mejor se los arrancaba ella misma al tratar de alcanzarla.

—¡No me dejes! ¡Por favor! ¡Llevadme con ella!

Sus palabras se rompieron en chillidos salpicados de llanto. Desaparecieron de su vista y ni siquiera toda su rabia pudo evitarlo. Los pasos se alejaron, por mucho que ella se apretara contra los barrotes, profiriera alaridos y se golpeara con tanta rabia que casi logró perder el sentido. Estaba segura de que iban a morir juntas y, por terrible que fuera, no hubiera dolido tanto.

Se acurrucó en el suelo, con el cuerpo magullado y la sangre de las heridas cicatrizando con un frío afilado. Seguía gritando el nombre de su amiga, incluso cuando los sollozos la atragantaban o se quedaba sin aire. Tenía la absurda seguridad de que, cuando dejara de gritar, Pyre desaparecería para siempre.

No quiso alzar la vista ni dejar de agarrarse el pelo con las manos cuando oyó a alguien acercarse a su celda para ponerle agua y alimento, como si tuviera estómago. Como si quisiera vivir. Tampoco dejó de gritar hasta que oyó una voz tan cargada de lástima que casi parecía que el soldado iba a llorar con ella:

—Ha sido rápido. No ha sufrido.

Solo entonces cerró los labios y dejó que el silencio más cruel se derramase por las mazmorras y cubriese su piel, su boca, sus pulmones... Hasta que el alma se volvió tan pesada que supo que nunca más iba a ser capaz de levantarla.

RENACER

1

—¿Tenemos que estar presentes?

—En un asunto serio es lo que se espera de la reina, sí —respondió Destrel.

Se contuvo para no añadir que reinar era más complicado que llevar corona y elegir pastelitos para acompañar el vino más exótico, o sonreír al pueblo y bañarse en las alabanzas vacías de gente que nunca llegaría a conocerla. Reinar era duro, desgastaba y convertía los huesos en piedra. Astra tendría suerte de experimentarlo por poco tiempo y dejar que el pueblo llorase su leyenda antes de convertirse en una tirana.

—Entiendo —suspiró la mayor de las hermanas.

A Destrel se le daba bastante bien interpretar las voces, y la seriedad en el tono de Astra era nueva. No solo parecía impresionada o disgustada, con los labios tensos y esa forma de tragar saliva que se notaba más de lo que ella creía. Sus palabras habían ganado peso y sus gestos amargura. A lo mejor de verdad se había querido engañar con la idea de arreglar todo lo sucedido en esos años que había dedicado a deambular por las montañas.

Destrel habría podido ahorrarse todo aquello si Cyra hubiera hecho bien lo único que había esperado de ella. No se alegraba de que fueran a matar a su amiga, pero creía que le estaba bien empleado. Sus acciones y sus errores tenían consecuencias; al menos en aquella ocasión se merecía un castigo de verdad: verse expulsada de los galgos y con el peso de la ejecución de su compañera en la conciencia. Ya que lo más posible era que se le perdonase la vida, Destrel esperaba que pasase el resto de sus días ahogando sus lamentos en alcohol y que saliera lo menos posible de su nuevo dormitorio.

Podría ser peligrosa, pero Destrel la consideraba lo bastante patética como para que nadie la creyese si hacía acusaciones absurdas como, por ejemplo, que ella planeaba la muerte de su hermana mayor. No, no era probable que nadie la creyera, pero tendría que asegurarse de que no hablaba. Cada pequeño detalle era importante. Se encargaría de que supiera que Astra había sido la responsable de la ejecución. Más adelante decidiría qué hacer con su hermana pequeña. No sabía si era mejor mantenerla cerca para poder vigilarla, o bien enviarla lejos, donde a nadie le importase lo que pudiera decir. De momento, Cyra estaba bien en las mazmorras y a Destrel le preocupaba más la presencia de Astra.

Las ejecuciones tenían lugar en el patio del norte, un lugar un poco más apartado de la vista, ya que no había entradas a palacio importantes que dieran hacia allá. Por supuesto, siempre había curiosos que se esforzaban por colocarse en algún sitio desde el que pudieran devorar la escena con los ojos. Algunos eran capaces de empaparse de la sangre del reo muerto con tal de presumir delante de sus amigos. Daba igual que el día fuera húmedo y gris, o que el frío calara la ropa y la piel hasta llegar a los huesos: siempre había gente dispuesta a aguantar tormentas por ver cómo se arrancaban vidas. Destrel se alegraba de controlar sus expresiones, porque no estaría bien dejar ver el desprecio que le producía esa curiosidad morbosa y voraz. Tomó asiento junto a su hermana en la parte reservada a los testigos.

—¿Será largo?

—No debería.

Astra se sentó con la espalda rígida y las piernas tan tensas que no parecía necesitar asiento. Tenía las manos sobre los muslos, cerradas en puños de nudillos blancos. Destrel puso la mano sobre la suya en un gesto amable, pero Astra no respondió con una de sus estúpidas sonrisas de animalito confiado, ni siquiera se relajó o se giró para mirarla. Destrel sintió una punzada de inquietud, pero no retiró la mano. A fin de cuentas, estaban en una ejecución. Era normal que Astra estuviera tensa.

Pero la sensación de que algo iba mal no desapareció. Destrel tomó aire despacio. Sabía que si controlaba la respiración podría evitar que el corazón se le acelerase. Había curiosos cogiendo sitio en la primera fila. Entre el público, un silencio atento precedió a una oleada de murmullos cuando los galgos salieron con gesto tan solemne que casi no se apreciaban las ojeras de aquellos rostros serios y demacrados de ojos brillantes. Nadie se atrevió a mirarlos de frente o dirigirles la palabra. Nunca había visto a una multitud tan quieta; a su lado, Astra también parecía una estatua envuelta en piel humana.

En ese silencio, el paso de cada instante cortaba como dagas de hielo. Destrel había asistido a más ejecuciones, así que no esperaba que esa le resultara tan intensa y desagradable. Pero notaba la tensión en los hombros y en el cuello, así como un peso en el pecho que le dificultaba la respiración. Cuando por fin trajeron a la chica, su espalda se envaró y al girarse pudo ver los tendones del cuello de Astra: parecían cuerdas que se marcaban bajo la piel de su cuello.

Pyre era pequeña. Caminaba con paso firme y unas horribles ojeras que desmentían la impasibilidad de su rostro. Tenía los ojos brillantes y las manos despellejadas. A pesar de su aspecto, tan dolorosamente joven y desmejorado, caminó sola hasta el patíbulo. Destrel dio gracias por ello. Había sido testigo de reos que no tenían fuerzas ni para sostenerse y lloraban como niños mientras que los soldados los arrastraban. La agonía de esos gritos se quedaba en el aire mucho después de que los presos hubieran muerto, y parecían volverse más fuertes, más vívidos, en las horas más oscuras de la noche, cuando no había nada ni nadie que la distrajese.

Zheera llegó la última, justo en el momento en el que se esperaba que lo hiciera. La capitana tenía una expresión inmutable. Destrel estaba segura de que su expresión nunca cambiaría, aunque floreciera el campo en pleno invierno o lloviera sangre. La capitana mantuvo la mirada fija en Pyre, que tenía expresión ausente mientras escuchaba el crimen del que la acusaban, como si las palabras fueran una melodía lejana en un lugar extraño.

Destrel sintió una gota fría en el dorso de la mano. Le cayó otra en la frente. Agradeció la llegada de la lluvia, pues evitaría que la ceremonia se alargase. La gente que se acumulaba para ser testigo de la cara más cruel de la justicia se removió y se preparó para hacer frente a la lluvia. Cuando la sentencia terminó, Destrel distinguió a Lobo, que bajó la cabeza, giró sobre sus talones y se alejó de la plaza. No parecía satisfecho. Destrel se dio cuenta de que ella tampoco lo estaba.

Quería levantarse e irse, al igual que había hecho Lobo. ¿Por qué no hacerlo? La responsable del reino, y de esa muerte, era ahora su hermana. Apretó los labios. Lo único de lo que se alegraba era de que lo presenciara todo. Esa noche no sería ella la única a la que los gritos perseguirían en sueños.

Los gritos, o ese desgarrador silencio apaciguado solo por el sonido de la lluvia.

—¿Unas últimas palabras? —preguntó Zheera.

Pyre alzó la cabeza hacia ella. Le dirigió la sonrisa más triste y cansada que Destrel nunca había visto. Los ojos le brillaban, y sorbió por la nariz antes de hablar.

—Gracias. Gracias y... lo lamento.

Zheera no cambió de expresión, ni siquiera pestañeó. Pero alzó la mano libre para acariciar de forma suave la mejilla de la chica. Pyre agachó la cabeza y cerró los ojos. Tenía las pestañas húmedas. Era un gesto tan íntimo, tan cargado de sentimientos, que incluso Destrel tuvo que apartar la vista, sintiéndose revuelta.

—Arrodíllate —ordenó Zheera.

Había apoyado la mano en el hombro de su pupila y la acompañó con movimientos suaves. Parecía más el gesto de quien ayuda a una niña a dar sus primeros pasos que un empujón para obligar a una condenada a obedecer. Pyre no abrió los ojos. Temblaba y apretaba tanto los labios que se le habían puesto blancos. Tenía los nudillos de los puños blancos y el pecho se le agitaba al tomar aire con impulsos desordenados.

Fue tan rápido que Destrel no captó el sonido de la espada que cortaba el aire hasta que vio el cuerpo de la chica desplomado en el suelo. La cabeza siguió unida por un trozo de carne al cuello, y la sangre se derramó, tan densa y oscura que parecía negra. Oyó los gritos ininteligibles de los testigos, ahogados a medias por la lluvia. Antes de que nadie pudiera reaccionar, Zheera cercenó del todo el cuello. Luego se agachó y acarició la espalda de Pyre, como si quisiera tranquilizar a un animalito asustado. Los galgos se acercaron y envolvieron el cuerpo con una manta. Intentaban contener el llanto, aunque no todos lo consiguieron. Era difícil saberlo por culpa de la lluvia, o por ese frío que les hacía temblar.

—Vámonos —murmuró a Astra, que no respondió.

La futura reina no apartaba la vista de la sangre que manchaba el suelo. Lloraba en silencio, sin hacer nada por evitarlo o disimular. Las lágrimas le recorrían las mejillas ante la mirada morbosa de todo el pueblo. Incómoda, Destrel se puso en pie.

—Venga, Astra. Tenemos que irnos.

Al ver la expresión de su hermana retrocedió un paso. Astra tenía los ojos llenos de horror y determinación. Así se miraba a los monstruos que se escondían en las pesadillas o en los rincones oscuros de la mente. Así se miraba a los enemigos a los que se jura muerte. Así debería mirar a Zheera, que aún sostenía la espada impregnada en sangre, con rostro inexpresivo.

Así era como la miraba a ella.

2

Astra se volvía más esquiva conforme se acercaba el día de la coronación. Había dejado de buscar la compañía de Destrel en los pocos momentos que tenía libres, cosa que debería ser un alivio. Sin embargo, se sentía más preocupada que aliviada. La señal de alarma definitiva fue cuando Astra faltó a la cena entre las dos que habían acordado. En su lugar llegó uno de los criados y anunció que la heredera al trono se encontraba mal y prefería descansar.

Destrel ni siquiera intentó tenderse en la cama. Tenía el cuerpo agotado pero la mente inquieta. Se dedicó a sacar todas sus joyas para clasificarlas y reordenarlas con otro criterio. Al menos tenía las manos ocupadas y lograba apartar los pensamientos durante unos instantes.

Cuando terminó hacía ya rato que la noche había envuelto el castillo con sus sombras. Destrel se puso unos zapatos bajos de tela suave y cordones dorados. Eran poco apropiados para mostrarse en público, pero la falda los ocultaría. Supuso que aquella noche solo se cruzaría con los guardias, y dudaba que a ellos les importase su calzado.

Se echó sobre los hombros una capa azul oscuro de terciopelo. Cogió una botella de licor blanco, tan aromático que resultaba engañoso: era mucho más fuerte de lo que daba a entender su sabor dulce y afrutado. Se colocó bien la capa para ocultar la botella y se miró una última vez en el espejo antes de salir del cuarto.

Los soldados se pusieron firmes en cuanto abrió la puerta, como si no hubieran estado apoyados en la pared con gesto aburrido hasta ese momento.

—¿Algún problema, alteza?

—Estoy bien —respondió, aunque ladeó la cabeza dejando que se escapase un gesto de preocupación que contradecía sus palabras—. Quiero ir a ver a mi hermana. Me preocupa.

—Ahora estará durmiendo...

—Hablo de Cyra —interrumpió.

—Podemos acompañaros.

Ella asintió como si la reconfortara la compañía. Emprendió el camino a las mazmorras seguida por los guardias. Uno de ellos prendió un candil y la adelantó para alumbrar el camino. No le hacía falta; Destrel conocía aquel castillo que era su hogar y su mundo. Sin embargo, evitó decirle lo inútil que le parecía el gesto, con el mismo estoicismo con el que se había tragado la rabia al comprobar que los guardias tenían claro que su opinión ya no era la más importante.

Hasta entonces, Destrel podría haber despertado a cualquier persona si lo consideraba oportuno, sin importar qué hora de la noche fuera. Ahora, la palabra de Astra pesaba más que la suya. Apretó los labios. Había pensado que podía esperar a que la coronasen, dejar que fracasara un poco para que el pueblo comprendiese lo equivocado que era que reinara una chica criada salvaje en las montañas. De ese modo, cuando ella se sentase en el trono, la recibirían con alivio, con la gratitud que merecía. Pero no le gustaba la forma con la que Astra la miraba y había empezado a esquivarla. Tenía que asegurarse de que a Cyra no se le hubiese escapado alguna información que su queridísima hermana mayor no debiera conocer, cuando hizo el ridículo al tratar de matarla.

En las mazmorras hacía un frío húmedo y olía acre. Destrel se envolvió mejor en la capa. La escalera, de piedra oscura y lisa, era demasiado inclinada, sin asideros a los que sujetarse. Destrel sintió que en cualquier momento podía dar un paso en falso y caer. Aun así, giró el rostro hacia el soldado.

—Quedaos aquí. Quiero tener un momento a solas.

—Como deseéis —respondió el hombre, y le tendió el candil.

Notaba el calor del fuego danzar entre sus dedos. La luz también salpicaba los muros y arrancaba destellos en los barrotes de las celdas. La de su hermana era la única que estaba ocupada, y ella se detuvo delante, con la llama hacia los barrotes para intentar distinguirla.

La celda estaba sucia, o puede que fuera Cyra quien lo estuviese. Olía a vómito y bilis, y había manchas en las paredes que parecían de sangre seca. Su hermana estaba ovillada bajo una de las mantas, de espaldas a ella. Podía distinguir su cabeza: el cabello revuelto en un caos de trenzas a medio deshacer. Tenía dos cuencos de madera: uno con algo de agua y el otro, agrietado. Los restos de la comida se desperdigaban por el suelo de la celda.

—Cyra.

No recibió respuesta y chasqueó la lengua antes de alzar más la voz:

—Cyra, ¿estás viva?

Si no fuera porque veía cómo sus hombros se movían con cada inspiración, lo hubiera dudado. Diría que olía a podrido allí dentro. Sacó la botella y dio golpecitos contra las rejas. Su hermana levantó la cabeza y la miró con el único ojo sano. El otro estaba oculto tras las vendas.

Tenía el aspecto de un cadáver. De una moribunda, tal vez: la piel pálida y aceitosa, la cara consumida por las ojeras. Tenía golpes en la frente, en las sienes y en la mandíbula. Destrel sabía que se los había provocado ella misma y casi sintió lástima. No la reconocía. Lo normal hubiera sido que Cyra se lanzara sobre las barras que las separaban como el perro rabioso que era, pero la miró con ese ojo hundido en sombras y volvió a dejar caer la cabeza.

—Te he traído un regalo —dijo Destrel antes de pasar la botella entre las rejas—. He pensado que te apetecería tomar un trago. Pero ten cuidado, no vayas a cortarte.

O a cortar a otros. En condiciones normales, Cyra debía de ser letal con un trozo de cristal afilado en las manos. Viendo el despojo en el que se había convertido, Destrel dudaba que tuviera fuerzas para coger la botella. Y si lo que quería era acabar con su propio sufrimiento, lo que parecía posible, ¿qué sería más cruel, impedírselo o darle la espalda para que ella hiciera lo que le viniese en gana?

—Puedo hacer que te traigan más. No creo que haya palabras que puedan ayudarte a sentirte mejor; lo único que se me ocurre es un trago que te haga olvidar un rato.

Cyra dejó escapar el aire en un resoplido al que le faltaban fuerzas para ser irónico. Sus hombros se encogieron, pero no se giró para volver a mirarla. Destrel entrelazó los dedos mientras elegía las próximas palabras. No echaba de menos a la Cyra rabiosa, pero era más fácil soltarle la lengua.

—Supongo que cuando Astra se corone mandará que te saquen de aquí. No estoy del todo segura. Antes me consultaba cada paso que daba. Ahora tengo la sensación de que me mantiene al margen.

Pensó que sus palabras volvían a caer en un pozo oscuro, tan hondo que ni siquiera se oiría cuando chapoteasen en el agua del fondo. Sin embargo, mientras se mordía el labio inferior y se preguntaba qué decir para que Cyra reaccionase, ella se dio la vuelta y clavó su iris de color metálico en los de Destrel.

Se levantó de forma torpe, como si fuera una anciana consumida por las fiebres. Puede que estuviera enferma de verdad, porque su frente estaba perlada de un sudor que le apelmazaba el pelo y hacía que sus trenzas brillasen de forma desagradable. A lo mejor era por la luz del candil, pero su piel parecía amarilla. Rígida y seca como el cuero.

Se sentó sobre aquel nido de mantas y la miró con tantas emociones en el rostro que ninguna lograba dominar al resto. Pena, ira, dolor... Lo único que al final se dibujó en su cara fue esa sonrisa que Destrel tanto odiaba, que quedaba más fuera de lugar que nunca. Parecía que le hubieran abierto un tajo con un cuchillo por el que intentasen sacar su calavera.

No dijo nada. Destrel tragó saliva.

—Me preocupa que Astra decida deshacerse de nosotras —dijo.

La carcajada de Cyra la estremeció. Fue corta, como el sonido de un latigazo que reverberó en las paredes y debió de romperle por dentro la barrera que contenía las lágrimas. Cyra no perdió la sonrisa, ni siquiera cuando una lágrima llegó a la comisura de sus labios. La parte inferior de las vendas del ojo malo se tiñó de un rojo cada vez más oscuro. Destrel controló el impulso de dar un paso atrás y se limitó a cruzar los brazos.

—Pensé que querrías saberlo. A lo mejor se te fue la lengua con ella.

—¿Crees que, por ordenar que maten en tu nombre, la sangre no te salpica? Vamos, Destrel. Nunca has sido especialmente ingenua.

—¿Qué le has dicho?

—No lo recuerdo. Supongo que todo.

—No va a creerte durante mucho tiempo. Siempre te ha gustado ladrar barbaridades sobre mí, no sería la primera vez que lo haces.

—No me importa que no me crea. ¿No estás contenta, hermanita? Siempre te ha gustado jugar a mentir y atacar desde las sombras con palabrería, arriesgando la vida de los demás —Cyra tenía una voz tan amarga que no parecía la suya—. ¿No te alegra tener una rival contra la que puedes jugar de verdad?

La forma de Astra de mirarla. Lo reticente que estaba a volver a pasar tiempo con ella. Destrel tragó saliva y notó un regusto agrio. Tendría que encargarse de Cyra antes de que su hermana se le adelantase.

—Ni siquiera has podido hacer una sola cosa bien —siseó con desprecio—. Pensaba que eras egoísta, pero resulta que solo eres inútil. Al menos tu amiguita la pirómana mantuvo cierta dignidad hasta que perdió la cabeza.

No importaba lo fuerte que Cyra hubiese creído ser, Destrel la había destrozado hasta dejarla irreconocible. No le había hecho falta tocarle un solo cabello. No había golpe más doloroso que las palabras que escogía con cuidado. Ni siquiera en la cámara de la verdad su voz le había afectado tanto. Cyra había perdido la sonrisa y las ganas de vivir. Destrel ladeó la cabeza.

—¿Sabes que es lo más patético? Que ni siquiera ahora podrías matarme. No me hace falta estar en la sala de la verdad para saberlo. Has luchado toda tu miserable vida para creerte fuerte y sigues siendo una niña que espera que vuelva para abrazarla. No tendrías que haberme fallado.

Machacar a Cyra no iba a arreglar su problema con Astra, pero mentiría si dijera que no se sentía mejor después de hacerlo. Se dio la vuelta y caminó con paso tranquilo hacia las escaleras. Antes de llegar oyó un estallido y una lluvia de cristales. Se encogió, al tiempo que los guardias se apresuraban a acudir.

—¿Alteza? ¿Estáis bien?

—Lo estoy.

Cyra se acunaba en el suelo, con el rostro enterrado en unas manos que parecían garras. Aunque había fallado, había lanzado la botella con tanta rabia que Destrel tuvo que sacudirse el pelo para deshacerse de las esquirlas de cristal.

—No sabemos cómo ha podido hacerse con...

—Se la he dado yo. Pensé que podía aliviar su estancia —interrumpió ella, y sacudió de nuevo la cabeza—. Pero no hace más que lanzar acusaciones inventadas hacia mí y... ¿puede haber perdido la cabeza por la rabia?

Los guardias guardaron un silencio incómodo y uno de ellos tomó el candil para guiar de vuelta a Destrel hasta sus aposentos. Si Cyra insistía en vivir, ya se encargaría de que su palabra no tuviera más relevancia que los ladridos de un perro sin dueño. Lo que le importaba ahora era ocuparse de Astra antes de que su hermana se le adelantase.

3

No volvió a proponer a su hermana un encuentro a solas, ni Astra dio señales de echarlo en falta. Destrel se mantuvo en su papel en cada encuentro. Se encargaba de mostrar devoción y preocupación por su hermana mayor. Astra, en cambio, tenía una actitud distante y fría. Le parecía adecuado. Esperaba que el servicio notase aquel cambio de actitud y empezara a bajarla del pedestal donde, por algún estúpido motivo, la habían colocado.

Le hervía la sangre al ver que Astra no se esforzaba demasiado en aprender las intrincadas normas y reglas sobre las que se sostenía el reino. Destrel podía recitarlas hasta en sueños, y recordaba cada excepción con nombres y fechas. Astra ni siquiera fingía que estaba molesta consigo misma al equivocarse. Lo único positivo era que incluso Ágeda empezaba a perder la paciencia con la indiferencia de la futura reina.

—Parece que no le importa entender bien cómo funciona un reino —murmuró en una ocasión en que Astra abandonó la reunión seguida del resto, y Destrel se quedó para esperarla—. Va a ser una de esas reinas que delegan y... Solo espero que os mantenga cerca. Vos estáis preparada y entendéis la responsabilidad que conlleva el puesto.

—No parece muy deseosa de dejar que la ayude. Tengo la impresión de que, cuanto más se acerca su coronación, más distancia pone entre nosotras.

—Esperemos que se dé cuenta de su error antes de que su egoísmo nos pese a todos.

Ágeda no era la única enemiga que Astra estaba ganando. Al marqués de Rance nunca le había agradado su presencia. Después de muchos intentos para obtener su favor con regalos y palabras aduladoras que cayeron en saco roto, parecía soportar incluso menos que antes a la princesa que en poco tiempo se convertiría en su reina. Entre los sabios se formaban murmullos sobre la posibilidad de cambiar la ley, pero todos sabían que no podían permitírselo y, cuando sugirieron atrasar la coronación, Astra miró a los ojos de su hermana como si la pregunta hubiera surgido de los labios de esta.

—No. No hay motivo para ello.

—Como desees —concedió ella con una inclinación de cabeza que se clavó en su propio orgullo.

Por mucho que se esforzara en aparentar la misma devoción y cercanía por su hermana, era complicado esconder la tensión entre ambas. Especialmente porque su hermana no tenía intención o habilidad para ocultar sus sentimientos auténticos, aquellos que a nadie más importaban. Por encima de la tela del guante, Destrel pasaba el pulgar sobre la cicatriz que se había hecho en la mano. Hacía tiempo que la herida había cicatrizado, pero ella seguía sintiendo que, al hacerlo, despertaba entre sus recuerdos una punzada de dolor afilado que la ayudaba a concentrarse en el mundo real, a no dejarse atrapar por las espinas, cada vez más afiladas, del bosque oscuro que palpitaba en sus pensamientos.

Los preparativos para la coronación hacían que el paso del tiempo se hiciera casi tangible. Si dejaba que su hermana tomase el poder podía olvidarse de cualquier futuro que hubiera imaginado. No sabía cuánto le había contado Cyra a Astra, ni si su testimonio había sido claro. En cualquier caso, era evidente que Astra la culpaba del ataque de su hermana pequeña y no iba a permitir que Destrel se cruzara en su camino. A lo mejor ni siquiera pensaba dejar que siguiera viva, y Destrel no podía culparla. Sería lo primero que haría ella en su lugar. De hecho, lo que llenaba su mente eran planes para adelantarse.

Al contrario que con los altos cargos, la relación de Astra con el servicio parecía ser buena. La heredera era tan cercana como solo podía serlo una chica criada en los montes, una chica que no entendía de política ni normas sociales. Resultaría insostenible a largo plazo, si hubiera largo plazo. Pero la vida de Destrel dependía de que no lo hubiera.

La absurda amabilidad de Astra complicaba la situación. Destrel no podía acercarse a un guardia y pedirle que asesinara en secreto a la princesa a cambio de un buen puesto y una generosa recompensa. El riesgo era alto, y ella era dolorosamente consciente de que, a cada día que pasaba, su hermana se hacía más poderosa mientras que ella se volvía prescindible e invisible. Bastaría con que dicho guardia le confesase a Astra la verdad para que lo recompensara, mientras que a ella la condenaban por alta traición. Imaginarse el resto de su vida presa, junto con Cyra, con el mismo destino que su hermana menor, le daba escalofríos. No, tenía que hacerlo de forma sutil.

Su hermana estaba reunida con uno de sus tutores y Destrel tenía la tarde libre. Estaba poco habituada a tener todo ese tiempo sin ningún compromiso, ningún encuentro, nada que hacer. Se recogió ella misma el cabello y entró en el vestidor. Allí, en la balda por encima de sus zapatos, descansaba su colección de delicados botes de cristal con las fragancias más exquisitas de todo el mundo. Los que usaba más a menudo estaban sobre el tocador, pero algunos de los que guardaba allí eran más valiosos que sus joyas más brillantes. Pero no cogió el que olía como las gotas del rocío de las primeras noches de primavera, ni aquel que parecía mezclar el aroma a rosas con el olor de los naranjos. Eligió una botella igualmente ornamentada, pero que, al destaparla, dejó escapar un olor mucho más sutil, casi imperceptible, a almendras y madera. No era un perfume, aunque estuviera camuflado entre el resto. Lo había heredado de su padre. Uno de sus criados más fieles le había confesado que tan solo unas gotas de ese líquido bastaban para consumir en poco tiempo la vida de un hombre robusto. Lo cerró de nuevo antes de guardarlo con cuidado en el bolsillo escondido entre los pliegues de su vestido. Niebla observaba con cierta curiosidad. El gato parecía adivinar su propósito y encontrarlo divertido. Destrel acarició al animal antes de salir al pasillo y dirigirse a las cocinas. Vera y Meredith estaban esperando en la puerta y la siguieron, pero la princesa se dirigió hacia la segunda con la barbilla alta y una mirada de soslayo:

—Va a ser una tarde tranquila y no necesito tus servicios. Puedes ocuparte de tus quehaceres, la presencia de Vera será más que suficiente.

Meredith hizo una inclinación, tal vez molesta. Sus sentimientos no tenían importancia siempre y cuando los mantuviera para sí y no afectasen a su trabajo. No tenía que adorarla, a Destrel le bastaba con que obedeciera. Si todo salía bien, tendría tiempo de ganarse el corazón y la confianza absoluta de otros. Si no conseguía lo que se proponía, poco importaba la simpatía o antipatía de una plebeya sin voz ni voto.

Se sentó a aquella mesa en la que tantas veces había comido ella sola. Cuando el pinche de cocina se acercó con una inclinación apurada, Destrel tamborileó con las uñas en la superficie como si, en vez de nerviosa, estuviera de buen humor.

—Me apetece té de frutas y flores. Otro para Vera. Con azúcar negro y un poco de limón.

—Acabamos de hacer un bizcocho de leche que aún está caliente, alteza.

—No. ¿Sabes lo que me apetece? Las pastas con forma de luna rellenas de mermelada de frambuesa que pido que me sirvan en cada cumpleaños.

—Tardaremos más, mi señora. Ni siquiera tenemos lista la masa.

—No me importa, podemos esperar, ¿verdad, Vera? Ahora es Astra la que tiene todo su tiempo ocupado. Puedo mandar que me traigan libros de historia, o incluso perder el tiempo con volúmenes de leyendas. Traednos una botella de vino mientras se prepara todo.

Había una nota amarga en su voz que puede que el chico no llegase a notar, pero de la que Vera sí fue consciente. Destrel lo supo por la breve mirada de simpatía que le lanzó antes de volver a bajar la cabeza, modesta, siempre en su adecuado segundo plano. Destrel le sonrió. Notaba los labios rígidos. Cuando el chico volvió con la botella hizo que sirviera dos copas.

Era su costumbre ser siempre la última en beber, así que fue incluso natural que Vera alzara la copa en su honor y empezara a beber antes.

—Lo lamento tambien por ti. Eres trabajadora y eficaz, sin duda mi doncella favorita. Hubieras sido la mujer de confianza de la reina y ahora... solo la de una princesa sin poder alguno.

—No os preocupéis por eso, alteza.

—Aún estamos a tiempo de arreglarlo. No sé si Astra confía mucho en mi palabra, pero podría recomendarte.

—No es necesario que lo hagáis —respondió con voz apocada.

¿Deseaba que lo hiciera? Destrel sujetó la copa con más fuerza. Tuvo que concentrarse en mantener la sonrisa tranquila y el tono de voz relajado:

—Supongo que es complicado que la reina confíe en las personas en las que más se apoyaba su rival, porque eso es lo que soy a los ojos de Astra.

—Si tuviera una rival, vos seríais la más peligrosa.

—¿Me ves capaz de hacerle daño?

—Os veo capaz de conseguir cuanto os propongáis.

Destrel dejó que la sonrisa se alargase, como miel sobre sus labios. Alzó la copa y dio un trago largo, pero tan breve que apenas se mojó la lengua antes de llenar de nuevo ambas copas.

—Tú también das esa impresión.

—¿Yo, mi señora?

—No hay nadie más en esta sala. Eres diligente y seria. Sabes cuándo hablar y cuándo guardar silencio. Y a quién mostrar tus dones para que te elija. Creo que tú también haces cuanto está en tu mano para conseguir aquello que te propones.

—No somos comparables —farfulló Vera con las mejillas rojas, intimidada porque Destrel la hubiera comparado consigo misma, pero al mismo tiempo halagada.

—Yo creo que sí.

—Lo que yo quiero es algo mucho más sencillo, hasta ridículo.

—No hay sueños ridículos —mintió Destrel—. Los sueños pequeños no son menos importantes que los grandes. ¿Qué es lo que quieres?

—Una casa —confesó ella, y su cara tomó aún más color—. Una casa pequeña en la que pueda vivir bien. Y seguir trabajando para cubrir los gastos.

—Ser libre —corrigió Destrel, con dulzura—. No me parece un sueño absurdo. Ni lejano.

Vera sonrió un poco más antes de llevarse de nuevo la copa a los labios. No había bebido demasiado. No hacía falta: el vino de palacio era seguro y no necesitaba tomar la misma cantidad que Destrel. El chico que trabajaba en la cocina vino con una bandeja que dejó sobre la mesa, con el té y los dulces que habían pedido. Destrel señaló uno y Vera se lo comió sin vacilar. Destrel hizo un gesto de agradecimiento antes de llevarse una de las pastas a la boca.

Estaba deliciosa. La masa se deshacía entre los dientes, fina y suave, acariciaba su lengua dejando un regusto a fruta y dulce. Destrel la masticó despacio y se permitió cerrar un poco los ojos. Sí, justo como la recordaba. Un postre delicado y exquisito, digno de una reina. Si alguna vez tenía que elegir un último bocado antes de morir, sería ese. Sonrió. No había maldad en sus actos, solo eran inevitables. Podría ser cruel, pero se esmeraba en ser dulce. Miró a Vera sin perder la sonrisa. Su doncella aún estaba masticando con los ojos cerrados y polvo de azúcar sobre los labios. Era agradable verla disfrutar. Destrel tomó un sorbo del té para arrastrar a la garganta las últimas migas antes de hacer al chico un gesto para que se retirase.

—Creo que ha sido una elección acertada, ¿no te parece?

—La mejor, alteza.

—Siempre han sido mis preferidas. Recuerdo que una vez, siendo muy pequeñas, Astra me convenció para ir con ella a la cocina porque sabíamos que las estaban preparando. —Se acomodó mejor en la silla. Mantenía la mirada perdida como si estuviera reviviendo ese recuerdo y no tuviera toda su atención puesta en Vera—. Nos llenamos los bolsillos y creo que incluso guardamos algunas en las mangas de nuestros vestidos antes de correr hasta su cuarto. Aún estaban calientes. Comimos tanto que luego la tripa me pesaba, hasta el punto que creí que se me iba a desgarrar. Pero no podíamos quejarnos, o nuestra madre nos regañaría, y aguantamos todo ese día con retorcijones sin decir palabra. —Soltó una risa suave y negó con la cabeza—. Astra me dijo esa noche que pese a todo repetiría. Le gustaban más que a mí.

—Parece increíble que una persona pueda cambiar tanto.

—Puede que incluso haya olvidado las galletas. O nuestros juegos.

—Es posible.

—Creo que debería recordárselo. ¿Te importaría llevar a su cuarto unas cuantas?

—¿Ahora, mi señora?

—En cuanto hayas terminado.

—Estoy bien. Solo tengo que lavarme las manos.

—Y los labios —añadió Destrel, burlona. Vera asintió y se puso en pie—. Espero aquí.

Cogió otra de las pastas mientras ella se retiraba. La mordió, disfrutando de cómo la masa se desmoronaba entre sus dientes. Terminó de comérsela antes de sacar el frasco de su bolsillo y abrir de nuevo el tapón.

El aroma a almendras congeniaba de forma tan adecuada con el de los dulces que parecía hecho a propósito. Con movimientos calmados y el oído agudizado por si Vera regresaba antes de lo esperado, vertió una única gota en cada una de las pastas. Cerró con cuidado el bote de cristal y volvió a guardarlo en el bolsillo.

Sin perder la sonrisa, entrecruzó los dedos y apoyó en ellos la barbilla. Se sentía al mismo tiempo ligera y nerviosa, así como un poco atemorizada. Eso era lo que debían de sentir los pájaros antes de lanzarse al cielo y volar por primera vez. Se preguntó si Vera notaría algo al regresar.

No tardó en hacerlo. Tenía aún el rubor del vino en las mejillas y la mirada algo brillante. La chica hizo una inclinación leve y cogió la bandeja.

—Me he cruzado con Meredith y dice que vuestra hermana acaba de retirarse a sus aposentos.

—Justo a tiempo. —Destrel soltó una risita inocente—. Como si lo hubiéramos calculado a propósito.

—Le digo que son de vuestra parte.

—¿Sabes? Creo que es mejor decírselo después. No me tiene en buena estima y, por si acaso, no quiero amargarle la merienda.

—Por supuesto.

Vera hizo una inclinación antes de irse. Destrel cogió la copa para dar un trago de verdad, el primero que tomaba en serio. El vértigo le partió en dos el estómago. Sabía que era posible que no funcionara, que lo más seguro era que tuviera que intentarlo más veces, y que si tenía mala suerte, Vera podía pagarlo con su vida. De haber sido Destrel, le habría dicho que probase su comida. Quizá Astra había aprendido a pensar como ella.

Si Vera moría, Destrel podía quedar libre de sospecha. Tanto ella como el chico habían comido de esa misma bandeja. No engañaría a Astra, pero le bastaba con confundir al resto.

Se levantó despacio y caminó más consciente que nunca de cada mirada. Quería que su rostro reflejara un aspecto tranquilo, casi distraído, inocente. Se obligó a detenerse y dar instrucciones al ama de llaves para que hiciera el cambio de sábanas de los dormitorios al día siguiente, en vez de refugiarse, que era lo que quería hacer. Era importante comportarse como si no hubiera intentado envenenar a nadie.

Se permitió relajarse una vez que estuvo encerrada en su cuarto. Cerró los ojos y apoyó la cabeza contra la puerta. Exhaló despacio. Sentía una presión en los pulmones, como si hubiera estado todo ese tiempo conteniendo la respiración. Dejó que los instantes se escurrieran antes de caminar hasta el armario y sacar del bolsillo el frasquito de veneno para colocarlo entre sus perfumes.

Sabía que lo más seguro era que volviera a tener que usarlo pronto. O bien encontrar otra forma de acabar con Astra. El tiempo se le terminaba y, si Astra llegaba a reinar, más le valía poner distancia entre las dos, dejar que el reino sufriera el hambre y las revueltas que seguían siempre a las malas gestiones. No, volvería a intentarlo, pero no por ella: era lo más justo para todos. Su padre no había sufrido una muerte violenta para que una hija que se había convertido en una desconocida echara por tierra todo su trabajo. Había que hacer sacrificios y Destrel era siempre la primera en entregar su vida por los demás. Aunque, a veces, su propia vida no bastaba y tenía que entregar otras para mantener el orden.

Se sentó frente al tocador y se cepilló el cabello despacio, metódicamente. Aunque la mano le temblaba y su reflejo le devolvía una expresión tranquila. Mandó llamar a sus doncellas para que la ayudaran a desvestirse. Vera tenía el rostro más sereno, y el efecto del vino parecía haberse desvanecido, dejando solo un poco de cansancio. Le desató los lazos de la espalda y la ayudó a salir del vestido sin arrugarlo mientras Meredith traía su camisón.

—Le di a vuestra hermana las pastas —dijo Vera.

—Oh, sí —murmuró ella como si se hubiera olvidado—. ¿Le gustaron?

—Dijo que las probaría cuando terminara de asearse.

Destrel se encogió de hombros como si no tuviera importancia, como si el pulso no se le hubiera acelerado ni tuviera que controlarse para no hiperventilar. Quería preguntarle a Vera si su hermana le había hecho comer alguna antes de probarlas. Si su cansancio tenía que ver con el veneno. Pero no lo hizo, volvió y esperó, de corazón, que esa no fuera la última vez que viera a Vera.

Costaría mucho encontrar una sustituta tan eficiente en la que pudiera depositar un mínimo de confianza.

Las despidió sin más ceremonia que cualquier otra noche, aunque siguió los movimientos de Vera a través del espejo, preguntándose si amanecería fría y rígida. Se prometió recompensarla si no era el caso. Una casa era un precio pequeño a cambio de un reino. Se preguntó también si Vera había sido consciente de que los dulces estaban envenenados. ¿No había arrugado la nariz al coger la bandeja? Era observadora y lista. Sí, lamentaría su pérdida, pensó caminando hasta su cama.

Niebla saltó al colchón y se colocó entre sus piernas tan pronto como Destrel encontró la postura adecuada. Sabía que no era suficiente, pero al menos estaba actuando. Estaba decidida a moverse para conseguir sus objetivos: velar por el reino, tal y como le habían enseñado desde niña. Tenía la conciencia algo más tranquila y, cuando cerró los ojos, el sueño no se hizo esperar. El ronroneo de su gato la arrulló hasta que los pensamientos se volvieron extraños y se sintió flotar en mitad de la nada.

4

Era pequeña de nuevo. No, estaba atrapada en su cuerpo de niña, pero se sentía mayor. Estaba sentada en un trono que le quedaba demasiado grande: las piernas colgaban lejos del suelo, pero no los mecía en el vacío. Sabía que, si se movía, la corona se le caería al suelo. Y, si eso pasaba, estaba convencida de que un abismo se abriría a sus pies para devorar el mundo entero.

—¡Hermana!

Cyra también volvía a ser una niña. Tenía las manitas redondas y dedos cortos que se alargaban hacia ella desde la pira en la que ardía. Con esas piernas tan pequeñas era incapaz de escapar del fuego que carbonizaba su piel. Destrel sabía que podía ayudarla, pero, si se movía, perdería la corona. Esa corona tan pesada que se le clavaba en el cráneo. Le temblaba toda la espalda, a punto de quebrarse como una ramita seca en cualquier momento.

—¡Hermana!

Astra también sollozaba. Ella no ardía: al contrario, estaba atrapada bajo una avalancha de hielo y nieve. Tenía los labios amoratados y la piel lívida como los muertos. Ni siquiera le quedaban fuerzas para intentar escapar. La mirada perdía luz, pero los ojos seguían clavados en ella mientras la escarcha se cristalizaba sobre su rostro.

—Ayúdame.

—Ayúdanos.

Destrel volvió la vista al frente para no mirar a ninguna. Bastante duro era aguantar el peso de la corona. El hierro le atravesó la piel del cráneo hasta morder el hueso, y la sangre que se deslizó por su frente bañó su visión del rojo más espeso. No veía, pero por desgracia no dejaba de oírlas, de oler las cenizas y sentir el gélido aliento del hielo. Sin embargo, aguantó, estoica, hasta que oyó el sonido de su propia columna al quebrarse.

Supo entonces que era un sueño, pero ser consciente no sirvió para evitar el dolor de los huesos astillados que le atravesaron las entrañas.

• • •

Despertó alterada, y por un momento pensó que la pesadilla se había escapado de su cabeza y había encontrado la forma de afectar a todo el castillo. ¿Cómo si no se explicaban los pasos que atravesaban los pasillos a la carrera, el griterío y todo el alboroto encerrado entre los muros de piedra? Se incorporó. Notaba el camisón pegado a la espalda por culpa del sudor frío y pegajoso que se había traído de los sueños. Golpetearon la puerta con una insistencia tan irrespetuosa que Destrel frunció el ceño antes de alarmarse. Pasaba algo grave.

—¿Alteza? ¿Os encontráis bien?

—Sí —respondió con voz ronca.

—¿Podemos pasar? Es urgente.

Destrel apartó las mantas y bajó de la cama. Las piernas le temblaban. Se puso su bata blanca, de seda y encaje, lo bastante cerrada para que nadie viera el camisón arrugado. Lanzó una mirada rápida al espejo y se colocó bien las trenzas antes de abrir la puerta. Había varios soldados con rostros tensos, como si los músculos de la cara se les hubieran paralizado. Frente a ellos, el capitán Egeo la miró con preocupación antes de entrar.

—¿Qué es lo que ocurre?

—Es vuestra hermana, alteza.

—¿Cyra? ¿Qué ha hecho?

—No, hablo de Astra, la heredera al trono. Ha amanecido muerta en su cama esta mañana.

Destrel se sentía tan ligera que pensó que aún estaba soñando. Tanteó el aire con el brazo hasta dar con el dosel de la cama. Se agarró para sostenerse, porque sus piernas parecían a punto de fallar en cualquier momento.

—Mientes. Es mentira.

—No, mi señora, lo lamento. —Egeo se acercó a ella para sostenerla del brazo y ayudarla a sentarse en la cama antes de que perdiera el equilibrio—. Su cara ha perdido el color, no tiene aliento ni se oyen los latidos de su corazón. La heredera está muerta y la mayor prioridad del reino es protegeros a vos, alteza.

A ella. A la heredera.

Era pronto para hablar del futuro sin haber pasado por el duelo, pero, con Astra muerta, ella volvía a ser la heredera al trono. Destrel tenía miedo de perder el sentido. No quería abrir los ojos y descubrir que no había sido nada más que otro sueño.

5

El castillo entero parecía irreal. Todas esas emociones le daban un color nuevo y extraño a las mismas paredes que tan bien conocía. Dorothean camuflaba el alivio con una expresión seria que solo funcionaba si nadie se fijaba demasiado en él. Destrel tomaba nota de aquellos gestos en los que se notaba su tranquilidad, para evitarlos. El marqués de Rance no era el único que disimulaba su alegría, aunque, si tuviera que decir quién parecía más sospechoso, lo señalaría a él, y no sería la única. Ágeda tenía el rostro demasiado formal, pero no lloraba por la princesa. Y algunos de los nobles con más poder en la corte fingían con poco talento lágrimas falsas.

Casi podía sentir lástima por Astra.

Las clases bajas y el pueblo que se había dejado llevar por la magia de la leyenda sí que se lamentaban de verdad, y el ejército tenía que acallar los gritos que exigían justicia por la reina muerta. A Destrel no le molestaban los llantos, pero la situación podía ponerse peligrosa si empezaban a pedir venganza. Los sanadores hablaron con el consejo de los cinco sabios:

—Lo más probable es que la princesa haya sido envenenada.

—¿Aquí, en el castillo? —Somo no lograba parecer tan sorprendido como pretendía, pero a ninguno le importaba—. Hacía años que no pasaba algo así.

—¿Estáis seguros de eso? —indagó Ágeda.

—Bastante seguros.

—Entiendo. —La mujer apretó los labios e intercambió una mirada larga con el resto—. Creo que no puede saberse.

—Pero si hay un asesino... —comenzó a decir la sanadora rubia, al tiempo que buscaba el apoyo de sus compañeros, que se mantuvieron quietos y callados. La mujer tragó saliva—. El asesino puede estar aún en palacio.

—Redoblaremos las guardias en torno a aquellos que podrían estar peligro, y lo buscaremos, claro, pero con discreción —decidió

Ágeda—. Confío en que lo encontremos tarde o temprano, pero lo más importante siempre es la seguridad del reino.

—No comprendo —murmuró la sanadora, que recibió un empujón discreto de uno de sus compañeros.

—No hace falta que comprendáis nada —interrumpió Dorothean, y ella bajó la cabeza.

—No es difícil de entender. —Ágeda miró de reojo al marqués para pedirle paciencia—. En una situación delicada como esta, lo último que nadie quiere es que el pueblo se rebele y pida que rueden cabezas del primero que parezca sospechoso. La paz es complicada, jovencita. No es que no queramos atrapar al culpable, pero lo primero es asegurarnos de que la situación no vaya a más. Por eso es importante que digáis que la princesa murió en sueños...

—O seréis los responsables de cualquier revuelta, cualquier ataque y cualquier muerte —terminó Dorothean con voz grave—. Y así seréis juzgados.

La última amenaza sobraba, en opinión de Destrel. Ya había quedado claro el mensaje. Pero los sanadores perdieron color y salieron, con las manos temblorosas.

—Qué fácil es perder las formas —suspiró Ágeda.

—¿Preferís que el pueblo empiece a hablar de conspiración y traición?

—Hay maneras más elegantes de proceder.

—Tarde o temprano habrá que encontrar al asesino.

—Y lo haremos —murmuró Destrel, que había estado más silenciosa de lo habitual, muy consciente de que no mostraba su mejor aspecto.

—Lo haremos, pero tenemos que tener claras nuestras prioridades.

Batizze los miraba en silencio, como si tuviera la seguridad de que el culpable estaba en esa sala. Por suerte, Dorothean parecía un candidato mucho más probable que ella. O tal vez Ágeda, que se había decantado por la coronación de Astra, pero ahora parecía tranquila con su muerte. Por supuesto, ella también estaba entre los sospechosos, por eso se concentraba en parecer sorprendida y ausente. Prefería fingir que la situación la superaba a alimentar cualquier sospecha.

—Tenemos que planear el entierro —intervino Leone—. El cuerpo empezará a descomponerse dentro de poco tiempo. Creo que deberíamos enterrarla al lado de vuestros padres.

—Hay sitio de sobra en el cementerio real. Mi padre preparó una zona amplia. Aspiraba a ser el primero de un largo linaje en ocupar su sitio de descanso, aunque lo terminara estrenando mi madre.

Destrel se preguntó si ese linaje sería largo o si su reino terminaría con ella. No le importaba, lo único que deseaba, lo que ya casi podía rozar con las manos, era el título de reina. Tuvo que concentrarse para mantener una expresión aflijida.

—Podríamos enterrarla esta misma noche, pero quedaría apresurado y el pueblo querrá presentarle sus respetos en un entierro digno. Mañana por la mañana, el cuerpo estará aun entero.

—Bien. Me encargaré yo misma de mandar emisarios a los nobles —se ofreció Destrel—. Tal vez alguno de quienes viven en las comarcas cercanas pueda acercarse.

—Alteza, creo que deberíais delegar. Vuestro papel vuelve a cambiar, aunque el pueblo aún esté reaccionando. Guardad fuerzas ahora que estáis a tiempo, después de estos días duros vendrán otros de muchísimo trabajo.

Destrel asintió y cedió sin añadir nada más. Quería parecer frágil, desconcertada. Ya llegaría el momento de demostrar que seguía siendo firme y tan fiel que pelearía hasta las últimas consecuencias por sus principios. Astra nunca había entendido cómo ser una reina. Había empezado a desconfiar demasiado tarde. No había sabido reaccionar a tiempo, pero al menos había muerto antes de estropear aún más las cosas.

6

Llevaba ropa negra que contrastaba con el azul brillante del cielo de la mañana. Parecía que iba a llegar la primavera, pero el aire dejaba una caricia fría en sus mejillas. Destrel sabía que la ropa negra la hacía parecer más pálida, incluso demacrada. No le importaba. Ya habría momentos en los que mostrarse floreciente, bella o imponente. Vera caminaba tras ella. Era un silencio extraño. Hacía unos días habían compartido una cercanía poco propia en ellas. Ahora, la distancia entre ambas era más tangible que nunca. No había acusación ni reproche en los ojos de su sirvienta. Destrel no lo hubiera tolerado, así que se alegraba de evitarse otro dolor de cabeza. No, Vera no se mostraba dolida, ni hostil, pero sabía lo que habían hecho. A lo mejor lo había sabido desde el momento en el que Destrel le tendió la bandeja. No importaba, era lista y mantendría la boca cerrada. Si se le ocurría aunque fuera insinuar algo sobre las galletas, sus palabras se volverían en su contra. A fin de cuentas, Destrel era una princesa, y había sido Vera quien había dado a la heredera los dulces envenenados.

Las banderas estaban a media asta. No había flores, y habían retirado los adornos más ostentosos. Había un retrato de su hermana, con un marco de oro, colocado en mitad del salón principal. Nunca había sido así de guapa: su cara era más afilada, sus ojos más pequeños y rasgados que en el cuadro. Era fácil halagar a los muertos, nadie contradeciría una sola palabra. Por todos los rincones se oían murmullos tristes o incluso llantos, como si Astra hubiera sido amada de verdad, como si a alguien le hubiera dado tiempo a quererla. Destrel inspiró con fastidio. Si tuvieran una visión más amplia del mundo, esas lágrimas serían de alivio. Pero siempre quedaba bien presumir de haber estado presente el día en que alguien importante moría. A partir de ese momento se inventarían virtudes y encuentros con su hermana. Le daba pereza, pero se trataba solo de un mal menor.

El mal mayor descansaría bajo tierra y se pudriría hasta los huesos.

Un murmullo le hizo ladear la cabeza. Vio a Cyra. Las mangas largas y anchas de la túnica ocultaban los grilletes que unían sus manos, pero ni siquiera la capucha bastaba para esconder aquel rostro tan desmejorado. Parecía una persona distinta. Estaba consumida y ni siquiera era capaz de fijar la mirada o de caminar. Eran los soldados, que la sujetaban con toda la discreción que podían, quienes la empujaban para que caminase con el resto. Cerca de ella estaba la galgo pelirroja. Sus ojos llamearon al mantenerle la mirada. Ella contuvo una sonrisa y volvió a desviar la vista al frente. No podía engañar a un reino entero, siempre habría quien sospechase. Lo importante era tener vigilados a aquellos que se acercasen demasiado a la verdad.

El cielo era de un azul claro que habría parecido primaveral de no haber sido por el frío. No había nubes ni humedad en el ambiente, estaba toda condensada en las lágrimas falsas que humedecían las mejillas de la plebe. Parecía que todos se hubieran tomado el día libre para asistir al entierro; los guardias tuvieron que abrir un camino casi a empujones hasta las puertas del cementerio. La hierba estaba cuidada y la tierra parecía tan mullida como una alfombra. No había flores: ni siquiera los reyes las querían cerca de sus tumbas, ni nada que recordase a los tiempos en los que había ritos de vida y de muerte, en el que los dioses deambulan sobre la tierra. Destrel presidía la comitiva fúnebre tras el ataúd rojo de su hermana. La tumba estaba preparada, como fauces oscuras y hambrientas, al lado de la de su padre. Depositaron con sumo cuidado la caja de madera y abrieron la tapa para que pudieran despedirse de ella.

El tiempo aún no había tocado el rostro de Astra. Podría dormir un sueño frío y rígido del que no conseguiría escapar. Si no fuera por la inmovilidad de sus manos parecería a punto de abrir los ojos y alzar una de ellas para señalar, acusadora, a Destrel: «Tú... tú me has matado. Tú eres quien me ha hecho esto». Pero Astra no volvería a abrir los ojos y Destrel se convertiría en una reina mejor de lo que su hermana podría haber sido.

Cyra miraba el rostro vacío de Astra con una expresión difícil de interpretar. No parecía rabia, ni pena. Tampoco arrepentimiento. Podría ser aburrimiento. Sería propio de ella encogerse de hombros y darse la vuelta, pero en aquella ocasión no podía: los grilletes la mantenían quieta y el duelo por Pyre parecía aletargarla. Ojalá durase así eternamente, aunque Destrel no confiaba demasiado en ello. Era solo cuestión de tiempo que Cyra volviera a romperse y con un poco de suerte se haría tanto daño a sí misma que no habría ninguna forma de recomponerla. Destrel esperaba que fuera lo bastante poco coherente como para que todos asumieran que la más joven de las hijas del rey había terminado de perder la cabeza.

Y la mayor ya no estaba. Destrel volvió a examinar el cuerpo de su hermana. Habría estado más tranquila si su piel hubiera empezado a amarillear, o si los primeros gusanos arrastraran el vientre sobre sus labios. Pero, aunque pareciera dormida, su cuerpo estaba rígido y nunca volvería a levantarse, a mirarla como si fuera un monstruo o a ser una amenaza. Soltó el aire despacio. Parecía un suspiro, pero lo que hacía era contener la sonrisa.

Los murmullos fueron disminuyendo hasta que el silencio se hizo tan palpable como cualquier otro de los presentes. Ágeda se puso frente a la tumba y carraspeó:

—Estamos aquí reunidos para presentar nuestros respetos a Astra: la heredera perdida y la reina que no pudo ser. Nuestra princesa descansa ahora en paz y duerme el último sueño.

Una carcajada seca, como un golpe de hacha, interrumpió a la sabia.

Por supuesto que era Cyra la que reía con los dientes apretados. Era una risa amarga y llena de desprecio. Tenía el ojo enrojecido como un perro con rabia. Destrel hizo un gesto a los guardias para que se la llevaran, pero su hermana se resistió. Pateó a uno de ellos y se revolvió con un gruñido animal mientras forcejeaban con ella.

—¿En paz? ¡Nunca habrá paz! Ni siquiera para los muertos. Si pudieran gritarían, ¿verdad, hermana?

Sus palabras se ahogaron en plena pugna y Destrel escondió el rostro, avergonzada, en el siempre solícito abrazo de Dorothean. Escuchaba a Cyra blasfemar, con el corazón en un puño, muy pendiente de cada palabra.

—Está loca. —Oyó murmurar.

—Ella misma intentó matarla.

—A lo mejor ha tenido que ver con esto.

—Pero ha muerto mientras dormía.

—Eso es lo que parece...

Bien. Que hablaran, que murmurasen, que detestasen a Cyra y nadie prestara nunca atención a sus palabras. La pobre idiota le había hecho un favor con ese numerito. Aunque el entierro se hizo interminable, Destrel estaba enormemente agradecida por cómo se había desarrollado.

Cerraron el ataúd y llevaron hasta la tumba la lápida con el nombre de su hermana grabado tanto en la lengua oficial como en la lengua antigua. Con el tiempo tallarían un relieve, con la esperanza de que su nombre y su rostro no se olvidaran. Poco importaba. Que lloraran y amaran cuanto quisieran a sus reyes muertos siempre que respetasen a los vivos. El sonido de los clavos que atravesaban la madera, encerrando para siempre el cadáver de su hermana, le sentó como un baño de agua cálida después de un largo paseo por la nieve. Astra volvía a estar muerta, como debía ser. Cyra podía gritar y patalear cuanto quisiera, nadie iba a escuchar a una chica enloquecida. Solo quedaba ella, y el sol parecía más brillante. Su luz le coronaba los cabellos. Destrel sentía que el mismísimo astro rey se inclinaba ante ella.

La legítima reina. La auténtica, la que nunca se fue, la que estaba dispuesta a sacrificar su propia sangre y carne. La que su pueblo merecía. Sintió que ese día, en ese instante, nacía por segunda vez, como si hubiera enterrado su infancia y sus dudas junto a su hermana.

Una reina moría. Otra se alzaba. Y su reino sería largo y próspero. No dejaría que nada se lo impidiese. Los criados cargaron con la lápida y, entre resuellos, la colocaron en su sitio. Fue Destrel quien tuvo ganas de reír entonces. A carcajadas. Nunca se había sentido tan libre, tan poderosa, tan feroz. Se agarró al brazo del marqués como si lo que la alteraba fuese el llanto, y dejó que él la abrazara de esa estúpida forma paternal que tanto le gustaba. Ya se inclinaría ante ella. Todos lo harían.

Y Destrel sería misericordiosa con aquellos que lo merecieran e implacable con quienes la amenazaran. Ya nadie podía impedírselo. Su reinado al fin comenzaba.

Epílogo

Había vuelto y, por primera vez, el miedo había helado su cuerpo. El cuervo se había posado en el cabecero de su cama y la miraba fijamente al único ojo que le quedaba. Parecía burlarse; ojalá fuera burla y no una amenaza. Si los dioses aún caminasen por la tierra, Cyra no tendría dudas de que se trataba de uno de ellos. De un dios especialmente vengativo.

Tragó saliva y se incorporó despacio.

El animal aleteó y se apoyó en su almohada. Cyra dio un respingo. Apretó los puños y reunió valor para lanzarse sobre él. ¿Qué más podía perder? ¿El ojo que le quedaba? Esperaba que también le arrancase la vida. Pero el animal emitió un graznido que sonó a advertencia y agitó la pata.

Entonces Cyra se dio cuenta de que tenía algo atado en ella.

—Tiene que ser una maldita broma —masculló.

La voz le temblaba. Hubiera jurado que el animal se reía. Cyra carraspeó y echó la cabeza hacia atrás mientras estiraba las manos hacia la pata del animal. Un solo movimiento del pájaro bastó para que todo su cuerpo se tensara, pero el animal no hizo ademán de atacarla.

—Pienso partirte el cuello como intentes atacarme.

El graznido que le siguió podría haber sido perfectamente una amenaza igual de seria. Cyra tiró de la cuerda hasta romperla y se alejó con la nota en la mano. El animal alzó el vuelo. Sobre la almohada quedó una brillante pluma negra, como para recordarle su visita.

La luz que la luna derramaba por la ventana no era suficiente para leerla, así que Cyra se dirigió a la puerta y la abrió. Inevitablemente, los guardias se pusieron en posición de firmes.

—¿Alteza?

Esa palabra se le clavaba en la carne como si estuviera hecha de alfileres. Apretó los dientes y alzó la mano, sin mirarlos, para que la dejaran tranquila. Ser una prisionera honorífica tenía ciertas ventajas: cama lujosa, buena comida y ausencia de cadenas o grilletes. A cambio, nadie le hacía el menor caso. Como si fuera una niña de tres años con una eterna pataleta. Podía gritar la verdad y todos fingían ser incapaces de oírla. El poco tiempo que llevaba con aquel estatus había bastado para que aprendiese a ignorar al mundo como el mundo también la ignoraba a ella.

Desenrolló la nota. No reconoció la letra, pero no le hizo falta. La carta iba firmada con tres líneas firmes que formaban una desafiante A mayúscula. Justo debajo de las palabras que manchaban la hoja:

«Abre mi tumba».

Cyra pestañeó dos veces. Luego sintió una energía inquieta, llameante, que se parecía mucho a la rabia. Lanzó el papel al suelo y empujó al soldado más cercano para desequilibrarlo y echar a correr.

—¡Alteza!

—Seguidme o atrapadme —gruñó.

Se había resignado a ser una muñeca con las manos quietas y vestidos de seda, pero su cuerpo no había olvidado todo lo que había aprendido en esos años. Cómo correr, cuándo girarse para esquivar y dónde estaba el camino más rápido para salir de palacio. Bajó los escalones de tres en tres, tan rápido que perdió uno de sus ridículos zapatos de tela. Antes de que más guardias le cortaran el paso se lanzó contra la ventana. El sonido del cristal estallando en mil pedazos se mezcló con el de su risa. Hacía tiempo que se había olvidado de ser ella misma y, en ese breve instante, se alegró de reencontrarse en su propia piel.

Se preparó para el impacto. El dolor relampagueó desde la rodilla izquierda y por el costado, y fue incapaz de respirar durante unos instantes. Había esquirlas que se hundían, como colmillos, en la piel. Se sacudió los que pudo, pero no se permitió perder más tiempo. Se levantó y echó a correr de nuevo. Descalza, cojeando, viva.

—¡Detenedla!

Saltó la verja del cementerio antes de que pudieran atraparla. Ya habría tiempo al día siguiente para dejarse atrapar por el dolor de las heridas. Oyó que forcejeaban con la cerradura, pero no se dio la vuelta Desde uno de los árboles, el cuervo graznó. Parecía animarla.

—Aún pienso retorcerte el cuello —masculló Cyra, al tiempo que buscaba algo que le sirviese.

El relieve de su hermana estaba a medio tallar, y el artesano había dejado allí sus herramientas. Cyra cogió el martillo y golpeó con todas sus fuerzas la lápida.

—Está loca.

—¡Detenedla!

La piedra crujía tras cada impacto. Una grieta, cada vez más oscura, apareció a fuerza de golpes. Los guardias abrieron la puerta. Cyra arremetió de nuevo contra la lápida con un grito.

La tumba se abrió y ella cayó de bruces a esa oscuridad afilada entre astillas y esquirlas de piedra. Aparecieron brazos que intentaron agarrarla y reducirla, pero llegaban tarde. Descargó un último golpe y abrió el ataúd, dejando que la luz de la luna y las antorchas se derramasen en el interior. Las exclamaciones de asombro que se oyeron no habían salido de sus labios. La carcajada de victoria, sí: la tumba de la princesa estaba vacía, y la tela que recubría el interior tenía tres arañazos que dibujaban una rabiosa A mayúscula.

Astra se había ido.

Astra estaba viva.

Astra podía volver, cuando desease, a poner el mundo patas arriba. Podía desaparecer para siempre y seguirían hablando de que era la auténtica reina. Podía arrancarle la piel de cordero a Destrel, para que todos al fin vieran el monstruo que que era su hermana.

El cuervo graznó. Cyra rompió a reír desde la tumba vacía de su hermana. Había perdido, pero quedaba Astra. Le quedaba el odio. Le quedaba la esperanza. Le quedaba el deseo de venganza. Le quedaba la promesa de que Destrel caería con ella.

Agradecimientos

Quiero empezar dándole las gracias a Coral por lo mucho que me ha ayudado con esta y con tantas historias, ya sea a divagar sobre la trama, a dar vida a los personajes o a encontrar soluciones para esos problemas que no sabía resolver... Gracias por darme una oportunidad tras otra con cada una de las historias que escribo, por diferentes que sean y aunque ya sepas todo lo que ocurre. Pero, sobre todo, gracias por todas las tardes que pasamos juntas, por las películas malas, por los helados en cuanto llega el primer día de calor, por inspirarme tanto y por compartir tu tiempo conmigo.

Creo que no se puede ser escritor sin ser antes lector, así que quiero agradecer a mi padre que, desde que era muy pequeña, me leyera incansablemente mis historias favoritas sobre criaturas que devoran las lunas o princesas con voz meliflua. También sé que no habría escrito una historia como esta si mi madre no me hubiese transmitido su pasión por *El Señor de los Anillos*. Gracias por mostrarme ese libro y abrirme la puerta a un mundo lleno de viajes, espadas y magia. Gracias también a mi hermano por escuchar pacientemente cómo repito una y otra vez la misma historia cuando la estoy moldeando en mi mente y por aparecer por sorpresa cuando menos lo espero, haciendo kilómetros para verme (aunque esto debo agradecérselo más a Renata que a él). Tengo la suerte de contar con una familia que me apoya y se interesa por cada pequeño paso que doy en el mundo de la literatura. Y quiero dar las gracias especialmente a mi tía Paula, que se alegra más que yo misma por cada éxito, que presume de mí y que siempre me apoya, me calma o me escucha cuando estoy hecha un lío y necesito el consejo de alguien más sabio.

Escribir no siempre es fácil, pero publicar se vuelve mucho más complicado. Es un mundo al que tardas en acostumbrarte, que te exige fingir una seguridad que no sientes y en el que hay muchos factores en juego que no puedes controlar. Estoy muy agradecida de haber entrado en mi agencia, donde velan por mis intereses mucho mejor de lo que yo podría hacer. Gracias, Ane, por pelear para que mis historias viajen lejos; a Iñaki, por entender el lenguaje de los contratos y asegurarte de que no meta la pata; y a Pablo, por volcarte en cada historia y por creer en mí como autora. Gracias por afrontar siempre con buen humor los dolores de cabeza y ayudarme a ser paciente. Gracias porque, desde que estoy en Tormenta, empiezo a sentirme una autora de verdad.

Este libro no hubiera acabado en Salamandra, una editorial con la que estaba obsesionada desde mi infancia, de no ser por Eir, que vio potencial en él, y por Sara, que ha trabajado muchas horas en el manuscrito.

Tampoco hubiera sido posible sin Al, que creyó en las princesas (pero sobre todo en Cyra), y sin las compañeras escritoras de las que sigo aprendiendo tanto cada día. Gracias a Tri, Pi, Laura y todos los que crecimos compartiendo historias en las que salvábamos el mundo. Gracias a Lis, Sally y Mel por tejer historias conmigo en el instituto. Gracias a Nana, Raquel y Myriam por no dejar que escribir distintos géneros ponga distancia entre nosotras.

También tengo que dar las gracias a Lorena, Cristina, Sonia, Álvaro, David y por supuesto Roe, capitán de viajes Leria, por el viaje a Japón en el que, aparte de comer melonpan y sobrevivir a un tifón, descubrimos una cultura maravillosa que me sirvió de inspiración para muchos detalles de este mundo. Sé que siempre puedo contar con vosotros para una aventura.

Y gracias a ti, a los que habéis llegado hasta aquí, por leer este libro. Por buscar en él magia, sangre, rivalidad o lo que te haya llamado la atención desde el principio. Ojalá este viaje haya merecido la pena.